노사이드 게임

노사이드 게임

이케이도 준

민경욱 옮김

INFLUENTIAL
인 플 루 엔 셜

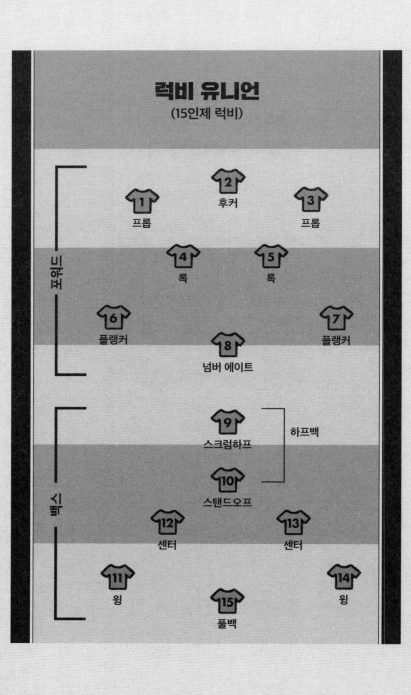

● 포워드: 스크럼을 만드는 8명의 선수

프롭Prop
스크럼 가장 앞 양 끝에서 스크럼을 짠다. 플랭커와 같은 움직임을 부여받으면서도 낮은 자세를 유지해야 하는 궂은일 전문 포지션.

후커Hooker
스크럼에서 1~3번 사이에 위치, 스크럼 안의 혼전 속에서 공을 우리 편에 내어주는 역할을 맡는다.

록Lock
프런트 로우 뒤에서 스크럼을 짠다. 평균적으로 2미터에 110킬로그램의 신체 조건을 활용해 특별한 공격과 수비 기술을 펼친다.

플랭커Flanker, 넘버 에이트No.8
보통 플랭커는 각 전술에 따라 위치가 변한다. 넘버 에이트는 스크럼에서 마지막으로 공을 키핑하여 직접 잡아 플레이하거나 패스한다.

● 백스: 스크럼에 참가하지 않는 나머지 7명의 선수

스크럼하프Scrum-Half
스크럼에 공을 굴리는 역할. 패스를 전문으로 하고 수비에 있어서 자유로운 움직임을 부여받는다.

플라이하프, 스탠드오프Stand off
스크럼하프의 패스를 받아 다시 패스를 잇는 포지션.

윙Wing
풀백과 더불어 상대의 킥을 같이 가장 많이 받는 포지션. 운동장 끝 쪽에 위치하며 스코어의 역할을 할 수 있어야 한다.

센터Center
팀의 중앙에서 활약한다. 운동장 중앙에서 나오는 플레이에 대한 관여도가 매우 크다.

풀백Full-Back
수비의 마지막 보루. 윙만큼 빠른 스피드를 가지고 있고, 침착하게 킥을 이어나갈 수 있어야 한다. 역습할 때 수비수들이 눈치채지 못하게끔 팀 공격에 가담하는 등 여러 움직임을 통한 빠른 판단력이 요구되는 포지션.

차례

1부 퍼스트 하프

• **일러두기**
본문의 주는 모두 옮긴이가 독자의 이해를 돕기 위해 붙인 것입니다.

퍼스트 하프

프롤로그

기미시마 하야토에게, 그 남자는 천적이었다.

지금 다키가와 게이이치로는 테이블 건너편에서 분노로 이글대는 눈빛을 기미시마에게 보내고 있었다.

으드득 소리가 날 정도로 이를 악물고 어제 경영전략실이 제출한 대형 인수 안건에 대한 '의견서'를 양손으로 움켜쥐고 있었다. 차장인 기미시마는 그 내용을 정리한 책임자였다.

"참 잘도, 이런 한심한 의견서를 썼군."

다키가와는 부글부글 끓다 못해 나온 말을 내뱉는가 싶더니 테이블에 힘껏 쥐고 있던 서류를 내리꽂았다. "다시 써!"

다키가와는 복도에 들릴 정도로 크게 울부짖었다. 다키가와의 직책은 상무이사 겸 영업본부장. 이곳 도키와자동차의 기둥이라 불리는 남자였다. "인수 가격이 다소 높다는 건 나도 알아. 그걸 아예 승부수로 삼을 거야."

"상무님, 1천억 엔입니다. 다소가 아니죠."

기미시마는 끝까지 냉정함을 유지하며 말했다. "간판 가격까지 쳐준다 해도 너무 높은 금액입니다. 이 회사의 적정가는 다 따져도 800억 엔입니다. 사실 그것도 비싸죠."

여기서 '간판'이란 이른바 브랜드 가치를 뜻한다.

회사를 사고팔 때 가장 중요한 것은 그 가격이다.

매출이 얼마고 이익이 있는가. 자산은 얼마나 되는가. 재무 상태, 성장 가치, 종업원과 거래처의 수준은 어느 정도인가. 그런 다양한 관점에서 회사의 가치가 측정되고 최종적으로 가격이 매겨진다. '간판'도 그런 관점 중 하나다.

종합적으로 고려했을 때 가자마상사 인수 건에 1천억 엔은 너무 과하다는 게 기미시마를 비롯한 경영전략실의 판단이었다.

"애당초 금액은 문제가 아니야."

다키가와의 늘어진 뺨이 흔들렸다. "가자마상사를 인수하면 자동차 제조업체인 우리 사업과 관련된 수익에 크게 도움이 된다고. 그 시너지 효과를 읽지 못하는 건가? 이 인수에는 가능성이 있어. 자네들 무슨 생각하는 건가?"

오른쪽 주먹이 움직이는가 싶더니 힘껏 의자를 내리쳤다.

기미시마의 옆에는 경영전략실장인 와키사카 겐지가 복잡한 표정으로 침묵을 지키고 있었다.

입사 동기인 다키가와와 와키사카는 정반대의 성격이었다. 한쪽은 미래의 사장 후보로 거론되는 실세, 다른 쪽은 '내무관료'라는 야유를 듣는 이론가였다. 같은 이사지만 자리로 치면

영업 부문을 이끄는 다키가와가 위였다. 다키가와는 영업이사로 출세 가도를 달리는 중이고 와키사카는 평이사에 만족하고 있었다.

다키가와에 대한 라이벌 의식도 상당하니 이런 자리에서 당당하게 대결을 펼쳐도 좋을 듯한데, 좀처럼 침묵을 풀지 않았다. 그렇지만 자칭 '책사'라고 말하는 와키사카에게는 무슨 생각을 하는지 알 수 없는 부분이 있었다. 와키사카는 속내를 절대 곁으로 드러내지 않으며 분위기를 파악하는, 이른바 처세에 능한 풍향계 같은 남자였다.

"시너지 효과를 고려하지 않은 건 아닙니다."

기미시마가 반응 없는 와키사카를 포기하고 말을 이었다. "중견 해운회사 사이에서 가자마상사의 벙커유가 점유율이 높은 건 사실입니다. 우리 자동차와 판매망에서 취급하는 엔진오일의 공급원이 될 거라는 논리도 모르는 바 아닙니다. 하지만 영업부에서 낸 견적은 너무 안일합니다. 상무님, 어지간한 행운이 따르지 않는 한 이런 예상은 실현될 수 없습니다. 숫자가 상당히 과대평가되어 있습니다."

"자네, 우리를 우롱하는 건가?"

다키가와가 날카롭게 반론했다. "실현될 수 있는지 없는지는 앞으로 하기 나름이야. 가자마상사의 벙커유는 대형 상선에도 사용되기 시작했다고."

"하쿠스이상선과의 거래 말입니까?"

기미시마의 조사는 빈틈이 없었다. "그건 지속적인 거래로 넣을 수 없습니다. 장래 실적 예측에 포함하는 건 시기상조입니다."

"포함해야 해."

다키가와가 딱 잘라 말했다. "자네들 경영전략실은 상상력이 부족해. 가자마상사는 곧 대형 해운으로 거래를 확대할 것이고, 취급 품목에는 경유나 기계유도 있어서 우리 제품과 친화성도 높아. 우리 제품이 팔리면 가자마상사의 연료나 오일도 팔린다고."

"기존 거래처와의 관계는 어떻게 합니까? 그 분야에는 우리가 출자한 곳도 있습니다. 무시할 수 없는 일 아닌가요? 영업부가 추계한 규모는 도저히 실현될 수 없습니다."

다키가와는 이글이글 타오르는 눈빛을 보냈다.

"자네가 함부로 가능성을 줄이는 건 아닌가?"

그의 말대로 미래에는 다양한 가능성이 있다. 다키가와의 말대로 급부상할지도 모르지만 현시점에서 그건 그저 가능성에 불과하다. 게다가 그 가능성도 희박했다. 무엇보다 그런 곳에 거금을 퍼부어야 하는가 하는 여부는 다른 문제였다.

"영업부의 견해는 어디까지나 희망적인 관측에 불과합니다."

기미시마의 논지는 흔들림이 없었다. "명확한 근거가 없는 한 평가할 수 없고, 근거 없이 평가하면 우리 경영전략실의 존재 의의가 의문시됩니다."

"존재 의의라고?"

다키가와의 눈빛이 어둡게 가라앉았다. "자네들이 존재하는 이유는 우리가 돈을 벌어오기 때문일 텐데? 그런데도 논리만들이대고 우기면서 사업 확대를 방해만 하지. 잘 들어. 이번 인수는 우리 실적에 반드시 공헌할 거야. 자네들은 모르겠지만, 나는 알아. 이런 한심한 의견서는 얘기할 것도 없어. 재평가 후 다시 써."

다키가와는 더 이상의 논의는 허락하지 않겠다는 말투로 내뱉고 기미시마와 옆에 앉은 와키사카를 노려봤다.

"무슨 뜻인지 알겠어."

기미시마가 반론하려 하는데 와키사카가 뜻밖의 반응을 보였다. "지금 지적한 점을 다시 검토하지. 그럼 되겠나?"

아연실색할 만한 한마디였다.

"결론은 어쩔 건데. 결론은?"

다키가와가 따졌다. "재검토고 뭐고 다 좋아. 다음에는 찬성 의견을 제대로 표명하겠지?"

다키가와의 강경론에 난다 긴다 하는 와키사카도 입술을 깨물고 생각에 잠기더니 이윽고 커다란 한숨과 함께 고개를 들었다.

"아, 알겠네. 영업부 의견에 따르도록 재검토해보겠네."

완전히 백기를 든 것이다.

농담하나……. 기미시마는 당황했다.

"잠깐만요. 근거도 없이 찬성 의견을 쓸 수는 없습니다."

이런 말도 안 되는 논리에 굽히면 우리의 존재를 부정하는 것이나 마찬가지다. "사내 정치에 따라 결론을 바꾸는 의견서라면 경영전략실의 심사 같은 건 하지 않는 게 낫잖습니까. 이 의견서 그대로 내게 해주십시오. 반대 의견이 있다면 이사회에서 정정당당하게 논리를 펼치면 될 일입니다."

"자네는 여전히 완고하군."

기미시마에게 바늘 같은 시선을 보낸 다키가와의 낮은 목소리가 날아왔다. "기어코 그렇게 말하다니 완전히 비뚤어진 사람이야. 그런 태도라면 언젠가 설 자리가 없어질 거야."

"사정에 따라 생각을 바꾸라는 말씀입니까?"

기미시마도 다키가와를 응시했다. "그랬다가는 올바른 여신 판단은 불가능해집니다. 그래도 괜찮겠습니까, 상무님?"

기미시마의 옆에서 와키사카가 혀를 차면서 천장을 올려다보는 게 보였다.

"와키사카, 이번 건에서 이 남자를 빼! 말이 통하질 않잖아."

다키가와가 단언했다. "이 건은 자네들이 참견할 게 아니야. 굳이 말하자면 영업부 소관이야. 내가 경영전략실에 심사를 요청한 건, 단순히 그게 내부 절차였기 때문이야. 기미시마, 자신의 능력을 착각하지 마. 좀 영리하게 굴어."

다키가와가 내뱉었을 때 노크 소리와 함께 얼굴을 내민 비서가 손님이 왔다고 알려와 이야기는 여기서 끝났다.

이것이 가자마상사에 관해 나눈, 모든 대화였다. 그리고…….

다키가와가 온갖 논리를 들이댄 이사회에서 가자마상사 인수 안건이 기각된 것은 다음 주 일이었다.

"엄청난 표정으로 나를 노려보더라."

이사회에서 돌아온 와키사카는 싱긋 웃으면서 말했다. "그런데 기미시마, 조심해. 녀석은 원한을 품는 타입이야. 무슨 짓을 할지 몰라."

"의견서는 설득력 있는 논리에 따라 작성했습니다. 올바른 의견을 냈다고 사람을 날리는 회사가 있나요?"

도키와자동차는 그런 회사가 아니다.

기미시마는 그렇게 믿었다. 적어도 그때까지는. 그런데…….

그로부터 석 달 뒤쯤 기미시마는 인사부에 불려갔다.

이동하라는 비공식 통보였다.

그 자체는 놀랄 것 없었다. 무엇보다 경영전략실에 이미 7년이나 몸담고 있었기 때문에 부서를 바꿔도 이상할 게 없는 시기였으니까. 문제는 이동 부서였다.

기미시마는 오랫동안 경영 관리와 기획 부서에서 보냈다. 다음에도 당연히 그 경력을 활용할 수 있는 본사의 타 부서로 이동하리라 생각했는데, 인사부장은 뜻밖의 말을 꺼냈다.

"요코하마공장으로 가주겠나?"

기미시마는 말이 나오지 않았다.

"요코하마공장의 총무부장 자리야."

"총무부장……."

명백한 좌천이었다.

1장
제너럴 매니저

1

  기미시마는 요코하마역에서 잡은 택시 뒷좌석에 앉아, 길 양쪽으로 흐르는 교외 풍경을 멍하니 바라봤다.

  '도대체 내가 왜 여기 있는 거지?'라는 다소 현실감 없는 감개가 떠올랐다.

  대학 졸업 후, 도키와자동차에 입사하고 3년 동안은 영업부에 배속되어 구두 굽이 닳도록 고객을 찾아다녔다. 신입사원답지 않은 성적과 창의적인 아이디어가 높은 평가를 받아 본사로 이동했고 이후 20년 넘게 본사의 일원으로 힘써 일했다.

  기획부 7년, 영업추진본부에서 8년, 실적의 비약적 발전을 목표로 신설된 경영전략실에서 7년.

  가족은 아내와 아이 둘까지 넷. 아이는 둘 다 아들이다. 장남이 초등학교 4학년이고 둘째가 2학년이다. 25년 장기 대출로 산도큐도요코 선(線) 인근의 맨션에 살면서 매일 아침 7시 반에 집을 나와, 오테마치에 위치한 도키와자동차 본사에 누구보다 먼저 도착해 그날의 경영 자료를 살폈다. 문제점이 보이면 관련 부서에 문의해 직속 상사인 와키사카 겐지의 질문에 대비했다.

그동안 기미시마가 몸담았던 통근 모습은 언제나 살풍경이었다. 도심이 가까워지면 시야를 막던 주택가는 빌딩으로 바뀌었고, 지하철로 갈아타면 그 모습은 유리창에 비친 스트레스 가득한 자신의 얼굴로 변했다.

하지만 기미시마는 그런 생활이 힘들지 않았다.

그렇게 생각할 만한 감성이 이미 사라지고 현실에 익숙해졌을 뿐인지도 모른다.

기미시마에게 출퇴근은 공과 사를 바꾸는 통과의례 같은 것이었다. 그런데……

지금 기미시마가 보는 차창에는 부루퉁한 얼굴로 침묵을 지키는 통근객도, 도심의 광경도 없었다. 부드럽고 담담하게 쏟아지는 겨울 햇살과 느긋한 교외 풍경만이 있을 뿐이었다.

택시 앞쪽에 조그맣게 공장 지붕이 보였다.

도키와자동차의 요코하마공장이었다.

소형 엔진 제조를 기본으로 하며 자동차, 오토바이, 작업용 경차, 나아가 모터보트와 크루저 같은 선박까지 도키와자동차의 수비 범위는 넓었다. 요코하마공장은 사업의 원조라 할 수 있는 소형 엔진 전반을 제조할 수 있는 주력 공장이었다.

공장장 집무실은 사무관리동의 1층에 있었다.

현관 정면에서 좌우로 뻗은 복도 오른쪽의 가장 안쪽 방이었다. 블라인드를 올린 방은 넓고 밝았으며 창문으로 공장 입구를 드나드는 차와 사람이 잘 보였다.

창가에는 양쪽으로 서랍이 달린 책상과 편안해 보이는 의자가 놓여 있었고, 바로 앞에는 열 명도 넘게 앉을 수 있는 응접세트가 있었다. 문 바로 왼쪽 벽에는 공장장의 취향인지, 열대어 어항이 놓여 있었다. 본사에서는 절대 볼 수 없는 광경이었다.

"바로 공장장님을 모셔오겠습니다. 앉아서 기다려주십시오."

접수대에서 방으로 안내해준 직원은 그렇게 인사한 다음 물러났다. 야무진 분위기의 20대 중반 여성으로, 플라스틱 케이스에 넣은 사원증을 목에 걸고 있었다.

"사쿠라 다에 씨?"

그렇게 중얼거린 기미시마는 직원이 안내한 의자에 앉아 멍하니 벽 쪽 수조를 바라봤다. 몇 분쯤 기다렸을까, 노크와 함께 땅딸막한 체형의 50대 중반 남성이 나타났다.

공장장인 신도 도모야였다. 통통하고 동그란 얼굴은 매사 느긋하고 매우 온후해 보였다. 본사에서의 평판은 무사안일주의에 보수 온건파. 새로운 일에는 적합하지 않으나 도키와자동차가 창업한 땅에 세워진 주력 공장의 책임자로는 적임이라고들 했는데.

"오늘, 부임했습니다. 기미시마입니다. 잘 부탁드립니다."

일어나 허리를 숙인 기미시마에게 신도가 인사했다.

"정말 손꼽아 기다렸네. 어서 오시게."

부드럽게 미소 지은 신도는 기미시마에게 의자를 권하고 자신은 반대쪽 팔걸이의자에 앉았다. "이곳 총무부장 자리가 자네 뜻에 맞지 않았을 수도 있겠지만, 우리는 샐러리맨 아닌가."

아마 기미시마가 여기에 오게 된 사정은 신도의 귀에도 들어갔을 것이다.

"주어진 일에 최선을 다할 뿐입니다."

신도는 그렇게 대답하는 기미시마에게 조금 안됐다는 듯한 눈빛을 보냈다. "뭐, 상대가 다키가와 상무였으니 힘들었겠지."

—그런 태도라면 언젠가 설 자리가 없어질 거야.

다키가와가 던졌던 한마디가 뇌리에 되살아나자 씁쓸한 감정이 가슴에 차올랐다.

다키가와가 꾸민 좌천 인사에 와키사카는 상당히 반발해주었으나 끝내 뒤엎지는 못했다.

힘이 되지 못해 미안하네. 인사 명령이 떨어지자 와키사카는 그렇게 말하고 고개를 숙였다. 그의 사과에 비참한 심정만 더 커질 뿐이었다.

"기미시마 부장, 본사에서 나온 게 몇 년 만이지?"

신도가 물었다.

"22년 만입니다."

기미시마가 대답했다. 그리고 다시는 본사로 돌아가지 못하겠지.

기미시마가 그런 생각에 잠겨 있는데 노크와 함께 작업복 재킷을 입은 남자가 얼굴을 내밀었다.

"요시하라입니다. 잘 부탁드립니다. 손꼽아 기다렸습니다."

선한 인상에 미소를 띤 요시하라 긴지, 전임 총무부장이었다.

"저야말로 인수인계 잘 부탁드립니다."

기미시마는 일어나 인사했다. 요시하라에 관해서도 미리 조사했다. 본사 총무부를 거쳐 여기 요코하마공장의 총무부장으로 전임한 게 지금으로부터 8년 전이었다. 배려심이 깊어 공장 사원들에게 인기가 많다고 했다. 퇴임 후 같은 요코하마 시내에 있는 도키와자동차 자회사로의 파견이 정해졌다.

"그런데 부장님, 럭비 좋아하세요?"

요시하라는 자리에 앉자마자 물었다.

"그게, 좋아한다고 해야 하나."

질문한 의도는 알고 있었다. 요코하마공장의 총무부장에게는 사실 다른 얼굴이 있기 때문이다.

"인사부에서 들으셨죠? 요코하마공장의 총무부장은 '도키와자동차 아스트로스'의 제너럴 매니저를 겸임하고 있습니다."

아스트로스는 도키와자동차의 럭비팀 이름으로, 일본럭비협회 산하 사회인리그인 플래티나리그에 소속된 '명문' 팀이었다.

그 팀의 제너럴 매니저를 기미시마가 맡게 된 것이었다.

인사부 말로는, 사회인리그 전체를 통틀어 럭비 문외한이 제너럴 매니저로 취임하는 일은 전혀 없었다고 했다.

이례 중의 이례라고 할 수 있는 인사라서 기미시마는 이 또한 다키가와의 괴롭힘이 아닐까 의심했다.

"어쨌든 사장님께 격려받으셨죠?"

요시하라가 물었다. 그런 정보까지 알다니 놀랍군.

인사 명령을 받은 다음 날, 기미시마는 사장인 시마모토 히로시에게 불려갔다.

"혹시 시간 괜찮다면 사장님께서 이야기를 나누고 싶으시답니다."

오후 2시가 지나, 인수인계 자료를 만드느라 정신없이 바쁘게 지내고 있는 기미시마에게 사장 비서가 전화를 걸어왔다.

"시간은 없지만, 바로 가죠."

임원 층으로 올라가 가장 안쪽에 있는 사장실로 들어갔다. 시마모토 히로시는 환한 웃음으로 기미시마를 맞으며 "자, 앉지"라고 말하고는 소파를 권했다.

경영전략실은 사장 직속 조직이었기에 사장과 이야기하는 일 자체는 드물지 않았다.

"이번에 요코하마공장의 총무부장으로 간다지. 그럼, 자네가 아스트로스의 제너럴 매니저야. 잘 부탁하네."

시마모토는 알겠다며 고개를 끄덕이는 기미시마에게 럭비에 대한 뜨거운 열정을 얘기했다. 인사가 좌천인지 아닌지 헤아릴 생각은 전혀 없는 듯했다.

"기미시마 부장, 럭비는 아주 훌륭해."

시마모토는 호쾌하게 말했다. "경기에서는 승리를 목표로 전력을 다해 싸우지. '원 포 올, 올 포 원'이라는 말, 아나?"

"One for all, all for one"일까. 기미시마가 처음으로 떠올린 것은 《삼총사》였다.

기미시마가 모른다며 고개를 젓자 시마모토는 오히려 기뻐하며 설명했다.

"개인은 팀을 위해, 팀은 개인을 위해. 멋진 말이지. 럭비 선수는 오로지 팀을 위해 헌신하고, 팀도 선수를 버리지 않아. 조직은 그래야 해."

정말 단순한 조직론 아닌가. 그야말로 시마모토가 좋아할 만한 말이다.

시마모토는 말을 이어나갔다. "그리고 또 하나 멋진 게 있지. '노사이드' 정신이야. 이 말 아나?"

어쨌든 그 정도는 알고 있었기에 "네, 뭐"라고 기미시마는 살짝 고개를 끄덕였다.

"볼을 서로 빼앗는 격렬한 경기를 하다가도, 일단 종료 휘슬을 불면 적도 아군도 사라지지. 그러니까 노사이드(No Side)가 되는 거야. 그리고 서로의 건투를 빌어주지. 숭고한 정신이야. 이거야말로 진정한 스포츠 정신 아닌가? 여기에는 우리가 절대 잊어선 안 되는 인간의 존엄성, 삶이 있지 않을까?"

시마모토는 한껏 도취된 표정으로 말했다.

시마모토는 어딘가 천진난만한 아이가 그대로 어른이 된 듯한 부분이 있는 남자였다.

시마모토는 도키와자동차의 창업주 집안 출신이지만 항상 그 집안 출신이 사장이 되는 건 아니었다. 실제로 시마모토 전에는 창업주 집안 출신이 아닌 사람이 사장을 맡아왔다.

시마모토의 경영 스타일은 효율적이고 견실함, 그 자체를 추구했다.

한편으로 사회인럭비 최상위 리그인 플래티나리그 창설에 동의하고 참여를 결정한 것도 그였다.

럭비라는 스포츠 정신에 심취한 사장에게 아스트로스는 편애하는 자식 같은 존재였다.

그리고 지금…….

"격려라고 하지만 럭비에 대한 일방적인 열변이었죠. 다만 저 스스로 제너럴 매니저로서 적임자인지 의문이 듭니다."

요코하마공장의 공장장실에서 기미시마가 말했다.

럭비에는 완전히 문외한이다. 대단한 관심도 없었다. 조난대학 재학 중일 때 대학팀을 응원하러 국립경기장에 간 적은 있지만 그것도 이래저래 25년도 더 전의 일이었다.

2015년 월드컵에서 일본 대표팀이 남아프리카공화국에 이겼을 때는 뉴스를 흥미진진하게 보긴 했다. 하지만 그 열기가 식고 나서 시합 관전은커녕 럭비장을 찾을 생각도 하지 않았다.

"그런가……."

신도는 턱 언저리를 만지면서 잠시 생각했다.

그럼 다른 사람에게 맡길까…….

사장의 너무 큰 기대에 어깨가 무거운 기미시마는 신도가 그렇게 얘기해주길 내심 기대했지만, 그렇게 되진 않았다.

"제너럴 매니저에게 요구되는 건 럭비 지식이나 기술이 아니라, 매니지먼트니까. 기미시마 부장, 난 자네야말로 적임자인 것

25

같은데."

기미시마의 마음속에 낙담이 퍼졌다.

"기대하지."

신도는 그렇게 말하고는 손목시계를 보면서 "이제 시간이 되었군"이라며 자리에서 일어났다. "모두에게 소개하겠네."

이런, 이런! 속으로 한탄하면서 기미시마도 둘을 따라 나왔다. 목적지는 몇 개의 구름다리로 연결된 안쪽 건물이었다.

공장은 넓었다. 경영전략실에서 일할 때는 회의차 국내외 주요 거점으로 출장을 가기도 했으나 공장을 찾는 일은 거의 없었다. 요코하마공장에 온 것은 신입사원 연수 이후 처음인가. 건물에서 건물로 건너는 통로에서 맑은 겨울 하늘을 봤다.

"저기, 총무부에 가는 게 아닙니까?"

기미시마는 이상해서 물었다. 총무부 명패가 붙은 사무실 앞을 그냥 지나쳤기 때문이었다.

"아니, 아니지. 모두에게 소개해야 하니까."

마침내 신도는 커다란 녹색 문이 달린 건물 앞에 멈춰 섰다.

"여기는?"

"옛날에는 창고였는데 지금은 강당으로 쓰네."

요시하라가 철문을 옆으로 열자, 드르륵 소리와 함께 내부 광경이 눈에 들어왔다. 기미시마는 놀라 살짝 소리를 지를 뻔했다.

거기에는 수백 명, 아니 천 명에 가까운 사원들이 있었고, 그 시선이 일제히 이쪽을 향해 있었기 때문이다.

그때 그야말로 우레와 같은 박수가 터졌다.

"요코하마공장에 잘 왔네."

너무 놀라 말문이 막힌 기미시마에게 새삼스레 신도가 인사했다.

"여러분, 좋은 아침입니다."

한 단 높은 곳에서 마이크를 쥔 요시하라는 익숙한 모습이었다. "오늘, 여러분에게 새로운 동료를 소개하려고 합니다. 기미시마 하야토 씨입니다."

다시 큰 박수가 터졌다. 자리가 조용해지길 기다려 요시하라는 기미시마에 대해 소개했다. 어디서 조사했는지 상당히 자세했다. 막힘없이 술술 떠드는 모습이 마치 프로 진행자 같아서 "그럼, 여기서 한 곡"이라며 노래라도 부를 듯한 분위기였는데 그러지는 않았다.

연단을 양보한 요시하라는 기미시마에게 편안하게 얘기하면 된다고 귓엣말하고 등을 떠밀었다. 총무부 직원들의 차분한 얼굴과 마주할 줄 알았던 터라 이런 상황은 의외였다.

이거 정말 곤란한 일이 생겼구나 싶었을 때 또다시 예상치 못한 일이 벌어졌다.

집회소를 가득 메운 직원들이 양쪽으로 갈라지더니, 환성과 함께 유니폼 차림의 거한들이 나타난 것이다.

아마도 요시하라가 꾸민 연출이겠지.

유니폼 차림의 남자들이 누구인지는 물어보지 않아도 알 수 있었다. 럭비팀 '도키와자동차 아스트로스'의 선수들이었다. 모두 50명 가까이 되어 보였다.

이게 아스트로스인가?

기미시마는 저도 모르게 열심히 그들을 바라봤다. 연령층은 다양했는데 특히 젊은 선수들의 진지한 눈빛이 인상적이었다. 그리고 호의적인 온기도. 기미시마는 그들의 환영을 받으며 생각지도 못한 기묘한 감각에 사로잡혔다.

설명하기는 어려우나 굳이 말하자면, 기분이 좋았다. 단순한 얘기다.

기미시마는 다시 자신을 바라보는 천 명에 가까운 사원들과 마주하고 일단 무난한 인사로 그 자리를 마무리했다.

조금 잘 정리된 연설이었으면 더 좋았을지도 모른다. 하지만 기미시마는 연설은 평범한 게 더 낫다고 늘 생각했다. 웃음을 끌어내거나 과장된 말은 그와는 어울리지 않았다.

기미시마를 위해 열렸던 행사는 이윽고 선수 각자와 악수하는 것으로 끝났다.

2

"사쿠라, 그래서 어땠어? 그 기미시마라는 총무부장, 완전 럭비 문외한이라고 하지 않았어?"

그렇게 묻는 하마하타 조의 말투에는 깔보는 듯한 분위기가 있었다.

공장 근처의 선술집 '다무라'의 테이블에 둘러앉은 이들은 아스트로스 선수들이었다. 과거 대학럭비계에서 유명했고 지금도 팀에서 최고의 인기를 누리는 하마하타 외에 통칭 데쓰로 불리는 캡틴, 기시와다 데쓰를 비롯해 젊은 부원 일고여덟 명이 모여 술을 진탕 마셔대고 있었다.

다무라의 여주인은 아스트로스의 전직 영양사로, 럭비팀 선수들을 위해 특별 메뉴인 '아스트로스 정식'을 만들었다. 다무라는 선술집이지만 영양을 고려한 특별식으로 선수들의 건강관리에 톡톡한 역할을 담당하고 있는 특별한 가게였다.

"아직 잘 모르겠어요. 인수인계 중이라 거의 대화를 나누지 못해서."

사쿠라 다에는 솔직한 감상을 얘기했다. "하지만 나쁜 사람 같진 않아요. 느낌이 좋은 사람이더라고요. 경영전략실에 있었다고 해서 얼마나 엘리트인가 싶었는데 잘난 척하는 구석이 전혀 없어요."

"좌천 같은 거 아니었어? 무슨 잘못을 했을까?"

하마하타는 더 흥미가 생긴 듯했다.

"다키가와 상무와 한판 했다는 소리를 듣긴 했는데."

다에 대신 기시와다가 대답했다. 기시와다는 다에와 같이 총무부에서 일하는 터라 누군가에게 정보를 들은 모양이었다.

다키가와라는 소리에 하마하타가 미간을 찌푸렸다. 아스트로스에 쏟아붓는 거액의 경비를 문제시하는 움직임이 경영진 안에도 있는데 그 대표가 다키가와였기 때문이다. 이른바 '팀 폐지론자'였다.

"오히려 다키가와 상무의 책략 아닐까?"

하마하타는 농담 반 진담 반으로 말하고 의심스럽다는 표정으로 팔짱을 꼈다. "좌천된 문외한을 제너럴 매니저에 앉혀 약체팀으로 만들려는 노림수일지도."

"하마 씨, 그건 너무 지나쳐요."

기시와다는 그렇게 말하긴 했으나 그럴 가능성이 있진 않을까 하는 마음에 문득 고민에 빠졌다.

"이번 시즌, 2부 리그로 떨어졌다가는 정말 위험하겠어."

그 점은 하마하타의 말이 옳다고 다에도 생각했다.

"감독 일도 그렇잖아. 럭비팀 해체를 위한 포석을 깐 것일 수도 있어."

하마하타는 선술집의 허공을 노려봤다.

시즌은 1월에 막 끝났으나 저조한 성적에 대한 책임과 건강상의 이유로 마에다 도시하루 감독이 갑자기 사임을 표명한 게 지난주였다. 물론 후임 감독은 아직 정해지지 않았다.

"감독은 조금 더 기다려주세요."

기시와다가 달래듯 말했다. "요시하라 부장님이 인선해서 기미시마 부장에게 인수인계할 테니까. 틀림없이 좋은 사람을 데려올 겁니다."

"무슨 정보라도 있어?"

"아뇨. 아무것도." 기시와다는 고개를 저었다.

"괜찮을까? 나 원 참."

하마하타는 짧게 탄식하고 "태평한 소리나 늘어놓을 때가 아니라고, 데쓰" 하며 엄격한 눈빛을 던졌다. "초보 제너럴 매니저가 협상하게 되는 거야. 제대로 할 수 있을까? 내가 의뢰를 받는 사람이라면 의문스러울 것 같은데. 왜 이런 아마추어가 제너럴 매니저야? 이렇게 말이야. 그것만이 아니야. 이대로 가면 팀에서 빠지겠다는 녀석도 나올 거야."

"누가 그런 말을 하던가요?" 기시와다의 낯빛이 변했다.

"아니, 누구라고 할 건 없는데."

하마하타가 말을 흐렸다. "이래선 '일본'은 못 노려."

그 한마디는 기시와다를 향한 것이었다. 문득 돌아보니 옆 테이블의 젊은 선수들도 심각한 표정으로 침묵을 지키고 있었다. 하마하타와 기시와다의 대화에 귀를 기울이고 있는 듯했다.

일본. 즉 일본 대표 시합에 출전하는 것은 플래티나리그 소속 팀 선수들에게 목표 중 하나였다.

하지만 그 여정은 그리 평탄치 않다. 우선 플래티나리그에서 활약해 대표팀 감독의 눈에 들어 일본 대표 스쿼드(후보 선수)로 소집될 필요가 있다. 수차례에 걸친 시험을 거쳐 드디어 대표팀에 들어가도 선발 출전 명단에 들어가느냐는 해당 선수 구성에 달려 있다. 대표로 뽑혀도 시합에 출전하지 못하면 대표팀 출장 경험을 뜻하는 '캡'은 얻을 수 없었다.

플래티나리그에서의 활약은 일본 대표 선발에 강력한 요인이 되지만 아스트로스는 지난 몇 시즌 리그 하위로 부진했다.

하마하타의 말투에는 자신이 과거, '일본'의 벚꽃 색깔 유니폼을 입었다는 자부심과 2년 전 테스트 경기를 마지막으로 대표

전에 불리지 못하고 있다는 분한 마음이 뒤섞여 있었다.

"데쓰, 어떻게 좀 해라. 감독도 없는데 럭비에 대해 아무것도 모르는 아마추어 제너럴 매니저까지. 이대로 가면 우승은커녕 정말 강등 위기야."

그야말로 기시와다도 답변이 궁했다.

하마하타의 발언은 그대로 아스트로스 선수들의 본심임이 분명했다.

3

다음 날 아침, 어제보다 빨리 집을 나선 기미시마는 오전 7시 50분에 공장에 도착했다.

솔직히 말해, 의기소침한 마음에 회색 하늘빛이 더 짙어진 듯했다. 어제는 아침 환영식으로 당황하기는 했지만, 부임해보니 사실 여기도 나쁠 것 없겠다는 생각이 들었다.

공장에는 본사 근무에서 볼 수 없는, 소박하고 인간적인 따뜻함이 있었다.

동시에 그것은 가슴에 뭔가 그리운 감상을 심어주었다.

기미시마는 도야마의 시골 공무원인 아버지와 근처 공장을 다니던 어머니 사이에서 장남으로 태어났다. 형제는 셋. 두 살 터울의 남동생과 막내 여동생이 있다. 집은 조부모 댁과 같은 동네에 있어서 학교에서 돌아오면 곧장 조부모 댁으로 가 부모를 기다리는 게 어린 시절 기미시마 남매들의 일과였다.

집에는 논밭이 있었고 한 지역에서 오래 함께 살아온 이웃과 교류가 깊었다. 밭에서 딴 게 있으면 서로 가져다줬다. 쉬는 날이면 아버지 친구가 술을 들고 놀러 오거나 거꾸로 아버지나 어머니가 찾아가기도 했다.

느긋하고 따뜻했던 그곳에서의 관계는 기미시마가 맺은 인간관계의 원점이었다. 날 선 긴장감 없는 공장의 느긋한 분위기와 인간관계에는 어딘가 어린 시절과 일맥상통하는 점이 있는 듯했다.

"사실은 아스트로스 제너럴 매니저인 부장님께서 바로 맡아 주셔야 하는 일이 두 가지 있습니다. 하나는 감독 인사입니다. 유감스럽게도 성적 부진 등의 이유로 얼마 전, 전임 감독의 사임이 결정되었거든요."

그날 아침 회의를 위해 마주 앉은 요시하라는 복잡한 표정으로 그렇게 말을 꺼냈다.

"신임 감독은 아직 정해지지 않았습니까?"

그러고 보니 어제 감독과 인사하지 않았네.

"현재 인선 중입니다."

"후보는 있습니까?"

"이 둘입니다."

요시하라는 인수인계 자료 파일에서 감독 후보의 프로필을 정리한 서류를 기미시마에게 건넸다.

"다케하라 마사미쓰 씨와 다카모토 하루카 씨, 이 두 분입니까?"

기미시마가 이름을 읊었다.

"아십니까?" 요시하라는 기대에 찬 표정을 지으며 물었다.

아니라며 고개를 젓자 요시하라가 보인 살짝 낙담한 표정에 괜히 미안해졌다. 기미시마는 럭비에 관해서는 무지한 애송이나 마찬가지였다.

"다케하라 마사미쓰 씨는 55세. 감독 경력 15년의 베테랑으로 작년 시즌까지 2부 리그 팀인 베어스를 이끌었습니다."

요시하라가 설명해주었다. "다른 후보인 다카모토 하루카 씨는 재작년 선수 생활을 은퇴한 후 해외에서 코치 수업을 받았습니다. 우리는 그가 일본에서 감독 자리를 찾고 있다는 소문을 들었죠. 일본 대표 경험도 있는 유명 선수라 감독이 되면 화제가 될 겁니다. 아스트로스의 기폭제가 될지도 모르고요."

"하지만 감독으로서의 실력은 미지수겠네요."

"그렇습니다."

요시하라 역시 아무래도 이 점이 마음에 걸리는 모양이었다.

"이분들에게 감독 취임 얘기는 하셨습니까?"

"일단 연락하긴 했는데……."

거의 손대지 못한 상태인 듯했다. "마에다 감독의 사임도 정식 발표되지 않은 터라 타이밍을 봐서 본격적인 교섭에 나서려던 참이었습니다."

"마에다 감독의 사임은 언제 발표됩니까?"

"일단 사전 회의에서는 이번 주 목요일에 하기로 정했습니다."

이미 완성된 언론용 보도자료도 건네졌다.

"발표하면 좀 반응이 있을까요?"

"유감스럽게도 별로 없을 것 같네요."

요시하라는 씁쓸한 미소를 지으며 고개를 가로저었다. "마에다 감독과는 2년 계약이었습니다. 다음 시즌에도 계약을 갱신할 계획이었는데, 작년 시즌 성적이 너무 부진한 데다 생각지도 못한 건강 문제까지 생겨서."

정기검진에서 위암이 발견되어 팀을 떠나야 한다는 게 갑작스러운 사임의 이유였다.

"원래는 퇴임 회견과 함께 후계자인 신임 감독도 발표하려고 했는데 그러지 못했습니다. 기미시마 부장님에게는 폐를 끼치게 됐습니다."

요시하라가 고개를 숙였다. 하지만 이 일은 누구 탓도 아니었다. 모든 게 계획대로 진행되면 세상 살기 편하겠지만, 실력으로 어떻게든 넘길 수 있는 일이 있는가 하면 운이나 불운에 우롱당할 때도 있다.

"질문이 있습니다."

기미시마가 물었다. "너무 기본적인 질문이라 죄송한데요, 감독에 따라 팀 구성이 그렇게 많이 달라지나요?"

요시하라는 순간 멍한 표정을 지었다. 당연히 어리석은 질문이라고 생각할 텐데 표정으로 드러내진 않았다. 착한 사람이다.

"그야 물론 달라지죠. 회사의 사장이 바뀌는 거나 마찬가지니까."

"경영 자원이 같더라도 경영전략이 달라진다는 말인가요?"

"그렇구나. 기미시마 부장님은 그쪽 사람이지!"

요시하라는 웃고 곤혹스럽다는 듯 뒷머리 언저리를 쓰다듬 었다. "뭐, 그런 셈이죠. 줄기차게 포워드만 중시하는 사람이 있 는 반면, 화려하게 패스를 전개하는 럭비를 추구하는 사람도 있습니다. 감독이 추구하는 럭비에 따라 경기 방식도, 그리고 물론 결과도 달라집니다."

"지금까지 아스트로스는 어떤 팀이었습니까?"

기미시마는 지식이 없음을 솔직히 드러내며 물었다.

"수비 중시의 견실한 팀이라는 느낌입니다. 철저하게 체력을 단련해 흔들리지 않는 강인함을 갖춘 후에 세트플레이로 득점 과 연결한다. 그런 팀입니다."

그 결과가 작년 시즌이었다.

리그전에서 고전했고 강등 결정 경기에서 간신히 플래티나리 그 잔류를 결정했다. 간신히 목만 붙어 있는 상황이라고 해야 할까.

"그렇군요."

기미시마는 그렇게 대답했으나 100퍼센트 이해했냐고 묻는 다면 의문이었다. "그래서 이 감독 후보들과 접촉은 어떻게 해 야……."

"둘 다 개인적인 지인이라 괜찮으면 제가 약속을 잡을 수 있 는데 어떻습니까?"

"그래 주시면 좋죠."

기미시마는 부탁하고 계속 말했다. "참고로 이분들 외에 선택지가 있나요? 이 둘이 최선인가요?"

"솔직히 최선인지 아닌지 모르겠습니다."

요시하라의 대답은 솔직했다. "어차피 해보기 전에는 모르는 부분이 있는 데다가 상대에게도 상황이란 게 있을 테니까요. 좋은 감독이어도 오퍼 타이밍이 맞지 않으면 성립되지 않아요. 인연 같은 거라."

그야 그렇겠지. 고개를 끄덕이는 기미시마에게 요시하라가 조심스럽게 물었다.

"혹시 마음에 두신 분이라도?"

"아뇨. 전혀 없습니다."

있을 리가 없다. 기미시마와 럭비의 관계를 말하자면 대학 시절 럭비부에 있던 동급생을 하나 알고 있는 정도였다. 대학에서는 스타 선수였던 그가 지금 어떻게 지내고 있는지, 기미시마는 알지 못했다.

"그럼, 그렇게 진행하겠습니다." 요시하라가 한숨을 내쉬며 말했다.

"알겠습니다. 그런데 아까 급한 업무가 두 가지라고 하셨는데요. 다른 하나는 뭐죠?"

기미시마가 묻자 요시하라는 천천히 옆에 뒀던 큰 파일을 들어 툭 앞에 놓았다.

"이번 연도 팀 예산안 작성입니다."

4

"우리 결산에 맞춰 이번 달 안으로 예산안을 경리부에 제출해야 합니다. 일단 작년 예산안이 있으니까 그걸 참고로 작성하면 될 것 같습니다. 이게 그겁니다."

요시하라는 앞에 놓인 파일에서 해당 페이지를 펼쳐 기미시마에게 보여줬다.

"적자군요."

경영전략실에 있었을 때의 버릇으로, 제일 먼저 수지 항목을 살핀 기미시마는 거기 적힌 숫자에 눈을 부릅떴다.

"적자도 정말, 엄청난 적자죠."

요시하라가 진지한 표정으로 말했다.

맞는 말이었다. 적자 폭은 기미시마의 예상을 훨씬 뛰어넘는 것이었다.

16억 엔에 가까운 적자였기 때문이다.

"그런데 이렇게 돈이 많이 드나요?"

도키와자동차 같은 대기업이 아니면 럭비팀을 소유하지 못하는 이유였다. "게다가 예상보다 훨씬 식구도 많네요."

팀은 총 80명. 그중 선수는 약 50명이었다.

럭비는 15명이 경기하는 스포츠였다. 그렇다면 포지션 하나에 서너 명의 선수층이 존재한다는 소리였다.

나머지 스태프 약 30명에는 럭비팀장도 겸하고 있는 신도 공장장과 기미시마 본인도 포함되어 있었는데 그런 관리직 외에 코치나 매니저, 트레이너, 물리치료사나 영양관리사, 팀 닥터, 그리고…….

"분석가까지 있네요."

중얼거린 기미시마는 거기에 적힌 이름을 보고 어라, 하고 고개를 들었다.

사쿠라 다에라고 적혀 있었기 때문이었다.

"다에 씨, 분석가였나?"

다에의 활기찬 분위기를 떠올리며 혼잣말했다. 확실히 아스트로스 스태프라면 이해가 갔다.

"매년, 이 예산안이 통과됐네요."

기미시마의 경험으로 보면, 이 정도 적자가 나는데 예년처럼 통과될 것 같지 않았다.

"시마모토 사장님이 끼고도니까요."

"아무도 반대하지 않나요?"

"아이고, 그건 아니죠. 다키가와 상무는 늘 반대했죠. 럭비팀 같은 거 없애버리라고."

그야 그렇겠지. 기미시마는 그렇게 생각했다.

이 예산안을 앞에 둔 이사회의 대화 내용이 눈에 선했다.

오로지 럭비를 신봉하는 시마모토와 경비만 살피는 다키가와. 온갖 논란 끝에 시마모토가 찍어 누른다……. 그런 구조임이 틀림없었다.

"원래 다키가와 씨는 우리에게 식구 같은 존재였는데 말입니다."

요시하라가 의외의 말을 했다. "그 사람이 홍보부장이던 시절, 아스트로스의 부팀장이었으니까요."

"럭비 경험자였나요?"

그렇게 보이지는 않았는데. 조금 놀란 기미시마에게 요시하라는 "설마요!"라며 손을 가로저었다.

"우리는 전통적으로 홍보부 책임자가 럭비팀 부팀장을 겸임하고 있습니다. 아스트로스 자체가 회사 홍보나 마찬가지라."

"처지가 달라지면서 생각도 변했단 말입니까?"

"그렇습니다."

자기 생각과 같아서인지 요시하라는 크게 고개를 끄덕였다. "다키가와 상무는 현재, 아스트로스의 천적 같은 존재랍니다."

"천적요?"

본사에서 떠나와서도 또 다키가와가 천적이란 말인가. 이래서는 변한 게 하나도 없네. 암담한 마음에 기미시마는 깊이 탄식했다.

"자세한 내용은 깊이 살펴보겠습니다. 혹시 이번 연도 예산안에서 특별히 변경해야 할 게 있나요?"

"새 감독이 결정되면 그 계약금을 포함할 필요가 있겠죠."

요시하라가 말했다. "게다가 경리부가 이사회에 참석해 설명해달라고 할 수도 있습니다."

안 좋은 예감이 들었다.

"작년에는 제가 참석했는데 지독하게 당했죠. 유감이네요, 기미시마 부장님."

기미시마는 망연자실한 표정으로 고개를 들고 그저 요시하라를 쳐다보는 수밖에 없었다.

　"그럼, 앞으로 잘 부탁드립니다."

　인수인계를 끝낸 요시하라는 그날 저녁, 공장을 떠나 자회사로 자리를 옮겼다.

2장
적자 예산에 대한 구조적 의문

1

그날, 기미시마는 총무부 안의 회의실에서 다에의 도움을 받으며 예산안 작성에 착수했다.

아스트로스의 예산은 총 16억 엔이 넘었다.

중소기업 하나의 연간 매출에 필적할 정도의 액수를, 일개 럭비팀이 쓰는 것이었다.

그중 반 정도를 차지하는 게 인건비였다.

아스트로스의 경우, 일본인 선수는 전원 도키와자동차의 사원이라 사원 선수의 인건비 부담은 회사와 팀이 반씩 분담했다. 하지만 외국인 선수는 전원 프로 계약이라 전액을 팀이 부담했고, 그 경비는 사원 선수보다 훨씬 높았다.

이 밖에 환경정비비 등의 경비와 시합을 위한 교통비나 숙박비 같은 항목까지 합하면 최종적으로 16억 엔 초과라는, 눈알이 튀어나올 정도의 예산이 나왔다.

"플래티나리그의 다른 팀도 이런가?"

기미시마가 물었다.

"공개하지 않으니 정확히는 모르겠습니다. 하지만 대체로 이 정도의 경비는 들 겁니다. 외국의 스타 선수까지 데리고 있는 팀은 더 들지 않을까요?"

일례로 다에가 꼽은 곳은 어떤 팀의 유명 외국인 선수였다.

그의 연봉은 플래티나리그의 신사협정에서 정한 상한을 넘어섰는데 회사의 접대비 같은 항목으로 지출해 그 차이를 메운다고 했다.

어떤 규칙이든 빠져나갈 구멍은 있는 법이다.

"하나만 알려줘. 팀 운영에 돈이 든다는 건 알겠는데 왜 수입이 거의 없지? 이 예산안에는 경비만 있어."

작년 예산안에 첨부된 예상 수지를 보니, 나가는 돈만 있고 들어오는 돈이 거의 없었다.

결과적으로 경비 약 16억 엔이 거의 전액 적자가 되었다.

이런 말도 안 되는 일이 있나. 기미시마는 그렇게 생각했다.

"티켓을 사서 시합을 보러 오는 손님도 있을 거 아니야. 그 수입은 어디로 가지?"

"일본럭비협회로 들어갑니다."

다에의 설명에, 기미시마는 놀라 고개를 들었다.

"우리가 관객을 모아도?"

다에는 플래티나리그 규약을 꺼내면서 설명했다.

"기본적으로 플래티나리그 시합은 일본럭비협회가 주최하는

'흥행'입니다. 일단 리그에 참여하는 팀은 매년 1500만 엔의 참가비를 내야 합니다. 플래티나리그에는 16개 팀이 있으니까, 이것만으로도 2억 4500만 엔이 협회 측에 들어갑니다. 협회에서는 이 자금을 바탕으로 경기장 사용료와 운영에 필요한 스태프, 광고 홍보, 그리고 경기 티켓 관리 등 흥행에 필요한 경비를 모두 댑니다. 그리고 경기를 위해 이동에 필요한 각 팀의 교통비와 숙박비도 부담하고 있습니다. 티켓 대금은 일단 협회로 들어갔다가 실적에 따라 팀에 배분됩니다."

"잠깐만⋯⋯."

기미시마는 오른손을 들어 다에를 제지했다. "지금, 경기를 위한 교통비와 숙박비는 협회가 낸다고 했지. 그런데 우리 예산안에도 있잖아. 경기당 100만 엔 정도라고. 협회가 내줘야 하는데 왜 우리 경비에 들어 있지?"

"협회는 시합에 출전하는 등록 선수 수만큼만 비용을 내니까요. 실제로 우리는 경기 때마다 50명 단위로 이동하니까 결과적으로 협회는 반만 내는 거죠."

"그럼, 왜 티켓 판매 배당금이 수입란에 없는 거야?"

"그러니까 배당할 정도의 수익이 없으니까요."

기미시마는 아연실색해 한동안 입을 떼지 못했다.

"작년 시즌의 관객 동원은?"

"바로 알 수 있습니다. 잠깐만 기다리세요."

다에가 앞에 있던 컴퓨터를 두드려 각 시합의 정확한 동원 인원을 리스트로 작성했다.

기미시마는 가지고 있던 계산기로 계산해봤다.

경기당 평균 약 3,500명이었다.

티켓 가격은 가격이 싼 학생용부터 있는데 일반석은 1,800엔 정도였다. 메인스탠드의 SS석이라도 4천 엔 정도. 평균 티켓 가격이 2,500엔이니까 약 900만 엔의 매출은 있어야 하는데······.

"실제로는 협회 측이 부담하는 경비를 메우는 데 사용해 팀에 돌려준 일은 지금까지 한 번도 없었습니다. 우리만이 아니라 다른 팀도 마찬가지죠."

"홍보나 광고는 협회 측 책임 사항이지."

기미시마는 어이없어하며 지적했다. "왜 더 관객을 모으지 않지? 평균 3,500명밖에 모으지 못하는 경기라니, 돈이 돌아오지 않을 수밖에. 그래서야 흥행이라고도 할 수 없어."

"전적으로 동감합니다."

다에는 이때까지 억눌렀던 협회에 대한 불만을 얼굴에 드러냈다. "그나마 있는 관객도 우리가 모은 관객이에요."

다에는 경악할 만한 사실을 털어놓았다.

"평균 3,500명밖에 관객이 들어오지 않는데 실제로는 우리가 상당수의 티켓을 사들입니다. 아마 상대 팀도 그럴 겁니다."

"액면가로?"

"아뇨, 할인해서."

다에가 대답했다. "그걸 회사 거래처에 선물처럼 돌리죠."

요컨대 공짜로 뿌린다는 소리였다.

"판매 매수로만 따지면 경기장의 반쯤 채울 수 있을 정도로 뿌리는데 받은 사람이 다 경기장을 찾는지는 모르겠습니다. 입장객 수가 3,500명이라고 해도 정규 티켓을 사서 보러 오는 손님은 200명도 안 될 겁니다."

기미시마는 암담해졌다.

"그 경기에 누가 왔는지 우리가 파악할 수 있나?"

"아뇨. 전혀요." 다에는 자신의 불찰이라도 되는 듯 미안해하며 고개를 저었다.

"협회 측의 마케팅 피드백은?"

"없습니다."

"시커먼 바다에 돈을 마구 던져 넣는 상황이군."

기미시마는 너무 한심해 신음을 흘리고 말았다.

"아스트로스의 창설 이념은 사회 공헌입니다. 돈을 벌자는 게 아닙니다."

"사쿠라, 진심으로 그렇게 생각하나?"

기미시마가 진지한 표정으로 물었다.

"아뇨. 개인적인 생각을 얘기하라면 전혀 그렇지 않다고 생각합니다."

다에는 '전혀'에 힘주어 말했다. "이건 정말 바보 같은 짓입니다. 무엇보다 흥행이라면 안이한 할인이 아니라 팀에 수익을 배분할 수 있을 만큼 관객을 모으려 해야 합니다. 16억 엔 전부는 아니더라도 70퍼센트, 아니 반 정도는 회수할 수 있는 흥행 시스템이어야 하지 않을까요?"

"그런 주장을 지금까지 아무도 하지 않았나?"

너무나 믿을 수 없는 현실에 기미시마가 물었다.

"어떻게든 바꿔보려는 사람은 있습니다. 하지만 일본럭비협회가 전혀 움직이질 않습니다. 럭비계 전체가 구태의연해 변화를 받아들이기는커녕 기업에 이 정도의 부담을 짊어지게 하고 전혀 환원하지 않는 상황을 오히려 당연하게 생각합니다. 럭비는 고귀한 스포츠라고."

"고귀라…….. 노사이드라는 말이 있더군."

기미시마는 들고 있던 펜을 내려놓고 조용히 의자 등받이에 몸을 기댔다. "아스트로스의 제너럴 매니저가 되고 알아봤지. 그랬더니 영어권 럭비 용어에는 없는 말이었어. '원 포 올, 올 포 원'도 마찬가지고."

둘 다 럭비 정신을 예찬하는 용어로 사용되는 것이었다. "결국은 둘 다 일본식 럭비 용어라는 소리지. 그런데 그게 마음에 쏙 들어오는 건, 일본인이라면 누구나 아는 무사도 정신이나 청렴함이라는 미의식 같은 것과 일맥상통하는 부분이 있어서가 아닐까."

기미시마가 거기까지 조사한 이유는 사장에게 불려가 귀가 짓무르도록 럭비의 고귀한 스포츠 정신에 대해 들었기 때문이다.

아스트로스의 후원자로 시마모토는 없어선 안 될 존재이나 그가 말하는 "그래서 럭비는 아주 훌륭해"라는 말은 전부 거짓말이었다.

순진한 일본인만이 믿는 미신이었다.

그리고 지금 기미시마가 대면하고 있는 상황이 그 미신이 낳은 손익계산서 그 자체이고, 바로 현실이었다.

"고귀하니까 적자여도 괜찮은 건 아니지."

누구에게랄 것 없이 기미시마는 혼잣말했다.

2

"아스트로스의 예산안에 관해서는 제너럴 매니저인 기미시마 부장이 설명하겠습니다."

경리부장인 이치오카는 그렇게 말하고, 그럼 다음을 부탁한다는 듯 재빨리 자리에 앉아 손수건으로 이마의 땀을 닦았다.

벽 쪽 자리에서 발언 기회를 기다리던 기미시마는 일어나 입을 뗐다.

"그럼 배포한 예산안을 봐주십시오."

중요한 장면이다. 만약 여기서 예산이 삭감되거나 승인이 떨어지지 않는다면 럭비팀의 존속이 위험해진다. 그를 위해 기미시마는 이론으로 무장하고 온갖 자료를 가지고 회의에 임했다. 그런데…….

"다음 시즌 아스트로스는 여기에서 보듯…….."

"뭐야! 작년과 거의 같잖아."

느닷없이 발언을 막는 한마디가 끼어들었다. 다키가와가 돋보기를 내리고 증오라고 할 만한 눈빛을 기미시마에게 보냈다.

"용케도 이런 엄청난 적자 예산안을 아무렇지도 않게 제출했군, 기미시마. 경영전략실이라면 이런 예산안을 통과시켰겠나?"

통렬한 지적이었다. 그 말에 동조해 고개를 끄덕이는 이사가 몇 명 있었다.

"돈벌이를 추구하는 조직이라면 이런 예산안은 제출하지 않습니다."

기미시마는 냉정함을 유지했다. "아스트로스의 사명은 어디까지나 사회 공헌이며 기업 이미지의 향상과 지역과의 커뮤니케이션입니다. 동시에 플래티나리그에 출전해 일본 럭비계의 실력 향상에 이바지하는 겁니다."

스스로 말해놓고도 부끄러웠다. 물론 이 말은 적자를 지적당할 때를 대비해 준비한 표면적인 이유였다.

"그렇게 약해서야 이미지를 추락시킬 뿐이지. 회사의 수치야"

다키가와가 내뱉듯 말하고 몇 명의 이사에게 동의를 구했다. 형세는 점점 불리해져 갔다.

"다음 시즌은 어떻게든 작년 시즌보다 좋은 성적을 올리기 위해 팀 전원이 하나가 되어 임할 각오입니다."

"늘 똑같은 말을 늘어놓아 기대하게 하고는 결국 배신하지. 그 반복 아닌가?"

다키가와의 논지는 예리했다. "무엇보다 럭비계의 실력 향상이란 거 말이야, 도대체 무슨 의미가 있나? 럭비는 정신이 중요하다? 그럼 그걸로 충분하지 않나. 그리고 플래티나리그는 프로 리그가 아니라 아마추어잖아. 아마추어면 아마추어답게 그에 어울리는 활동을 해야지. 돈 들이지 않고 할 수 있는 범위에서 활동하면 어때? 그게 합당하지 않나?"

"아스트로스에는 도키와자동차 럭비팀 시절부터 반세기에 달하는 역사가 있습니다."

기미시마가 반론했다. "사회적인 팀입니다. 우리 고객들도 잘 아는 팀이죠. 부디 이해해주시기 바랍니다."

"사회에 알려진 것도 아니잖아. 그렇게 생각하는 건 자네들뿐 이지."

다키가와는 조금도 물러나지 않고 공격을 계속했다. "무엇보다 사회에 알려진 팀의 입장객 수가 3,500명이라는 게 말이 되나? 도키와스타디움의 수용인원이 몇 명인지 알아?"

어차피 기미시마의 대답을 기대한 질문이 아니었다. "1만 5천 명이야. 1만 5천 명. 그런 곳에 달랑 3,500명의 관객을 모아놓고 지역 연계네, 사회성이네, 말이 돼? 스탠드는 텅텅 비었어. 심지어 작년에는 거기서 나가시소멘•을 해먹은 사람도 있다잖아. 우리 팀만이 아니야. 다른 플래티나리그 팀도 다 비슷해. 다른 회사도 우리와 마찬가지로 어이없는 상황이라고."

그야말로 아스트로스의 전 부팀장답게 다키가와는 상황을 잘 알고 있었다. 설득력도 있다.

"플래티나리그 전체를 살펴봐도 1만 명 이상 들어오는 경기는 손에 꼽을 정도입니다. 그래서 되겠습니까?"

다키가와는 테이블을 둘러싼 이사들에게 문제를 제기했다.

• 긴 대나무통에 물이 흐르게 만들고 국수를 건져 먹는 음식.

"기미시마, 자네는 방금 럭비계의 실력 향상을 위해 아스트로스가 존재한다고 했지. 그럼, 문제의 럭비계는 어떤가? 스포츠를 강하게 하려면 먼저 인기를 얻을 필요가 있지. 축구도 그렇고 야구도 그래. 장르는 다르겠지만 바둑이나 장기도 마찬가지야. 입으로는 대단한 듯 떠들지만, 럭비 시합은 파리만 날리고 있다고. 그런 스포츠는 백 년이 흘러도 강해지지 않아. 먼저 본인들부터 달라지고 다시 시작해야 하지 않을까?"

통렬한 논지였다.

젠장……. 기미시마는 입술을 깨물었다.

"뭐, 그래도 괜찮지 않겠나. 다키가와 상무."

그때 달래는 듯한 목소리가 날아왔다.

사장인 시마모토였다.

시마모토는 특유의 온후한 표정으로 이사들을 둘러보고 "아스트로스는 우리에게 필요해. 사원들의 자랑 아닌가" 하며 조용히 옹호했다. "그래. 아무래도 요즘은 두드러진 활약이 없었어. 하지만 올해는 기미시마 부장이 어떻게든 키워주리라 믿네. 아스트로스라고 하면 도키와자동차, 도키와자동차라고 하면 아스트로스. 여차 싶으면 광고라도 할까? 그럼 관객도 늘 텐데."

엉뚱한 소리 하고 있네. 어이없어하는 분위기가 이사회에 퍼져가는 게 보였다.

다키가와는 팔짱을 낀 채 고개를 돌렸고 조금 떨어진 곳에서는 전 상사였던 경영전략실장 와키사카가 안됐다는 눈빛을 기미시마에게 보내고 있었다.

"현재 우리 실적은 나쁘지 않아. 럭비계를 위해 예산안을 승인해주지 않겠나? 자, 다들 힘을 합쳐 아스트로스를 응원하자고."

아이고 이런! 이사들은 반론할 기력조차 잃은 듯했다.

그리하여 기미시마가 제출한 예산안은 간신히 이사회를 통과했다.

"고맙습니다."

기미시마는 썰렁한 분위기 속에서 인사하고 물러나면서 정체 모를 위기감을 안았다.

도키와자동차의 창업주 가문 출신인 시마모토가 자리를 지키는 한 럭비팀은 안전하겠지.

그러나 시마모토는 이미 칠순을 넘겼다. 몇 년 전부터 건강악화설이 떠돌았다.

시마모토가 사장 자리에서 내려온다면 예산안이 통과될 가능성은 극히 낮다. 이대로라면 곧 아스트로스는 존속할 수 없지 않을까.

아니, 아스트로스만이 아니라 사정은 어느 회사나 마찬가지일 것이다. 일본 럭비 그 자체가 언젠가 막다른 길에 몰릴지 모른다.

아마추어처럼 행동하고 항상 남의 돈을 받으면서도 반성하지도 않는다. 이런 건 망하는 게 당연하다.

하지만 선수들은 다르다. 기시와다나 하마하타, 그리고 다에도 럭비라는 스포츠를 진심으로, 또 순수하게 사랑했다. 플래티나리그와 일본럭비협회의 행태는 그런 사람들의 마음을 짓밟는 일이었다.

기미시마의 분노는 꺼지지 않고 한없이 활활 타올랐다.

3

"부장님, 수고하셨어요. 어떻게 됐나요?"

이사회를 끝내고 오후에 요코하마공장으로 돌아오자 다에가 기미시마에게 말을 걸어왔다.

"잠깐 얘기하지. 그리고 데쓰, 지금 시간 있나?"

같은 총무부에 있는 기시와다 데쓰에게도 제안해 함께 소회의실로 갔다.

"수고하셨습니다!" 기시와다가 내민 페트병 차를 마신 기미시마는 말보다 한숨을 먼저 내쉬었다.

"그래서 예산안은 통과됐나요?"

기시와다가 물었다.

"통과되긴 했지."

기미시마가 대답했다. "하지만 정말 많이 깨졌어. 완전 불덩어리 같았지. 시마모토 사장님이 도와줘서 억지로 통과됐지."

기시와다가 얼굴을 찡그렸다. 다에는 심각한 눈빛으로 기미시마를 봤다.

"다키가와 상무가 내가 경영전략실에 있었다면 이런 예산안을 통과시키겠냐고 묻더군. 대답할 말이 없었어."

아니, 실제로는 대담했다. 아스트로스의 존재 의의 운운하는 그럴듯한 말을.

"상무님은 너무해요. 우리 부팀장까지 한 사람이 자리를 옮기자마자 비판적으로 나오다니."

다에는 속이 상한 듯 말했다.

"아냐. 다키가와 상무의 말이 옳아."

기미시마는 고개를 들어 천장을 쳐다봤다. "두 사람에게는 미안해. 아무것도 모르는 제너럴 매니저의 불평이라고 들어줘." 이렇게 일단 양해를 구하고 이야기를 이어갔다.

"나도 예산안을 작성하면서 실은 무력감에 사로잡혔어. 의문, 아니 화까지 나더군. 왜 이런 적자가 생길까?"

"죄송합니다."

기시와다가 고개를 숙였다. 왜 사과하는지도 모르고 반사적으로 고개를 숙이는 느낌이었다.

기미시마도 그랬다. 이 감정을 어디에다 풀어야 하는지 몰라 그저 이렇게 말했다.

"16억 엔, 이번 시즌에 우리가 사용하는 경비 액수야."

기미시마는 앞에 놓인 두툼한 자료를 펼치고 예산안 페이지를 톡톡 손으로 두드렸다. "분하게도 오늘 상무에게 지적받은 부분은 모두 내가 느꼈던 거야. 오늘 이사회에서는 방어하는 처지였지만 사실은 다 맞는 말이라고 생각해."

기미시마는 솔직히 털어놓았다. "이러다가는 아스트로스는 끝이야. 아니, 일본 럭비계가 끝날 수도 있어."

다에의 눈동자가 물밑으로 가라앉듯 감정의 빛이 지워졌다. 기시와다는 생각에 잠긴 듯 미간을 찌푸리고 자기 손만 바라보고 있었다.

"적자가 커서요?"

이윽고 다에가 물었다.

"아니. 한 걸음 더 나아가 생각해야 할 거야."

기미시마는 의자 등받이에 몸을 기대고 조그맣게 한숨을 쉬었다. "적자란 들어오는 돈보다 나가는 돈이 크다는 소리야. 가령 16억 엔의 경비가 들더라도 그것을 웃도는 수입이 있으면 문제가 될 건 하나도 없어."

"그러니까 그게…… 수입이 너무 적다는 말씀이시죠." 낮은 수입에 짚이는 데가 있는 것은 기시와다의 얼굴에 드러났다.

"솔직히 경기당 평균 3천 명대 관객으로는 수지가 맞지 않아. 나는 말이야, 이 정도 돈을 들이는 이상 아마추어니까 괜찮다고는 생각하지 않아."

기미시마는 자문하듯 말하고, 팔짱을 낀 채 가만히 천장을 올려다봤다. "다만 럭비로 수익을 올린다는 게 어려운 것도 사실이야."

럭비에는 15명이나 되는 선수가 필요하다. 야구 9명, 축구 11명보다 많다. 농구라면 3분의 1의 인원으로 팀이 된다. 첫 번째 전제로 일단 그만큼의 인건비가 더 든다는 소리다.

그런데 경기 수는 많지 않다.

작년 시즌 아스트로스의 경기는 리그전과 순위결정전, 거기에 컵 쟁탈전까지 합쳐도 15회에 불과했다.

"작년 시즌, 아스트로스 경기의 총 입장객 수는 5만 명이고 연간 티켓 매출은 정가로 환산해도 1억 5천만 엔밖에 되지 않아. 즉 필요 경비의 10분의 1이라는 거지. 게다가 그 돈 전부가 협회 운영비로 사라져 티켓 대금은 전혀 들어오지 않았어. 제로였지."

절망적인 기분으로 기미시마가 말했다. "지금 일본 럭비계는 자립하지 못한, 덩치만 큰 아이야."

기시와다와 다에는 마치 자신들이 질책을 받는 듯 고개를 숙이고 있었다.

"그럼 어떻게 하면 좋을지……."

돌아오는 전차 안에서 내내 자문했던 말을 토해냈다. "어디에 문제가 있는지 생각해보면 온통 모순덩어리야."

기미시마는 혼잣말했다. "강해지기 위해 플래티나리그를 창설했다면서 실제로는 텅 빈 스탠드를 끼고 아주 태평하게 참가 기업의 지갑이나 털지. 아마추어리즘이라고 하면서 프로선수도 데리고 있어. 인기가 없다면서 유효한 방법을 쓸 생각도 없고. 이걸 보라고."

앞에 쌓아놓은 자료에서 서류 두 개를 꺼내 나란히 펼쳤다.

"플래티나리그는 일본럭비협회 산하 조직으로, 모든 수익은 일본럭비협회로 가. 연간 수입은 얼마일까?"

53억 엔이 채 안 되는 액수였다.

"그리고 이쪽 서류가 같은 시즌의 B리그, 그러니까 프로농구의 연간 수지인데 매출은……."

"195억!"

다에의 눈이 커졌다. "프로농구가 이만큼 수익을 올리나요?"

"럭비와 비교해 네 배 가까운 차이야."

B리그는 1부 리그 전체에서 145억 엔. 하부인 2부 리그에서 50억 엔이라는 수입 구조로 되어 있었다. "게다가 영업 수입 10억 엔 이상인 클럽이 18개 중 6개나 돼. 전체 입장객 수는 250만 명. 놀라운 사실은 B리그 설립은 2015년으로 아직 신생이야. 불과 몇 년 만에 이만한 실적을 올린 거라고. 일본럭비협회의 역사는 한 세기에 가까운데 좋게 말하면 아마추어리즘을 고집한 한 세기 였지. 아무것도 하지 않은 한 세기라고도 할 수 있고."

"부장님, 뭐가 다른 걸까요?"

기시와다가 경악한 채 물었다. "럭비는 그만한 역사가 있고 농구보다 사람들에게 알려져 있다고 생각합니다. 그런데 왜 이렇게 차이가 나죠?"

"미안하지만 전부 달라."

기미시마가 말했다. "플래티나리그는 아마추어이지만, 농구는 프로야. B리그는 경기도 많고 팀 경비도 럭비보다 적게 들지. 하지만 그런 점을 제쳐두더라도 수입 구조에서 가장 다른 점은 막대한 방영권을 포함한 후원사 수입이야. 그것만 20억 엔이 넘어. 물품 판매도 10억 엔이지. 일본럭비협회를 볼까? 방영권 수입이 4억 엔, 물품 판매는 4천만 엔에 불과해. 하늘과 땅 차이지. 그 차이를 만드는 게 바로 경영자의 차이야."

"경영자의 차이요?"

뜻밖의 대답이었는지 기시와다는 다시 놀란 표정을 지었다.

"B리그는 모든 티켓 판매의 실태를 파악해 누가 어떤 경기의 어느 자리를 샀는지 알아. 나이와 성별, 직업, 이름 같은 마케팅 데이터를 모아 운영에 활용하고 있어. B리그는 데이터를 바탕으로 치밀한 광고 홍보 활동을 펼쳐 관객을 모으는 데 성공했어. 게다가 자신들의 고객층이 분명해짐에 따라 그들에게 상품을 팔려는 기업의 수요를 발굴해 그걸 방영권과 결부시켰어. 그런데 럭비계는 어떤가?"

"마케팅 피드백이 전혀 없다는 건 협회의 노하우 부족, 그 방증이라는 말씀이신가요?"

다에가 후, 긴 숨을 내쉬고는 조용히 물었다. 기미시마는 말을 계속했다.

"나도 여러모로 조사했는데 가장 쉬운 예가 있지. 2015년 월드컵에서 일본이 남아공을 상대로 역전승을 거둬 일본에 럭비 붐이 일어났을 때야. 그 직후 개막한 플래티나리그에서 지치부노미야 럭비장 티켓이 매진되었어. 인기 팀끼리의 경기라 2만 명에 달하는 관객이 응원석을 가득 채웠어야 했지. 그런데 실제로는 그 절반인 1만 명밖에 오지 않았어. 협회 측 반론도 있겠지만 어쨌든 마케팅 면에서 접근이 부족한 것은 사실이야."

"일본럭비협회와 플래티나리그의 체질이 바뀌지 않는 한 이런 상황은 변하지 않으리란 건가요?" 다에가 물었다.

"협회나 리그를 비판하는 건 쉬워. 하지만 평균 3천 명 정도밖에 관객이 들지 않는 걸 아무런 의문 없이 받아들이고 있는 우리도 마찬가지 아닐까."

기시와다가 번쩍 고개를 들었다. 기미시마는 말을 이어갔다. "아스트로스가 우선 착수해야 할 일은 선수 보강이나 전략이 아니야. 팬을 얻어야 해. 사람들로 가득 찬 스타디움이 흔들릴 정도의 환성이 쏟아지는 가운데 경기한다……. 이게 과연 꿈일까?"

순간 기시와다의 눈이 빛나는 듯 보였으나 들어 올린 시선은 자신감 없이 흔들렸다.

기미시마는 이렇게 얘기하다 보니, 신기하게도 지금까지 혼란스럽기만 했던 생각들이 정리되는 걸 느꼈다.

지금 자신들이 안고 있는 문제는 무엇인가. 뭘 해야만 하나.

비판은 누구나 할 수 있다. 핵심은 행동하는 것이다.

"아스트로스를 홍보하기 위해 길거리에서 전단이라도 돌려야 할까? 아냐, 그건 의미가 없어. 그저 스타디움을 채우기만 해선 안 돼."

기미시마는 단언했다. "우리가 봐줬으면 하는 사람을 오게 하는 게 중요해. 자, 그럼 누가 왔으면 좋겠나?"

"우선은 사원이지 않을까요?"

다에는 잠시 생각하더니 말했다. "어쨌든 아스트로스를 통해 도키와자동차의 사원이 하나가 되는 게 목적이니까."

"물론 그것도 중요해."

기미시마는 손가락으로 테이블을 콩콩 두드리면서 생각했다. "그런데 그것만으로 충분할까? 일본 럭비, 장래의 아스트로스를 강하게 만드는 걸 목표로 한다면 나는 아이들이 보러 왔으면 좋겠어. 초등학생이나 중학생. 지금은 축구나 야구에 빠져 있을지 모르지만, 어떤 계기가 생기면 럭비에 관심을 가질지도 모르지. 우리에게 주니어 팀이 있나?"

기미시마가 물었다.

"없습니다. 전부터 만들자는 얘기는 있었는데 실현되지 않았죠." 다에가 말했다.

"그럼 만들자."

기미시마는 딱 잘라 말하고는 기시와다에게 물었다. "어떻게 생각해?"

"좋죠." 기시와다가 대답했다.

"하지만 주니어 지도는 자네들이 해야 해. 그래도 괜찮겠어?"

"좋습니다."

대답한 사람은 기시와다가 아니라 다에였다. "선수가 50명이나 있어요. 경기에 다 나가는 것도 아니니 그 정도 융통성은 발휘할 수 있어요. 게다가 아이들이 보러 오게 되면 당연히 부모도 같이 와요. 그것만으로도 스탠드는 시끌벅적할 겁니다."

다에는 그 자리에서 떠오른 아이디어를 메모하기 시작했다.

"전부터 얘기하긴 했는데 지역에 연계한 팀을 만드는 것도 중요하지 않을까요?"

기시와다가 말했다. "다만 어떻게 해야 하는 건지 몰라서."

"이벤트를 늘려보면 어떨까?"

기미시마가 말했다. "일단은 지역 사람들과의 접점을 늘리자고. 럭비 교실도 좋고 자원봉사도 좋아. 아스트로스를 응원하고 싶은 분위기를 만들자고. 우선은 그것부터야. 지금까지와 같은 일만 하면 같은 결과를 얻을 뿐이지. 변해야 해."

다에가 펼친 노트에서 고개를 들었다. 기미시마는 계속 얘기했다.

"돈을 내고 좋은 선수만 모은다고 강해지지 않아. 일시적으로 강해지겠지만 오래 갈 수 없지. 그런 팀보다는 앞으로 수십 년 동안 지역의 사랑을 받는 팀을 만들며 성장했으면 좋겠어. 강해지기 위해서는 인기가 없으면 안 돼. 우리의 발로 단단히 설 수 있도록 노력해보자고."

과연 그게 가능할지 모르겠다. 그래도…….

"해볼 만한 가치는 있지 않겠나?"

3장
감독 인사에 관한 고찰

1

아스트로스가 움직이기 시작했다.

1월 말, 팀 활동을 쉬는 기간에 기시와다와 다에가 말을 꺼내 선수들과 지역 공헌에 관해 이야기를 나누었다.

여러 차례 모여 얘기한 결과, 부모와 아이가 함께하는 가족 럭비 교실과 주니어 팀 창설, 그리고 다양한 자원봉사를 통한 교류안이 나왔다.

자원봉사도 그렇지만 주니어 팀 창설에는 그만한 경비가 필요했다.

기미시마가 대략 계산한 결과 추가 예산은 2천만 엔 정도였다.

그러나 이런 형태의 지역 교류는 마침내 다양한 형태로 아스트로스에게 환원될 것이다. 지금까지 럭비를 쳐다보지도 않던 아이들이 관심을 지니게 하는 중요한 계기가 되리라.

"괜찮지 않을까?"

상담하러 가니 신도 공장장은 두말없이 찬성해줬으나 이내 복잡한 표정을 지었다.

"문제는 어디서 경비를 끌어오느냔 거지."

"공장 경비로 어떻게 안 될까요?"

안 될 줄 알면서도 물어본 기미시마에게 신도는 고려하는 척하더니 곧 거절하면서, 맥 빠지는 대답을 했다.

"아니, 그건 아무래도 무리야. 여기서부터는 기미시마 부장이 나서야 해요."

본사에 요청해보라는 소리였다.

얼마 전 이사회에서 잔뜩 쓴소리를 들은 끝에 간신히 통과된 예산안이었다. 거기다가 돈을 얹어달라는 제안이라니 이건 불난 집에 기름을 붓는 셈이었다.

"이사회에 공장장님께서 제안해주시면 안 될까요?"

요코하마공장장인 신도 역시 이사라, 사실 지난번 이사회에도 참석했다.

"아니야. 이건 어디까지나 자네가 요청해야지. 어쨌든 우리 회사는 현장의 이야기를 가장 우선시하니까. 그러니 기미시마 부장이 제안하는 게 제일 좋아요."

신도는 조심스럽게 말을 이어갔다. "일단 경리부에 연락해보면 어떨까? 그냥 승인해줄지도 모르고."

그럴 리가 없지. 기미시마는 그렇게 생각했다.

잘 아는 신도가 굳이 그렇게 설명한다는 건 발을 빼겠다는 뜻이다.

"이것도 제너럴 매니저의 일이니까."

신도는 기미시마의 어깨에 손을 얹고 "기미시마 부장, 잘 부탁해요"라며 무사안일주의자의 일면을 드러냈다.

그리고…….

지금 기미시마는 아스트로스의 연습장에 인접한 클럽하우스에서 한 남자와 마주하고 있었다.

남자의 이름은 다케하라 마사미쓰.

아스트로스의 차기 감독 후보 중 하나였다.

이날 다케하라는 요시하라의 인맥으로 약속을 잡고, 지바 시내의 자택에서 직접 차를 몰고 만나러 와주었다. 나이는 55세. 작년 시즌까지 2부 리그에 속한 '도쿄전기 베어스'라는 팀에서 8년간 감독을 맡았고 시즌 최고 성적은 4위였다. 이전에는 도자이대학 럭비부를 이끌며 성적 부진에 빠져 있던 팀을 대항전리그 상위까지 끌어올렸다. 대학과 사회인. 카테고리는 다르지만, 실적은 그럭저럭 인정할 만했다.

"우리 연습 환경은 어떤가요?"

"그게 말입니다."

다케하라는 잠시 생각하고 상냥하게 대답했다. "역시, 플래티나리그 팀이구나 했습니다. 좋은 환경입니다."

진심일까, 예의상 하는 얘기일까? 표정을 봐선 잘 모르겠다.

기미시마는 이렇게 속내를 알 수 없는 남자를 싫어했다.

"내가 파이터스에 있었을 때와 손색이 없어요. 이 정도라면 우승을 노려볼 수 있지 않을까요?"

일부러 미쓰와전기 파이터스 이름을 꺼내는 것도 마음에 들지 않았다. 감독이 되기 전, 다케하라는 플래티나리그의 강호인 파이터스에서 전략 코치로 있었다. 거기서 우승했던 게 자랑거리일 것이다.

하지만 파이터스 시절의 다케하라는 전략 코치였지 감독이 아니었다. 당시 감독은 영국인으로 파이터스를 우승시킨 후 뉴질랜드 강호 팀의 감독으로 발탁되었다.

다케하라는 다음 해에도 파이터스의 코치로 남았는데 결과는 3위. 연속 우승은 하지 못했다. 부진했던 도자이대학 감독으로 옮기기 전 이야기였다.

다만, 감독으로서 다케하라의 평판은 안정적이었다.

전략가로서 높은 점수를 받고 있다는 건 잘 안다. 경력 면에서도 2부 리그 다음은 플래티나리그 어딘가의 감독으로 가는 게 타당한 순서겠지.

다케하라와의 대화는 자연스럽게 연봉 문제까지 왔다.

"검토하고 연락드리겠습니다."

기미시마의 말을 끝으로 다케하라는 몰고 온 하얀 벤츠를 타고 연습장을 떠났다.

다른 감독 후보 다카모토 하루카는 몸집이 작은 남자였다.

다카모토의 면담은 다케하라와 만난 이틀 뒤였다.

2년 전까지 몸담았던 '하마마쓰전기공업 블루스'에서의 포지션은 스크럼하프. 몸집은 작으나 일본 대표팀 캡틴까지 맡았던 우수한 선수였다. 은퇴 후 호주에서 코치 수업을 받고 귀국, 차기 감독을 찾던 요시하라의 안테나에 걸린 유망주라고 해야 하나.

"럭비에는 스크럼●과 라인아웃●이 있어서, 체중이 많이 나가는 사람이나 키가 큰 사람이 필요합니다. 하지만 키가 작고 재빨리 움직일 수 있는 사람도 필요하죠. 결과적으로 어떤 체격의 사람에게도 포지션을 줄 수 있는 스포츠입니다."

처음 기미시마가 럭비 경험이 없다고 말한 탓인지, 다카모토는 아무것도 모르는 사람에게나 할 법한 발언을 계속했다.

요코하마역까지 데리러 나가 식사하고 운동장과 클럽하우스를 보여주는 내내, 다카모토는 노사이드 정신이니 원 포 올, 올 포 원 같은 소리를 해댔다.

정말 수다스럽네.

정작 말의 내용은 장황하군.

기미시마는 얘기를 나누면서 이 녀석은 틀림없이 바보라고 생각했다.

유명 선수가 감독으로 성공하는 일도 있으나 대개 훌륭한 선수가 늘 좋은 감독이 되는 건 아니다.

선수는 경기감이나 운동신경으로 어떻게 버틸 수 있다. 하지

● Scrum, 경기 중 사소한 반칙 등으로 잠시 플레이가 멈췄을 때 경기를 재개하는 방법. 각 팀당 8명이 세 줄로 대형을 갖추고 힘을 겨룬다.

● Line out, 경기 중 공이 양옆 라인을 벗어날 때 경기를 재개하는 방법. 공격권을 가진 팀 선수가 경기장을 향해 공을 던지면, 양 팀 선수들이 높이 뛰어 올라 경합한다.

만 감독은 그걸 언어나 규율로 만들어야 한다. 그 정도는 기미시마도 알기에 여기 있는 다카모토가 그런 일을 할 때 진저리를 낼 선수들의 얼굴이 떠올랐다. 아마 자기 역시 마찬가지이리라.

면담 마지막에 다카모토는 말도 안 되는 연봉 액수를 불렀다.

이건 안 될 말이지.

"그럼 검토하고 연락드리겠습니다."

"함께 우승을 목표로 최선을 다하죠."

다카모토는 정말 개운할 정도로 현실감 없는 말을 남기고 성큼성큼 가장 가까운 역 개찰구를 통과했다. 그가 사라짐과 동시에 감독 선출 전망이 어두워졌다.

"좋은 인재란 어떤 세계에서나 좀처럼 찾기 어렵구나."

혼잣말을 흘리고 한숨을 내쉰 기미시마는 그때 문득 깨달았다. "애당초 좋은 감독이란 어떤 감독이지?"

생각해보니 자신은 그 핵심조차 모르고 있다.

2

"과거의 대학력비와 사회인력비, 모든 팀의 성적과 감독을 조사하고 싶은데 자료가 없을까?"

기미시마는 하룻밤 동안 이리저리 생각한 끝에 다음 날 아침 출근하자마자 다에에게 물었다.

"그걸 다 정리해놓은 자료는 없지만……."

다에는 잠시 생각한 후 말했다. "클럽하우스 감독실에 《럭비 매거진》이 창간호부터 있어요. 거기서 정보를 얻거나 인터넷으로 수집하든지 해야죠. 그런데 왜 그러세요?"

"감독에 따라 성적이 얼마나 달라지나 싶어서. 과거 실적을 정리하다 보면 뭔가 알게 되지 않을까 해서."

요컨대 감독 인선에 애를 먹고 있다는 소리였다. 이를 알아차린 다에는 스스로 나섰다.

"저도 돕겠습니다. 대학럭비 쪽은 제가 인터넷으로 조사할 테니 부장님은 사회인럭비 쪽을 해주세요."

"미안하지만 부탁할게. 괜한 작업이 될 수도 있어. 그 점은 양해해줘."

"괜찮습니다."

다에는 그렇게 말하고 재빨리 책상으로 돌아가 컴퓨터로 조사하기 시작했다.

기미시마도 자신의 노트북을 들고 일어나며 "한동안 클럽하우스 감독실에 있을게"라는 말을 남기고 총무부를 나섰다.

감독을 고르는 데 설마 이런 것부터 시작할 줄은 생각지도 못했다.

그날 밤, 기미시마는 모은 자료를 앞에 놓고 자기 집 거실에서 밤늦게까지 하염없이 생각했다.

테이블에는 과거 30년 가까운 기간 동안의 대학과 사회인 럭비팀의 리그전과 선수권의 승패와 순위, 그 팀을 이끈 감독 명단이 펼쳐져 있었다.

기미시마의 목적은 여기서 어떤 공통점을 찾아내는 것이었다.

어떤 감독이 뛰어난 걸까?

그걸 알면 데려와야 할 사람도 찾아낼 수 있다.

제일 먼저 알아낸 점은 감독을 교체하자마자 팀이 활기를 찾거나 침체하는 일이 정말 빈번히 일어났다는 것이었다.

1984년 게이오대학을 리그 우승으로 이끌고, 나아가 다음 해인 1985년에는 사회인팀 도요타자동차를 물리치고 일본선수권대회 우승으로 이끈 장본인이 우에다 아키오였다. 우에다는 자신이 물러난 후 오랫동안 부진의 늪을 헤매던 팀에 복귀하자마자 다시 우승으로 이끌었다.

한편 매번 승승장구하던 메이지대학은 명장 기타지마 주지를 잃자마자 오랜 침체기에 들어갔다. 그 메이지와 오랫동안 사투를 벌였던 와세다대학도 한때 침체했지만, 2001년 기요미야 가쓰유키가 취임하며 간토대학대항전 5년 연속 전승 우승, 감독 교체 후까지 포함해 7연패라는 위업을 달성했다.

기요미야는 그 후, 사회인리그 산토리 선 골리아스의 감독으로 취임해 2년 만에 리그전을 제패했다. 그뿐만 아니라 붕괴 직전이었던 야마하발동기 주빌로의 감독으로 취임. 불과 몇 년 만에 일본선수권 우승으로 이끌며 기적의 부활극을 선보인 현대의 명장이었다.

하지만 거꾸로 취임하자마자 팀이 침체되는 경우도 적지 않았다.

기미시마는 감독과 성적을 잇는 인과관계가 무엇인지 알 수 없었다. 전략의 미스매치일까, 선수의 세대교체에 따른 전력 손실인가. 그것도 아니면 지도력과 리더십이라는 조직론적인 과제일까. 혹은 선수 시절의 경험과 기술인가.

참고로 기요미야에 이어 선 골리아스를 리그 우승으로 이끌고 이후에 일본 대표팀 헤드코치가 되어 남아공을 이기는 '사상 최대의 이변'을 일으킨 에디 존스는 대표 경험도 없었고 선수로서는 무명이었다.

좋은 감독과 그렇지 않은 감독.

과연 거기에는 어떤 차이가 존재하나.

기미시마는 눈앞에 펼쳐진 수많은 데이터를 눈으로 좇으면서 계속 생각했다.

실적을 남긴 감독은 전략이나 매니지먼트 등 다양한 면에서 뛰어났을 테지만 팀 강화 방법론이 다 똑같진 않았을 것이다. 하나씩 인터뷰해보면 거기에 숨겨진 '승리의 방정식'을 찾아낼 수 있을지 모르겠으나 그건 불가능하다.

"어려운 문제 중에서도 정말 어려운 문제군."

냉장고에서 캔 맥주를 꺼내 마시면서 멀거니 천장을 바라봤다.

이 혼란스러운 정보 속에서 어떤 공통점을 찾아낼 수 있을까. 처음부터 자신은 불가능한 일에 도전한 걸까.

그런 의문을 떠올리기 시작했을 때 한 가지 아이디어가 머리를 스쳤다.

어디선가 비슷한 일을 했던 것 같은데……. 처음 떠오른 건 그런 생각이었다.

"그래! 신규 사업이구나."

바로 생각났다.

경영전략실에 있을 때, 기미시마에게는 다양한 신규 사업의 투자 안건이 왔다.

사업 아이디어만 있는 것도 있었고 사업을 시작한 직후의 것도 있었다.

정말 온갖 형태의 것들이었는데 그럴 때 기미시마의 평가 기준은 사업 아이디어 자체가 아니라 경영자의 능력이었다.

근거는 '비즈니스 아이디어는 조언을 받으면서 개선할 수 있다. 하지만 경영자는 바꿀 수 없다'라는 발상이었다.

그 평가 기준에 따르면 경영자는 둘로 나뉜다.

성공하는 경영자와 실패하는 경영자이다.

성공으로 이끄는 경영자는 여러 사업을 시작해 모두 궤도에 올리고 발전시킨다. 한편 실패하는 경영자 대다수는 대개 실패를 되풀이한다. 도산 경력이 있는 경영자는 또 도산할 확률이 매우 높다.

그래서 기미시마는 신규 사업의 투자 안건을 평가할 때 '누가 하는지'를 항상 평가 기준의 중심에 두었다. 그 경영자의 실적을 보고 '이 사람이 한다면 아마도 성공할 것이다'라는 예측에 근거해 투자 여부를 판단했다.

이 발상을 그대로 럭비 세계에도 적용해도 되지 않을까. 아니, 야구나 축구 같은 스포츠도 그럴 것이다.

팀을 성공으로 이끈 경험이 있는 감독은 다음에도 또 성공할 확률이 높다.

그렇게 생각하고 다시 보니, 성적과 감독에는 높은 확률로 인과관계가 성립했다.

아스트로스의 팀 목표는 현재의 부진에서 벗어나 우승을 다투는 팀이 되는 것이다.

그렇다면 그 목표를 위해 맞아야 하는 감독은 과거에 팀을 우승으로 이끈 적 있는 인물이어야만 하지 않을까.

"그렇군. 그래야 한다는 거군."

기미시마는 드디어 자신의 시야가 트이는 듯했다.

어제 면담한 다케하라는 감독 경험은 길지만, 팀을 우승시킨 적은 없다. 다카모토는 그 이전의 문제였다.

"백지로 돌려야 할까……." 기미시마는 혼잣말했다.

그렇다면 다른 사람을 찾아내야만 한다. 이번에는 자신이 직접.

과연 아스트로스에 어울리는 새 감독이 있긴 할까.

기미시마는 이미 날짜가 바뀐 벽시계를 올려다보며 탄식했다.

이날은 저녁부터 본사에서 이벤트가 예정되어 있었다.

아스트로스의 전임 감독 마에다 도시하루의 퇴임 기자회견이었다.

3

도키와자동차의 도쿄 본사에서 열린 아스트로스 전임 감독 마에다 도시하루의 퇴임 기자회견은 왠지 활기가 없었다.

각 언론사에 사전에 기자회견을 안내했음에도 열 명이 못 되는 기자와 카메라맨이 찾아왔다. TV 카메라는 한 대도 없었다. 침체된 팀의 현황이 고스란히 드러난 셈이었다.

"상위 진출을 목표로 한 작년 시즌, 결과를 남기지 못해 유감입니다. 지금 아스트로스에 필요한 것은 새로운 지도자라는 결론에 이르러 임기 중이라 매우 유감스럽지만 저는 팀을 떠나기로 했습니다. 감독 재임 중에는……."

연단 옆에 앉아 듣고 있자니, 마에다의 목소리는 잘 들리지 않을 정도로 약했고 이따금 떨리기까지 해 후회막급한 심정에 시달리고 있음이 절절하게 느껴졌다. 병 탓일 수도 있겠으나 그걸 참작해도 결과를 내지 못하고 사임하는 괴로움은 보통이 아닐 것이었다.

마에다가 마지막으로 깊이 고개를 숙이며 인사를 끝내자 질문 시간이 이어졌다.

제일 앞줄에 앉아 있던 기자가 손을 들어 사회를 맡고 있던 다에가 지명했다.

"《월간 태클》의 야마다라고 합니다." 일어난 기자는 이름을 밝히고 질문을 시작했다.

"차기 감독에 대해 여쭙고 싶은데 마에다 감독님의 후임은 정해졌나요? 인선은 지금 어떤 상황입니까?"

다에가 눈짓했다. 기미시마가 대답해야 하는 질문이었다.

"현재 감독 후보와 조건을 조정하는 중입니다."

"새로운 감독은 언제쯤 결정됩니까?" 같은 기자가 물었다.

"그에 대해서는 아직 뭐라고 말씀드릴 수 없습니다. 궁금하시겠으나 잠시만 기다려주십시오. 팬 여러분께 걱정을 끼쳐 죄송하지만, 반드시 여러분이 받아들일 수 있는 분을 모셔오겠습니다."

적당히 하는 대답. 달리 할 말도 없었다.

이 시점에서 감독 인선이 백지상태라고 하면 괜스레 이리저리 찔러볼 테고 그럼 귀찮아질 터였다.

그 대답을 받아들였는지 질문자는 그대로 물러났다. 그 후 마에다의 향후 활동 계획 등 평범한 질문이 나왔고 기자회견은 40분 만에 무사히 끝났다.

기자회견이 끝나고 일단 대기실로 돌아왔다. 60대 중반의 마에다는 아직 젊었지만 모든 역할을 끝내게 되었다. 지금 그의 미소에는 생기가 없고, 승부의 세계에 사는 사람이라면 누구나 지니고 있을 투지조차 보이지 않았다.

"그동안 신세 많이 졌습니다."

"저희야말로."

그렇게 짧게 인사를 나누고 마에다를 배웅한 기미시마는 문득 인생의 허무함과 한 사람의 인생에 대해 생각했다.

성공하는 사람이 있는가 하면 아무리 도전해도 정점을 찍지 못하는 사람도 있다.

어느 정도 평가를 얻은 감독인 마에다는 기미시마의 분류에서는 후자였다.

사라지는 노병에게는 실례일지 모르겠으나 마에다가 지휘하는 아스트로스가 우승을 다툴 정도의 팀이 되리라고는 도저히 생각할 수 없었다.

쉽게 말해 감독이나 경영자의 능력이란 가창력과 같다.

노래를 잘하는 사람은 무슨 노래를 부르든 잘하는 법이다. 음치는 어디까지나 음치. 다소의 수정은 가능하겠으나 노력으로 할 수 있는 범위는 뻔하다.

천재를 이길 방법은 없는 것이다.

기미시마가 찾아야 하는 사람은 감독이라는 일에서의 천재라야 한다.

부진한 팀을 일으켜 우승시키는 마술을 부릴 남자. 하지만 그런 남자가 있긴 있을까, 도무지 감이 오지 않았다.

4

기미시마가 도키와자동차 본사에서 기자회견을 열고 있을 무렵, 오테마치에서 가까운 마루노우치의 호텔에서 어떤 모임이 열리고 있었다.

조난대학 럭비부 동창회였다. 매년 시즌이 끝난 1월 말에 열리는 연례행사로, 참가자는 매년 300명을 웃돌았다. 국회의원과 상장기업의 임원을 비롯해 모이는 인원은 매우 다양했다. 명문 조난대학은 럭비계를 이끌고 있었고 모든 업계와 조직의 말단까지 퍼져 있는 졸업생들의 네트워크는 단단하고 치밀했다.

그리고 올해 동창회는 재작년과 작년에 이어 학생대회 우승을 축하하는 자리이기도 했다.

제일 먼저 인사에 나선 사람은 제1야당의 유명 정치가 구라모토 시로였다.

구라모토가 이끄는 헌민당은 지난 총선에서 여당에 대패했는데, "그 분함을 조난대학이 풀어주었다"라는 지리멸렬한 인사로 예년과 마찬가지로 회장에 실소를 몰고 왔다.

그런데 이날 모임은 평소와는 분위기가 조금 달랐다. 구라모토에 이어 사이몬 다쿠마 감독이 나서 우승 보고 연설을 했을 때 그 달라진 분위기가 슬쩍 드러났다.

"3연패를 달성했습니다."

보통이라면 열광으로 들끓었을 텐데 감독의 힘찬 한마디에 박수가 나오긴 했으나 모임 참가자 대다수는 담담하게 사이몬의 인사를 흘려듣는 느낌이었다.

사이몬이 조난대학 럭비부 감독에 취임한 것은 4년 전이었다. 취임 첫해, 수많은 개혁을 단행해 팀 강화에 성공했다. 첫해에 바로 우승하진 못했으나 2년째에 대학선수권을 제패했다. 그 후로는 '타도 조난'을 외치며 도전해온 강력한 경쟁 학교를 물리치고 승리를 쌓아 마침내 3연패라는 위업을 달성했다.

명문 조난대학이라고 해도 최근에는 보지 못했던 쾌거였다.

그런데 이 회장의 썰렁한 분위기가 의미하는 것은 무엇일까.

우승 보고 연설을 하면서 위화감을 더 강하게 느낀 사람은 사이몬 본인이었으리라.

생각해보면 이날은 처음부터 이상했다. 평소라면 축하 인사를 하러 왔을 동창도 얼마 되지 않았고 말을 거는 사람도 적었다. 친근한 대화를 나누는 무리가 여기저기 포진한 회장 안에서 사이몬만이 고립된 듯한 기묘한 느낌이었다.

그 이유가 과연 무엇인지 알게 된 것은 이후 늘 이루어지던 감독 인사에 관한 대화의 장에서였다.

조난대학 럭비부의 감독 인사는 동창회에서 의논해 다수결로 뽑힌 사람에게 다음 1년을 맡기는 게 일반적인 과정이었다.

3연패라는 위업을 달성한 사이몬은 당연히 다음 시즌에도 감독에 선임되리라 확신했다.

그런데…….

"3연패는 굉장한 일이지만, 지도자 육성이라는 관점에서 봤을 때 이제 슬슬 새 감독을 선출하는 게 좋지 않을까요."

구라모토에게서 생각지도 못한 폭탄 발언이 튀어나온 것이다.

졌으면 모를까 우승했음에도 감독 본인의 의사를 무시하고 감독을 경질하는 팀이 어디에 있단 말인가. 사이몬은 감독을 계속 맡고 싶다는 의사를 사전에 표명한 바 있다.

반론하려는 사이몬을 찍어누르듯 찬성 의견이 물밀듯 쏟아지더니 기어이 구라모토가 "쓰다 씨는 어떤가?"라며 거물 동창인 쓰다 사부로의 의사를 묻기에 이르렀다.

예순 살의 쓰다는 일본모터스의 럭비팀 '사이클론스'를 이끄는, 명장이라는 타이틀을 가진 럭비계의 중진이었다.

"감독 교체는 나도 찬성합니다."

쓰다는 발언하라는 요구를 받자마자 단박에 그렇게 말했다. "4년이나 했으니까 이제 됐잖아? 안 그런가, 사이몬?"

그제야 사이몬은 간신히 자리에서 일어났다.

"제가 계속하면 안 되겠습니까?"

분연히 목소리를 높였다. "졌다면 모르겠습니다. 하지만 3연패를 이룩했음에도 사임하라는 건 도저히 받아들일 수 없습니다. 선수라도 마찬가지일 겁니다."

"자네는 이기면 그만이라고 생각하는 것 같군."

그때 쓰다에게서 의외의 말이 나왔다. 긴장해 침묵에 휩싸였던 회장에 쓰다의 선 목소리가 울렸다. "과정은 무시하고 승리만 하는 모습이 과연 정말 옳을까? 조난대학은 강호임과 동시에 전통의 학교야. 전통과 조화를 존중하지. 동창 모두가 진심으로 칭찬할 수 있는 승리야말로 진정한 승리일세. 교육이란 그런 거야."

사이몬은 아연한 심정으로 이 업계의 수장을 바라봤다. 그 옆에서는 구라모토가 입가에 미소를 짓고 팔짱을 끼고 있었다.

그런 건가.

사이몬도 짐작 가는 게 있었다.

개혁이 마음에 들지 않았구나.

감독에 취임한 후 4년, 사이몬은 모든 폐습을 타파했다.

조난대학에는 졸업한 선배가 후배 지도에 적극적으로 참여하는 관습이 있었다. 예전에 활약했던 선수들이 일요일이면 운동장을 찾아와 현역 학생의 연습에 참견하며 지도했다.

사이몬은 그 모든 활동을 중단시켰다.

이유는 간단했다. 연습 효율이 떨어지기 때문이다. 졸업한 선배가 현역에게 떠드는 말은 시대에 뒤떨어진 이론이자 방법론이다. 최신 이론을 배워 적극적으로 도입하는 사이몬이 보기에는 방해가 될 뿐이었다. 팀이 목표로 하는 전술도 이해하려 하지 않고 말도 안 되는 지도를 하는 졸업생도 있었다.

졸업생이 반발하는 이유는 운동장 밖에도 있었다.

열악하고 시대에 뒤떨어진 연습 환경을 쇄신하기 위해 후원 기업을 모집해 자금을 모으자는 것이 사이몬의 아이디어였다. 그를 위해 조난대학의 유니폼과 스파이크에 기업 로고가 들어가게 되었는데 그걸 전통의 파괴라며 격노한 졸업생이 상당수였다. 그렇다고 그런 비판을 하는 졸업생에게서 자금난을 해결할 아이디어가 나왔느냐고 하면 그것도 아니었다.

사이몬은 지금까지 그런 졸업생의 비판에 일절 귀를 기울이지 않았다.

모든 것은 승리를 위해 있는 것이다.

그게 자신의 철학이기 때문이다.

선수의 식단을 관리하고, 효율적으로 연습하고, 팀에 맞는 최신 전략을 도입한다.

피지컬로 승리하고 이론으로 압도한다. 운동장에 들어갈 때 이미 압도적인 힘의 차이를 만들어 완벽하게 상대를 무너뜨리는 게 사이몬의 스타일이었다.

하지만 그런 태도가 알게 모르게 적을 만든 듯했다.

"새 감독으로 하시모토 후유키 정도가 적임자 아닐까 생각하는데 어떤가?"

사이몬의 의향을 무시하고 쓰다가 제안했다.

하시모토는 조난대학 졸업생이자 쓰다가 지휘하고 있는 사이클론스에서 작년까지 뛰었던 선수다. 하시모토를 감독으로 보내는 인사는 요컨대 조난대학 럭비부를 쓰다의 영향력 아래 두겠다는 것이나 마찬가지였다.

"하시모토, 어떤가?"

모두의 시선이 모인 회장 한쪽 구석에서 하시모토가 일어났다.

"취임하라고 하시면 감히 받아들일 준비는 되어 있습니다."

하시모토는 전 일본 대표. 학창 시절부터 포워드로 활약했는데 캡틴을 맡은 경험은 없다. 애당초 누굴 이끌 만한 남자가 아니었다.

조난대학이 구렁텅이로 떨어지려 하고 있었다.

"하시모토는 내 밑에 오래 있어서 팀을 어떻게 꾸리는지는 잘 압니다. 여러분, 어떻습니까? 찬성하시는 분은 부디 손을 들어주십시오."

일제히 올라간 수많은 손에 사이몬은 경악과 허무함을 느꼈다.

도대체 내가 이뤄온 4년은 무엇이었나.

져도 불만을 쏟아내고 이겨도 불평한다. 이 동창회는 과연 무엇인가.

팀을 위해서라고 하지만, 그들이 지키려는 것은 자신들의 자존심과 기득권이 아닐까.

그런 건 승리와는 아무런 관계가 없다.

하지만 그 사실을 깨달은 사람은 이 회장에 아무도 없는 듯했다.

5

그날 아침 출근길, 기미시마는 가장 가까운 역 편의점에서 스포츠신문 몇 부를 구입했다.

어제 기자회견이 어떻게 보도되었는지 점검할 필요가 있었기 때문이다.

"어? 자네도 사 왔나?"

먼저 출근한 다에가 책상 위에 스포츠신문을 펼쳐놓은 모습을 보고 기미시마의 눈이 커졌다.

"스크랩해서 클럽하우스 게시판에 붙여놓으려고요. 그런데 데쓰 씨가 벌써 붙이러 갔네요."

기시와다의 책상 위에는 이미 다 읽은 신문이 아무렇게나 쌓여 있었다.

기미시마도 얼른 자기 자리에서 신문을 펼쳤다.

감독 인사가 기사로 실리는 일은 프로야구나 축구 정도이리라 생각했는데 놀랍게도 1면에 '럭비부 감독 교체'라는 제목으로 실려 있었다.

기미시마는 눈을 의심했다가 바로 착각임을 깨달았다.

"뭐야? 조난대학 얘기야?"

조난대학은 기미시마의 모교였다.

기사에 따르면 어제 도내 호텔에서 전국대학선수권 3연패를 이룬 조난대학 럭비부 동창회가 열렸는데, 그 자리에서 사이몬 다쿠마 감독의 경질이 결정되었다고 했다.

1면에서 크게 다룬 것은 사이몬 감독에 강하게 반발한 동창들이 강제로 사임시킨 듯한 분위기라서였다.

하지만 동시에 그 기사는 조금 다른 의미로 기미시마에게 놀라움으로 다가왔다.

"사이몬……."

기미시마는 중얼거렸다. "그 사이몬이란 말이지."

럭비에는 전혀 관심도 인연도 없는 기미시마였으나 어떤 이유로 사이몬만은 알고 있었다.

한편 아스트로스의 감독 교체 뉴스는 지면 구석에 몇 줄 적힌 게 다였다. 이것은 굳이 찾아보지 않으면 발견하지 못할 정도로 작았다.

"이 정도인가."

탄식하는 기미시마의 귀에 "상당히 대담하게 개혁했으니까"라는 다에의 혼잣말이 들렸다.

다에는 조난대학 럭비부 감독 교체 기사를 읽고 있었다.

사이몬 얘기인 듯했다.

"그래?"

기미시마가 물었다.

"럭비계에서는 화제였으니까요."

다에가 대답했다.

"감독 평판이 나빴다는 소리인가?"

"그건 아닙니다. 물론 제가 아는 조난대학 졸업생은 전통의
파괴라며 화를 냈지만, 전 사이몬 감독이 옳은 일을 했다고 생
각해요."

"왜 그렇게 생각하지?"

"그야 부진했던 팀을 다시 세우고 대학선수권 3연패를 달성
했으니까요."

확실히 그보다 나은 답은 없으리라. "한심한 전통을 타파했
기에 이룰 수 있었던 쾌거인데 그걸 원래대로 돌려놓으려고 하
다니. 앞으로 조난대학은 어쩔 셈인지."

기사 옆에 사이몬의 간단한 이력이 실려 있었다. 일본 고교
대표에서도 캡틴을 맡은 등 번호 8번. 학생 때는 1학년부터 출
전 선수로 대학선수권을 3번 제패했고 4학년 때는 캡틴으로서
우승. 플래티나리그의 요도야부스 피닉스에서 활약한 후 조난
대학 럭비부 감독으로 왔다.

"그렇군. 요도야부스였구나."

중얼거리는 기미시마에게 다에가 의아한 표정을 지어 보였
다. "그러고 보니 부장님도 조난대학 출신이시죠. 동기라도 되

세요?"

"라도, 가 아니라 동기야."

아니, 정확히는 수업을 같이 들었다.

하지만 기미시마가 사이몬을 알고 있는 이유는 단순히 그 이유 때문만은 아니었다.

"사이몬은 앞으로 어떻게 할까?"

기사에 향후 진로에 대한 정보는 없었다.

"갑작스러운 경질 같은데요. 이거 완전 쿠데타예요."

다에의 말이 맞는다면 사이몬의 신분은 현재 공중에 뜬 게 아닐까.

기미시마는 다시 신문 기사를 살폈다.

학생 때는 대학선수권을 세 번 제패.

아니, 지금 중요한 건 그게 아니야.

감독으로 조난대학의 3연패를 이끌었다.

"……이거야!"

조용히 읊조리는 기미시마를 다에가 또 의아하게 쳐다봤다.

기미시마의 머리에 떠오른 그것이 너무나 엄청난 아이디어임은 알고 있었다.

럭비계의 왕도를 걸어왔고 감독으로서 수완도 발휘한 남자다. 그런 그에게 부진에 빠진 상태인 아스트로스는 어울리지 않을지도 모른다.

하지만 기미시마의 평가 기준에 따르면 사이몬이야말로 당연히 접촉해야 할 대상이었다.

사이몬을 아스트로스의 감독으로 영입할 수 없을까.

기미시마는 진심으로, 그렇게 생각하기 시작했다.

6

아스트로스 클럽하우스 1층에는 운동장에 면한 밝은 체육관, 선수들의 탈의실과 샤워실이 있었다. 2층에는 미팅룸과 라운지, 응접실, 감독실과 마사지실 등의 개인 공간이 있었는데 지금 기미시마는 그 라운지에 있는 대형 TV로 럭비 경기를 보고 있었다.

사이몬에게 오퍼를 넣으려면 지휘했던 경기 정도는 봐야 했다. 그러나 기미시마는 경기의 자세한 부분까지는 전혀 몰랐다. 그래서 일요일임에도 기시와다에게 함께 해달라고 부탁했다.

지금 보는 영상은 조난대학과 도자이대학의 일전이다.

작년 10월에 에도가와육상경기장에서 열린 간토대학 대항전 경기였다. 다에가 모아준 조난대학의 경기 영상은 여러 개였다. 사이몬 다쿠마의 취임 전과 후, 각 시즌의 열쇠가 된 경기들이었다.

영상에서 공을 쥔 조난대학의 백스가 도자이대학 진영을 대각선으로 가로지르고 있었다. 재빨리 수비수 사이를 빠져나가려는데 거기서 태클을 당해 적에 겹겹이 쌓여 공은 보이지 않게 되었다.

"조금 늦었네요."

옆에서 보고 있던 기시와다가 말했다. 무슨 소린지 모르는 기미시마에게 "도자이대학의 수비 말입니다. 보세요"라며 화면을 가리켰다.

얼마 지나지 않아 공이 나오는가 싶더니 마치 노렸다는 듯 달려든 선수에게 패스되었다. 그대로 상대 선수 사이를 빠져나가 환성을 지르면서 왼쪽 구석으로 날아드는 트라이로 연결했다. 조난대학이 점수 차를 더 벌렸다.

"나이스 트라이!"

기시와다가 조용히 말하고 손뼉을 짝 쳤다. "1년 전과 비교해 공격 패턴이 완전히 달라졌어요."

기시와다는 기미시마를 돌아보며 말했다.

"미안해. 자세한 부분은 전혀 모르겠어."

기시와다에게 허세를 부려봤자 좋을 게 없으므로 기미시마는 솔직하게 말했다. 풀타임, 그러니까 시합 종료 휘슬 소리에 소파에서 일어났다.

시계는 이미 오후 5시 반을 넘어서고 있었다.

"데쓰, 좀 이르긴 한데 밥이라도 같이 먹을까? 내가 사지."

"그럴까요. 그럼 잘 먹겠습니다."

둘은 '다무라'까지 걸어갔다.

"어떻게 생각해?"

기미시마는 생맥주를 들이키며 솔직히 물었다.

"그게 말이죠."

처음 한 모금에 생맥주를 반이나 비운 기시와다는 그렇게 말하고 생각에 잠겼다. "사이몬 감독의 취임 전과 비교하면 완전히 다른 팀이 된 것 같습니다."

"그래?"

선수인 기시와다에게는 기미시마가 보지 못하는 게 보일 터였다.

"공격 아이디어가 풍부해졌어요. 그리고 그걸 선수들이 완전히 이해하고 정리까지 해낸 느낌입니다. 상대 팀과의 접점에서도 막힘이 없어진 점은 사이몬 감독의 능력입니다. 그것만이 아니라 브레이크 다운, 그러니까 태클을 당한 후의 공 쟁탈이 눈에 띄게 좋아졌습니다. 라인아웃은 수정이 더 필요하겠지만 세대교체가 이루어지는 중인 학생팀에게 그것까지 완벽하길 바라는 건 너무하죠."

조난대학이 부진했을 때의 출전 선수는 4학년 중심이었다. 사이몬은 그 세대가 빠지고 약한 데다 경험까지 부족한 선수들을 이어받아 성과를 낸 것이었다.

"말해볼까?"

기미시마가 혼잣말했다. 생각하면 할수록, 보면 볼수록 아스트로스의 감독으로 사이몬만큼 적임자는 없는 듯했다.

"만약 실현된다면 엄청난 화제가 될 겁니다."

기시와다는 손으로 턱을 만지면서 빙긋이 웃었다.

"팀 사람들은 어떻게 생각할까, 찬성할까?"

기미시마가 물었다.

"달리 생각하는 녀석도 있겠죠."

기시와다가 대답했다.

"예를 들면?"

"학생팀을 잘 이끌었다고 해서 플래티나리그에서도 성공할 수 있을까와 같은 의문이죠. 카테고리가 다르니까요."

그건 해보지 않으면 모를 일이다.

하지만 잘할 확률은 다른 사람보다는 크다고 생각했다. 적어도 면담했던 감독 후보 둘보다는 사이몬이 성공할 가능성이 컸다.

"자네는 어떻게 생각하나?"

"저는……."

기시와다는 슬쩍 천장을 올려다보더니 다시 기미시마에게 고개를 돌렸다. "사이몬 씨가 감독이 된다면 대환영이죠. 선수 시절의 사이몬 씨를 동경했거든요. 엄청난 넘버 에이트였습니다. 천재죠. 감독과 선수라는 관계로 같은 팀이 있게 된다면 꿈같은 일이죠."

기시와다는 상기된 표정으로 절찬했다. 기시와다의 포지션도 사이몬과 같은 넘버 에이트였다.

"하지만 정말 와줄까요?"

"그야 모르지."

기미시마는 대답했다. 전혀 짐작이 가지 않았다. 다만 얼마 전 신문 기사가 사실이라면 사이몬은 이번 시즌에도 조난대학을 이끌 생각이었다. 그 길이 끊긴 현재, 갈 곳이 없는 것은 확실했다.

"부장님, 상대는 대학과 사회인, 나아가 플래티나리그를 모두 거친 스타 선수입니다."

기시와다는 기미시마가 가볍게 생각하고 있는 게 아닌지 의심하는 말투였다. "제가 하긴 좀 그런 말이지만, 요즘 우리 팀은 강등권에서 아슬아슬하게 저공비행 중입니다. 사이몬 씨가 우리 선수였다거나 하는 관계가 있다면 좋겠지만 그것도 아니고요."

"사이몬이 거절할까?"

"그럴 가능성이 클 겁니다."

"지금 공중에 뜬 신세잖아."

"이 정도 인물은 조금만 기다리면, 우리보다 나은 여러 팀이 오퍼를 할 겁니다."

"그런가?"

기미시마에게 그 부분의 경험치가 전혀 없었다.

"무엇보다 부장님, 사이몬 씨와 연락할 방법이라도 있으세요?"

조심스럽게 물은 기시와다는 "없어"라는 기미시마의 즉답에 천장을 올려다봤다.

"일단 부딪혀봐야지. 어쨌든 연락해보지."

기미시마는 그렇게 말하고 메뉴에서 다음 술을 고르기 시작했다.

7

개인 정보라서……. 사이몬 다쿠마의 연락처를 알려달라고 요청했을 때, 조난대학 사무국의 대답이었다.

당연한 대응이었다.

"그럼 사이몬 감독에게 도키와자동차 럭비팀의 제너럴 매니저가 연락했었다고 전해주시겠습니까? 제 전화번호를 알려드릴 테니 혹시 시간이 되면 연락해주셨으면 한다고요."

"지금은 대학 관계자가 아니시라 그런 연락은 할 수 없습니다."

너무나 무뚝뚝한 대답에, 기미시마는 대학 시절에 경험한, 공무원보다 더 관료적이었던 학무과와 사무부의 대응을 떠올렸다.

"그런가요? 그럼 알겠습니다."

전화를 끊은 기미시마가 다음에 한 일은 전임자인 요시하라가 남긴 전화번호부에서 조난대학 럭비부 관계자를 찾는 것이었다. 선수 영입 등으로 교류는 있을 터였다.

예상대로 찾을 수 있었다.

니시카와라는 남자로, 명함에는 '조난대학 체육회 럭비축구부 섭외 담당'이라고 되어 있었다.

기재된 휴대전화 번호로 걸었는데 받지 않았다. 나중에 다시 걸어보려고 생각했는데 먼저 상대가 걸어왔다. 사무실 전화로 걸었는데 바로 전화한 걸 보니 번호가 등록되어 있었는지도 모르겠다.

"죄송해요, 전화를 받지 못해서."

요시하라의 전화로 착각한 듯했다.

"갑자기 전화해 죄송합니다. 저는 도키와자동차 럭비팀의 제너럴 매니저인 기미시마입니다. 요시하라의 후임입니다만."

"아, 그러셨어요?" 하고 놀라면서 "늘 신세 지고 있습니다"라는 정중한 반응이 돌아왔다.

"실은 사이몬 전 감독과 연락하고 싶은데 연락처를 알려주실 수 있을까 해서요."

기미시마는 사이몬의 허가를 받아야 한다는 얘기를 들을 줄 알았다. 그런데,

"잠깐만 기다리세요."

잠시 대기 멜로디가 흐른 후 니시카와는 사이몬의 개인 휴대폰 번호를 알려주었다. 너무 어이없을 정도로 맥빠진 반응이었다. 도키와자동차 럭비팀 제너럴 매니저라는 직책이 주는 신용의 반증일까.

"이 번호로 직접 전화해도 될까요?"

"럭비에 관한 거죠? 그럼 문제없을 겁니다. 그런 사람이니까."

고맙다고 인사하고 전화를 끊은 다음 바로 걸었다.

연결음이 오래 계속됐다. 기미시마는 의자를 돌려 창 너머 시

든 잔디가 깔린, 아무도 없는 연습장을 내려다보면서 그 소리를 듣고 있었다.

열 번쯤 울렸을까.

포기하고 끊으려는데 목소리가 들렸다.

"사이몬 씨인가요?"

"네. 그렇습니다만." 목소리에 의아해하는 울림이 섞여 있다.

"저는 도키와자동차 럭비팀 제너럴 매니저인 기미시마라고 합니다. 지금, 전화 괜찮으십니까?"

"도키와? 네, 말씀하십시오."

"실은 상담을 드리고 싶은 게 있어서요. 시간을 내주시겠습니까? 사이몬 씨가 편할 때 뵙고 싶습니다."

"상담이라니, 어떤?"

사이몬의 목소리는 굵고 힘이 느껴졌다.

"저희 감독님이 얼마 전에 사임하셔서 후임 감독을 찾고 있습니다."

기미시마는 솔직하게 얘기를 꺼냈다.

"아스트로스의 감독으로 오란 말씀입니까?"

"전화로는 그러니 만나서 자세한 얘기를 할 수 있을까요?"

얼마 동안 전화 너머에서 생각하는 듯한 침묵이 흘렀다.

자, 어떻게 반응할까.

그런데,

"그럴 필요 없습니다. 거절하겠습니다."

예상외의 즉각적인 거절에 기미시마는 당황했다.

"그건 사회인팀에 관심이 없다는 말씀입니까?"

기미시마가 물었다. 교육자로서 대학생에게 럭비를 가르치는 게 우선일지도 모른다.

"아니요, 그런 건 아닙니다."

사이몬이 대답했다. "사회인팀에도 당연히 관심이 있습니다."

그렇다면 아스트로스 팀에 관심이 없다는 소리였다. 하지만 기미시마도 쉽게 물러날 수는 없었다.

"저희에게는 당신 능력이 필요합니다, 사이몬 씨. 아니면 이미 어디 갈 데라도 정해졌나요? 그런 사정인가요?"

"그건 아닙니다."

부정하는 말에 비웃음이 섞여 있었다. "나를 거절한 건 그쪽 아니었습니까? 새삼스럽게 왜 그러시죠?"

"저희가요?"

영문을 알 수 없었다. 무슨 일이지? 기미시마는 뭐라고 대답해야 할지 몰랐다.

"그럼 실례하겠습니다."

사이몬은 잠시의 틈도 두지 않고 전화를 끊어버렸다.

"어떻게 된 거지……."

기미시마는 끊어진 전화를 멍하니 바라봤다.

"죄송합니다. 이제 막 일을 맡으셨는데."

같은 요코하마 시내에 있는 도키와자동차의 물류 부문, 도키와물류로 요시하라를 방문한 것은 그날 오후였다.

요코하마공장의 부장직을 사임한 후 요시하라는 물류 자회사의 총무부장 자리로 옮겨왔다.

"아니, 아닙니다. 너무 급하게 이루어져서 인수인계 중에 빠진 거라도 있나 걱정했습니다. 무슨 일이라도 생겼습니까?"

안내된 응접실에서 요시하라는 푸근한 웃음을 지으며 기미시마를 환영해주었다.

"실은 요즘, 그 감독 인사를 진행 중인데."

기미시마는 말을 꺼냈다. "조난대학 감독이었던 사이몬 씨에게 연락했더니 문전박대를 당했습니다. 전에 무슨 일이 있었나요?"

"사이몬 씨……."

요시하라는 놀라워했다. "기미시마 씨, 잠깐만요. 다케하라 씨와 다카모토 씨는 어떻게 됐나요?"

"아직 결정하지 않았습니다. 조금 더 찾아볼까 해서요."

"마음에 들지 않았나요?"

아무것도 모르는 기미시마에게 마음이랄 것도 없겠으나 과감하게 "네"라고 대답하며 기미시마는 고개를 끄덕였다.

"그래서 사이몬 씨라고요. 이거 원!"

요시하라는 누구에게랄 것도 없이 말하고 뒷머리를 툭툭 두드렸다. "실은 사이몬 씨와는 조금 사정이 있습니다."

요시하라는 2년 전에 벌어졌던 한 '사건'에 대해 말했다.

"아스트로스를 이끌던 외국인 감독이 해외 팀 감독으로 가게 되어 후임을 찾았습니다. 그때 몇 명의 후보 중에 조난대학에서 우승한 사이몬 씨가 있었습니다. 저는 사회인팀을 이끌어 평가를 받은 바 있는 마에다 감독이 좋으리라 생각해 교섭했는데, 당시의 부팀장이 잘못해서 사이몬 씨에게 타진해버렸지 뭡니까.”

큰 실수였구나.

“누굽니까? 그 부팀장이?”

“다키가와 상무입니다.”

기미시마는 아득한 심정으로 고개를 들었다.

“아니, 왜 다키가와 상무가 그런 일을 맘대로?”

“모르겠습니다.”

요시하라는 고개를 살짝 기울였으나 기미시마에게는 짚이는 게 있었다.

다키가와는 자신과 같은 관점에서 감독을 선발하려 했던 게 아닐까.

성공한 사람이 성공하는 법이다.

현장 측과의 의사소통에 문제가 있었다 해도 적어도 다키가와의 견해는 틀리지 않았다고 기미시마는 생각했다.

“그래서 어떻게 됐나요?”

“마침 마에다 감독이 승낙하는 바람에 그쪽으로 진행했죠. 다키가와 상무의 섣부른 행동에 신도 공장장이 항의했어요. 사이몬 씨에게는 다키가와 상무가 사과하는 것으로 마무리했습니다.”

“사이몬 씨에게는 기분 나쁜 일이었겠군요.”

"사실 유명 대학의 럭비부는 늘 졸업생들이 시끄럽죠. 감독을 시켜준다는 태도니까. 그때도 사이몬 씨는 그걸 아주 싫어했어요. 그러던 참에 우리가 제의한 셈이니 마음이 움직인 게 아닐까요."

사이몬의 입장에서는 사다리를 걷어차인 셈이었다.

"유감입니다. 이런 일이 없었으면 좋았을 텐데. 하필 사이몬 씨라니."

요시하라도 그 우연에 얼굴을 찌푸렸다. "아무래도 다시 제의하긴 힘들겠죠."

잠시 생각한 후 요시하라는 "혹시 괜찮으면 사이몬 씨와 연결될 만한 지인을 소개해줄까요?"라는 말을 꺼냈다.

"아닙니다. 그러실 필요는 없습니다. 한 사람, 있습니다."

"한 사람?"

기미시마는 더는 대답하지 않고 자리에서 일어났다. "사정은 잘 알았습니다. 우선은 제가 성심성의껏 사죄해보겠습니다. 감독 인사만이 문제가 아니라 그런 안 좋은 인연을 그냥 놔둬선 안 되겠습니다. 우리 팀을 위해서라도."

"폐를 끼쳤습니다. 잘 부탁드립니다."

요시하라는 자리에서 일어나 깊이 허리를 숙였다.

8

갑작스러운 연락 죄송합니다.

저는 도키와자동차 아스트로스의 제너럴 매니저, 기미시마 하야토라고 합니다. 얼마 전, 실례를 무릅쓰고 사이몬 감독님에게 전화로 연락드렸습니다.

그때는 과거 사정을 몰라 저도 모르게 무례한 부탁을 드렸습니다. 정말 죄송했습니다.

그 후 바로 전임자에게 자세한 경위를 듣고 정말 놀랐습니다. 사이몬 감독님의 심기를 불편하게 해드린 점 깊이 반성했습니다.

감독 인사에서 서로 의견이 맞지 않아 섣불리 행동해 감독님에게 뜻하지 않은 폐를 끼친 점, 참담함을 금할 수 없습니다. 모든 것은 저희의 불찰이었습니다. 변명할 여지 없이 회사와 팀을 대표해 심심한 사과 말씀드립니다.

늦었지만, 우선 자기소개를 하겠습니다. 저는 올해 1월에 회사 인사 명령으로 도키와자동차 요코하마공장 총무부장으로 왔습니다. 그와 동시에 아스트로스의 제너럴 매니저라는 직책을 맡아 현재 팀 운영을 총괄 지휘하고 있습니다.

저희 아스트로스는 유감스럽게도 최근 몇 시즌에 걸쳐 부진한 성적을 거뒀습니다. 얼마 전 신문에 보도된 적이 있지요. 마에다 도시하루 감독님이 팀을 떠나게 되었습니다.

저희 팀에는 훈련 방법과 전술, 나아가 팀 환경, 지원 체제, 혹은 선수와 스태프에 대해서도 개선할 여지가 많습니다.

지금 저희에게 필요한 것은 변화입니다.

더 강력하고 멋진 팀이 되기 위해. 또한 선수와 스태프 전원이 승리를 위해 하나가 될 수 있도록 개혁에는 성역이 없게 할 각오입니다.

작년 시즌 저희는 플래티나리그 하위에 만족해야 했습니다. 그러나 언제까지나 이 상황에 안주할 생각은 아닙니다. 반드시 역량을 길러 지역 팬 여러분과 우승을 노릴 팀이 되고 싶습니다. 또 그렇게 될 수 있으리라 믿습니다.

그런데 그러기 위해서는 꼭 필요한 것이 현황을 이해하고 이끌어갈 감독입니다.

실례를 무릅쓰고 말씀드립니다. 만약 아스트로스를 변혁하고 도약시켜줄 지도자가 존재한다면 그건 사이몬 감독님 이외에는 없다고, 저는 확신하고 있습니다.

저희에게 다시 한번 기회를 주지 않으시겠습니까.

아스트로스를 위해. 아스트로스를 응원해주는 팬을 위해. 그리고 일본의 럭비계를 위해. 저희에게 힘을 보태주십시오.

부디 검토해주시길 부탁드립니다.

제너럴 매니저로서 반드시 '감독하길 잘했다'라고 생각하실 수 있도록 최대한 노력할 각오를 다지고 있습니다.

저희 아스트로스를 믿고 함께 걸어가주실 수 없을까요.

실례를 무릅쓰고 다시 연락드리겠습니다. 두서없는 글을 읽게 해드려서 정말 죄송합니다. 이만 줄입니다.

사이몬 다쿠마 감독님께

직접 손으로 쓴 사과문인 동시에 감독 취임을 바라는 열띤 러브콜이었다.

집 거실에서 글을 다 읽은 사이몬은 편지를 접어 원래 들어 있던 하얀색 봉투에 넣으려다가 명함을 발견했다. 아스트로스의 팀 로고가 박힌 기미시마의 명함이었다. 주소와 전화번호, 메일 주소가 인쇄되어 있었다.

"기미시마 하야토?"

사이몬은 입을 다물고 손에 든 명함을 뚫어지게 보았다.

9

그날 오전 11시 반이 넘은 시각, 기미시마와 다에는 신요코하마역까지 사이몬을 맞으러 갔다.

다에의 표정은 평소와 달리 딱딱하게 굳어 있었다.

"왜 그래? 긴장했나?"

"부장님은 안 그러세요?"

다에는 작게 심호흡했다. "오늘 대화로 결정 나는 거예요. 그 유명한 사이몬 다쿠마가 아스트로스의 감독이 되느냐 마느냐."

"되게 해야지."

이제까지 수없이 아수라장을 경험해온 기미시마로서는 걱정 해봤자 도움 될 게 없다는 걸 잘 알고 있었다. 핵심은 전력을 다 하는 것. 그다음은 천명을 기다릴 뿐이다.

"다만, 한 가지 마음에 걸리는 일이 있는데."

열차 도착을 알리는 방송이 들렸다.

"그게 뭔데요?"

"금방 알게 되겠지."

사이몬 다쿠마는 멀리서도 금방 알아볼 수 있었다.

그 모습을 실제로 본 게 몇 년 만인가.

학창 시절, 같은 어학 수업을 들은 것이 그와의 첫 만남이었다.

대학 1학년 때부터 럭비부에서 활약했던 사이몬은 필수과목 인 어학 이외의 수업에서는 거의 볼 수 없었다. 그러나 기말시 험 기간이 되면 나타나, 친구 인맥을 이용해 수업 노트 필기를 대거 모아 복사해 시험에 응했다.

한번은 어떤 과목 시험장을 지나다가 사이몬이 펼쳐놓은 노 트 복사본을 우연히 봤는데 자신의 노트 복사본이었다. 성실한 학생의 노트는 모든 학생의 공유물이기도 했다. 아마 친구가 부 탁해 복사한 것이 사이몬에게 넘어갔으리라.

기미시마는 그걸 봤다고 해서 별로 난리 칠 생각은 없었다.

당시 기미시마의 노트는 '신뢰할 수 있는 노트'로 친구들 사 이에서 소중히 다뤄지고 있었으니까.

어라! 내 노트네. 그 정도로 생각했을 뿐이다.

같은 수업을 들었다고 해도 기미시마가 사이몬과 대화를 나눈 적은 없었다.

스타 선수였던 사이몬은 늘 사람들에게 둘러싸여 있던 반면 기미시마는 시골에서 온 가난한 학생이었다. 사는 세계도, 가치관도 다 달랐다.

기미시마의 기억이 틀리지 않다면 딱 한 번, 사이몬과 이야기를 나눈 적이 있다.

졸업하던 해 2월인가 3월쯤이었을 것이다.

취직 관련 서류를 제출하기 위해 학교에 갔을 때 같은 창구에 사이몬이 있었다.

"어이!"

그렇게 사이몬은 오른손을 들어 말을 걸어왔다.

"어어."

기미시마도 대답하고 빈 옆자리에 앉았다.

둘이 나란히 앉은 벤치에서, 너무나 태평한 직원들의 모습이 보였다.

"진로 신청서를 내려고."

특별한 화제도 없던 터라 어색해진 기미시마는 남는 시간에 할 일도 없어 입을 뗐다.

"어디 들어갔는데?"

사이몬이 물었다. 기미시마의 진로에 흥미가 있었던 게 아니라 그저 화제에 맞추려고 했던 데 지나지 않았다.

"도키와자동차. 너는?"

기미시마는 나란히 앉으니 머리 반 개쯤 정도 더 큰 사이몬을 올려다봤다. "너는? 럭비팀 있는 회사에 가?"

사이몬이 고개를 끄덕이는 듯 보였을 때 "사이몬 씨" 하고 창구 안쪽에서 부르는 바람에 이야기는 거기서 끝났다.

창구에 서류를 건넨 사이몬은 처음 만났을 때처럼 휙 오른손을 들고 "그럼 갈게"라는 짧은 말과 함께 문밖으로 사라졌다.

그게 사이몬과 기미시마가 나눈 대화의 전부였다.

같은 학교에 다니고 같은 수업을 들었지만, 둘의 인생이 스친 순간은 그게 전부였다.

사이몬은 오직 럭비 인생만을 걸었고 기미시마는 그저 평범한 학생에 지나지 않았다.

동창회 같은 자리가 아니면 두 번 다시 만날 일은 없겠지.

그로부터 25년이라는 세월이 지나, 지금 기미시마는 그렇게 생각했던 남자를 기다리고 있었다.

"아! 사이몬 씨가 오셨네요."

옆에서 다에가 말하고 멀리 있는 사이몬에게 인사했다.

사이몬도 이쪽을 발견했는지 살짝 고개를 끄덕이는 듯 보였다.

하얀 셔츠에 노란색 넥타이, 스텐칼라 코트 깃을 세우고 걸어오는 남자의 모습이 25년 전, 학과 사무실에서 헤어진 남자의 모습과 겹쳤다.

개찰구를 빠져나온 사이몬에게 기미시마가 다가가 오른손을 내밀었다.

"오랜만이야, 사이몬."

사이몬이 그 손을 잡았다. 강하고 단단한 악수였다.

"나야말로, 기미시마."

어리둥절한 표정의 다에가 둘의 얼굴을 번갈아 봤다.

완벽하게 다른 세계를 걸어온 두 사람의 인생이 다시 교차한 순간이었다.

10

시내의 유명한 장어집에서 점심을 먹고 그대로 차를 타고 15분쯤 떨어진 요코하마공장으로 돌아왔다.

인접한 클럽하우스를 보여주고 연습 운동장에 섰을 때 "공장을 보여줘"라는 사이몬의 요청이 있었다. 다에까지 해서 셋은 헬멧을 뒤집어쓰고 공장으로 향했다.

"공장을 보여달라고 할 줄은 몰랐어."

클럽하우스로는 돌아오지 않고 공장 응접실로 들어간 기미시마가 품고 있던 의문을 꺼냈다.

"사회인팀에게는 회사 분위기가 드러나지. 회사 방침에 따라 휘둘릴 때도 있어. 일단 선수들이 어떤 직장에서 일하고 있는지, 분위기 정도는 봐둘 필요가 있으니까."

사이몬의 대답은 명확했다. 사이몬 자신이 현역 시절 요도야부스 피닉스에서 일하며 선수로 활약했다. 경험에서 나온 발언일 테니 틀림없을 것이다.

"회사에서 럭비팀을 어떻게 생각하지?"

질문도 정확했다.

"솔직히 예산안을 통과시키느라 고생 좀 했어."

허세를 떨어 좋을 것도 없다는 생각에 솔직히 밝혔다. "경비 잡아먹는 귀신이라고 혹평하는 임원도 몇 명 있어. 사장의 럭비 사랑에 도움을 받는 부분이 커."

"언제 팀이 폐지될지 모르는 상황인 거야?"

옆에 있는 다에가 의자에서 어쩔 줄 몰라 몸을 꼬고 있었다. 사이몬의 예리한 눈빛이 가만히 기미시마를 응시했다.

"그렇게 절박하진 않아. 하지만 성적이 계속 나쁘면 그럴 가능성도 있지."

사이몬은 뭐라고 대답할까.

기업 스포츠에서 팀 폐지는 최대 위험요소였다. 조금이라도 그럴 가능성이 낮은 팀을 이끌고 싶은 게 당연하리라.

"강화 방침을 철회하겠다는 구체적인 얘기도 있어?"

"거기까지는 아니야. 옥신각신하긴 했어도 예산안은 전액 통과됐어."

"그래?" 사이몬은 후 숨을 내쉬었다. 강화 방침이 철회되면 기업 팀은 순식간에 약체화되기 때문이다.

"자네가 희망하는 계약 조건은?"

사이몬은 단도직입적으로 물었다.

"프로 계약으로 부탁하고 싶어. 몇 년 계약으로 할지를 상담했으면 좋겠어." 기미시마가 대답했다.

"솔직히 그건 얼마나 기대하는지에 달렸지."

거꾸로 질문을 던졌다.

"우승을 다투는 팀이 되길 바라고 있어."

기미시마는 분명하게 대답했다. "그리고 가능하다면 우승하고 싶어."

사이몬의 눈은 가만히 기미시마를 응시하고 있었다. 그리고 이윽고 질문을 던졌다.

"언제까지?"

"가능하면 3년 이내에."

생각하는 듯 침묵이 끼어들었다.

사이몬 앞에는 자료로 건넨 선수와 스태프 명단이 있었다.

사이몬은 일단 거기에 시선을 떨어뜨리고 뭔가 생각하더니 고개를 들어 기미시마를 바라봤다. 그 눈동자를 향해 기미시마는 부탁했다.

"받아주지 않겠나? 우리에게는 사이몬, 자네 힘이 필요해. 부탁하네."

숨을 멈춘 다에가 사이몬의 대답을 기다렸다.

조금 더 생각하던 사이몬의 입에서 나온 말은,

"3년은 너무 길어."

한마디였다. "2년 계약으로 해줘. 2년 만에 우승을 다툴 만한 팀으로 만들지. 하지만 우승까지는 약속할 수 없어. 우승을 다투는 팀과 정말 우승하는 팀은 차이가 커. 거기까지 갈 수 있을지는 모르겠어."

"알았어. 다른 조건은?"

"지역 연계형 팀을 운영하고 싶다는 뜻은 존중해. 거기에 선수들을 데려가는 건 괜찮아. 하지만 연습 방법 같은 것에 절대 참견하지 마. 내게 맡겨줘. 만약 참견하면 그 시점에서 나는 바로 그만둘 거야."

"알았어. 그게 다인가?"

"선수들의 뜻을 확인하고 싶어. 나는 이제까지 대학 럭비팀 감독이었어. 요컨대 카테고리가 달라. 물론 사회인팀에 대해서 잘 알지만, 지휘한 경험이 없지. 선수들은 틀림없이 내가 정말 할 수 있을지 의문일 거야. 서로의 신뢰 관계가 없는 상태에서는 지휘할 수 없어."

"어떻게 해야 하지?"

"우선 내가 선수들에게 어떤 행동을 할 거야. 그다음 선수들의 의견을 들었으면 좋겠어. 할지 말지는 그걸 보고 결정하지."

"알았어."

기미시마는 이야기가 크게 진전되고 있다고 느꼈다. 선수들의 의견은 기시와다에게 정리하게 할 자신이 있었다.

고개를 끄덕인 기미시마는 사이몬에게 오른손을 내밀었다.

"잘 부탁해."

"나야말로."

힘찬 악수로 사이몬과의 면담은 끝을 맺었다.

11

그날, 하마하타는 직장 동료와 함께 시내 선술집에 있었다.

같은 부서의 젊은 사원이 이동하게 되어 환송회가 열린 것이었다.

시끌벅적한 모임이었다. 평소라면 맥주병을 한 손에 들고 모두의 잔에 술을 따랐을 하마하타가 이날은 가게 한쪽 구석에서 부루퉁한 얼굴로 침묵을 지키고 있었다.

"하마하타 씨, 오늘 너무 조용한 거 아니야?"

그런 말을 하며 다가온 동료에게 "그렇지 않아"라며 잔의 맥주를 단숨에 마셨는데 거기까지였다. 안절부절못하던 그는 말을 툭 내뱉었다.

"미안해. 전화 한 통만 하고 올게."

하마하타는 일어나 옆에 둔 가방에 있던 봉투를 들고 가게 밖으로 나갔다.

아까 퇴근하려는데 기미시마가 불러 건넨 봉투였다.

"이게 뭔가요?"

"차기 감독 후보의 편지야. 뒤를 봐."

하마하타는 거기에 적힌 사이몬 다쿠마의 이름을 발견하고 경악했으나 그 자리에서 열어보고 읽을 수가 없어서 일단 가방에 쑤셔 넣었다. 업무 회의가 길어져 급히 환송회에 참석해야 했기 때문이다.

모임이 끝난 뒤 집에서 읽자. 처음에는 그렇게 생각했는데 환영회 중에 메일이 들어오기 시작했다.

사이몬의 편지를 읽었느냐는 팀 동료들의 메일이었다.

"나는 단순해서 그런지 모르겠는데 좋은 내용이었어요."

이것이 모토나미 히로토의 감상이었다. 미사키 히로시는 "무척 잘 안다는 느낌"이라는 메일이 왔다. 또 분석가 다에에게도 "훌륭한 평가안인 것 같습니다"라는 메일이 들어왔으니 도무지 가만히 있을 수 없었던 것이었다.

가게 현관 앞에서 편지 봉투를 연 하마하타는 대여섯 장으로 보이는 분량에 일단 놀랐다.

이런 걸 선수나 스태프 모두에게 쓰는 일은 무척 힘들었을 것이라는 게 첫 번째 감상이었다.

그런데 실제로 읽어보니 그런 가벼운 생각은 순식간에 날아가고 묵직한 충격이 쿵 가슴을 쳤다.

사이몬의 지적은 하마하타의 플레이 스타일뿐만 아니라 더 구체적인 부분까지 파헤치고 있었기 때문이다.

그중에서도 작년 10월, 3승 3패의 전적으로 시작한 도노건설공업 타이탄스와의 경기 후반 10분 이후의 플레이에 관한 한 문장에서 눈을 뗄 수 없었다.

중앙에서 살짝 상대 진영 쪽으로 들어간 곳에서의 스크럼. 사토무라에게서 패스를 받은 하마하타는 돌진해오는 선수를 뿌리치고 오른쪽에 있던 선수에게 패스하려다가 인터셉트당했다. 즉 패스한 볼을 상대 선수에게 빼앗겨, 그대로 독주 트라이를 허락하고 말았다.

전반전을 원 트라이 차이로 뒤지고 있던 터라 최대한 빨리 추격하고 싶은 시간대에서의 뼈 아픈 실수였다.

그 후 컨버전 골●도 들어가 2점이 추가되자 아스트로스의 수비도 점점 느슨해졌다. 경기를 끝내고 보니 후반전은 노 트라이 상태였고 유일한 득점은 페널티 골●로 얻은 3점뿐이었다. 그 후의 연패를 불러온 통한의 패배였다.

사이몬은 그 기점이 된 하마하타의 패스에 대해, 어떤 타이밍에서 던질지를 상대에게 들켰으므로 당할 수밖에 없는 인터셉트였다고 지적했다.

작년 시즌의 아스트로스는 피지컬, 강인한 체력을 활용한 견실한 수비력을 특징으로 했는데 그건 전 감독이 고집했던 스타일이기도 했다. 그런데 사이몬은 지금의 그 스타일을 하마하타를 비롯한 선수들의 장점에 맞춰 다시 수정해야 한다고 주장했다.

현재의 전략으로는 운동장 안에서 군림할 수 있는 10번인 당신의 재능을 활용할 수 없습니다.

사이몬은 계속했다.

패스를 받을 때 아마 당신은 상대 수비수 뒤쪽에 공간이 있음을 알았

● Conversion goal, 트라이에 성공하면 트라이한 위치의 후방 지역에서 킥을 한다. 골대를 통과시켜 성공하면 추가로 2점을 얻는다.

● Penalty goal, 상대방 반칙으로 얻은 킥. 성공하면 3점을 얻을 수 있다.

을 겁니다. 그곳으로 쇼트 펀트*를 찼다면 어떤 결과가 나왔을까요. 그러지 않았던 게 문제라는 게 아니라 그럴 수 있는 선택지가 없었던 게 문제라는 말입니다.

팀의 전략과 규율에 얽매여 공격 가능성과 유연성을 스스로 버린 것처럼 보입니다. 내가 현역이었을 때 우승 후보였던 아스트로스와 지금의 아스트로스는 다른 팀입니다.

확실히 강한 피지컬과 수비 면에서는 플래티나리그에서도 손에 꼽히는 팀이 되었습니다. 그러나 한편으로 팀의 특기였던 패스워크나 유연하고 화려한 백스 라인의 공격을 봉인하고 오로지 견실한 게인 라인* 공격에만 초점을 맞추고 말았습니다. 내가 만약 감독이 된다면 그러한 게임 전략을 일단 백지화하고 피지컬을 더욱 향상해 각 선수, 즉 당신들 자신의 개성을 활용하는 전략적인 팀으로 만들고 싶습니다.

하마하타는 그 글에서 한동안 눈을 뗄 수 없었다.

아니, 실제로는 문장을 읽는 게 아니었다. 하마하타의 눈은 초점을 잃고 멍하니 허공만 쳐다보고 있었다.

사이몬의 말은 지당했다.

하지만 사이몬이 제일 하고 싶은 말은 여기에 안 적은 게 아닐까. 하마하타는 그 점을 깨달았다.

그때 하마하타는 틀림없이 오른쪽의 공간을 봤다.

* Short punt, 공을 짧게 차 넣는 일.
* Gain line, 골라인에 평행하게 그려진 가상의 선. 럭비의 공방은 이 선의 쟁탈이라고도 할 수 있는데 볼을 가지고 이 선을 넘는 팀이 다음 공격을 유리하게 이끌 수 있기 때문이다.

그런데 그곳으로 쇼트 펀트 킥을 날리는 게 효과적이란 걸 깨달았을 때는 이미 전황이 변해 있었다.

지금 하마하타가 느낀 감정은 그야말로 공포였다.

늘 마음 한구석에 봉인하고 있던 공포였다.

이전의 자신이라면 과연 그렇게 했을까? 좀 더 정확한 타이밍에 생각보다 먼저 쇼트 펀트를 날리지 않았을까?

그걸 할 수 없었던 이유는 오로지 하나…… 나이가 들어서였다.

하마하타는 올해로 35세가 되었다.

럭비 선수로서의 한계가 한 발 한 발 다가오고 있었다.

하마하타에게는 지금 그 발소리가 들렸다.

일본 대표 캡틴 자리에서 내려왔을 때, 경기의 매 국면마다 자신의 시야와 기술, 판단력이 시험당할 때 들리는 발소리였다.

그래도 지금의 아스트로스에 자신보다 나은 스탠드오프는 없었다. 그랬기 때문에 하마하타는 부동의 선발 선수로, 또 팀의 간판선수로 운동장에 설 수 있었다.

하지만 나이는 착실히 하마하타를 갉아먹었고 플레이의 질을 바꾸고 있었다. 다른 사람은 모르는 아주 사소한 부분에서. 사이몬은 그것마저 간파한 게 아닐까.

"다 알아차렸다는 건가."

입 밖으로 툭 내뱉은 하마하타는 긴 편지를 양복 안주머니에 넣었다. 술이 확 깨는 바람에 소란스러운 가게로 돌아가는 게 싫어져 찬바람이 부는 가운데 우두커니 서 있었다.

12

얼마 전에는 바쁘신 와중에 시간을 내주셔서 감사했습니다.

도쿄로 돌아온 후, 작년 시즌의 아스트로스 경기를 모두 봤습니다.

현재 아스트로스의 강점은 강한 피지컬이며 이는 마에다 감독님이 남기신 선물입니다. 스크럼이나 밀집전 상황에서 벌어지는 쟁탈전 기술은 리그에서도 최고 수준이 아닐까 합니다.

수비를 중시하고, 우직할 정도로 충돌하면서 상대 수비망의 틈을 발견해 득점 기회로 연결하는 게 아스트로스의 전술입니다.

저는 이런 전략을 부정할 생각은 없습니다. 이 역시 럭비에서 하나의 스타일임이 분명하니까요.

하지만 작년 시즌 결과를 보면 알 수 있듯 이 전술이 통했다고는 할 수 없겠죠.

현재의 아스트로스에 몇 가지 부족한 점이 있습니다. 제일 부족한 것은 공격의 다양성입니다. 지나치게 견실함을 추구한 나머지 유연성을 희생해 사실은 아주 쉽게 돌파할 수 있는 국면까지 힘겹게 밀집전으로 끌고 갑니다.

팀은 개인의 집합입니다.

아무것도 없는 상태에서 선수를 모으는 국가대표 같은 팀이라면 감독이 원하는 전술에 맞는 선수를 모으면 되겠죠. 그러나 아스트로스는 기업 팀이라 선수 대부분은 고정되어 있습니다. 그런 팀의 전략은 개별 선수의 플레이 스타일에 맞는 것이어야만 합니다.

전술과 재능의 미스매치는 결국 전력 손실로 이어집니다. 반면 선수의 개성과 전술의 톱니바퀴가 맞물리면 거기에서 시너지가 생깁니다.

제 이상을 밀어붙이려는 게 아니라 저는 그런 팀을 만들고 싶습니다.

보내주신 경기 영상 기록을 보고 선수 각자에게 뭘 해줬으면 하는지, 어떻게 생각하길 바라는지, 과제로 삼아야 할 것이 무엇인지, 편지를 썼습니다. 녹화 영상으로 플레이를 보지 못한 후보 선수와 스태프 여러분에게는 럭비 그 자체에 대한 제 생각과 팀 운영, 게임 전략 등에 관해 썼습니다.

여기에 동봉하겠으니 모두에게 전해주셨으면 합니다.

이 편지는 선수 각각에 대한 저의 의견 표명이자 응원 메시지입니다.

만약 여러분이 제 생각에 공감해 새로운 도전을 시작할 용기가 있다면, 저는 기꺼이 여러분과 함께 싸우겠습니다.

기미시마가 사이몬의 편지를 읽는 동안 선수들은 조용히 귀를 기울였다.

모두 진지한 표정이었다. 그 눈은 현실을 보는 듯도 했고, 거기에 없는 어딘가를 응시하고 있는 듯도 했다. 사이몬이 이끄는 아스트로스의 미래를.

"이상이 사이몬 씨가 내게 보낸 메시지입니다."

편지에서 고개를 들고 미팅룸에 모인 약 50명의 선수에게 질문했다. "사이몬 씨의 응원 메시지를 어떻게 받아들였습니까? 데쓰, 자네 소감을 듣고 싶네."

기미시마는 데쓰부터 지명했다.

"게임 전략이나 공격 형태 하나까지 정말 세밀한 분석입니다."

기시와다는 두 손 들고 칭찬을 아끼지 않았다. "사이몬 다쿠마라는 사람은 럭비에 대해 정말 많이 생각하고 있더군요. 아마 우리가 자는 동안에도 생각하겠죠. 그러지 않는다면 이런 고찰은 나올 수 없어요. 히로 씨, 그렇게 생각하지 않아?"

이야기를 이어받은 모토나미는 잠시 생각한 후 말했다.

"솔직히 내 플레이에 대해 그리 좋은 말은 없었어."

그런 겸손의 말로 웃음을 끌어냈다. "하지만 날 내치는 인상은 없더라. 오히려 뭐라고 해야 할까……."

모토나미가 잠시 생각한 후 단어를 선택했다. "따뜻함이 느껴졌어."

"맞아. 플래티나리그 감독은 해본 적 없을지 몰라도 이 팀에 필요한 사람이 아닐까요?"

미사키의 말에 대다수 선수가 고개를 끄덕이는 가운데 복잡한 표정으로 팔짱을 끼고 있는 남자가 하나 있었다.

하마하타였다. 부루퉁한 표정으로 침묵을 지키며 바로 앞에 시선을 고정하고 있었다.

"하마, 자네 의견은?"

기미시마가 묻자 하마하타는 천천히 팔짱을 풀고 똑바로 앞을 바라봤다.

"나는 내 한계를 지적받은 느낌이었습니다."

그 한마디에 모두가 숨을 멈췄다. "표현은 달라도 무슨 말을 하는지 알겠더군요. 너는 이제 젊지 않다. 젊었을 때와 같은 플레이를 지금의 너는 할 수 없어. 그렇게 말하는 것만 같았습니

114

다. 웃기고 있네, 솔직히 그렇게 생각했죠."

하마하타의 말에 실내는 순식간에 정적에 휩싸였다. 찌릿찌릿한 전류가 미팅룸 안을 훑고 지나가는 듯했다. 그런 가운데 하마하타가 말을 이었다. "분하지만 그 말이 옳아요."

하마하타는 입술을 세게 악물었다가 천천히 말을 이어나갔다. "그런 감각은 나밖에 모르는 나만의 비밀이라고 생각했습니다. 그런데 그게 아니었네요. 한 사람이 더 있더군요. 선수로서 맞은 한계와 홀로 싸워온 내게 다가온 사람이. 제 말은 이게 다입니다."

전원, 침묵을 지켰다.

기미시마도 할 말이 없었다. 그러나 한 가지 명확한 점은 있었다. 지금 하마하타의 말은 사이몬에 대한 칭찬이 확실했다.

"고맙네."

기미시마는 일어나 다시금 모두를 둘러봤다. "여러분만 이해해준다면 정식으로 사이몬 씨를 아스트로스의 감독으로 영입하기 위한 오퍼를 내고 싶습니다. 말해두겠는데 이 일은 우연히 사이몬 씨에게 일이 없어졌기 때문이 아닙니다. 사이몬 다쿠마야말로 이 팀이 맞을 최선의 남자이기 때문이죠. 우리 싸움에 필요한 유일한 남자라고 생각하는데, 찬성합니까?"

기시와다가 일어나 손뼉을 치기 시작했다.

다른 선수들도 그를 따라 일어났고 마지막으로 하마하타가 일어나 손뼉을 치기 시작했을 때 갑자기 커다란 환성이 일어났다.

미팅룸 문이 열리고 한 남자가 들어왔기 때문이다.

사이몬이었다.

선수들 앞에 선 사이몬은 트레이드 마크인 의미심장한 표정에 날카로운 눈빛을 보내고 있었다. 매우 탄탄하게 벌어진 몸에서 뿜어져 나오는 독특한 존재감은 보는 사람의 시선을 한없이 끌어들였다.

"우승을 노리자!"

사이몬이 제일 먼저 내놓은 소리에 와 하는 더 큰 환성이 따랐다. 선수들의 눈빛이 변했다. 아스트로스에 새로운 바람이 불기 시작했음이 명확했다.

생각해보면 사이몬은 언제나 환호성에 둘러싸여 있었다.

25년 전에도 그랬듯 환호성의 중심에 사이몬이 있었다.

이거야말로 재능이구나. 기미시마는 생각했다.

노래든 연기든, 무대에 섰을 때 최고가 되는 사람과 그렇지 못한 사람이 있다. 경영도 마찬가지다.

아스트로스는 선수, 스태프를 포함해 총 80명.

지금 그 모두의 시선과 환성 속에서 사이몬은 벌써 몇 년 전부터 이 팀을 이끈 듯한 관록을 드러내고 있었다.

'역시 굉장하네, 사이몬.'

자신 역시 일어나 박수를 보내며 기미시마는 생각했다. '아스트로스는 자네에게 맡겼어. 그러니 운동장 밖의 싸움은 내게 맡겨.'

4장
신생 아스트로스 시동

1

사이몬 다쿠마의 취임 기자회견은 2월 첫 번째 금요일에 열렸다.

마에다 전 감독의 퇴임 회견을 연 게 20일쯤 전이었다. 기자회견장은 전과 마찬가지로 도키와자동차 본사로 장소는 같았지만 달려온 보도진의 수는 압도적으로 달랐다.

그 수는 무려 150곳.

번쩍이는 플래시 속, 마주 보듯 놓인 회견용 테이블에 사이몬과 나란히 기미시마가 착석한 게 오후 3시 넘어서였다. 기미시마가 사이몬의 감독 취임을 보고한 후 이어진 사이몬의 인사는 "우승을 다툴 수 있는 팀으로 만들겠다"라는 포부로 마무리되었다.

그 후의 질의응답 순서에서 제일 먼저 손을 든 사람은 스포츠신문 기자였다.

"사이몬 감독은 얼마 전 조난대학의 감독을 사임하셨죠. 그때 이미 아스트로스 감독으로 결정되어 있던 겁니까?"

"아닙니다. 아무것도 결정되어 있지 않았습니다."

이건 기미시마가 대답했다. "마에다 전 감독님이 일신상의 이유로 퇴임한 후 우리는 새 감독을 찾고 있었습니다. 마침 조난대학 감독을 사임했다는 소식을 접하고 바로 감독 취임 의뢰를 드렸고, 받아들이신 겁니다."

아스트로스의 감독에 내정된 뒤에 조난대학 감독을 그만둔 것과 그렇지 않은 것은 상황이 전혀 달랐다. 이상한 억측을 불러일으키지 않도록 주의할 필요가 있었다.

다음은 조금 까다로운 질문이 나왔다.

"사이몬 감독을 조난대학 럭비부 동창회가 경질하려고 했다고 들었는데 사실입니까?"

"저로서는 뭐라 할 말이 없습니다." 사이몬이 대답했다.

"계속 감독직을 맡을 의향은 있었나요?"

"물론 그 시점에서는 그럴 생각이었습니다. 그러나 감독 인선은 동창회에 일임되어 있으므로 제가 참견할 수는 없습니다."

아주 훌륭한 답변이었다. 질문이 이어졌다.

"작년 시즌과 같은 운영 방침이라면 이번 시즌의 아스트로스는 사이클론스와 같은 콘퍼런스에 편성됩니다. 어떻게 싸우실 겁니까?"

질문이 수상쩍은 국면으로 넘어갔다.

일본모터스 사이클론스는 같은 자동차 제조사라 라이벌 팀이었다. 게다가 팀을 이끄는 쓰다 사부로는 조난대학 동창회의 중진으로, 사이몬 경질을 획책한 중심인물로 알려진 남자였다.

"이제부터 팀에 합류해 전략을 세울 겁니다. 지금 단계에서 어떻게 싸울지는 정해지지 않았습니다."

사이몬은 냉정하게 대답했다.

"동창회 이후 쓰다 감독님과 만나셨습니까?"

같은 기자가 질문했다.

"아뇨, 만나지 않았습니다. 아스트로스의 감독 취임 소식도 아마 이 보도로 아시게 되겠죠."

사이몬의 즉각적인 대답에 회견장이 조심스럽게 술렁였다.

"같은 사회인팀의 감독으로 라이벌이 될 텐데요. 쓰다 감독님께 하실 말씀이라도 있나요?"

쓰다와 사이몬, 럭비계의 두 유명인의 불화는 언론에 좋은 먹잇감이다.

"쓰다 감독님은 대선배시죠."

사이몬은 기자를 똑바로 보며 솔직하게 말했다. "실례가 되지 않도록 전력을 다해 싸우겠습니다."

"대학생과 사회인, 카테고리가 다른데 자신은 있으십니까?"

마지막 질문은 어떤 의미에서 핵심을 찌른 것일 수도 있었다.

"조난대학 럭비부에서의 경험을 그대로 살릴 생각은 아닙니다. 팀에는 저마다의 색깔과 개성이 있습니다. 그 점을 활용하면서 목표로 하는 럭비에 다가가고 싶습니다."

모범적인 대답이었다.

"목표로 하는 럭비가 뭡니까?"

마지막 질문자가 순간적으로 덧붙였다.

사이몬은 대답하기 전에 한 번 호흡을 가다듬고 자신을 바라보는 기자들과 다시 마주했다.

"제가 목표로 하는 것은 상대를 철저하게 때려 부수는, 최고로 공격적인 럭비입니다. 아스트로스의 선수들과 합류할 날이 벌써 기다려집니다."

다음 날 아침, 기미시마는 지난번과 마찬가지로 편의점에 들러 스포츠신문을 사 모았다.

제목은 대체로 이런 느낌이었다.

　　사이몬 감독, 쓰다 감독 때려 부수겠다 선언!
　　사이몬의 도전장, 사이클론스를 무너뜨리겠다.
　　동창회에서의 원한, 사회인리그에서 갚겠다.

"왜 이렇게 되지?"

기미시마는 연달아 눈에 들어오는 기사 제목을 보며 쓴웃음을 지었다. 그걸 들고 클럽하우스로 가자 사이몬 역시 신문을 읽고 있었다. 아주 즐겁게.

"기자 녀석들, 맘대로 써댔어. 사이몬, 괜찮아? 쓰다 감독에게 사정을 얘기해두는 게 좋겠어."

"괜찮아."

사이몬은 기미시마의 걱정을 비웃고는 갑자기 진지한 표정을 지었다. 그 눈에 뜨겁게 끓어오르는 어떤 게 떠올랐나 싶더니 낮은 목소리가 날아왔다. "쓰다 자식, 때려눕혀주지."

기미시마는 알 수 있었다. 그것은 완전한 사이몬의 진심이었다.

2

"사이몬이 아스트로스로?"

보도를 접한 쓰다 사부로는 의아하다는 표정을 지었다. "전부터 그런 얘기가 있었나?"

테이블 위에는 오늘 자 스포츠신문이 놓여 있었다.

플래티나리그의 강호 일본모터스 럭비팀 사이클론스의 클럽하우스였다. 수많은 트로피를 배경으로 감독실 소파에 앉아 있던 쓰다는 테이블을 끼고 같은 팀 제너럴 매니저인 가기하라 마코토와 마주 보고 있었다.

사이몬의 감독 취임을 알리는 신문은 가기하라가 가져온 것이었다.

올해 예순이 되는 쓰다는 통통한 몸에 백발이 성성했다. 풍채에서 느껴지는 외모에서 왕년에 일본 국가대표로 활약한 전설적인 스크럼하프의 흔적은 찾을 수 없었다. 36살에 현역 은퇴. 그 후 쓰다는 사반세기 가까이 지도자의 길을 걸어왔다.

"아스트로스도 전임 마에다 감독의 후임을 찾느라 고생한 것 같습니다. 슬쩍 주워들은 말로는 베어스의 다케하라 씨나

블루스에 있던 다카모토 하루카 정도를 생각했다죠."

가기하라는 조난대학 럭비부 후배인데 쓰다는 이 정도로 업계 소식에 밝은 인물을 알지 못했다. 선수 시절의 그럴듯한 실적은 없으나 몇몇 사회인팀을 거쳐오면서 인맥을 만들었다. 세상일이란 무엇이 내게 득이 될지 모르는 일이다. 선수로는 쓸모가 없었으나 제너럴 매니저로는 일류였다.

"그게 어떻게 사이몬이 됐지? 다케하라 정도가 좋지 않나?"

쓰다는 사이몬이 정말 싫었다.

쓰다의 출신학교인 조난대학 럭비부에는 졸업생이 현역 선수들을 물심양면으로 돕는 미풍양속이 있었다.

럭비부 창립 100년. 전통과 영광으로 가득한 럭비부 역사는 선배에서 후배로, 성실히 이어져야 하는 것이었다.

그런데 사이몬은 그 전통을 구습이라며 버리고 오래 이어온 미덕을 짓밟았다.

이긴다고 다 되는 건 아니야.

3연패에 도취해 흐뭇해할 사이몬에 그 교훈을 가르쳐주기 위해 종횡무진 유력 동창들과 꾸준히 접촉했고, 감독 경질이라는 철퇴를 내린 것이었다.

감독에서 쫓겨난 사이몬이 길거리에 나앉는다고 해도 상관할 바 아니었다. 오히려 쓰다는 그러길 바랐다. 그런 상황에서 구원의 손길을 내민다면 자신의 부족함을 깨닫겠지.

그랬어야 하는데 이렇게 빨리 다른 일을 찾다니. 그야말로 예상 밖의 일이었다.

운 좋은 놈.

마음속으로 무지막지한 독설을 퍼부었다. "거기는 제너럴 매니저도 교체했지."

"본사에서 좌천된 총무부장이 겸임한답니다. 럭비 문외한이 제너럴 매니저를 맡다니 업계 최초의 사건이죠."

"플래티나리그도 이제 얕잡아 보이기 시작했군."

문외한이라는 소리에 쓰다의 눈초리가 험악해졌다. 자존심 강하고 권력욕 많은 남자에게 종종 있는 일, 쓰다 역시 불같은 성격에 집념이 강한 성격이었다. 그리고 기득권에 대한 집념도 어마어마했다.

쓰다의 눈에 분노의 불꽃이 일렁였다.

"아스트로스와의 대전이 기대되는군. 올해는 6라운드 상대인가?"

일본모터스와 도키와자동차는 사회인리그 시절부터 호적수로, 플래티나리그에서는 전통의 대결로 일컬어졌다.

하지만 그것도 과거 얘기로, 요즘은 아스트로스의 부진으로 그 전통이 막을 내리려는 참이었다.

완전히 두들겨 눕혀주지! 쓰다는 눈을 부릅뜨고 신문 속 사이몬을 노려봤다.

3

기미시마가 추가 예산을 포함한 수정안을 제출하자마자 곧바로 경리부가 호출해 이사회에 불려 나갔다.

제너럴 매니저로 취임한 이래 다사다난한 날을 보냈다. 드디어 아스트로스는 사이먼 다쿠마를 감독으로 맞아 새로운 체제 아래 팀 훈련을 시작했다.

2월 둘째 주 금요일이었다. 이날 오후 2시부터 시작된 이사회에 기미시마는 4시 넘어서야 들어갔다.

"뭐야? 얼마 전에 통과시킨 예산안이 벌써 추가 수정이라고? 정말 엉망이군."

제일 먼저 다키가와가 한마디 했다.

"지역 연계형 팀을 만들기 위해서는 무엇을 해야 할지 팀 전원이 대책을 마련했습니다. 상세한 내용은 가지고 계신 자료에 적혀 있습니다. 봉사활동은 이미 선수들이 자발적으로 참여하고 있습니다. 그런데 산하 조직인 주니어 아스트로스의 창설과 가족 럭비 교실이라는 이벤트 개최에는 경비가 들어 추가 예산을 받고자 하는 게 이번 수정안의 주요 취지입니다."

"지역을 위한 일이기도 합니다. 부탁드립니다."

이사들의 반응이 뜨뜻미지근한 데 위기감을 느꼈는지 앉아 있던 신도도 일어났다.

"지역 연계형이라고는 하지만 그게 의미가 있을까?"

그런 소리가 나왔다.

"지금까지 지역에서의 존재감이 부족했다는 반성입니다."

기미시마는 호소했다. "아스트로스가 사랑받는 팀이 되기 위해서는 다양한 이벤트에 참가해 지역 사람들과 어울리고, 나아가 주니어 팀을 통해 럭비에 대한 이해를 늘릴 필요가 있습니다. 아스트로스의 미래를 짊어질 인재를 키우는 일도 중요합니다. 얼마 전 이사회에서 질책과 격려를 받았지요. 조금이라도 스타디움을 환호성으로 채우기 위해 선수와 스태프 전원이 모여 이야기를 나눴습니다. 단순히 채우는 것만으로는 안 됩니다. 젊은 사람들로 채우고 싶다는 게 저희 목표입니다. 협회에 맡겨두지 않고 직접 교통기관이나 공공시설 등에 아스트로스 포스터를 붙여달라는 운동도 시작했습니다. 아스트로스가 지역에서 사랑받을 수 있도록 미래로 나아가기 위한 수정안입니다. 잘 부탁드립니다."

기미시마는 깊이 고개를 숙이며 마음을 다졌다.

다키가와의 통렬한 반대 의견이 날아오지 않을까, 그렇게 생각했기 때문이다. 고개를 든 기미시마는 배포한 자료를 뚫어지게 보는 다키가와를 곁눈질했다.

"이런 기획이 왜 이제야 나왔지?"

자료를 테이블에 내려놓은 다키가와는 천천히 기미시마를 바라봤다. "좀 더 일찍 했어야지. 이젠 늦었어."

"죄송합니다. 앞으로는 좀 더 적극적으로 지역 주민들과의 커뮤니케이션을 도모하겠습니다."

다키가와는 별다른 대답 없이 고개를 옆으로 돌렸다. 맹렬한 반대 의견을 기대하던 이사들은 김샌 표정이었다. 놀란 건 신도도 마찬가지여서 여우에 홀린 듯한 표정으로 기미시마를 보고 있었다.

다키가와가 수정안에 찬성했어.

"정말 훌륭한 아이디어네."

시마모토 사장의 찬성은 예상했던 대로였다. "잘해봐. 일본 럭비계의 미래를 짊어질 인재를 키워주게."

틀림없이 대놓고 전면 부정할 거야.

기미시마는 그런 식으로 다키가와를 경계하고 있었다.

그런데 틀렸다.

지역 연계를 추진하는 이 수정안을 다키가와가 받아준 것이었다.

아스트로스의 존재 방식, 일본 럭비계에 대한 비판을 당당하게 말하는 다키가와였다. 그렇다고 모든 걸 나쁘게 생각하는 건 아니라는 사실은 놀라움이자 발견이었다.

"의외로 공정하네."

조용히 읊조렸을 때 이사회장을 떠난 기미시마가 탄 엘리베이터는 1층에 도착했다.

일단 추가 예산은 받았어.

다에에게 결과를 메일로 보내자 "축하드립니다"라는 답장이 곧장 날아왔다.

저희는 이미 시작했습니다.

오테마치역에서 전철을 탄 기미시마는 긴시초역 근처에 있는 일본스모경기장의 하고로모 교실로 향했다. 오늘부터 모레까지 사흘 동안 아스트로스 선수 전원은 하고로모 교실에 입문하기로 했다. 보통 스모 교실의 연습은 오전 중에 끝나는데 이 기간 동안은 스모 지도자가 특별히 배려해주었다.

연습장에 들어가니 격렬하게 부딪치는 소리와 함께 호통 비슷한 소리가 날아왔다.

한창 충돌 연습 중이었다.

선수 전원이 샅바를 매고 온몸에 모래를 묻힌 채 상대 스모 선수에게 돌진해 모래판 끝까지 밀어붙이고 있었다.

"한 번 더!"

숨을 헐떡이며 무릎을 짚고 있던 선수가 그 한마디에 다시 스모 선수에게 돌진했다. 도모베 유키였다. 작년 도키와자동차에 입사했고 선발 출전은 3회. 라이트 블록, 스크럼 첫 줄에서 상대 선수와 직접 대결하는 포지션이다.

온몸에서 땀이 분출하고 있었다.

뜨거운 기합과 함께 도모베가 다시 돌진해 150킬로그램에 가까운 스모 선수를 밀고 또 밀어붙였다.

둘의 움직임이 멈춘 듯한 순간 스모 선수가 팔을 휙 휘두르자 도모베는 너무나 쉽게 모래판에 나가떨어졌다.

"다음!"

이번에는 기시와다가 돌진했다.

보기보다 힘든지 연습을 끝낸 선수들은 무릎을 짚고 거친 숨을 몰아쉬었다.

"사범님, 신세를 졌습니다."

기미시마는 상석에 앉은 하고로모 사범에게 무릎을 꿇고 고개를 숙였다.

"아, 이쪽으로 오게."

그 말에 기미시마는 인사를 올리고 옆 방석에 편안히 앉았다.

하고로모 사범과 친분이 있는 사이몬이 협력을 요청해 성사된 연습이었다. 스모 훈련이 피지컬적인 면에서만이 아니라 대결하는 방법이나 내던져졌을 때의 방어 자세 등 럭비에 유용한 점이 많다는 게 사이몬의 설명이었다. 그의 말대로 스모 선수의 신체 능력은 매우 뛰어나 거구의 럭비 선수도 아주 쉽게 날아가 바닥에 나뒹굴었다.

휴식 후 연습이 이어져 모든 연습이 끝난 시간은 오후 7시 직전이었다.

모래판에 나란히 서서 인사를 나누자마자 선수 대부분은 고개를 떨구고 허리에 손을 댄 채 쓴웃음을 지었다. 상당히 힘든 훈련이었다.

그런데 이것은 서막에 불과했다.

이어진 주말 이틀 동안, 아침 7시부터 저녁 7시까지 연습은 하염없이 이어졌다. 마지막 한 시간은 선수 모두가 사력을 다해, 오직 정신력 하나만으로 스모 선수와 대결할 정도로 격렬했다.

이상한 분위기가 감돌았다.

피로에 절어 땀을 줄줄 흘리고 온몸에 모래를 묻힌 선수들의 활활 타오르는 눈은 목숨을 걸고 진검승부를 벌이는 무사 같았다. 모든 걸 다 건 후에 남는 것은 정신밖에 없다.

정신과 정신이 맞부딪히는 순간.

모래판 위는 타협도 도망갈 곳도 없다. 오로지 자신의 정신으로 부딪힐 수밖에.

제너럴 매니저가 연습에 입회할 필요는 없는데도, 기미시마는 주말 아침부터 밤까지 선수들의 연습을 지켜보고 함께 창코나베●를 먹었다.

처음 사이몬에게 얘기를 들었을 때는 그런 연습이 있구나 하고 가볍게 생각했다. 그런데 지금은 달랐다.

이거야말로 훈련이구나. 인정할 수밖에 없었다.

너무나 힘든 연습에 기획자인 사이몬을 바라보는 선수들의 눈빛이 변했다. 연습은 너무나 처절해 "죽여버리겠어"라고 중얼대는 소리가 들릴 정도였다.

그런데 사이몬 역시 진지했다. 땀범벅이 되어 스모 선수에게 돌진하는 선수들이 조금만 게을러지면 그게 누구든 불호령을 내렸다.

"좋아, 여기까지!"

일요일 오후 7시, 하고로모 사범이 연습 종료를 알렸을 때 몇

● 일본 스모 선수들이 즐겨 먹는 전골 요리.

몇 선수는 문자 그대로 그 자리에 무너져내렸다. 어깨를 들썩이며 씩씩 숨을 몰아쉬거나 양 무릎에 손을 짚고 공허한 눈으로 연습장 천장을 노려보는 사람도 있었다.

"다들 수고했어."

사이몬은 그렇게 말하고 하고로모 사범을 돌아보며 깊이 고개 숙였다.

"사범님, 고맙습니다. 다음 주에도 또 부탁드립니다."

이 한마디에 모두가 그 자리에서 흠칫 놀랐다.

4

도모베가 소아병동을 찾아가 응원하고 싶다고 제안했고, 선수들과 미팅에서 얘기를 꺼내니 모두가 찬성했다. 시내 병원 몇 군데에 연락했더니 "꼭 와주세요"라는 답이 와 일이 척척 추진되었다.

선물은 실제 시합에서 쓰이는 럭비공이었다.

총 300개의 공을 준비했다. 약 50명의 선수가 나뉘어 시내 병원 세 군데를 돌았다. 아이들을 격려하고, 활동이 가능한 아이들과는 병원 안뜰에서 럭비공을 주고받으며 놀았다. 미리 TV 방송국에 알렸는데 취재를 와주어 다행이었다.

아이디어를 냈다는 이유로 도모베가 인터뷰에 임했다. 침대에 누운 아이에게 말을 걸고 사인볼을 건네는 장면이 뉴스에 나오자 "우리에게도 와주지 않겠느냐?"는 문의가 잇따랐다.

아픈 아이들이 있는 병원, 초등학교나 중학교, 노인요양시설, 나아가 지역 상가축제 등 뜻밖의 초대가 이어졌고, 그때마다 선수들은 시간을 내서 찾아갔다.

일주일에 한 번, 연습을 시작하는 오후 3시에 모여 유니폼으로 갈아입고, 버스를 타고 가 자원봉사활동을 했다. 거기서 한 시간쯤 보내고 돌아와 연습하는 일정이었다.

선수들 사이에서 불만이 나오기 시작했다는 말이 들려온 것은 연습의 주안점을 피지컬 중심에서 기술이나 전술로 옮기기 시작한 4월 들어서부터였다.

"조금 긴장을 풀어줄 필요가 있겠네요."

사이몬, 기시와다, 다에와 상담하며 생각한 게 주말 바비큐 파티였다. 연습 후 클럽하우스 앞에 여러 개의 그릴을 갖추고 선수들을 위로하기로 했다.

선수와 스태프, 그리고 가족까지 포함한 전원이 참가했다.

"선수 여러분, 최근의 힘든 훈련, 정말 고생하셨습니다."

파티를 시작하며 기미시마가 말했다. "이건 그동안의 노고를 위로하기 위한 모임입니다. 평소 가슴에 담아뒀던 얘기들이 있을 겁니다. 오늘은 터놓고 얘기해주세요."

처음에는 조용히 먹고 마시던 선수들이 대량으로 준비한 술이 반쯤 사라질 때쯤 점차 속내를 꺼내기 시작했다.

"매니저님, 그 자원봉사라는 거 언제까지 할 겁니까?"

오랫동안 아스트로스의 백스로 이름을 날린 모토나미였다.

중심 선수 중 하나로, 팀에서는 젊은 선수들을 잘 다독이는 리더 역할을 담당했다.

"언제까지라니?"

맥주를 따른 컵을 든 채 모토나미는 일단 발밑으로 시선을 떨구고 말을 골랐다.

"지금은 연습에 몰두하면 어떨까 싶어서요."

알코올이 들어가도 낯빛 하나 바뀌지 않는 모토나미를 보고 기미시마가 말했다.

"연습에 몰두해주게. 그리고 자원봉사도 부탁하네."

"저기요."

모토나미는 비어 있는 손끝으로 곤란한 듯 머리를 긁었다.

"인기를 얻는다고 강해지는 건 아닙니다."

모토나미의 주위에 몰려 있던 같은 백스 선수들도 귀를 기울이고 있었다. "게다가 앞으로는 주니어 아스트로스도 지도해야 하지 않습니까?"

주니어 아스트로스는 인터넷이나 지방지, 나아가 공공기관 등을 통해 희망자를 모집하고 있었다. 처음에는 응모자가 적어 걱정했는데 아스트로스의 활동이 지역 방송과 신문에 다뤄지면서 응모자가 늘었다. 예정했던 대로 5월에는 중학생까지를 대상으로 주니어 팀이 꾸려질 터였다.

"인기를 얻으려는 게 아니야. 지역과 연계한 팀이 되는 게 목적이네."

"비슷한 말 아닙니까?" 모토나미는 반쯤 비웃으며 말했다.

"무슨 의미가 있나요?"

"있어. 그러니까 자네들에게 부탁하는 거야."

기미시마는 그렇게 말하고는 "잠깐, 내 얘기 좀 들어주세요"라고 목소리를 높여 모두의 주목을 끌었다. "지금 히로가 질문했습니다. 주니어 아스트로스와 자원봉사에 어떤 의미가 있느냐고요. 같은 생각을 하는 사람이 있다면 손을 들어주겠습니까?"

편한 분위기에서 물은 탓인지 여기저기서 손이 올라왔다.

20명 가까이 될까. 선수들의 3분의 1쯤이 의문을 품고 있다는 소리였다.

"의의를 분명히 설명하지 않은 건 내 책임이에요. 미안합니다." 사과를 한 기미시마는 맥주컵을 옆 테이블에 놓고 다시 약 50명의 선수와 마주했다.

"작년 시즌 우리 아스트로스의 성적은 부진했습니다. 하지만 성적보다 부진했던 부분은 관객 동원이었죠. 평균 3,500명. 그전해는 4천 명을 넘겼습니다. 2015년의 월드컵 이후, 플래티나 리그의 관객은 계속해서 감소하고 있어요. 그런데 아스트로스를 위해 회사는 16억 엔이라는 거액의 경비를 매년 부담하고 있습니다. 이대로 괜찮을까요?"

기미시마가 새삼스레 선수들에게 질문을 던졌다. "여러분은 생각해본 적 없나요? 자신들의 목소리만 울려 돌아오는 텅텅 빈 운동장에서 경기하면서 의문이 들지 않았습니까?"

모두 거북한 듯 고개를 숙이거나 밤하늘을 올려다봤다. 그하늘에 별은 없었다.

"나는 더 많은 팬 앞에서 여러분이 시합하게 하고 싶습니다. 그러기 위해서는 여기 사람들에게, 그리고 일본 사람들에게 아스트로스의 존재를 더 인지시킬 필요가 있고요. 관심을 얻지 못하면, 응원하고 싶은 팀이 되지 않으면 아무리 티켓 값이 싸더라도 사람들은 와주지 않습니다. 세상은 그리 만만하지 않아요. 다들 알잖아요?"

선수들이 기미시마가 다시 던진 질문을 받아들이고 음미한 후 각자의 마음속에 안착시키고 있다는 게 느껴졌다.

"내 꿈은 스타디움을 가득 메운 관객들에게 아스트로스의 경기를 보여주는 겁니다. 패스와 스크럼 공방이나 킥이 나올 때마다 열띤 환호성이 쏟아지는 운동장 안에 우리 선수들이 있었으면 좋겠어요. 거기에는 두 가지 이유가 있습니다."

기미시마는 이야기를 계속했다. "하나는 물론 티켓 수입을 얻기 위해서입니다. 관객이 오지 않으면 흥행은 성립되지 않으니까요. 실제로 지금의 플래티나리그는 경비를 충당하느라 티켓 수입이 팀에 전혀 돌아가지 않고 있죠. 흥행을 못 하고 있어요. 하지만 더 큰 문제는 따로 있습니다."

그게 가장 핵심이었다. 기미시마는 지금 자신을 진지하게 바라보고 있는 선수들에게 말을 꺼냈다.

"인기를 잃으면 앞으로 일본 럭비는 반드시 약해질 겁니다. 럭비를 좋아하고, 하고 싶어 하는 아이들이 없는데 어떻게 강해집니까? 지금은 구조적으로 아직 지탱할 수 있습니다. 우리 회사도 마찬가지예요. 하지만 럭비에 전혀 애정이 없는 경영자가 늘어난다면, 회사 예산에 의존하는 사회인력비는 잠시도 버티지 못합니다. 우리가 마지막 럭비 세대가 될지도 몰라요. 지금 우리가 할 수 있는 일은 럭비를 좋아하는 어린이를 하나라도 더 늘리는 겁니다. 아스트로스의 이름을 기억하게 하고 가능하면 스탠드에서 경기를 관전하게 해야 해요. 그러기 위해서 올해 수많은 어린이 관객을 우리 경기에 초대할 생각입니다. 추가 예산도 이미 따놓았습니다."

기미시마가 말했다. "여러분을 자원봉사나 이벤트에 참여시키는 건 럭비를 지키기 위해서입니다. 그걸 이해하고 진심으로 아이들과 노인, 지역민들을 대해주지 않겠습니까? 럭비공을 주면서 여러분 이름을 기억하게 해주세요. 그리고 경기를 보러 오라고 부탁해주세요. 그럼 조금씩이지만, 아스트로스는 여기 사람들의 팀이 될 테니까요. 모두 아스트로스를 응원하고 승리를 후원할 겁니다. 그리고 우리는 우리를 응원하는 사람들을 위해, 럭비를 사랑해주는 사람들을 위해 싸울 겁니다. 그런 관계를 만들고 싶습니다. 그런 관계 안에서 여러분이 럭비를 하길 바랍니다. 그럴 수 있느냐는 여러분의 노력에 달렸습니다. 이제는 운동장만이 우리의 전쟁터가 아닙니다. 힘을 보태주세요. 부탁합니다. 히로, 이해해주게. 유키도."

클럽하우스에서 새어 나온 빛이 이름을 불린 모토나미와 도모베의 눈을 비추고 있었다.

"고맙습니다."

도모베가 갑자기 큰 목소리로 말했다. "가능한 많은 사람이 럭비를 좋아하게 하도록 노력하겠습니다."

기시와다는 순간 깜짝 놀랐다. 신인인 도모베는 평소 말수가 적은 조용한 사람이었다. 그런 사람이 이렇게 스스로 목소리를 높인 건 드문 일이었다.

"다들 꼭 해야 할 일이 있잖아. 노력하자."

기시와다도 말했다.

"하나라도 많은 사람들, 아이들과 친구가 되자. 우리 팬이 되도록 하자."

기미시마가 마지막으로 말했다. "그런 사람들은 반드시 스탠드를 찾아와 진심 어린 응원과 박수를 보내주겠죠. 돈으로 드러나진 않겠지만 그거야말로 아스트로스의 보물이 될 겁니다."

기시와다는 짝짝 손뼉을 쳤다.

"아스트로스, 가자!"

오케이, 하는 낮은 목소리로 일제히 응답했다. 아스트로스는 엄지를 치켜세우고 손을 오르내리는, 독특한 팀 사인을 계속했다.

"모두 힘내자!"

다에가 목소리를 높이며 손뼉을 쳤다. 아자! 하는 소리가 여기저기서 일었다.

"이 팀, 아주 든든해졌네요."

다에가 기미시마를 돌아보며 절절하게 말했다. "작년까지는 살짝 한심했는데 지금은 아주 빛이 나요. 정말 기뻐요. 그게 늘 분했는데 올해는 정말 할 맘이 생기네요."

"그렇다면 다행이야."

기미시마의 대답은 조심스러웠다.

우승을 다투는 팀과 우승하는 팀은 다르다. 전에 사이몬이 했던 말은 내내 기미시마의 귀에 남았다.

그 말을 한 장본인인 사이몬은 기미시마의 옆에 서 있을 뿐 연설에 전혀 끼어들지 않았다. 괜한 말참견도 하지 않았다.

"사이몬, 무슨 말이라도 좀 해주지 그랬어?" 기미시마가 말했다.

"할 말이 없었어."

단박에 대답이 돌아왔다. "네 말에는 설득력 이상의 것이 있었어."

"그게 뭔데?"

"너는 자각하지 못할 수도 있는데, 팀 사랑 같은 거야. 너는 진심으로 아스트로스를 좋은 팀으로 만들려고 하지."

"아무것도 모르는 주제에 말이지?" 기미시마가 미소를 지었다. "나는 숫자밖에 몰라."

"하지만 진심이잖아."

사이몬은 선수들을 바라보면서 말했다. "진심은 상대에게 전해지지. 정신적인 성장은 팀에 아주 큰 힘이 돼. 기술이나 체력을 아무리 단련해도 그에는 못 미치지. 럭비를 모르는 녀석이 어떻게 제너럴 매니저를 할까 싶었는데 말이야. 몰라서 할 수 있는 일이 있군."

"칭찬으로 들을게."

기미시마는 사이몬 옆에서 미지근해진 맥주를 마셨다. "다만 아무리 우리가 사람들에게 다가가도 경기에서 결과가 나오지 않으면 팬은 멀어질 거야. 강해져야만 해. 부탁해."

사이몬은 침묵한 채 예리한 눈빛을 정면으로 보내며 입술에 의미심장한 미소를 지었다.

5

적진 22미터 라인 부근에서 찬 페널티킥이 완만한 포물선을 그리며 골인했다.

5월 바람에 노사이드 휘슬이 울리며 전후반 합쳐 40분의 연습 경기가 끝났다.

2부 리그에 속한 한 수 아래 상대이기는 했으나 50점이나 차이를 낸 승리였다.

경기는 100명쯤 앉을 수 있는 계단식 스탠드가 있는 아스트로스의 연습구장에서 열렸다. 연습이라 해도 이번 시즌 첫 경기였던 터라 기미시마는 스탠드에서 끝까지 지켜봤다.

"전혀 틈이 없었어."

점점 점수 차이를 벌리는 전개를 다 보고 난 기미시마가 말했다.

"틈이 있다면 경기 자체를 안 했지. 난 100점 차까지 내라고 했는데."

사이몬은 서늘한 표정을 지으며 운동장으로 내려갔다.

"이 연습 경기, 작년에도 똑같이 했는데 그때는 원 트라이 차이였어요."

옆에서 내내 경기 영상을 찍던 다에가 말했다. "이건 엄청난 발전이에요. 스크럼에서 압승했고 무엇보다 피지컬로 부딪혔을 때 도무지 지질 않네요. 게다가 엄청나게 공격적이고요. 보고 있자니 막 흥분되더라고요. 옛날 팀으로 돌아간 것 같아요."

"옛날 아스트로스를 알아?" 기미시마가 물었다.

"제가 초등학생 때 아버지가 선수셨어요. 그땐 아스트로스가 아니라 도키와자동차 럭비팀이었죠."

의외의 대답이었다.

"부친께서 도키와자동차에 근무하셨어?"

"아버지는 제가 남자였으면 럭비를 시키려고 했대요. 물론 선수가 아니어도 팀에 공헌하고는 있지만."

"아, 그야 그렇지."

고개를 끄덕인 기미시마는 다시 질문했다. "전부터 궁금했는데 어떤 이유로 분석가가 된 거야?"

"아버지가 럭비를 한 인연도 있어서 어려서부터 엄마와 둘이 자주 보러 다녔어요."

다에는 그렇게 운을 떼고 분석가의 길을 걷게 된 경위를 말하기 시작했다. "아버지는 도키와자동차의 백스였어요. 아버지가 공을 잡으면 어린 마음에 엄청 흥분해서는 힘내라고 소리 높여 응원했어요. 그런데 제가 중학교에 들어갔을 때는 은퇴해서 도키와자동차 본사 영업부에서 일했죠. 그랬던 아버지가 대학 때 돌아가셨어요. 암이었는데, 발견했을 때는 이미 늦었죠. 럭비를 한 사람은 조금 힘들어도 늘 최선을 다하려고 해요. 아버지도 실은 몸이 좋지 않았는데 병원에도 안 갔을 거예요. 금방 나을 거라고 가볍게 생각했겠죠."

다에는 서글픈 웃음을 지으며 기미시마에게서 고개를 돌렸다. "당시 저는 대학에서 통계학을 전공하고 있었어요. 그때는 럭비와는 전혀 관계없는 일을 하려고 했었죠. 그런데 아버지가 돌아가시고 집에 와 유품을 정리하다가 《럭비 팬》이라는 잡지를 발견했어요. 그걸 우연히 펼쳤는데 거기에 분석가라는 직업을 소개하는 기사가 있더라고요. 수십 권이나 있는 잡지에서 마침 골라 펼친 책 기사가 그거라니, 이건 우연이 아니구나 싶었죠."

"통계학과 분석가라."

"궁합이 아주 잘 맞아요."

다에가 말했다. "제가 하고 싶은 일과 아버지가 하고 싶었던 일. 그게 일치했어요. 아버지는 20년쯤 전, 도키와자동차가 일본선수권대회를 제패할 때 캡틴이었어요. 클럽하우스에 그때의 단체 사진이 있는데 컵을 안고 있는 사람이 저희 아버지예요."

놀라운 사실이었다.

"암이란 걸 알고 입원하자 당시 팀원들 여럿이 여러 번 병문안을 와주셨어요. 그리고 어떻게 하면 럭비팀이 강해질지 죽기 직전까지 정말 진심으로 생각했죠. 도대체 럭비의 매력이 뭘까? 럭비를 함께 한 동료라는 게 과연 뭘까? 그때는 몰랐어요. 하지만 지금은 알 것 같아요."

애정을 담은 눈빛으로 운동장을 보고 있던 다에는 기미시마를 돌아보면서 이렇게 말하고 고개를 숙였다.

"기미시마 부장님께 감사드려요. 고맙습니다."

"그런 말 마. 인사라면 사이몬에게 해야지. 나는 아무것도 모르는 사람이야."

기미시마는 웃으며 대답했다.

"정말 그럴까요?"

다에는 초여름을 연상시키는 바람이 불어오자 상쾌한 듯 살짝 목을 움츠리며 말했다.

"이 개혁은 럭비 문외한인 부장님이었기에 가능했어요. 럭비는 전혀 모르지만, 부장님은 조직의 프로시잖아요."

"프로와는 상관없는 일이야. 중요한 점은 어떻게 할지를 정확하게 판단하는 거지. 누구나 다 아는 이치야." 기미시마가 말했다.

잠시 침묵한 후 다에가 대답했다.

"하지만 그 당연한 일이 어렵잖아요. 그걸 안다는 게 바로 부장님의 재능일 거예요."

6

아스트로스의 당연한 꿈을 이루는 일은 결단코 평탄한 길이 아니었다.

무엇보다 도키와자동차의 아스트로스 아니, 일본 럭비계 자체가 많은 문제를 안고 있었다.

기미시마가 이상적이라고 생각하는 아스트로스의 모습은 사실 아스트로스 혼자서는 완성할 수 없다. 그게 바로 가장 큰 문제였다. 플래티나리그 전체, 나아가 그것을 산하에 둔 일본럭비협회까지 포함한 개혁이 필요했기 때문이다.

지역 연계형 팀을 뿌리내리기 위한 연구. 여러 통로로, 때로는 영업 선물로 뿌려대던 티켓 판매 방식에 대한 수정. 주니어 팀 등 하부조직 육성에 따른 럭비 인구의 확대. 최종적인 목표는 팀 채산의 흑자 전환이었다.

"네 생각은 사실 크든 작든 다들 생각하고 있어."

그날 훈련이 끝난 후 사이몬에게 권해 다무라에서 한잔했다. 플래티나리그 16개 팀 관계자들이 한자리에 모이는 회의를 코앞에 둔 날의 밤이었다.

"그럼 왜 안 해?" 기미시마가 물었다.

"너는 모를 테지. 일본럭비협회는 썩어빠진 조직이야. 녀석들이 도통 움직이질 않아."

"왜 안 움직여? 문제라는 건 알잖아."

"협회 산하의 녀석들은 말이야, 굳이 말하자면 현장 사람도 다 알아. 그런데 협회를 주무르는 녀석들이 그런 움직임을 다 짓밟지. 럭비계는 이대로가 좋다고 생각하는 녀석들이야. 녀석들을 바꾸지 않는 한 럭비계는 절대 바뀌지 않아." 사이몬이 말했다.

"곧 플래티나 연락 회의가 있어. 제안서를 만들었지."

내민 제안서를 한바탕 훑어본 사이몬은 다 살펴본 후 잠자코 제안서를 다시 내밀었다.

"어떻게 생각해?"

"나쁘지 않아. 다만 한마디로 말해 이런 제안은 밖에서 온 너니까 가능하달까. 알다시피 럭비계는 좁은 세계라 조직에 문제가 될 만한 움직임을 일으키기 어렵지. 무엇보다 서로 다 아는 사이거든. 그런데 너는 그런 관계가 없잖아."

플래티나리그 제너럴 매니저 16명 중 럭비 경험이 없는 사람은 기미시마가 유일했다. 다에의 말로는 나머지 사람은 모두 대학이나 사회인 럭비에서 나름대로 활약해 이름이 알려진 선수 출신이라고 했다.

과연 이 제안이 어떻게 받아들여질까. 기미시마는 도무지 예상할 수 없었다.

그로부터 며칠 뒤 오후 3시쯤, 기미시마는 제안서를 품고 이치가야의 복합 건물에 입주해 있는 일본럭비협회 본부에 있었다.

플래티나리그에 참가하는 팀 관계자들이 회의 테이블에 둘러앉았다. 협회에서는 담당 전무이사와 플래티나리그 담당 부장까지 둘이 참석했다.

이날의 목적은 이번 시즌의 플래티나리그 운영 방침을 토의하기 위해서였다.

제일 먼저 리그 담당 부장인 가타기리 쓰토무가 대회 개요를 설명했다.

일정에서 시작해 대회 방식, 조 편성, 경기 일수 등 내용은 작년 시즌과 거의 같아 올해 새롭게 바뀌는 건 아무것도 없었다.

"이상이 이번 시즌 플래티나리그의 운영 방침입니다. 리그에 참여하시는 여러분에게는 작년 시즌과 마찬가지로 협력을 부탁드립니다. 질문이 있으시면 받겠습니다."

기미시마가 질문하려고 손을 들었을 때 문이 열리고 직원의 안내를 받으며 새로운 인물이 등장했다.

이사를 비롯한 회의 참석자들이 일어나 눈인사로 맞이했다. 다른 사람들을 따라 기미시마도 자리에서 일어났다.

노인이었다. 아무래도 칠순은 넘지 않았을까. 분위기로 보건대 나름의 직책을 거쳐온 남자라는 것만은 분명해 보였다.

"오늘 이렇게 와줘서 고맙습니다. 회장인 도미나가입니다."

일본럭비협회 회장 도미나가 시게노부였다.

협회의 숨은 실세, 일본교육대학 럭비부 출신이자 소고전기의 영웅, 게이힌전기의 회장으로 일본 럭비계에서 최고의 자리에 선 남자였다. 선량한 미소를 짓고 있으나 눈빛은 예리해 한치의 틈도 없는 주도면밀함이 느껴졌다.

"자, 다들 앉으세요."

도미나가는 착석을 권하고 쉰 목소리로 이야기를 계속했다.

"늘 플래티나리그에 힘을 보내주셔서 진심으로 감사 인사드립니다. 플래티나리그는 여기에 계신, 일본을 대표하며 세계를 이끄는 일류기업의 지지를 얻고 있음을 자랑으로 생각합니다. 럭비는 아마추어리즘의 본질이라고 할 수 있습니다. 요즘 우리가 잊고 사는 인생의 축소판으로 미덕을 알려주는 멋진 스포츠입니다. 플래티나리그는 일본 럭비의 강화를 꾀하고 티어 원(1급 대회) 입성의 비원을 이루기 위해 15년 전에 창설한 이래 착실히 실적을 쌓아왔습니다. 2015년 월드컵에서 남아공에 승리를 거둔 일전은 그야말로 그때까지 노력의 집대성이라고 할 수 있었죠. 세계에 일본 럭비의 존재를 알리는 1단계에서 우리는 드디어 강국의 대열에 서는 2단계까지의 중간에 있습니다. 앞으로도 힘을 보태주시길 간절히 부탁드립니다."

도미나가는 그렇게 인사한 후 "다음 일정이 있어서"라고 양해를 구하고는 비서와 함께 회의실을 떠났다.

문이 닫힌 후에도 장본인이 그 자리에 있던 여운이 무거운 침묵이 되어 한동안 흘렀다.

"지금 회장님이 하신 말씀처럼……."

침묵을 깬 사람은 전무이사인 기도 쇼스케였다. "일본 럭비의 발전을 위해 플래티나리그를 활성화하고 다가오는 월드컵의 성공을 위해 노력합시다."

"잠깐만요."

아무래도 거기서 회의를 마감하려는 분위기에 기미시마는 손을 들어 발언 허가를 요청했다.

"조금 전 대회 운영 말입니다. 몇 가지 개선점이 있는 듯한데 그에 대해 이야기를 나눠도 되겠습니까?"

기도는 조금 놀란 표정을 지었으나 발언을 허가했다.

"제 소개가 늦었습니다. 저는 올 1월부터 도키와자동차 아스트로스의 제너럴 매니저를 맡은 기미시마 하야토라고 합니다. 잘 부탁드립니다."

도키와자동차라고 하자 아, 그 남자, 하는 분위기가 전해졌다. 여기 있는 사람들은 아마도 모두 협회라는 울타리를 벗어나도 서로 잘 아는 사이, 혹은 이름 정도는 아는 럭비 관계자일 것이다. 도키와자동차가 럭비를 전혀 모르는 사람을 제너럴 매니저로 앉힌 일은 업계에 놀랄 만한 사건으로 받아들여졌다.

"조금 전, 작년 시즌과 같은 운영이라고 하셨습니다. 관객 모집도 작년 시즌과 같나요?"

기도의 눈짓으로 가타기리가 대답했다.

"작년과 마찬가지로 대응할 생각입니다."

"사실 저희는 작년 관객 동원에서 상당히 고전했습니다. 조사해보니 리그 평균도 3천 몇백 명이더군요. 게다가 관객의 대부분이 직접 티켓을 산 게 아니라 각 기업들이 협회에서 싼값에 사들인 표로 입장했습니다. 정식으로 티켓을 사서 입장한 사람을 파악하고 계시면 알려주실 수 있습니까?"

기도와 가타기리가 다시 눈짓하는 게 보였다. 그 표정으로 보건대 성가신 질문으로 여긴다는 걸 알 수 있었다.

"조사하면 알 수는 있는데 필요하십니까?"

그걸 왜 묻느냐는 식이었다.

"부탁드리겠습니다." 기미시마는 말을 계속했다.

"기업이 산 가격보다 더 싸게, 혹은 공짜로 뿌리는 티켓 집계가 아니라 진짜 관객 수를 파악하고 싶습니다. 부디 알려주십시오."

기도는 대놓고 싫은 표정을 지었다. 1년에 몇 경기 정도 치르는 특별한 날 외에는 진짜 관객이 거의 없음을 알기 때문이다.

"조금 전 작년과 같이 운영한다고 하셨기 때문에 드리는 질문입니다. 작년 시즌과 같으면 곤란하니까요."

기미시마는 딱 잘라 말했다. "그런 관객 동원으로는 이제 회사 내부에서 예산안을 통과시키기 어렵습니다. 필요한 경비 전액은 아니더라도 그 반 정도는 협회 측의 배당금으로 충당하는 구조를 고려해야만 합니다. 제 나름대로 아이디어를 정리해왔으니 검토해주시기 바랍니다."

준비해온 자료를 모두에게 나눠줬다.

"우선 팀이 존속하기 위해서는 팬의 지지가 꼭 필요합니다. 그를 위해 지역 연계형 팀으로 만들려고 합니다. 그리고 지금 같은 방식이 아니라, 홈 앤드 어웨이 같은 방식으로 각 팀과 두 번씩 경기를 치를 순 없습니까?"

"그럼 경기 수가 늘어나 한 시즌에 끝나질 않는……."

"기간을 더 늘리면 되지 않나요?" 가타기리의 반론을 기미시마가 막았다. "지금은 실질적으로 9월부터 1월 중반까지 5개월 정도밖에 리그를 가동하지 않습니다. 플래티나리그의 팀을 줄이고 홈 앤드 어웨이 방식으로 두 경기씩. 개최 기간도 장마가 시작되는 6월부터 한여름을 제외한, 9월부터 다음 해 5월까지 9개월로 늘릴 수 없습니까? 공짜로 뿌리는 게 아니라 정식 티켓 판매로 관객 수를 늘려 흥행의 채산성을 개선하고 싶습니다."

"무슨 말씀이신지는 알겠는데 럭비는 아마추어 스포츠입니다."

기도가 말했다. "우리는 프로가 아닙니다. 채산성을 우선해 흥행하는 건 옳지 않죠."

"아마추어 스포츠라면 아마추어답게 돈을 들이지 않고 조촐하게 운영하면 되지 않습니까?"

기미시마는 과감하게 내뱉었다. "플래티나리그에 우리는 매년 15억 엔 전후 또는 그 이상의 돈을 투자하고 있습니다. 채산성을 지적했더니 아마추어 스포츠라고 하시면 어떡합니까. 그건 단순한 변명으로밖에 들리지 않습니다."

그 말을 들은 기도의 낯빛이 변하는 게 보였다. 가타기리도 짜증 섞인 눈빛을 던졌다. 다른 참석자들은 아연실색한 표정으로 그저 멀거니 양측의 대화를 숨죽이며 듣고 있었다.

"게다가 단순히 관객 동원을 늘려서 되는 일이 아닙니다. 티켓을 뿌려 스탠드를 채우는 건 의미가 없습니다."

그 자리에서 기미시마는 역설했다. "지금이라도 협회가 나서 판매 창구를 인터넷이나 전용 창구로 집약해야만 합니다. 그리고 어떤 사람이 사는지 확실히 파악해 고객이 원하는 바에 대응해야 합니다. 아마추어니까 대기업이 응원해줄 거야, 이런 생각은 버리고 흥행을 통해 자립할 최선의 노력을 기울여야 하지 않을까요?"

기미시마가 발언을 끝내자 어색한 침묵이 흘렀다.

"아, 기미시마 씨라고 하셨나요?"

기미시마가 돌린 자료를 보지도 않고 기도가 말했다. "당신, 럭비 경험은 있습니까?"

없다는 걸 알고 하는 질문이었다.

"없습니다. 전에는 경영전략실에 있었습니다. 만약 자회사가 이런 상태였다면 바로 파산시키거나 근본적인 구조조정을 명령했을 겁니다."

"여기는 회사가 아닙니다."

기도는 냉담한 표정으로 말했다. "럭비는 더 신성한 거라고 우리는 생각합니다. 우리가 하는 건 귀족 스포츠입니다. 축구는 서민 스포츠라고 하죠. 우리는 달라요. 돈을 벌고 싶었다면 벌써 프로리그로 했겠죠. 그 점을 알아주셨으면 합니다."

"제가 알 바 아닙니다."

기미시마는 일축했다. "얼마나 고생해서 이 예산을 짜는지 아십니까? 그런데 중심인 협회는 팀에 관객 동원까지 의존하는 게 당연하다고 생각하네요. 인기가 없으면 강해질 수 없죠. 뭐든 그렇습니다. 그 부분을 좀 더 심각하게 생각하고 할 수 있는 일부터 즉시 실행해야 한다는 말씀을 드리는 겁니다. 여러분은 어떻게 생각하십니까?"

테이블을 둘러싼 제너럴 매니저들에게 기미시마가 물었다. "이상하지 않나요?"

대답은 없었다. 침묵하고 고개를 떨군 채 생각에 빠져 있거나, 고개를 돌리거나, 팔짱을 끼고 천장을 바라봤다. 그리고 모두 침묵했다.

그때였다.

"무슨 말씀인지는 알겠습니다."

기도는 지긋지긋하다는 듯 살짝 한숨까지 쉬며 말했다. "이 건에 대해서는 이사회에 의견을 묻고 검토하겠습니다. 그럼 되겠습니까?"

"아뇨. 그보다 어떻게 생각하는지 말씀해주시겠습니까? 전무 이사는 현장 지휘자입니다. 우리 의견을 자신의 의견으로 대변할 수 있겠습니까?"

"우리가 아니라 당신 의견이겠죠."

기도는 잘난 척하며 정정했다. 자신이 귀족이라도 되는 듯한 태도였다.

"당신은 이런 운영과 관객 동원으로도 괜찮다는 겁니까?"

정면으로 대치했다.

"물론 과제가 있다는 건 알고 있습니다." 기도가 대답했다.

"알고 있다면 해결하셔야죠. 지금 안 하면 언제 하실 겁니까?" 기미시마가 말했다.

대답은 없었다.

"기미시마 씨, 고맙습니다."

옆에 있던 가타기리가 나서 대화에 마침표를 찍었다. "기도 전무이사님이 말했듯 이에 대해서는 협회 내부에서 검토해보겠습니다."

기미시마의 서류를 오른손에 들고 부채질해댔다. 그저 말뿐이고 진지하게 다룰지는 내 알 바 아니라는 태도의 가타키리는 기미시마가 침묵을 지키자 재빨리 선언했다.

"그럼 오늘 회의는 이걸로 끝내겠습니다."

다들 가슴을 쓸어내리는 듯한 분위기였다.

아마도 지금까지 이런 자리에서 이토록 긴박한 대화가 오간 적은 한 번도 없었을 것이다.

그러니까 안 되는 거라고.

화가 치민 기미시마는 자리에서 일어나 건물 밖으로 나와, 역으로 가는 비탈길을 재빨리 내려가기 시작했다.

한 달 뒤. 장마로 어두운 하늘이 펼쳐진 6월 중순, 기미시마는 일본럭비협회에 그 후 경과를 물었다.

"아아, 그 건요?"

전화를 받은 전무이사 기도는 가볍게 말했다. "얼마 전 이사회에서 검토했습니다만 논의하지 않기로 했습니다."

"왜죠?"

기미시마는 가슴 속에 들끓는 분노를 느꼈다.

"도미나가 회장님 이하 모두, 럭비는 돈을 버는 게 목적이 아니라는 의견에 일치했습니다."

"그럼 플래티나리그는 도대체 뭡니까?"

"그러니까 지금 그런 걸 의논할 때가 아니란 겁니다."

기미시마가 따졌으나 기도는 제대로 답하지 못했다.

"그럼 당신들은 뭘 의논하는 겁니까? 무엇보다 제안서에서

난 돈을 벌자고 한 게 아닙니다."

"돈을 벌어 비용을 메우자고 적혀 있잖아요. 아마추어 스포츠에서 그렇게까지 할 필요는 없다는 게 우리 협회의 견해입니다."

"한 팀을 유지하는 데 얼마나 드는지 압니까?"

기미시마는 어이가 없었다.

"그러니까 그런 얘기가 아니라고요." 사뭇 거추장스럽다는 듯한 기도의 말투에 기미시마의 분노는 더 불타올랐다. "당신이 제시한 방식은 우리 일본럭비협회의 전통에 어울리지 않는다는 겁니다. 그러니 이해해주십시오."

"도대체 언제 얘기를 나눴습니까?" 기미시마가 말했다. "오늘인가요, 어제인가요?"

"지난주 수요일입니다." 기도는 태평하게 대답했다.

"그럼 지난주 수요일에 연락해주는 게 예의 아닙니까?"

"예의요? 그렇게 말씀하시는 건 실례 아닙니까?" 기도가 말했다. "당신이야말로 우리 협회에 무례한 제안을 했잖아요."

"그 제안의 어디가 무례입니까?"

"전통을 마구 짓밟았잖아요." 기도는 태연하게 말했다. "앞으로는 이런 제안을 삼가달라고 도미나가 회장님께서 말씀하셨습니다. 지금 분명히 전했습니다."

뭐야? 이 조직은.

기미시마는 일방적으로 끊긴 전화를 놓으면서 이제는 손쓸 방법이 없지 않을까 하는 생각에 사로잡혔다.

그들이 사랑하는 건 럭비가 아니라 럭비계에서의 자신들의 지위와 권력이 아닐까.

하지만 이곳에는 이를 규탄할 사외이사도 주주도 존재하지 않는다.

가장 큰 피해자는 선수들이며 팬이다.

도대체 일본럭비협회에게 럭비는 무엇이란 말인가.

5장
퍼스트 시즌

1

경기에 이겼지만 기미시마가 보기에도 아스트로스의 공격은 매끄럽지 못했다. 공격의 다양성이 적었던 5월 무렵이 오히려 선수들의 움직임도 좋았고 경기력도 안정적이었다.

개막을 코앞에 둔 8월의 연습 경기였다.

패스가 엉켜 상대가 공을 가로채는 바람에 트라이 기회를 주었다. 강한 피지컬과 뛰어난 스크럼은 보고만 있어도 감탄이 나올 정도였으나 전술에 대한 선수들의 이해도는 여전한 숙제였다. 전술을 아직 소화하지 못해 라인아웃이나 스크럼에서의 사인 플레이에서 혼란이 일어나 이해할 수 없는 패스나 킥이 나오는 장면이 여러 번 있었다.

작년 시즌까지의 수비 중시에서 벗어나 복잡한 사인 플레이에 의한 패스와 킥을 섞은 공격적인 럭비로의 변신. 말은 쉽지만 그렇게 간단히 이뤄지는 건 아니었다.

다에가 말하길, 사이몬이 요구하는 럭비의 특징은 어떤 포지션의 선수에게도 패스 기술을 원한다는 점이라고 했다. 치밀한 사인 플레이로 상대를 무너뜨리는 작전은 보는 사람은 재미있지만, 그걸 실천하는 선수에게는 피지컬과 재능이 시험당하는 장면이 많다고도 했다.

더 고도의 전술을 수행해야 하는 아스트로스는 그야말로 터널 안에 진입한 듯 헤매고 있었다.

지금 아스트로스는 다양성만 보면 무한대에 가까울 정도의 공격 방법을 갖추었다.

다채롭고 새로우며 잘만 이뤄진다면 상대의 어떤 수비라도 뚫고 격파할 수 있는 파괴력이 있었다.

문제는 포메이션과 패스 타이밍을 아무리 연습해도 경기 때는 다르다는 점이다.

연습할 때의 패스는 정해진 타이밍에 할 수 있지만, 다양한 압박이 가해지는 실제 경기에서는 그럴 수 없었다.

패스하는 선수는 순식간에 정확한 타이밍을 이해하는 기술이 요구되는데 이것만은 연습으로 해결할 수 있는 문제가 아니었다.

그런데 사이몬은 그런 패스 기술을 포워드에게도 요구했다.

특히 부담이 가중되는 포지션은 공격을 조절하는 하프 콤비, 스크럼하프와 스탠드오프, 즉 등 번호로 치면 9번과 10번 둘이었다.

"어이, 어땠어?"

기미시마가 연습 경기를 끝내고 피치* 사이드로 돌아온 기시와다에게 묻자 대답하기도 전에 얼굴부터 찡그렸다.

"꼭 생각하고 말아요. 그만큼 반응이 늦어져 삐걱대는 바람에 상대에게 당하는 패턴이죠. 뭔가 부족해요."

선수들은 저마다 과제를 남긴 경기 내용 탓에 다들 얼굴이 밝지 못했다.

비디오로 촬영한 연습 경기는 다시 사이몬의 지시로 몇 가지 문제점을 정리해 클립 영상으로 만들어 선수들의 스마트폰이나 컴퓨터로 보내졌다.

다음 날 미팅까지 전원이 그걸 보고, 과제를 명확히 해 대책을 세운다. 지금은 매주 그 일을 되풀이하고 있었다.

지독할 정도로 기술 연습을 반복하고 있는데 그게 좀처럼 기능하지 않으니, 팀 안에서 점차 불만이 커지고 있었다.

8월 중순. 시즌 개막을 코앞에 두고 마지막으로 준비한 연습 경기에서도 잘되지 않자 선수들의 초조함은 그야말로 손에 잡힐 듯 분명해졌다.

내용에 불만이 있는 건 감독인 사이몬도 마찬가지였다.

이날도 복잡한 표정으로 시합을 바라보던 사이몬은 하프 타임에 연계 플레이의 실수 원인을 세세하게 지적하며 수정을 요구했다.

개막이 가까워짐에 따라 팀은 신경질적으로 변해 있었다. 지

---

* Pitch, 럭비에서 경기장을 가리키는 말.

금 선수들의 생각은 하나의 방향으로 모이는 듯했다.

사이몬 감독이 표방하는 공격적인 럭비가 정말 가능할까?

우리가 못하는 게 아니라 애당초 지나친 요구가 아닐까?

"어떻게 생각해?" 피치 사이드에서 경기를 지켜본 기미시마는 다에에게 질문을 던졌다. "전에도 이런 느낌으로 팀을 만들었어?"

"이렇게 고전하는 건 처음 봤습니다." 다에도 걱정스럽다는 듯 미간을 찌푸리고 위기감을 전했다. "하지만 스케일은 느껴져요. 이 팀이 완성되면 정말로 우승을 노릴 만하겠어요. 반대로 우승이 그리 쉽지 않다는 소리도 되죠. 쉽게 바꿀 수 있는 건 잃기도 쉬울 거예요. 하지만 어렵게 얻은 건 우리의 소중한 자산이 될 거예요."

그렇게 믿고 싶은 거겠지.

"종이 한 장 차이일 텐데……."

선수들은 그 선을 넘지 못해 고통스러워하는 것이다.

8월의 마지막 토요일이 개막전이다.

앞으로 10일. 아스트로스에게 남은 시간은 그리 많지 않았다.

2

그날 연습이 끝난 후, 기시와다의 제안으로 다무라에 10명 정도의 선수들이 모였다.

분위기는 평소와 달리 무거웠다. 모두 말수가 적고, 무겁게 가라앉은 분위기 속에서 복잡한 표정을 짓고 있었다.

"오늘의 유일한 수확은 이겼다는 거네."

모토나미가 그렇게 운을 뗐다. 이날은 전반전 선발로 출전해 원 트라이를 얻었으나 안정감이 부족한 플레이를 자주 보였고 패스 실수도 두드러졌다.

"연습 경기에서 이긴 게 뭐."

스크럼하프의 사토무라 료타가 탄식했다.

일본 대표 캡틴, 즉 국가대표로 출전한 경험도 있는 사토무라는 스탠드오프인 하마하타와 함께 아스트로스를 이끄는 스타 선수 중 하나였다.

"하려는 럭비 수준이 너무 높아 도통 따라가지 못할 때가 있어서 말이야. 안 그래, 하마 씨?"

사토무라가 동의를 구한 하마하타는 "그렇지 뭐"라며 얼굴을 찡그리며 끄덕였다.

"연습하면 되겠지."

기시와다는 격려했으나 아무도 수긍하는 표정을 짓지 않았다.

"해내는 게 어려워요. 정말 이렇게 높은 수준의 공격 럭비가 가능할까요?"

풀백인 미사키가 그렇게 말했다. 15명의 진영 중 가장 뒤에 있는 선수로, 수비에서는 마지막 요새가 되는 중요한 포지션이다.

"솔직히 무리일지도 모르겠어."

하마하타의 인정에 그 자리의 공기가 훅 가라앉았다.

158

"무엇보다 오늘 료타, 공 던지는 게 늦었어." 하마하타가 불평을 털어놓았다.

"회의 때처럼 라인이 정렬되지 않았으니까요." 사토무라에게도 할 말은 있었다.

"뭐야? 우리 탓이라는 거야?" 모토나미가 반격했다.

"그만해." 기시와다가 둘 사이에 끼어들었다. "어쨌든 앞으로 열흘밖에 안 남았어. 할 수 있는 건 다 해봐야지. 도키와스타디움에서 열리는 개막전이니까 좋은 모습을 보여주자고."

"정말 관객이 올까?" 사토무라가 의심스럽다는 듯 물었다. "자원봉사니 이벤트니, 종횡무진 뛰어다녔어. 이랬는데도 작년과 똑같으면 웃기겠어."

"그런 일은 없을 거야." 기시와다는 긍정적인 말로 다독였다. "공개 연습을 보러 와준 팬도 늘었잖아. 주니어 아스트로스의 설립도 잘되고 있고."

초등·중학생을 대상으로 모집한 주니어 아스트로스에는 예상을 뛰어넘어 100명 이상이 몰렸다. 여름방학이 시작된 5월 말, 아스트로스의 연습구장에서 결성식이 열렸다. 여기에는 아스트로스 선수 전원이 참석했다.

"주니어 팀에 그렇게 사람이 모인 것도 그만큼 아스트로스가 인정받고 있다는 증거지."

"그럴 수도 있겠지. 하지만 우리에게는 그만큼 부담도 늘었어." 사토무라는 살짝 성가시다는 듯 콧등에 주름을 잡고 말했다. "기미시마 부장은 이래저래 말이 많은데, 그거 죄다 그림의

떡 같아. 우승을 다툴 만한 팀이 지금껏 전술도 제대로 소화하지 못하고 있잖아. 관객을 모으려고 그만큼 돌아다녔어도 관객이 얼마나 올지 사실은 뚜껑을 열어보기 전까지는 모르고. 정말 될까? 사이몬 감독의 작전만큼이나 기미시마 부장의 계획도 그래. 나는 말이야, 저렇게 꿈꾸는 아저씨 타입은 도무지 믿을 수가 없어."

"의심하기 시작하면 끝이 없어. 모두 힘을 합쳐 이겨내야지."

"나도 의심하고 싶진 않아." 사토무라가 기시와다에게 반격했다. "의심할 수밖에 없으니까 의심하는 거지."

"알았어. 그럼 의심해." 거꾸로 기시와다가 말했다. "하지만 마지막 열흘 동안, 지시받은 건 확실히 해보자고. 감독을 믿고 마지막까지 해보자. 그러고도 결과가 나오지 않으면 그때 의심해. 그럼 어때?"

대답이 바로 나오지 않았다.

"아, 알았어." 마침내 하마하타가 말하고 기시와다의 어깨에 손을 올렸다. "일단은 네 얼굴을 봐서 개막전까지 최선을 다하지. 다들, 알겠어?"

살짝 끄덕이는 사람, "아, 예"라고 조그맣게 대답하는 사람, 아무래도 석연치 않다는 표정을 짓고 있는 사람 등 다양했다.

일단 흩어지기 시작한 마음을 모으는 일은 어려운 법이다.

결국 모두의 마음을 하나로 모을 수 있는 것은 승리밖에 없나. 기시와다는 생각했다.

하지만 마음속 어디선가 게임의 방향성을 의심하고 불신하는 이런 상태로 과연 얼마나 싸울 수 있을까.

기술에 불안을 품게 되어 싸우겠다는 마음조차 제대로 조절하지 못하고 있다.

이 상황을 어떻게 다시 해소할 수 있을까…….

기시와다는 상황의 어려움을 절절히 느꼈다.

"수고했어."

기미시마가 내민 하이볼잔에 사이몬은 "천만에"라는 대답과 함께 맥주잔을 부딪쳤다. 와인을 좋아하는 다에는 화이트 와인을 마셨다.

시내의 일식 레스토랑이었다.

"다무라에 가면 선수들이 있겠지. 아마도 불만으로 폭발 중일 텐데 안 가봐도 되겠어?" 하이볼을 한 모금 들이킨 기미시마의 물음에 사이몬은 고개를 저었다.

"할 말은 미팅에서 하는데 뭐." 이게 사이몬의 방식이었다. "게다가 지금은 녀석들의 시간이야. 감독이 참견할 타이밍이 아니야."

"다들 상당히 날카로운 상태예요." 다에의 눈동자가 불안에 흔들렸다.

"앞으로는 녀석들이 생각하고 판단할 수밖에 없어." 사이몬은 맥주잔을 단숨에 들이켰다. "감독이나 전략 탓을 할지, 어떻게든 이겨낼지는 녀석들이 결정할 일이야."

"어떤 의미에서는 도박이네요." 다에가 말했다.

"100퍼센트 확실한 건 없어." 사이몬이 말했다. "무엇을 믿을 지에 달렸지."

그건 누구에게랄 것도 없이, 사이몬 자신을 설득하는 말임이 틀림없었다.

사이몬 역시 괴로워하고 있구나.

3

그날 도키와자동차 요코하마공장에 인접한 아스트로스의 클럽하우스에 선수들이 집합한 것은 오후 3시였다.

한여름의 열기가 남은 8월 마지막 토요일.

미팅룸에 들어가 첫 경기 상대인 도노건설공업 타이탄스와 의 게임 전략을 마지막으로 확인하는 선수들의 표정은 모두 딱딱했다. 긴장이 그대로 얼굴에 드러나 있었다.

확인사항은 지금까지 운동장에서 수없이 되풀이해 연습해온 것들뿐이었다.

철저히 해온 일을 더 철저히 한다.

"열 번의 연습에서 한 번 실패한 플레이. 그 한 번이 진짜 경기에서 나와."

전에 왜 그렇게까지 철저하게 해야 하느냐고 물었을 때 사이 몬이 한 대답이었다.

진짜 경기의 부담감은 연습과는 비교할 수 없기 때문이다.

사이몬이 선수들에게 요구한 수준은 매우 높았다.

필사적으로 그 수준을 목표로 달려온 선수들의 노력이 꽃을 피울지는 솔직히 해보지 않으면 알 수 없다. 그게 바로 이번 첫 경기이다.

"감독님, 준비 끝났습니다."

다에가 알려줘 미팅을 끝낸 선수들은 주차장에 대기한 이동용 버스에 탔다.

도키와스타디움까지는 버스로 20분 거리였다.

예정대로 스타디움 전용 입구에 버스가 도착했다. 제일 먼저 사이몬이 내리고, 선수들에 이어 마지막으로 내린 기미시마는 손목시계로 시간을 확인했다.

오후 6시.

서쪽으로 기운 강렬한 햇살이 럭비장의 벽면을 달궈, 이날도 기록적이었던 한여름 무더위의 흔적을 각인하고 있었다. 전용 통로를 따라 피치 사이드로 나오자 마른 풀 냄새가 코를 찔렀다. 문제는 기온이었다.

아직도 30도 가까운 온도였다.

킥오프 시간인 오후 7시 반에도 그리 내려갈 것 같지 않았다.

"소모전이 되겠네요."

옆에 있던 다에가 말했다.

상대 팀인 타이탄스는 작년 시즌 7위. 간신히 강등을 면한 아스트로스에게는 상당히 강팀이라고 할 수 있다.

선수들의 몸풀기가 시작되었다.

시시각각 흘러가는 시간 속에서 오후 7시를 넘겼을 무렵, 모두가 변화를 깨달았다.

몸풀기에 집중하고 있던 선수들은 문득 스탠드로 시선을 돌리다가 움직임을 멈추고 일어났다. 그리고 일제히 놀랍다는 표정을 지었다.

개장 시간을 맞은 스탠드에 관객들이 들어오고 있었다. 순식간에 반쯤 자리가 차더니 그 기세는 좀처럼 사그라지지 않았다.

연습을 잘 보려고 가장 앞줄로 나온 아이들이 소리쳤다.

"사사 코치님!"

아이들에게 불린 사람은 스크럼하프인 사사 하지메였다. 사사는 올해 들어온 신입으로, 주니어 아스트로스를 가르치러 간 일이 많아 아이들에게는 코치로 불렸다.

"다들 놀랐네요." 다에가 말했다. "깜짝 선물, 성공했어요."

사실 이날 도키와스타디움에서 열리는 경기 티켓은 예매로만 1만 2천 장이 팔렸다.

작년 시즌의 첫 경기는 다른 럭비장에서 열린 데다 4천 명밖에 들어오지 않았다. 올해는 예매만으로 그 세 배를 판 것이다.

그중 올해 설립한 아스트로스 팬클럽을 창구로 판매한 티켓이 7천 장 가까이에 달했다. 기미시마의 수완보다 자원봉사나 이벤트에 최대한 참가해 이름을 팔며 권유한 선수들의 노력이 성과를 올린 것이었다.

무엇보다 아이들과 젊은 사람이 많은 수를 차지하고 있다는 게 자랑스러웠다.

팬클럽 사람들은 이름과 주소, 연락처, 나아가 학교 같은 소속도 등록하므로 어떤 사람인지 잘 알 수 있다.

같은 숫자라도 어디 사는 누군지 모르는 손님보다 누군지 잘 아는 손님이 훨씬 가치가 높다. 그들과 연결될 수 있기 때문이다.

무엇이 좋았나. 무엇이 문제인가. 티켓 가격은 이대로 좋은가. 바라는 건 없나. 온갖 피드백을 얻을 수 있다.

기미시마는 그 정보에 무한한 가치가 있음을 알고 있었다. 아스트로스가 지역민에게 사랑받으려 할 때 필요한 정보는 지금 스탠드를 메운 저들 속에 있다.

경기 시간이 다가오고 있었다.

탈의실로 돌아온 선수들의 얼굴이 붉어진 건 몸풀기로 몸을 움직였기 때문만은 아닌 게 분명했다.

"모두 관객 수에 놀랐나?" 선수들을 모아놓고 사이몬이 말했다. "너희를 응원하러 와준 관객이다. 우리가 해온 일은 낭비가 아니었어. 이만큼 많은 사람의 공감을 얻었으니까."

선수들의 표정은 완전히 딴사람 같았다. 영혼이 깨어나 육체에 강고한 의지가 담긴 전사들의 반짝이는 눈빛이 사이몬에 집중되어 있었다.

"저 관객들에게 좋은 플레이를 보이도록. 캡틴!"

지명된 기시와다는 한 걸음 나서긴 했으나 말문이 막혔다.

고생하며 팀을 이끌어온 모든 일이 단숨에 가슴에 차올랐다.

"관객이…… 와주었어."

간신히 쥐어짜낸 목소리는 감격에 겨워 떨렸다. 그 순간 눈물이 뺨을 타고 흘러내렸다. "모두 우리를 보러 와주었어. 응원하러 왔어." 기시와다가 말했다. "반드시 최선을 다하자. 반드시……."

그리고 마지막으로 목소리를 쥐어짜냈다. "……이기자!"

선수들의 포효가 탈의실 안을 뒤흔들었다.

"가자!"

사이몬의 한마디에 선수들이 튀어 나갔다.

통로에 정렬하자 함께 입장할 아이들이 선수들을 기다리고 있었다.

주니어 아스트로스의 제자들이다.

손뼉을 치던 아이들이 "힘내요!"라고 성원을 보내자, 이제는 선발 출전 선수 모두가 눈물을 흘리며 피치로 나갔다.

"절대 지지 않을 거예요."

다에는 눈물을 감출 생각도 않고 떨리는 목소리로 말했다.

"절대로 이겨요! 아스트로스, 힘내!"

4

"아스트로스가 또 이겼나?"

그날 이뤄진 4라운드 경기 결과를 들은 쓰다의 눈은 놀라움에 커졌다.

"첫 경기였던 타이탄스전은 홈경기라 유리했을 수 있지만, 주목해야 할 경기는 오늘 파이터스전입니다. 34 대 14입니다."

가기하라가 내뱉은 점수에 쓰다의 눈이 확 가늘어지며 날카로움이 늘었다.

파이터스는 우승 후보 중 하나였다. 스크럼이나 라인아웃에서의 세트 플레이도 능숙하고 일본 대표 경력을 지닌 선수도 여럿 있어 선수의 질도 높았다. 쓰다가 이끄는 사이클론스와는 오랫동안 적수 관계를 유지해온 상대로, 접전 끝에 겨우 이긴 게 2주 전이었다.

이번 시즌의 아스트로스가 호조라고 해도, 쓰다는 솔직히 파이터스가 이길 거라 예상했다. 하지만 그 예상을 멋지게 뒤집은 것이다.

"전 경기에서 파이터스에 부상자가 생긴 걸 감안하더라도 이번 시즌의 아스트로스는 요주의 상대입니다."

"예년이라면 손가락 한번 튕기면 그만일 상대였지."

쓰다가 싸늘하게 말했다.

리그전은 두 개 콘퍼런스로 나뉘어 있다. 각각의 콘퍼런스에서 8개 팀이 싸우니까 총 7번의 경기가 있고 아스트로스와는 6번째 경기, 즉 6라운드에서 만나게 된다. 서로 전승한 상태에서 대결하게 된다면 그 뒤에 남은 한 경기가 핵심이 된다.

"아스트로스의 7라운드 상대는 바이킹스입니다."

웅장한 이름임에도 2부 리그를 오르내리는 약소 팀이다.

사이클론스의 상대는 선 워리어스로, 역시 강등 팀으로 봐도 된다.

"사실상 1위를 결정 짓는 경기가 된단 말이지."

쓰다는 혼잣말처럼 중얼거리더니 눈을 가늘게 뜨고 벽의 한 점을 응시했다. 그리고 마침내 쉰 목소리로 말했다. "깨부숴야지."

쓰다는 물었던 담배를 재떨이 바닥에 세게 비벼 껐다.

"취재 신청이 상당히 몰린 듯합니다. 다가미 씨가 공동기자회견을 해야 하나 고민하던데요."

다가미는 본사에 있는 아스트로스의 홍보 담당이었다.

주말 사이클론스전을 앞둔 수요일이었다.

처음 예상을 완전히 뒤집고 강호 파이터스와의 경기에서 승리한 데 이어 5라운드 경기도 무난히 이긴 아스트로스에 대한 주목도가 부쩍 높아져 주위가 더 소란했다.

최근 몇 년 동안 강등권 근처를 저공비행해온 왕년의 명문 팀이 사이몬 다쿠마 아래에서 부활에 성공한 것이다.

다음 사이클론스전은 실질적으로 콘퍼런스 1위를 결정 짓는 큰 게임이었다. 그뿐만 아니라 언론이 주목하는 또 다른 이유는 사이몬과 사이클론스 감독인 쓰다의 불화설이었다.

사이몬을 조난대학 럭비부 감독 자리에서 끌어내린 장본인으로 알려진 쓰다와의 격돌은 운동장 밖에서 벌어지는 다양한 소문으로 증폭되고 있었다.

'관심사가 무엇이든, 지금 주목받는 건 나쁘지 않아.'

기미시마는 그렇게 생각했다. '적어도 세상에 사회인럭비가 인식되고 경기의 승패에 관심이 집중된다면 그것만으로도 환영이야. 사이먼이나 선수들에게 부담이 되겠지만 우승을 노리는 팀이라면 그 정도 부담감은 견뎌야지.'

홍보팀 주선으로 공동기자회견이 결정된 것은 그다음 날 연습 전이었다. 그리고……

"사이클론스전을 어떻게 생각하십니까?"

사이먼의 취임 때에도 나온 질문이었다. 하지만 질문이 지닌 의미는 지금 완전히 바뀌어 있었다.

열심히 배우겠다, 나만의 럭비를 할 뿐이다 등 얘기할 방법은 다양했다. 하지만 사이먼은 그렇게 말하지 않았다.

"철저히 때려 부수겠습니다."

기미시마도 놀랄 만한 한마디였다. 사이먼은 계속했다.

"우리는 작년 시즌까지의 아스트로스가 아닙니다. 쓰다 감독과의 일도 여러모로 이야기되고 있는데 럭비의 싸움은 운동장에서 하는 겁니다. 장외에서 수군대는 건 공정하지 않겠죠. 모든 대답은 운동장에서 나옵니다."

사이먼은 당당히 도전장을 내밀었다.

"언론 서비스가 너무 심한 거 아닌가요?"

조금 떨어진 곳에서 지켜보고 있던 다에가 걱정스럽게 말했다.

"괜찮지 않아? 게다가 이건 선수들에게 보내는 메시지이기도 해."

늘 이기는 사이클론스를 상대하더라도 겁먹지 말고 맞서라! 지휘관인 자신이 먼저 싸울 태세를 밝힘으로써 선수들을 분발

시키려는 목적이 있는 게 분명했다.

감독의 발표를 알게 된 선수들은 단결된 마음으로 단숨에 불타오르리라. 투쟁심과 단결력, 그런 정신적인 부분을 사이클론스전에 맞춰 최고조로 끌어올린 것이다. 이 또한 사이몬의 전략이었다.

실제로 사이몬의 발언은 인터넷을 통해 여기저기 퍼지고 스포츠신문에서도 대대적으로 다루었다.

그리하여 아스트로스 대 사이클론스 경기는 점점 주목을 받는 일전이 되었다.

결전의 전날 밤.

연습 후, 경기 전 세리머니를 위해 시내 호텔에 모인 선수들에게는 살기마저 감돌았다.

사이몬이 선수들에게 건네는, 영혼을 담은 유니폼 수여식이 시작되었다.

이름이 불릴 때마다 흥분이 고조되었다.

자신이 뽑혀도, 뽑히지 않아도 상관없었다.

지금 선수 전원은 눈물을 흘리며 비장할 정도의 각오로 사이클론스전을 맞이하려 하고 있었다.

결전의 장은 지치부노미야럭비장이었다.

사전에 리그 본부에 문의한 결과, 티켓은 전석 매진. 2만 명의 팬이 이 경기를 보려고 스타디움으로 달려올 예정이다.

상대로서 부족함은 없다. 최고의 무대가 갖춰졌다.

"이기자!"

마지막으로 내뱉은 사이몬의 한마디에 선수들은 포효로 응답했다. 이로써 사이클론스전에 임할 모든 준비가 끝났다.

5

오후 2시, 사이클론스의 킥오프로 경기가 시작되었다.

사이클론스의 10번, 도미노 겐사쿠가 찬 공은 객석을 가득 메운 사람들의 환호성을 싣고 날아가 아스트로스 진영 안쪽 10미터 라인 뒤쪽으로 포물선을 그렸다. 일본 대표인 도미노는 한창 물이 오른 서른 살의 선수였다. 이 경기는 지금의 일본 대표 10번을 짊어진 도미노와 과거의 하마하타, 신구 대결이라는 의미도 있었다.

얕은 킥이다.

사이클론스 선수들이 일제히 아스트로스 진영으로 내달렸다.

다툼 끝에 공을 잡은 모토나미가 상대를 제치고 돌진하자 마치 볼륨 스위치를 올린 듯 스탠드의 환호성이 커졌다가 태클로 쓰러지자 무수한 탄식으로 변했다.

양 팀 선수가 겹겹이 쌓이는 럭• 상태에서 아스트로스가 여전히 공을 가지고 있단 사실은 뒤에 늘어선 선수들이 대각선으로 늘어서는 공격용 대형을 쌓는 것에서 알 수 있었다.

• Ruck, 공을 가진 선수가 상대 팀 태클에 쓰러졌을 때 공격권을 유지하려고 하는 상태. 이때 격렬한 몸싸움이 벌어진다.

처음 경합에서 아스트로스의 윙이 발을 다쳐 운동장 안에서 의료진의 치료를 받았다. 그걸 본 스크럼하프 사토무라가 볼을 늦게 내는 바람에 상대 수비진이 정렬을 맞춘 상태였다.

등 번호 9번인 사토무라에서 10번인 하마하타로 이어지는 패스는 일반적인 공격 패턴이었다.

패스를 받은 하마하타가 어떻게 공격을 전개할지는 상대 수비진의 상황과 전황에 따라 달라진다. 이때는 등 번호 8번인 기시와다에게 공을 주어 돌진하는 방법을 채택했다.

다시 럭이 생겼다.

일진일퇴의 공방에 숨 막힐 정도의 긴장감이 럭비장을 지배하기 시작했다.

그런 가운데 선수를 친 팀은 사이클론스였다.

태클 성립 후의 혼전 속 상대 포워드가 팔을 뻗어 공을 빼앗은 것이었다.

자칼(Jackal)이라는 플레이였다.

공수가 바뀌며 수비 전환이 늦은 아스트로스의 수비가 무너져 순식간에 선제 트라이를 허용했다. 골잡이 도미노가 추가로 주어진 컨버전킥까지 성공해 7점을 먼저 따냈다.

"당했네요." 다에는 분해서 입술을 깨물었다. "수비가 완전히 뚫렸어요."

하마하타가 분하다는 듯 허벅지를 세게 때리고 허공을 노려봤다.

수많은 관객이 지켜보는 가운데 치르는 중요한 일전에서 초

반에 냉정한 판단력을 드러낸 것은 사이클론스의 실력이었다.

문득 사이몬에게 감독 취임을 부탁했을 때 들었던 말이 떠올랐다.

—우승을 다투는 팀과 정말 우승하는 팀은 차이가 커.

그 차이가 바로 이건가. 기미시마는 생각했다.

하지만 사이몬은 이런 말도 했다.

—100퍼센트 확실한 건 없어.

시즌 직전, 팀이 혼돈에 빠져 선수들이 믿음을 잃었을 때 한 말이다.

그런 의미에서 보면 이 경기도 마찬가지였다.

앞으로가 진짜 싸움이야.

기미시마가 스스로 다독일 때 심판의 휘슬과 함께 게임이 재개되었다. 그러나…….

그 첫 번째 트라이를 계기로 사이클론스가 점차 실력을 발휘하기 시작했다.

아스트로스가 공격하는 시간도 있었으나 공격당하는 시간이 더 길었다. 사이클론스의 공격은 날카로웠으며 다채롭기까지 했다.

하프 타임에 들어간 시점에서 점수는 7 대 21.

점수 차 이상으로 실력의 차이를 실감한 전반전이었다.

수런거리는 소리가 스탠드를 뒤덮는 가운데 사이몬이 스탠드 계단을 뛰어 내려갔다.

기미시마는 팔짱을 끼고 뜻밖의 점수 차가 표시된 득점판을 바라봤다.

'사이몬, 어떻게 좀 해보라고.' 기미시마는 속으로 절규했다. '이대로 질 순 없잖아!'

이 경기장에 모인 모든 팬을 위해서라도 반격이 절실했다.

6

사이몬이 취한 작전은 대담한 선수 교체였다.

포워드의 제1열, 프롭 포지션에 신인인 도모베를 넣은 것이다.

이어진 교체를 발표한 순간, 스탠드가 술렁일 정도로 충격이 일었다.

일본 대표 경험도 있는 스크럼하프 사토무라를 빼고 신인인 사사 하지메를 투입한다는 것이었다.

"뭐야? 사토무라를 뺀다는 거야?"

뒤에서 실망하는 목소리가 들렸다. 스타 선수를 빼고 집어넣은 게 이제 막 들어온 신인이니 무리도 아니었다. "이 경기, 포기하는 거야?"

다에가 걱정스럽게 18번을 달고 운동장에 등장한 사사를 바라봤다.

"왜 사토무라를?" 기미시마가 물었다.

"그다지 상태가 좋지 않은 것 같아요." 다에가 몇 가지 마음에 걸렸던 플레이를 꼽았다. "게다가 전반전에 꽤 달렸으니까요."

선수들의 유니폼에는 GPS가 장착되어 있어서 주행거리 등의 실전 데이터를 실시간으로 파악할 수 있다. 그에 따르면 확실히 사토무라는 상당한 운동량을 소화한 상태였다.

후반전이 시작됐다.

기미시마가 바라보는 시선 끝에 하마하타가 킥오프한 공이 사이클론스 진영 깊이 떨어졌다.

"수비 라인이 조금 앞으로 당겨진 것 같지 않나요?"

듣고 보니 정말 전반전보다 선수들이 앞으로 나와 지키고 있었다. "예상보다 사이클론스의 발이 빨라 잠깐 점검하려는 것 같아요."

"킥으로 허를 찔리지는 않을까?"

수비 라인이 앞으로 나오면 당연히 뒷공간이 빈다. 기미시마는 그 점을 걱정한 것이었다.

"쓰다 감독은 콘테스트킥을 좋아하지 않는 경향이 있습니다."

다에의 분석가다운 대답이 돌아왔다. "사이클론스의 득점은 스트럭처로 시작되는 사인 플레이로 득점의 80퍼센트를 얻고 있어요. 일단 차서 어느 쪽이 잡을지 모르는 플레이는 최대한 회피한다는 일관성이 있죠."

스트럭처란 직역하면 '구조'라는 말이다. 럭비에서는 스크럼과 라인아웃이라는, 의도적으로 구축한 사인 플레이가 통하는 장면을 가리켰다.

반대말은 언스트럭처로, 공이 굴러다녀 양 팀 선수가 경합하는 혼란한 상황을 말했다.

"평소 잘 하지 않은 플레이는 상대 뒤가 비었다 해도 거의 하지 않아요. 다만 득점 차가 더 벌어지면 평소 하지 않던 플레이까지 나올 가능성이 있죠."

더는 득점 차를 허용해선 안 되는 상황에서 과감한 선수 교체와 작전 변경의 효과는 곧 드러났다.

상대의 돌진을 재빨리 막아내 반칙을 유도한 것이다.

후반 5분에 페널티 골을 얻어낸 게 컸다. 10 대 21, 11점 차가 되었다. 두 번의 트라이와 한 번의 컨버전킥이 성공한다면 역전할 수 있는 차이였다.

하지만 무엇보다 후반 들어 더욱 놀라운 점은 사사의 공 배합이었다.

기미시마가 보기에도 전반전의 사토무라 때보다 더 날카롭게 공격 리듬이 살아나는 듯했다.

사토무라가 유명 선수이고 스타임은 분명했다. 하지만 이 경기만 보면 사이몬의 선수 기용이 분명 옳았다.

상대 진영에서 공격이 시작되었다. 사사에게 공을 받아 날카롭게 파고드는 백스를 향해 상대 수비수가 맹렬하게 달려들었다.

도모베에게 패스가 넘어가자 스모 연습 때를 방불케 하는 돌진이 들어왔다.

쓰러지겠어.

바로 그때 멋진 패스가 나왔다. 도모베 본인은 태클을 당해 쓰러지면서도 어떻게 패스한 것인지, 붕 떠오른 공이 뒤에서 달려온 선수에게 건네진 것이다. 멋진 오프로드 패스였다.

환호성이 가을의 맑은 창공을 찌를 듯 솟았다.

아스트로스에서 후반 최초의 트라이가 나와 17 대 21, 점수 차가 4점으로 줄어든 것은 그 직후였다.

서로 페널티 골을 하나씩 넣으며 후반 35분을 맞았다.

남은 시간은 5분. 한 번의 트라이로 역전할 수 있는 접전이었다.

지금 상대 진영 22미터 라인에서 스크럼을 짜고 있었다.

마이 볼 스크럼이었다.

"가능할 수도 있겠어요." 다에가 말했다.

전반전에는 호각세였던 스크럼이 후반에 들어서는 도모베의 가세와 빠른 선수 교체로 포워드를 새롭게 한 아스트로스에게 유리해졌다.

"세트!"

심판의 신호에 미처 소리내지 못한 숨소리와 함께 양쪽 진영 의 포워드가 단단하게 몸을 붙였다고 생각한 순간 한가운데가 풀썩 무너졌다.

다시 스크럼을 짰으나 또다시 무너졌다.

긴 휘슬이 울린 것은 그 직후였다.

"컬랩싱•, 사이클론스 3번!"

환호성 사이로 들린 심판의 명령에 스탠드가 들끓었다.

페널티킥을 노릴 수 있는 곳이지만 성공해서 3점을 따도 역

• Collapsing, 고의로 스크럼을 무너뜨리는 반칙 행동.

전할 수는 없다.

캡틴 기시와다의 판단은 라인아웃이었다.

기미시마는 전광판 시계를 쳐다봤다.

이제 막 40분에 분침이 겹쳐질 참이다.

시시각각 시간은 흐르고 점점 심장박동 소리가 빨라졌다.

이길지 질지 모르겠다. 다만 이거야말로 조 1위를 다투는 팀들에 어울리는 훌륭한 경기인 것만은 틀림없다.

'이겨줘! 제발, 트라이를 얻어.'

기미시마가 기도하는 순간 어디선가 시작된 도키와를 연호하는 소리가 들려왔다.

"도키와! 도키와!"

뒤쪽 스탠드에서 조그맣게 시작된 응원이 순식간에 퍼지면서 스탠드 전체를 뒤흔들 듯 커졌다.

마치 홈구장인 도키와스타디움에서 경기하는 듯한 착각이 들었다.

그 성원을 라인아웃에 늘어선 선수들의 등이 듣고 있었다.

마지막 플레이를 알리는 호른 소리가 울려 퍼졌다.

이제 다음은 없다. 이 플레이가 끝나면 경기도 끝난다.

라인아웃의 공이 던져지고 맞붙은 선수가 공중 높은 곳에서 캐치해 사사에게 토스했다.

사사에게서 하마하타에게, 하마하타에게서 포워드로 공이 넘어가며 사이클론스 수비와 정면 대결이 펼쳐졌다.

공을 둘러싼 럭 안의 격렬한 공방이 벌어지고 다시 아스트로스의 공격이 펼쳐졌다.

패스를 일단 뒤로 보낸 다음 오른쪽으로 돌렸다.

빠져나오려는 아슬아슬한 순간 사이클론스의 태클에 방해를 받자, 터질 듯한 환호성은 공기가 빠진 듯 줄어들었다.

그야말로 골라인 바로 앞에서의 사투였다.

플레이는 아직 이어지고 있었다. 공이 다시 아스트로스의 백스에게 돌아왔고 이번에는 반대편으로 날아갔다.

"지금이야!"

다에가 말한 것과 공을 가진 하마하타가 혼신의 패스를 던진 것은 거의 동시였다.

왼쪽에 있던 백스를 한 명 뿌리치고 달려들어온 풀백 미사키에게 던진 긴 패스였다.

사이클론스의 수비 라인이 흐트러지며 생긴 수비 왼쪽의 빈틈.

패스가 성공한 순간, 스탠드는 열광에 휩싸였다.

공을 안은 미사키가 골라인을 향해 질주했다.

바로 그때 대응에 늦은 사이클론스의 수비가 혼신의 태클로 미사키를 쓰러뜨렸다.

미사키는 넘어지면서 골라인 바로 부근에 그라운딩하는 듯 보였는데…….

기미시마는 벌떡 일어나 숨을 멈췄다.

휘슬은 울리지 않았다.

심판은 손짓으로 TV 매치 오피셜을 지시했다.

요컨대 비디오 판독이다.

지치부노미야럭비장의 전광판에 영상이 흐르기 시작했다.

태클에 저지되면서도 골라인을 향해 던져진 공이 느린 화면으로 조용히 떨어진다.

골라인이 보였다.

스탠드가 군침을 삼키며 지켜보는 가운데, 공은 아슬아슬하게 골라인 바로 앞에 그라운딩하더니 손에서 흘러나와 옆으로 튕겨 나갔다.

깊고 커다란 탄식이 쏟아져 운동장을 메웠다. 그때 고개 숙인 기미시마의 귓가에 경기 종료 휘슬이 들려왔다.

에필로그

"기미시마, 정말 아까웠어."

플레이오프가 끝난 12월 말, 경영전략실장인 와키사카가 전화를 걸어 그렇게 말했다.

얼마 전, 화이트 콘퍼런스와 레드 콘퍼런스의 두 그룹에서 상위 팀만 진출하는 플레이오프를 치렀고, 아스트로스는 이번 시즌 종합 순위 3위를 확정했다.

화이트 콘퍼런스의 리그전 성적은 사이클론스에 이어서 2위. 플레이오프에서 이겼다면 우승 가능성도 있었는데 준결승전에서 아깝게 패배해 3위 결정전으로 밀려난 결과였다.

한편 사이클론스는 플레이오프 결승까지 올라가 멋지게 우승을 거머쥐었다.

우승하기까지는 부족한 부분이 있음을 새삼 깨달은 시즌이기도 했다.

아스트로스는 이제부터 1월 내내 치러지는 컵 쟁탈전의 몇 경기만 소화하면 시즌을 정식으로 끝내고 다음 시즌 개막까지 오프 기간을 갖는다. 럭비팀의 활동은 일단 휴식에 들어갔다가 2월부터 다시 팀으로 활동을 시작한다.

"부진했던 팀을 우승을 다툴 정도로 재건했어. 아주 대단해."

"고맙습니다."

기미시마는 그렇게 대답하긴 했으나 그 결과에 만족하지 않았다.

우승을 다툴 수 있는 팀이 되었다.

하지만 진짜 목표는 우승하는 팀이 되는 것이다.

이 일은 어쩌면 이번 시즌의 아스트로스를 만들어낸 것보다 훨씬 어려운 일이 될지 모른다.

"그런데 본사에 좀 오지 않겠나? 전화가 아니라 직접 하고 싶은 말이 있는데."

와키사카는 무슨 일인지 말하지 않았다.

다음 주는 올해 마지막 플래티나리그 연락 회의가 열리기로 되어 있어 본부가 있는 이치가야에 가야 했다.

"그 후라도 괜찮네. 얼굴 좀 보세."

"알겠습니다. 그럼 3시 전후로 찾아뵙겠습니다."

"기다리지."

와키사카와의 전화는 구체적인 얘기 하나 없이 그대로 끝났다.

약속한 날, 기미시마는 오후 3시 전 오테마치에 있는 도키와 자동차 본사 와키사카의 집무실을 방문했다.

"실은 자네에게 제안이 있네." 와키사카는 자기 집무실로 기미시마를 안내하고는 격식을 차려 말했다. "경영전략실로 돌아오지 않겠나?"

자신의 귀를 의심한다는 소리는 이럴 때를 두고 하는 말일 것이다.

"돌아갈 수 있나요?"

절로 의문을 입에 담은 기미시마에게 와키사카가 말했다.

"상황이 변했어. 기억하겠지? 다키가와가 인수하려던 가자마상사."

잊을 리 있겠는가. 그 시비를 둘러싼 대립으로 요코하마공장으로 좌천되었는데.

"그 안건, 부활했어."

"무슨 말씀인가요?"

그 말에는 기미시마도 놀라 와키사카를 봤다.

기미시마의 반대 의견을 첨부한 인수 안건은 이사회에서 부결되었는데 어떻게 그게 이제 와 부활했단 말인가.

"자네가 반대한 이유는 가자마상사의 매각 가격이 너무 높다는 거였지."

간판값까지 포함해 1천억 엔의 제시 금액은 지나치게 높다—그게 기미시마가 내놓은 결론이었고 결과적으로 이사회도 그 결론을 지지했다.

"가자마상사가 가격을 낮췄어. 800억 엔으로."

기미시마는 믿을 수 없다는 눈빛으로 와키사카를 봤다.

"우리가 거절한 후 은밀히 여러 회사에 매각을 타진했다더군. 그런데 모두 우리와 같은 결론이었대. 그래서 가격을 낮추겠다는 연락이 두 달 전에 왔어. 가자마상사는 매각 상대로 우리가 최선이라고 생각한 듯하네. 어떤가?"

"800억 엔이라면, 조금 높긴 하지만 허용 범위라고 생각합니다." 기미시마는 냉정하게 판단했다. "이사회가 인수 방침을 승인할 가능성이 큽니까?"

"다키가와가 뒤에서 열심히 설득하고 있어. 시마모토 사장도 가격이 적당하다면 받아들이겠다는 조건으로 소극적 찬성이지. 이 안건은 연초에 정식으로 논의할 텐데 아마도 인수 안은 통과될 걸세. 나는 그렇게 보고 있어."

"그러니까 인수 후의 일 처리를 저보고 하란 말씀입니까?"

"아니, 그런 건 아니야." 와키사카는 고개를 저었다. "인수 후의 업무 제휴는 영업부 주도로 추진할 거야. 우리는 손대지 않아."

대형 인수 안건은 단순히 회사를 사들인 것만으로는 제대로 기능하지 않는 경우가 많다. 지금 존재하는 도키와자동차의 어떤 부문과 어떤 사업에서 제휴해야 상승효과가 생기는지, 그런 부분을 자세히 검토해 실행에 옮기는 정신이 아찔해질 정도로 복잡한 작업이 필요하다.

"솔직히 자네가 빠진 구멍을 막지 못하면 경영전략실의 힘이 줄어."

"미카사는 어떻습니까?"

기미시마의 후임 미카사 요스케는 경리부 차장에서 수평 이동한 우수한 남자일 터였다.

"미카사도 최선을 다하고 있지만, 아직 경험이 많이 부족해. 아무래도 짐이 너무 무거운 듯해. 본인도 경리부로 돌아가고 싶어 해. 자네만 괜찮다면 인사부에 말해서 이쪽으로 오게 하지. 다키가와도 가자마상사의 인수가 코앞에 왔으니 더는 신경 쓰지 않을 걸세. 지금 자네가 받아들이면 당장이라도 움직일 수 있어."

그건 기미시마로서는 더 바랄 게 없는 요청이었다.

요코하마공장의 총무부장이라는 조직의 말단에서 다시 경영전략의 중추로, 자신이 잘하는 자리로 복귀하는 기회일 수 있었다.

예전의 기미시마라면 이 말에 당장 달려들었을 것이다.

"잠깐만 기다려주십시오." 기미시마가 오른손을 앞으로 내밀고 말했다. "생각할 시간을 좀 주십시오. 사정이 어떻든, 요코하마공장에서의 일도 정리하지 못했습니다. 아스트로스의 재건도 아직 진행 중이고⋯⋯."

"자네, 럭비를 그렇게 좋아했나?" 와키사카는 농담처럼 말했다. "플래티나리그의 운영 방침에 반기를 들고 아스트로스의 관객 동원을 크게 늘리지 않았나?"

아무래도 이사회에서 신도 공장장에게 들은 정보이리라. "기미시마, 이제 됐잖나? 자네가 있어야 할 곳은 여기 경영전략실이야."

"여러모로 얽힌 일이 많아서요." 기미시마가 대답했다.

"알았네. 생각하는 건 좋은데 그렇게 오래 기다릴 수 없네. 최대한 빨리 체제를 갖추고 싶어. 자네는 아무래도 매사에 과하게 몰두하는 안 좋은 습관이 있단 말이야."

와키사카가 의문이라는 듯 말했다. "영리하게 판단하게. 하찮은 인연보다 자신의 미래를 생각해. 긍정적인 답을 기다리겠네."

와키사카는 거기까지 말하고 자리에서 일어났다. 이것으로 짧지만 중요한 의미를 담은 미팅이 끝났다.

"부장님, 오셨어요? 사이몬 감독님이 보길 원하세요."

기미시마가 요코하마공장에서 돌아오기를 기다렸다는 듯 다에가 말했다. "아마 다음 시즌 구상 얘기가 아닐까 해요."

"알았어."

오후 5시가 넘어, 창 너머로 교대 근무를 마친 공장 직원들이 퇴근길에 오르는 게 보였다.

"자네도 일 끝났으면 퇴근해."

"고맙습니다. 하지만 저도 다른 건으로 이야기를 나누고 싶어요. 그때까지 자료를 만들고 있을게요."

선수는 오프 시즌에 들어갔으나 반대로 스태프는 쉴 수 없었다.

유망한 학생 선수에게 시즌 중부터 제안을 넣고, 사이몬의 도움을 받아 몇 명인가 원하는 선수를 스카웃한 참이었다.

그런 선수들이 팀에 들어온 한편 올해는 네 명의 은퇴가 이미 결정되어 있었다. 그 선수들은 모두 예전에 아스트로스의 기둥이었으나 다양한 이유로 최근에는 출전 기회가 없는 선수들이었다.

"한 가지 부탁이 있어."

클럽하우스의 감독실로 가자, 사이몬은 기대고 있던 의자에서 몸을 일으켰다. "실은 도키와자동차에 입사시키고 싶은 녀석이 한 놈 더 있어."

"선수로 말인가?"

그렇다면 다음 시즌 예산에 추가할 필요가 있다. 그런데 사이몬은 고개를 저었다.

"아냐. 들어올지 말지 아직 몰라. 지금 '은퇴 중'인 남자야."

"외국인이야?"

기미시마가 물었다. 외국인은 대체로 프로로 계약해야 했다. 인건비 급등을 억제하기 위한 신사협정을 통해 외국인의 개런티 합계 상한은 2억 5천만 엔으로 정해져 있다. 지금의 아스트로스는 그 합계 상한을 거의 채우고 있었다. "하나를 들이면 하나를 해고해야 해."

협정을 어기면서 얼렁뚱땅 들이는 팀도 있지만, 당연히 기미시마는 규칙을 지키는 사람이었다.

플래티나리그에는 럭비 강국의 유명 선수가 다수 가입해 있었다. 특히 유력 팀에는 중요한 전력이었다. 사이몬이 팀 강화책으로 외국인을 보강하고 싶어 하는 것은 너무나 당연했다.

그런데 사이몬은 "아냐. 외국인은 아냐"라며 고개를 저었다. "굳이 말하자면 다른 팀에 소속되어 있는 게 아니니까 계약은 자유야."

"포지션은?"

"스탠드오프. 센터도 가능해."

무슨 소린지 알아듣지 못하는 기미시마에게 사이몬이 말을
이어갔다. "올해 활약한 덕분에 유망한 학생 세 명을 획득할 수
있어 다행이야. 그들은 모두 미래의 스타 후보지만 바로는 힘들
어. 2년째인 다음 시즌에 우승하려면 좀 더 강력한 후보가 필
요해. 내가 아는 그 선수는 이름을 말해도 너뿐만 아니라 일본
럭비계 전체가 모를 거야. 올해 12월에 뉴질랜드 대학을 졸업할
예정이고 지금 취직자리를 찾고 있다더군. 현지 일본계 기업을
목표로 취업 활동을 하고 있는데 아무래도 만족할 만한 회사
를 찾지 못했다는 거야. 럭비를 계속할지 망설이고 있지."

"너와는 어떤 관계야?"

들끓는 의문을 내뱉었다.

"2년 전, 조난대학 럭비부가 뉴질랜드 원정을 갔을 때 발견하
고 말을 걸었어. 그 후로는 메일을 주고받았고."

"도키와자동차를 희망해?"

"아직 권하지 않아서 몰라. 하지만 당연히 관심을 가지겠지. 도
키와자동차에도 그를 필요로 하는 부서가 반드시 있을 거야."

"포지션은 스탠드오프라고 했지?"

기미시마는 마음에 걸린 점을 꺼냈다. "그 선수가 하마를 대
신할 수 있겠어?"

럭비 선수로 만년을 맞았다고는 해도 아직 하마하타 조는 아

스트로스의 스타 선수로, 사토무라와 인기를 양분하는 팀의 기둥으로 군림하고 있었다.

"될 거야."

사이몬은 단언했다.

"그런 유력 후보가 왜 그런 식으로 취급되고 있지?"

기미시마는 당연한 의문을 입에 담았다. "그 정도의 선수라면 다른 팀도 가만히 두지 않을 텐데."

"부상이 있었어."

사이몬이 말했다. "대학 2학년 때 경기에서 무릎을 다쳐 이후의 경력을 날렸지. 지금은 완치돼 문제없어. 녀석은 당연히 프로선수를 꿈꿨는데 부상당하면서 생각을 바꿨지. 리스크가 큰 프로보다 안정적인 인생 설계를 우선한 거야. 그 판단을 놓고 뭐라 할 사람은 없어. 그런데 도키와자동차에 오면 사원 선수로 양립할 수 있잖아? 녀석이 원하는 조건에 딱 맞아."

사이몬은 그렇게 말하고 고개를 숙이며 부탁했다. "신입사원 자리를 하나만 비워주게. 부탁이야."

"이봐! 지금 와서?"

기미시마는 생각에 잠겼다. 내년 4월 입사 내정자는 이미 확정되었다. 지금 와서 한 명을 추가한다는 건 인사부에 억지를 부려야 한다는 소리였다.

"아스트로스에 필요한 남자인가?"

대답이 있을 때까지 몇 초 동안의 침묵이 흘렀다.

"꼭 필요한 인재야."

사이몬은 눈 한 번 깜빡이지 않고 기미시마를 응시했다. "1년째는 우승을 다툴 수 있는 팀을 만든다. 그리고 2년째는……."

사이몬은 우승하기 위해 꼭 필요한 전력이라고 말하고 있는 것이다.

"알았어."

기미시마는 끝까지 얘기를 듣지 않고 손으로 제지했다. "내가 인사부에 얘기하지. 조금 어려울지 모르겠지만 다행히 우리는 대졸이나 경력직 2차 채용에도 적극적이야. 대졸 채용 쪽은 안되더라도 다른 쪽은 어떻게 될 수도 있어. 그래도 되겠지?"

"부탁하네."

하지만 사이몬의 용건은 매우 어려운 문제였다.

"사이몬 감독님, 무슨 말씀이셨어요?"

"예상했던 대로 전력 보강 얘기였어."

총무부로 돌아온 기미시마의 책상에는 다에가 놓아둔 것으로 보이는 서류가 하나 있었다.

다음 시즌의 활동 계획표였다.

"선수들과 의논해 다음 시즌의 자원봉사와 이벤트 계획을 세워봤습니다."

초등·중학교 방문, 시내 쓰레기 줍기부터 시작해 노인요양시설이나 소아병동 방문 등 이번 시즌보다 더 바쁜 일정이었다.

"선수들이 하겠대?"

그렇게 불평해대더니.

"녀석들, 많이 변했어요."

자리에서 일어나서 다가온 기시와다가 말했다. "럭비공 선물 같은 돈이 좀 드는 것도 있지만요. 그래도 예산이 나오지 않을까요? 부탁드립니다."

다에도 같이 고개를 숙였다. "만약 그밖에 해야 할 게 있으면 뭐든 하겠습니다. 조금이라도 많은 사람이 경기를 보러 오게 하고 싶어요."

"알았어."

짧게 대답한 기미시마 앞에서 다에와 기시와다는 눈인사한 후 떠났다.

와키사카의 제안은 고마웠다. 하지만 검토할 것도 없이 자신이 어떻게 해야 할지, 기미시마는 이미 잘 알고 있었다.

나는 이 녀석들과 함께 우승을 노리고 싶다.

명문 아스트로스를 부활시켜 럭비를 사랑하는 사람들을 위해 일하고 싶다.

사내 정치에 이리저리 휘둘리는 일도 이제 사양하고 싶다.

자리에서 일어난 기미시마는 비어 있는 응접실로 들어가 휴대폰으로 와키사카에게 전화를 걸었다.

"오늘 정말 감사했습니다."

"돌아오겠나?"

당연히 그 답 외에는 있을 수 없겠지―와키사카의 말투에는 그런 확신이 담겨 있었다.

"정말 고마운 제안이었지만."

기미시마는 목소리를 쥐어짜냈다. "제게는 요코하마공장의 총무부장으로, 또 아스트로스의 제너럴 매니저로 해야 할 일이 남아 있습니다. 그들을 버리고 돌아갈 순 없습니다."

얼마나 침묵이 오래 이어졌을까.

"그래?"

와키사카의 메마른 소리가 기미시마에게 도달했다. "유감이군. 하지만 기미시마, 일단 거절한 이상 다음은 없다고 생각하게. 그러니 열심히 해봐. 럭비의 문외한이라 꿀 수 있는 꿈이 있는지 모르겠네만 내게는 환상처럼 보이는군."

그런 말과 함께 와키사카의 전화가 끊겼다.

문외한이든 선수든 그런 건 상관없어. 이걸로 됐어.

도키와자동차, 오일 전문 상사 인수

그런 기사가 《도쿄경제신문》에 실린 것은, 해가 바뀐 1월 초였다.

하프 타임

1

1월 말, 새로운 예산안을 품은 기미시마 하야토가 이사회에 출석했다.

"작년 시즌 종합 순위에서 3위로 올랐고 관객 동원도 비약적으로 늘어났습니다."

예산액은 작년과 거의 같은 액수인 16억 엔이었다.

작년에 열린 이사회에서는 부진한 팀 성적과 관객 동원이 논쟁거리가 되어 철저하게 공격당했는데 올해는…….

"기미시마, 여기는 성적 발표 자리가 아니야."

한바탕 설명한 기미시마가 발언을 끝내길 기다려, 그런 말을 던진 사람은 예상했던 대로 다키가와였다.

"3위. 평균 관객 동원 7천 명 이상. 그래서? 수지는 얼마나 개선됐나?"

다키가와는 신경질적으로 예산안을 손가락 끝으로 톡톡 두드렸다. "1억인가, 2억인가?"

답은 5500만 엔이었다.

협회에서 싸게 사들여 아스트로스의 이익을 더해 팬클럽에 넘긴 티켓의 차액만큼이었다. 협회로부터의 배당금이 한 푼도 들어오지 않은 것은 아스트로스만 관객을 동원해봤자 한계가 있기 때문이다. 홈인 도키와스타디움과 지치부노미야럭비장에서의 경기가 만원이었음에도 평균 관객 동원이 1만 명 안팎인 이유는 다른 경기장에서의 동원이 늘지 않았기 때문이다.

그런데도 기미시마가 협회에 제출한 개혁안은 단 한 번의 고려 없이 혐오감과 함께 사장되고 말았다.

"죄송합니다. 수지는 조금도 개선되지 않았습니다."

기미시마는 어쩔 수 없이 그렇게 대답할 수밖에 없었다. "하지만 끈질기게 일본럭비협회에 제안할 생각입니다. 럭비계의 발전을 위해서라도 예산안을 꼭 승인해주시기 바랍니다."

"럭비계에 정말 그럴 만한 가치가 있을까?"

다키가와가 근본적인 의문을 꺼냈다. "자네들은 도대체 어쩌고 싶은 건가? 아마추어리그에 16억 엔은 너무 많은 돈이야. 프로리그로 하고 싶은 거라면, 참담할 정도의 관객 동원을 어떻게든 해야지. 강해지고 싶다고 하는데 해외 팀과 경기하면 강해지나? 외국인 선수를 들여와 경기하면 강해지는 건가? 그런 건 일시적일 뿐이야. 지금 야구나 축구가 아니라 럭비를 하고 싶어 하는 아이가 얼마나 돼? 플래티나리그를 설립하고 16년이나 지났는데 그저 같은 일이나 되풀이할 뿐 구조는 바뀌지 않은 채

팬층만 고령화되고 있지. 아무 일도 하지 않고 대책도 없는 상황이 바로 이런 경우야. 이런 럭비계에 16억 엔이나 투자하는 게 과연 옳은 걸까? 나는 이렇게 이해할 수 없는 일에는 돈을 내지 않는 게 맞는다고 생각해."

다키가와는 일어나 이사진을 보고 주장했다. "우리만이 아니야. 플래티나리그에 참가하고 있는 다른 팀들도 똑같이 생각하고 있지 않을까? 자네도 속으로는 그렇게 생각하잖나."

다키가와는 그렇게 단정 짓고 기미시마를 검지로 짚었다.

"일본럭비협회의 운영은 풋내기만큼이나 서투르고 말이 안 된다고 생각합니다."

기미시마는 솔직히 말했다. "하지만 저는 럭비협회가 아니라 아스트로스를 대표해 여기에 있습니다. 감독을 비롯해 선수들은 작년 시즌, 지독하게 피지컬을 단련하고 모든 면에서 기술 향상에 힘써 이번 성적을 이루었습니다. 그러는 한편으로 지역을 위한 다양한 이벤트와 봉사활동에 참여해 많은 분의 이해와 성원도 얻었습니다. 주니어 아스트로스를 설립해 아이들을 위한 연습 환경을 제공했고 미래를 위한 육성도 도모하고 있습니다. 이런 대응은 이제 막 시작했을 뿐이지만 반드시 미래 럭비계에 도움이 될 겁니다. 아무쪼록 예산안을 이해해주시면 안 되겠습니까?"

기미시마는 고개를 숙였다.

"아스트로스는 진화하고 있어."

시마모토의 구원의 목소리가 떨어졌다. "제군, 이번 시즌의

활약을 무시하고 플래티나리그에서 내려올 셈인가. 일본모터스
에 지고도 분하지 않은가?"

일본모터스와 도키와자동차는 자동차 업계 라이벌이다.

"사이클론스를 격파해야지. 우승해야지!"

시마모토는 일방적으로 떠들어댔다. "기미시마 부장, 기대하
겠네!"

다키가와가 고개를 돌렸다. 시마모토는 더는 토를 달지 말라
는 태도로 강행할 작정이리라.

"네!" 기미시마는 짧게 대답하고 그대로 인사한 후 이사회장
을 나왔다.

평소와 다름없이 박빙의 아니, 사실은 시마모토의 가세에 따
른 예산안 승인의 강행이었으나 다키가와의 날카로운 공격은
어중간한 정론으로는 깨기 어려웠다. 아니다, 깨기는커녕 근본
적으로는 기미시마도 똑같이 생각하는 터라 상황이 더 나빴다.

"부장님, 어떻게 됐어요?"

기미시마가 돌아오자 총무부에서 기다리던 다에와 기시와다
가 다가와 물었다.

"간신히 통과했어."

겨울인데도 이마에 난 땀을 닦으며 기미시마가 말하자, 둘은
얼굴을 마주 보며 안도의 표정을 지었다.

"그런데 부장님, 얼마 전 우리 회사가 오일 전문 상사인 가자
마상사를 인수한다는 기사가 났는데 기억하세요?"

기시와다가 뜻밖의 말을 꺼냈다.

"기억하지. 제일 처음 가자마상사의 인수에 문제를 제기한 게 바로 나니까."

"정말요?"

놀란 표정을 짓고 기시와다가 말했다. "아니, 실은 연구소에 있는 제 동기와 얼마 전 밥을 먹었는데 그 건은 중단하는 게 좋다는 말을 들어서요. 지금은 소용없는 일일지 몰라도 일단 말이나 해볼까 싶어서."

흘려들을 수 없는 이야기였다.

"물론 아직 정식으로 계약을 체결한 건 아니야. 앞으로 우리가 기업 조사도 정밀하게 해야 하고 절차가 여럿 있으니까. 매매가 성립될 때까지는 아직 몇 개월은 더 걸릴 거야."

기미시마가 말했다. "그런데 왜 그만둬야 한다는데?"

"가자마상사가 취급하는 벙커유 말입니다."

"그게 뭔데?" 옆에서 듣던 다에가 물었다.

"나도 잘 모르는데 쉽게 말하자면 선박 연료, 자동차로 따지면 휘발유 같은 거래."

기시와다가 이야기를 계속했다. "연구소의 호시노라는 녀석이 말해준 겁니다. 이 녀석은 요코하마공과대학의 모리시타라고 했나, 그런 이름의 교수 연구실 출신이에요. 작년에 모리시타 교수가 우리 연구실에 의뢰해 어떤 벙커유 분석을 도왔답니다. 주제는 그 벙커유가 선박 엔진의 문제를 일으키느냐는 것이었는데 호시노의 분석에 따르면 인과관계가 인정되었다고 해요."

'연구소'라는 것은 도키와자동차 연구소일 것이다. 같은 요코하마 시내에 있었다.

"그러니까 가자마상사의 벙커유는 선박 엔진에 문제를 일으킬 가능성이 있단 말인가?"

가자마상사의 매출에서 벙커유의 비율이 얼마였더라, 기미시마는 기억을 더듬었다. 벙커유에 의존하는 체질이라면 앞으로의 실적에 영향을 미칠 가능성도 있을 것이다.

그런데 기시와다는 고개를 저었다.

"그게 말이죠, 문제는 다른 데 있답니다. 아무래도 그 벙커유가 좌초 사고의 원인이 된 게 아닐까 하던데요."

"좌초 사고?"

전혀 예상치 못한 이야기였다.

"부장님. 몇 년 전인가, 하쿠스이상선의 탱크선이 영국해협에서 좌초한 사고, 아세요?" 기시와다가 물었다.

"아, 맞다. 그런 사고가 있었어."

다에가 말했다. 상당히 크게 보도되어 기미시마도 기억하고 있었다. 사상자도 생긴 데다 원유 수십만 킬로리터가 유출되어 심각한 환경오염을 일으킨 사건이었다.

"가자마상사에서는 몇 년 전부터 하쿠스이상선과 계약해 벙커유를 납품했답니다. 그런데 작년부터 하쿠스이상선의 선박에 엔진 불량이 발생했다고 해요. 사건 후 하쿠스이상선은 좌초 원인이 된 엔진 문제에 대해 요코하마공과대학에 벙커유와의 인과관계를 조사해달라고 의뢰했답니다. 그런데 분석에는 상당한 시간과 노력이 들어서 그 일부를 제자가 있는 도키와자동차연구소에 외주로 돌렸고 그걸 호시노가 도운 거라는데⋯⋯."

여기가 핵심이라는 듯 기시와다는 목소리를 낮췄다. "호시노는 인과관계가 있다고 했어요."

하쿠스이상선이 일으킨 영국해협의 좌초 사건은 어떤 이유로 탱크선의 엔진이 정지했고 마침 불어온 강풍에 배가 휩쓸려 암초와 충돌한 게 원인이었다.

"그 좌초 사고의 손해배상액이 거액인 데다 보험으로도 해결할 수 없어서 하쿠스이상선은 적자가 났다고 합니다. 호시노의 말로는 인과관계가 인정되면 가자마상사에 손해배상을 청구하지 않겠느냐고 하던데요."

그게 사실이라면 확실히 가자마상사는 거액의 소송 위험이 있다는 소리였다. 기미시마가 가자마상사의 인수 안건에 대해 검토하고 다키가와와 충돌했던 게 1년도 전이었다. 적어도 그때는 그런 얘기는 없었다.

"자세한 얘기를 들을 수 있을까?"

기미시마는 그다음 날, 오후 2시 넘어 기시와다와 함께 도키와자동차연구소로 향했다.

2

조그만 회의실에 나타난 호시노 노부테루는 장신이라 말라 보였다. 연구원답게 모범생처럼 보였고 어딘가 심지가 굳어 보이는 눈을 가지고 있었다.

"죄송합니다. 여기까지 오시게 해서."

호시노는 죄송하다는 듯 말을 시작했다. "저는 요코하마공과대학에서 모리시타 쇼이치 교수님의 연구실에 있었습니다. 모리시타 교수님의 전공은 쉽게 말하면 엔진 성능의 효율화입니다. 작년 9월에 교수님이 지금 너무 바빠서 그러는데 외부 의뢰를 받은 분석을 도와주지 않겠느냐고 요청해오셨어요. 우리 연구소는 모리시타 교수님과는 가깝게 지내며 매년 졸업생을 받아주던 터라 얘기가 왔던 거죠. 어떤 벙커유에 대한 분석과 그게 엔진에 나쁜 영향을 미칠 가능성이 있는지 인과관계를 조사해달라는 의뢰였습니다."

"가자마상사와 하쿠스이상선의 관계에 대해서는?"

기미시마가 묻자, "알려주지 않았습니다"라고 호시노는 고개를 젓고 이야기를 계속했다.

"실은 나중에 모리시타 연구실에 있는 후배에게 슬쩍 들어 알았습니다. 그렇지 않았다면 모르고 지나갔겠죠. 그래서 우리가 가자마상사를 인수한다는 소식을 들었을 때는 솔직히 놀랐습니다."

그런 조사 의뢰는 보통 비밀리에 이루어진다. 정보가 외부에 새 나가면 다양한 영향을 주기 때문이다. 실적이나 주가를 날뛰게 할 원인이 되기도 하고 괜한 풍문에 휩쓸리기도 한다.

호시노는 그런 영향을 충분히 알고 있었기에 간과할 수 없는 문제라고 판단했으리라.

"소송 위험을 알고도 인수가 합의된 거라면 괜찮다고 생각합니다. 하지만 만약 그런 일을 모르고 이야기가 진행되고 있다면 당장 중지하는 게 낫습니다."

아마 도키와자동차는 소송 위험에 대해서는 모를 것이다. 기미시마는 그렇게 생각했다. 그런 위험을 안고 있는 회사를 인수할 리가 없기 때문이다.

가자마상사는 어디까지나 무역회사이기 때문에 원래라면 손해배상 청구를 제조사에 전가할 수도 있다. 그런데 가자마상사의 구입처는 아시아 각지에서 저가로 오일을 제조하는 회사가 중심으로, 바로 그 낮은 가격을 내세워 대형 회사와의 차별화를 도모하고 있었다. 그런 제조사가 배상을 견딜 수 있을지 미심쩍고, 배상금을 회수할 수 있더라도 오랜 시간이 걸릴 것이다.

"하나 묻고 싶은 게 있는데, 하쿠스이상선은 왜 직접 조사하지 않고 모리시타 연구실에 의뢰했을까?"

"실증이 어려우니까요. 게다가 독자 조사로는 객관성이 부족하고요."

납득이 가는 설명이었다.

"그래서 문제의 엔진 고장과의 인과관계는?"

"인과관계 '있음'이었습니다."

호시노는 단언했다. "분석 결과에도 그런 소견을 첨부했습니다."

"최종적으로 하쿠스이상선에 어떻게 회답했지?"

만약 사고와의 인과관계가 인정되면 더 큰 소동이 일어날 것이다.

"그건 모르겠습니다. 저는 어디까지나 분석을 하청받은 입장이라 하쿠스이상선의 의뢰라는 건 몰라야 하니까 물어볼 수 없어서요."

호시노는 말했다. "그러니까 기미시마 부장님이 확인해주실 수 없을까요? 그런 이야기가 있는데도 인수라니 보통 있을 수 없는 일인 것 같아서요."

"무슨 말인지는 알겠네."

기미시마가 대답했다. "내가 모리시타 교수에게 물어보지. 자네가 소개해줄 수 있겠나?"

"뭐라고 하면 될까요?"

호시노의 질문에 기미시마는 아이디어를 짜냈다.

"오일 분석에 대해 상담하고 싶다고 전해주게. 그럼 문제는 없을 거야."

3

요코하마공과대학은 요코하마시 교외의 고지대에 넓은 캠퍼스를 갖고 있었다.

겨울의 오후 1시 무렵, 교실로 가려고 서두르는 학생들과 뒤섞여 경비가 알려준 교원 건물을 향해 터벅터벅 걷고 있었다.

도착한 2층짜리 현대적인 빌딩 1층 입구에는 교수 이름이 쭉 나열된 게시판이 있었다.

모리시타 쇼이치 교수의 연구실은 207호였다. 이름 위에 재실을 알리는 램프가 켜진 걸 확인한 기미시마는 엘리베이터를 타지 않고 눈앞에 있는 계단을 올랐다.

"바쁘신 중에 시간을 내주셔서 정말 감사합니다."

"저희야말로 늘 졸업생들이 신세를 지고 있습니다. 자, 앉으세요."

환한 얼굴로 기미시마를 맞은 모리시타는 일단 자리를 뜨더니 따뜻한 커피 두 잔을 들고 나타났다.

나이는 50대 중반쯤일까. 사색적인 분위기에 턱수염을 기른 얼굴은 그야말로 대학교수 그 자체였다.

커피를 기미시마에게 건네고 자신도 가까운 의자에 앉았다. 맛있게 커피를 마시는 걸 보고 기미시마도 한 모금 마셨는데 마시자마자 인스턴트커피임을 알 수 있었다.

기미시마는 제일 먼저 복사해 온 신문 기사를 꺼냈다.

"사실 얼마 전, 우리 회사가 가자마상사의 인수를 정식으로 결정했습니다. 이건 그때 나온 《도쿄경제신문》의 보도입니다."

모리시타는 그 기사를 들고 뚫어지게 본 후 고개를 들어 기미시마에게 계속하라고 권했다.

"실은 교수님께서 저희 연구소에 의뢰한 벙커유 분석이 하쿠스이상선의 좌초 사고와 관련되어 있다는 사실을 우연히 듣게 되었습니다. 그게 사실입니까?"

"대답하기 어려운 질문이네요."

모리시타는 여유로운 표정으로 수염자리를 매만졌다. "어디서 어떤 얘기를 들으셨는지는 모르겠으나 확인해드릴 수 없겠습니다."

"상세한 부분까지 듣겠다는 건 아닙니다."

기미시마가 말했다. "저희로선 이 인수를 계속 추진해야 할지 말지를 판단하고 싶을 뿐입니다. 회사에는 여기 연구실 졸업생도 다수 재직하고 있습니다. 지장이 없는 범위 안에서 알려주실 수 없을까요?"

"그렇게 말씀하시면 제 마음이 약해지죠."

모리시타가 곤란한 표정을 지으며 계속했다. "제게 들었다는 말은 빼주실 수 있나요?"

"물론입니다."

기미시마가 대답하자 모리시타는 알았다며 자세를 바로잡았다.

"결론부터 말하자면 인과관계는 없습니다."

"없다?"

기미시마는 모리시타를 바라봤다. "가자마상사의 벙커유는 엔진 고장의 원인이 아니다?"

"그렇습니다."

모리시타는 딱 잘라 말했다. "그러니 가자마상사의 인수 건은 진행해도 문제없을 겁니다."

"하지만 저희에게 의뢰했던 분석에서는 엔진 고장과의 인과 관계가 있다는 결론이 나왔다던데요. 그게……."

"아아, 그거요!"

모리시타는 뒷덜미에 손을 대고 웃었다. "귀사에 의뢰한 분석은 실제로 고장을 일으킨 다른 벙커유 샘플이었습니다. 두 오일을 비교 분석하면 차이를 알 수 있으니까요. 가자마상사의 벙커유의 품질에는 문제가 없었습니다. 안심이 되실까요?"

"아, 네."

김이 샌 기미시마는 고개를 끄덕일 수밖에 없었다. "바쁘신데 소란을 떨어 죄송했습니다."

공장으로 돌아와 바로 호시노에게 연락해 내용을 전하자, 의아한 목소리와 함께 한동안 침묵이 돌아왔다. 납득할 수 없다는 반응이었다.

"그런 분석을 굳이 외주를 줄 이유는 없을 텐데요."

듣고 보니 확실히 그랬다.

기미시마는 도무지 석연치 않다는 태도의 호시노에게 말했다. "이제 우리 전문가팀이 가자마상사의 기업 정밀 조사에 들어가네. 일단 이 일을 경영전략실에 전할 거야. 문제가 있다면 거기서 알게 되겠지. 자네가 책임감을 지니고 정보를 제공해준 건 정말 잘한 일이고 고맙게 생각해."

"아닙니다. 만약 제 착각이었다면 기미시마 부장님에게 폐를 끼쳤네요. 정말 죄송합니다." 호시노는 사죄했다.

"아니야. 이런 확인은 정말 중요하니까."

고맙다는 인사와 함께 기미시마는 호시노와의 통화를 끝낸 후 와키사카에게 경위를 담은 메일을 보냈다.

그렇게 이 건은 일단, 기미시마의 손을 떠난 듯 보였다. 그런데 그 후 생각지도 못한 곳에서 이야기가 다시 발화될 줄이야.

4

"실사 결과는?"

가자마상사의 사장 가자마 유야는 따뜻하게 데운 술이 담긴 잔을 입으로 가져가며 다키가와의 낯빛을 살피는 듯 보였다.

실사는 사들이는 기업에 대한 '신체검사' 같은 것이었다. 사는 쪽인 도키와자동차가 변호사와 회계사, 세무사 같은 전문가 팀을 가자마상사에 파견해 각 전문 분야에 따라 기업의 내용을 샅샅이 훑는다.

기업 매매에 필요한 복잡하고 까다로운 일련의 절차 중 중요한 과정으로, 여기서 뜻밖의 문제가 발견되면 인수 가격이 크게 변동되기도 하고 때에 따라서는 매매 건 자체가 날아가기도 한다.

"특별한 문제는 없었어."

술을 한 모금 머금은 가자마의 표정이 풀어졌고 다키가와가 이어 말했다. "정밀 조사 결과를 바탕으로 매매 가격을 다시 산정하게 될 거야. 가격 변동이 다소 있겠으나 내가 보기에 큰 차이는 없을 걸세."

건배하자는 시늉으로 잔을 든 다키가와는 단숨에 들이켰다.

가자마상사의 창업은 지금으로부터 70년도 더 전으로 거슬러 올라간다.

재벌계 상사를 거친 조부가 인맥을 이용해 일본 육군이 필요로 하는 물자를 공급하려고 설립한 회사가 그 시작이었다.

조부의 재능으로 회사의 비즈니스는 급속히 그 분야를 확대했다. 하지만 경영 기반은 전쟁이 끝나면서 종언을 맞아 단숨에 침체기에 들어갔다. 존망의 갈림길에서 회사를 구한 사람은 너무 많던 취급 품목을 줄여 오일 관련 전문상사로 재편한 아버지였다.

가자마는 아버지가 경영하는 회사가 눈부신 발전을 거듭할 때 태어난 외아들로, 어릴 때부터 부족한 것 하나 없는 유복한 생활을 누렸다.

유명 사립인 메이세이학원 초등학교에 온갖 '수험' 끝에 들어갔다. 생각해보면 이게 가자마가 경험한 인생 최초의, 그리고 최후의 시련이었을지 모른다.

그 후 가자마는 시련을 거치면서 간신히 하나의 문을 통과하는 경험과는 무관한 인생을 살았다. 학교는 중학교, 고등학교를 거쳐 대학까지 그냥 올라갔다. 초등학교 시절부터 동창은 자신과 마찬가지로 유복한 집안의 아이가 많아 노는 방식도 그들에게 거의 배웠다. 담배나 미팅, 그리고 지금도 다니는 긴자나 롯폰기의 클럽은 고등학교 때부터 단골이었다.

돈은 얼마든지 있었다. 어머니를 일찍 여의고 사업에 바쁜 아버지는 자녀 교육까지 돌볼 겨를이 없어 매달 풍족한 돈을 건네고는 방임했다.

그런 가자마가 유급하지 않고 대학까지 올라갈 수 있었던 것은 그저 교칙이 느슨했기 때문이다.

다키가와 게이이치로는 같은 대학 어학 수업에서 만났다.

가자마가 봤을 때 다키가와의 인상은 한마디로 어두운 남자였다. 촌스럽기도 했다.

지방 출신으로 돈이 없어, 할인 가격표를 달고 슈퍼마켓 2층에 걸려 있는 한심한 옷이나 입었고, 교과서 무게로 금방이라도 찢어질 듯한 천 가방을 들고 수업을 들었다.

대학 시험을 보고 들어왔으니 공부는 가자마보다 잘했겠으나 그래도 눈에 띄는 구석이 없었다.

과의 술자리를 주최하고 이끄는 사람은 '학원'에서 올라온, 그러니까 자동으로 올라온 가자마 같은 학생이었다.

잘 노는 데다 부자인 가자마. 한편 지방에서 올라온 다키가와는 가난한 촌놈. 가치관도 이야기도 통하지 않아 어울려 다닐 만한 상대는 아니었다. 돈을 펑펑 써서 사람들의 중심에 있던 가자마는 다키가와를 무시했다.

지금도 생각나는 일이 있다.

그날 웬일로 학교에 나온 가자마는 강의실 구석에 있던 다키가와를 발견하고 말을 걸었다.

"야! 수업 끝나고 시부야에 안 갈래? 한잔하자."

그 순간 다키가와가 보인 조금 곤란한 표정에 가자마는 내심 짜증스러웠다. 내가 가자고까지 했는데 가끔 술 한잔할 돈도 없단 말인가. 그렇게 생각했기 때문이다.

"아, 좋아."

다키가와가 그렇게 말해서 같은 교실에 있던 '학원 출신' 친구 둘에게도 말을 걸었다. 이들은 시부야의 살짝 고급스러운 가게에 갔다.

처음에는 싸구려 선술집에 가려 했는데 가난해 보이는 다키가와를 보고 괜히 심술이 났다.

1인당 2, 3천 엔이면 먹고 마실 수 있는 가게를 그냥 지나치고 복합 건물 8층에 있는 이탈리안 레스토랑에 갔다.

"여기서 할까?"

세련되고 요리도 맛있지만 나름대로 가격대도 높은 가게였다. 학원 출신 둘도 그런대로 돈을 잘 쓰는 편이라 "오오! 괜찮네!"라며 좋다고 찬성했다.

다키가와가 망설이는 게 보였다.

가게 분위기로 보아 싸지 않다는 걸 알 수 있었겠지. 지갑 속 사정을 고민하는 게 틀림없었다.

나는 그만 갈래. 그러지 않을까 생각했는데 다키가와는 결국 가자마 일행을 따라오기로 마음먹은 듯했다.

맥주로 건배하고 같이 온 친구 둘과 메뉴에서 애피타이저와

파스타, 그리고 메인인 고기 요리를 주문했다. 그동안 다키가와는 메뉴를 보고 있었는데 내내 아무 말 없이 듣기만 했다.

다키가와는 대놓고 후회하는 듯 보였다.

틀림없이 메뉴에 적인 가격에 핏기가 사라졌으리라.

권해도 술을 더 시키지도 않았고 결국은 물만 마셨다. 돈을 안 쓰려는 의도가 너무 빤히 보이자, 가자마는 괜히 심술이 나서 이거 보라는 듯 마셔댔다.

두 시간쯤 지나서 가자마가 자리에서 일어났다.

"1인당 8천 엔이야."

그렇게 말했을 때 다키가와의 얼굴이 굳어지는 게 훤히 보였다. 학생으로서는 파격적인 출혈이었다. '학원 출신'인 둘은 서슴없이 돈을 냈다.

다키가와는 어떻게 하나 하고 생각에 잠겼다.

이 정도 돈도 낼 수 없는 다키가와에게 가자마는 경멸의 눈빛을 던졌다.

박음질이 풀린 천 가방에서 꺼낸 지갑 안을 확인한 다키가와는 곤란한 표정을 지었다.

어떻게 할지 살피고 있는데 천 가방 속을 부스럭부스럭 뒤져 교과서와 노트 사이에서 봉투 하나를 꺼냈다.

봉투 겉면에 학원 로고가 박혀 있었다.

가자마가 보는 앞에서 그 봉투를 열자, 아르바이트 보수였을 만 엔짜리 지폐가 몇 장 들어 있었다.

뺨을 붉게 물들인 채 다키가와는 거기에서 한 장을 꺼내 가자마에게 내밀었다. 잔돈 2천 엔을 받고는 아주 소중하다는 듯 지갑에 넣은 후 가방에 집어넣었다.

"맛있더라. 다음에 또 오자."

가게를 나오며 가자마가 말하자 다키가와는 미소를 지었으나 그 말에 동조하지는 않았다.

이 가난뱅이야.

가자마는 내심 한심하게 생각하며 역에서 다키가와와 헤어졌다. '학원 출신' 둘과는 2차를 어디로 갈까 이야기했다.

술에 취해 긴자와 롯폰기의 가게 이름을 대는 둘의 어깨 너머로, 잔뜩 웅크린 채 가방을 소중히 품고 개찰구로 이어지는 계단을 올라가는 다키가와가 보였다. 가자마는 그 모습이 너무나 인상적이어서 다키가와가 완전히 개찰구 방향으로 사라질 때까지 내내 지켜봤던 기억이 있다.

생각해보니 그게 학창 시절의 다키가와와 개인적으로 교류한 마지막 기회였던 것 같다.

다키가와는 졸업과 동시에 도키와자동차에 입사했고 가자마는 아버지의 인맥으로 재벌계 상사에 들어갔다. 가업을 물려받기 전의, 이른바 '예비 수업'이었다. 큰 조직의 분위기와 실제 수주와 발주 업무를 일단 다 경험하고 당시 아버지가 사장으로 있던 가업으로 돌아온 게 27살 때였다.

하지만 시대의 변화에 따라 당시의 가자마상사는 이미 예전처럼 순풍에 돛을 단 듯한 상황이 아니었다.

대형 자본에 밀려 가자마상사 같은 전문상사는 점차 영향력과 존재 의의를 잃어가고 있었다.

이때 국내외 대형 제조사와의 거래에는 미래가 없다고 판단한 아버지는 아시아의 중견 연료 제조사로 눈을 돌렸다.

이름도 없고 판매망도 약한 이런 제조사의 연료유는 가격이 싸다는 장점이 있었다. 그 점에 착안해 가자마상사는 아시아의 저가 연료유를 취급하는 전문상사로 다시 자리매김해 업계 지형 속에서 나름의 자리를 확보했다. 그야말로 아버지의 재능이었는데 가자마는 그 대담한 업태 전환 과정을 남 일처럼 지켜봤다. 아니, 애당초 전문상사라는 가업을 어떻게 해보겠다는 생각도 없었다. 태어나서부터 유복했던 가자마에게는 헝그리 정신이나 위기감이랄 게 전혀 없었고 경영에 대한 철학이라 부를 만한 것도 없었다. 35세에 이사가 되고 아버지의 갑작스러운 별세로 40살에 사장이 되었을 때도 가자마의 직업관은 여전했다.

가자마에게 사장직이란 스스로 바랐던 게 아니라 숙명적으로 떠맡은 일에 불과했다.

가능하다면 다른 사람에게 사장을 맡기고 자기는 이름뿐인 이사직으로 편안하게 놀고 싶다는 것이 가자마의 본심이었다. 그런데 아버지 대부터 일해온 임원들은 그런 가자마의 본심은 돌아보지도 않고 아버지의 사후 기정사실이라는 듯 가자마를 사장 자리에 앉히고 말았다.

그리하여 삼대 중에서도 가장 능력이 떨어지는 가자마가 가장 어려운 시대를 맡게 되었다.

실적은 계속 떨어져 전략을 세우려 해도 가자마상사는 너무나 무력했다. 전문상사로 엄청난 돈을 벌어대던 과거는 그야말로 잃어버린 영광이었다. 현재 가자마의 회사는 업계의 거친 파도에 휩쓸려 간신히 가라앉지 않을 정도의 균형만 유지하고 있는 돛단배에 불과했다.

사실은 좀 더 이른 단계에서 동업 타사와의 합종연횡에 대비해 자본을 강화해뒀어야 했을지 모른다. 또 그런 일이 실제로 가능했을 수도 있겠으나 아버지는 독립 자본에 집착한 나머지 그 시기를 놓치고 말았다.

그래도 가자마가 사장이 된 후 아시아의 중견 연료회사 제품의 수입 판매가 궤도에 오르기 시작해 가자마상사는 나름의 실적을 올렸다.

가자마가 잘했다는 게 아니다. 그건 단순히 아버지가 뿌려둔 씨가 가자마의 시대에 이르러 꽃을 피운 것일 뿐이었다.

그렇게 가자마상사의 실적은 회복되었으나 가자마에게 그 사업을 더욱 키우겠다는 야심은 없었다.

경영이란 거, 식은 죽 먹기네.

가자마가 그렇게 자만에 빠졌을 때 그 사건이 일어났다. 가자마상사의 근간을 뒤흔들 대사건이었다.

예전 동급생이었던 다키가와 게이이치로가 도키와자동차의 상무가 되었대. 초대받아 오랜만에 참석한 메이세이학원 동창회에서 한 동급생에게 그런 말을 들었다.

"인수 시기 말인데, 언제쯤 될까?"

가자마가 물었다.

"조건만 맞으면 바로 될 거야."

다키가와는 기쁜 소식을 전했다. "우리가 정식 계약 내용을 준비하는 데 한 달쯤 걸려. 너희 쪽에서 희망하는 사항이라도 있어?"

다키가와가 물었다. "일테면 3년간 사장직을 유지한다든가 종업원 고용 승계라거나."

"별로 없어. 나는 빨리 은퇴하고 싶어."

가자마는 그렇게 말하고는 "다만"이라며 검지 하나를 세우고 덧붙였다.

"회사의 매각 자금은 내게는 여생을 보낼 소중한 자금이야. 이번에 조사에 철저히 협력했으니까 나중에 괜한 트집을 잡으며 회사 주식을 다시 사라거나, 그런 말은 절대 없게 해줘."

"알았어. 그 점은 법무팀에 말해둘게. 그건 그렇고 용케 결심하고 가격을 낮췄네. 덕분에 우리도 인수에 나설 수 있었어."

다키가와가 새삼 인사를 던졌다.

"내가 직접 재검토했어."

가자마는 별일 아니라는 듯 말했다. "본업 말고도 여러 사업에 손을 댔는데 과연 거기에 어떤 가치가 있을까 싶었지."

"골프장까지 있더라. 시마모토는 그 점을 비판했어. 설득하는 데 고생했지."

도키와자동차의 사장인 시마모토는 본업을 중요시해 관계없는 사업에 진출하는 걸 극도로 싫어했다. 그러면서 럭비에는 아

216

낌없이 돈을 투자하니 자가당착도 이만저만한 일이 아니었다.

"그 골프장 가격은 공짜나 마찬가지야."

가자마가 말했다. "어차피 아직 완성되지도 않았고."

가나가와현의 구석, 바닷가 땅에 있는 골프장은 한창 개발 중인데 가자마는 그 완성을 보지 못하고 사장에서 물러나게 되었다.

"그 골프장 개발, 반대 운동이 있더군."

"그런 것까지 조사하나?"

가자마가 놀랐다.

"당연하지."

다키가와가 대답했다. "어쩌면 개발이 중지될 수도 있는데 그것도 괜찮겠어? 일단 의향을 확인해달라고 경영전략실에서 의뢰하더군."

"알아서 해. 하지만 좋은 골프장이 될 텐데."

"일본의 패블비치라고?"

패블비치란 미국의 유명 골프 코스다. 그와 마찬가지로 해변 토지를 사들여 전략적인 코스가 되도록 설계했는데 이제는 어찌 되든 알 바 아니었다.

인수 얘기를 가져온 다키가와와는 두 번 정도 같이 골프를 쳤다. 놀랍게도 다키가와는 어려서부터 골프를 쳐온 가자마와 비슷한 실력이었다.

접대 골프로 익혔다고 했다. 그 가난했던 학생이 40년 후, 최고급 골프 도구를 가지고 자신과 대등하게 라운딩하다니 전혀 예상할 수 없었던 일이다.

인생의 우여곡절은 사람의 상상을 훨씬 능가했다.

다키가와만이 아니었다. 바로 가자마 본인이 그런 경우였다.

5

"기미시마 부장님, 이상한 녀석들이 게이트에 몰려와 소란을 피우고 있답니다."

경비의 전화를 받은 기시와다가 기미시마에게 알려온 것은 모리시타 교수를 방문한 다음 주의 일이었다.

같이 공장 출입구에 해당하는 게이트로 달려가니, 거기에는 깃발을 든 수십 명이 모여 저마다 뭐라고 외치고 있었다.

"이게 뭔가?"

대응하고 있던 경비에게 묻자 곤란하다는 듯 미간을 찌푸리고 대답했다.

"골프장 건설을 반대하는 사람들 같습니다."

"골프장?"

자기도 모르게 기시와다 쪽을 봤으나 그에게도 짚이는 게 없는 듯했다.

앞으로 나선 기미시마는 일단 무리를 진정시키고 물었다.

"대표자가 누구십니까?"

백발의 남자가 성큼 나섰다. 은퇴한 샐러리맨 같은 분위기의 남자로, 경비원과 격렬하게 몸싸움을 한 탓인지 벌건 얼굴에 분노의 표정을 담고 있었다.

"공장 앞은 트럭이 드나듭니다. 그러니 물러나 주시겠습니까?"

"말을 돌리지 말라고."

날카로운 반론이 날아왔다. "당신이 책임자야?"

"이런 사람입니다."

남자에게 명함을 내밀고 "실례지만"이라며 상대의 이름을 묻자 집 컴퓨터로 인쇄한 듯한 싸구려 명함이 나왔다.

'요코하마마린컨트리의 환경 파괴를 주장하는 모임 대표, 나에바 아키오'라고 되어 있었다.

골프를 가끔 치는 기미시마도 요코하마마린컨트리라는 이름에 짐작이 가질 않았다.

"이 골프장의 환경 파괴와 우리가 무슨 관계죠?"

기미시마가 물었다.

"도키와자동차가 가자마상사의 모회사가 된다며!"

의외의 대답이었다. "가자마상사와는 대화가 되질 않아서 이리로 왔어."

"죄송합니다. 사정을 통 모르겠습니다. 가자마상사와 이 골프장은 무슨 관계입니까?"

"당신, 부장이라면서도 그걸 몰라?"

나에바가 따지고 들었다. "요코하마마린컨트리는 가자마상사가 개발하는 골프장이야. 그 정도는 좀 알고 있으라고. 자회사 아닌가?"

"아닙니다."

기미시마는 딱 잘라 말했다. "합의를 위해 이야기를 나누고는 있으나 계약이 체결된 것은 아닙니다. 지금 저희에게 가자마 상사는 완전히 별개 회사입니다. 항의하러 오시려면 그 정도는 알고 오셨어야죠."

"뭐라고?" 나에바는 거친 숨을 내쉬며 씩씩거렸으나 반론의 여지가 없는 터라 이야기는 허무하게 맥이 빠졌다.

"그럼 인수가 성립되면 와도 되나?"

"어쨌든 이렇게 밀고 들어오시면 곤란합니다."

기미시마는 냉정하게 응했다. "제대로 요청하십시오. 이런 데서 소란을 피우면 곤란합니다. 그리고 여러분, 애당초 우리 쪽에 대화 신청을 하지도 않았잖습니까? 이런 게 여러분의 협상 방식입니까?"

"그럼 어떻게 하면 되나?"

나에바가 거친 소리를 냈다. "여기에는 말이야, 골프장에 인접한 농가도 있고 어부도 있어. 골프장 개발로 자연을 파괴하고 농약을 뿌리면 생태계가 변하고 우리 일에 영향이 생겨. 아무리 소유권자가 팔았다고 해도 그걸 인정할 수 없는 사정이란 게 있다고! 알려주게. 당신들에게 제대로 신청하면 우리 이야기를 들어줄 텐가!"

"말이 통하는 얘기라면 얼마든지 듣지요."

기미시마가 말했다. "그를 위해서는 어떤 영향이 있는지 논리 정연하게 설명해주시길 바랍니다. 그렇다면 들은 용의가 있습니다."

믿을 수 없다, 전과는 다르다, 성을 이기지 못한 말들이 오고 갔으나 논리는 기미시마에게 있었다. 반대파 사람들은 맥없이 물러갔다.

그런데······.

바로 그날, 기미시마는 골프장에 대한 새로운 정보를 얻었다.

"오늘 아침, 요코하마마린컨트리 건으로 소동이 있었다고 들었습니다."

공장의 요코하마 영업부에 소속된 럭비팀 선수 사사가 기미시마의 자리까지 찾아왔다. "실은 그 골프장 개발회사가 우리 신규 고객이거든요. 카트인 '고르고'를 100대 발주하겠다는 말이 있었습니다."

사사가 담당이라고 했다.

"반대 운동이 있다는 건 알았나?" 기미시마가 물었다.

"네, 들었습니다. 죄송합니다. 먼저 보고했어야 했는데." 사사는 고개를 숙였다.

"아니, 그건 됐어. 하지만 인수가 완료되면 그 사람들을 상대할 사람은 우리야. 도대체 어떤 사람들인지 아나?"

"요코하마마린컨트리 관계자 말로는 그 나에바라는 사람은 시내 바이크 가게의 주인이랍니다."

"바이크 가게 주인이 왜 반대하지?"

"그 골프장 근처에 자기 과수원이 있답니다. 이른바 겸업농가죠. 근처에서 농약을 뿌리면 곤란하다는 주장인 듯합니다."

그 후 사사에게서 뜻밖의 말이 튀어나왔다. "지금은 오히려 나은 편이랍니다. 대표가 바뀌기 전에는 더 강경하게 반대했답니다. 무엇보다 요코하마공과대학의 교수가 기수가 되어서요."

"요코하마공과대학?"

기미시마가 되물었다. "어떤 사람인지, 이름을 아나?"

"분명히 모리시타……라고 했던 것 같은데요."

옆에서 이야기를 듣던 기시와다가 너무나 놀란 표정으로 기미시마를 봤다.

"사사, 저기 말이야."

기미시마는 잠시 생각하고 책상에서 몸을 내밀었다. "그 골프장 책임자에게 자세한 얘기를 듣고 싶은데."

"물론 괜찮을 겁니다. 연락해보죠."

기미시마는 사사와 함께 다음 날, 요코하마마린컨트리의 책임자 아오노 히로시를 찾아갔다.

6

요코하마마린컨트리의 사무소는 공장에서 차로 30분쯤 떨어진 같은 요코하마 시내에 있었다.

7층짜리 복합 건물의 6층이었다. 이곳은 임시 사무소로, 사사의 말로는 클럽하우스가 완성되면 사무소도 그곳으로 이전할 예정이라고 했다.

사무소 입구에서는 내부가 보이지 않아, 사람이 얼마나 일하는지는 알 수 없었다. 사람이 없는 접수대의 초인종을 누르자 20대로 보이는 직원이 나타나 옆에 있는 응접 공간으로 안내했다. 파란 파티션으로 막은 게 전부인 공간에서 아오노를 기다렸다.

"오래 기다리셨습니다."

얼마 후 한 남자가 나타났다. 190센티미터쯤 될 법한 장신에 단단한 몸매의 남자였다.

"아오노 씨는 데이도대학 럭비부였습니다."

예상한 대로 통성명이 끝나자 사사가 말했다. 데이도대학은 간토 지역 대학리그의 강호로, 아오노는 나름 유명했던 선수였다고 한다.

"예전에 사사 씨가 아스트로스 팀 경기에 초대해준 적 있습니다. 고마웠습니다."

아오노는 정중하게 허리를 굽혔다.

"아니, 아닙니다. 저희야말로. 오늘은 바쁘신데 죄송합니다. 실은 어제 이런 분이 우리 공장에 찾아오셔서."

기미시마는 반대파의 리더 나에바의 명함을 보여줬다. "귀사의 모회사인 가자마상사의 인수는 아직 정식 계약 전인데 이대로 가면 앞으로 저희가 대응해야 합니다. 귀사가 지금까지 어떻게 대응했는지, 그걸 알아둘 필요가 있을 것 같아서요."

"거기까지 쳐들어갔나요?"

아오노는 얼굴을 찡그리고 폐를 끼쳤다며 다시 고개를 숙였다. "대응이라 해도 사실은 대단한 건 없었습니다. 그런 반대 운동이 있다고 해서 사업 자체를 접기는 좀⋯⋯. 그렇다고 타협안이 있는 것도 아니고요."

아오노 역시 대응에 애를 먹은 듯했다. 가자마상사는 이 골프장 개발을 위해 토지를 사들여 이미 개발의 반 이상을 끝냈다고 했다. 이제 와 돌이킬 수는 없는 노릇이었다. "결국 그 사람들은 개발을 취소하라며 버티고 있습니다. 협상할 여지가 없어요."

"농부와 어부 들이죠. 경제적인 보상에 대한 구체적인 협상은요?"

"없습니다."

아오노를 고개를 저었다. "애당초 산출한 적도 없습니다. 영향이 얼마나 되는지, 객관적인 근거가 있는 것도 아니고."

"하지만 전혀 대응하지 않은 건 아닐 거 아닙니까?"

"가능하다면 현지 주민들과 양호한 관계를 맺는 것만큼 좋은 일은 없으니까요. 실제로 몇 번인가 이야기를 나눌 자리를 마련했습니다. 하지만 모두 평행선을 달리다 말았죠."

"반대파 리더에 대해선데, 예전에는 요코하마공과대학의 모리시타라는 교수가 맡았다던데요."

기미시마가 자연스럽게 이야기를 꺼냈다. "어떤 분이었나요?"

"아주 강경해서 어떻게 해볼 여지가 없었습니다."

기미시마는 연구자로만 보이던 모리시타가 화를 내는 모습을 상상하기 힘들었다.

"모리시타 교수는 지금도 반대파인가요?"

"아닙니다. 작년 말로 활동에서 손을 뗐다고 들었습니다."

"왜요?"

"글쎄요. 그건 모르겠습니다."

아오노는 고개를 갸웃거렸다. "어쩌면 반대 운동에 질렸을지 모르죠. 그런 점이 있는 분이라, 아주 까다롭다고 해야 할까요."

아오노는 조심스레 말을 골랐다.

"그렇군요."

기미시마는 잠시 생각하고 한 걸음 더 나아가 질문을 던졌다.

"어쩌다 들은 말인데 가자마상사와 모리시타 교수 사이에는 의외의 접점이 있다던데요."

"접점요?"

아오노가 물었다. "뭔가요?"

"2년 전, 하쿠스이상선의 탱크선이 엔진 고장을 일으켜 영국 해협에서 좌초했습니다. 세 명의 사상자를 내고 환경오염 문제도 일으킨 사건입니다. 하쿠스이상선에서는 그 엔진 고장의 원인으로 가자마상사의 벙커유에 문제가 있을 가능성을 의심했답니다. 그래서 한 대학 연구실에 인과관계에 대해 검증해달라고 의뢰했다는데, 그게 바로 모리시타 교수의 연구실이었습니다. 그 사실을 아십니까?"

"아뇨."

짧게 대답한 아오노는 감정을 읽을 수 없었다. "다만 하쿠스이상선이 우리 회사의 벙커유를 사고 원인으로 의심했단 건 압니다."

"어디서 들으셨습니까?"

기미시마가 물었다.

"제가 가자마상사의 직책도 겸하고 있어서요."

새로운 명함을 한 장 꺼냈다. 가자마상사 사장실장대리라는 직책의 명함이었다.

"우리도 원인을 조사했는데 문제는 발견할 수 없었습니다. 다만 그 후 하쿠이상선 측에서 내부 조사 결과 인과관계가 없다는 보고가 나왔단 것으로 들었습니다."

"최근 모리시타 교수와 만나신 적 있습니까?"

"없습니다. 반대파에서 이탈한 후로는 전혀 접촉한 적 없습니다."

그게 아오노가 파악하고 있는 사실의 전부인 듯했다.

7

기미시마는 그다음 주, 반대파 리더 나에바 아키오와 정식으로 면담했다.

메일로 여러 번 대화를 나눈 후 만나자고 연락해온 나에바는 개발 규모의 축소를 요구하는 요청서를 가져왔다.

요코하마공장의 밝은 응접실에서, 나에바는 반쯤 비운 찻잔을 앞에 놓고 반대 운동이 시작된 이후의 경위에 대해 열변을 토했다.

"무엇보다 27홀이나 만들 필요는 없지 않습니까? 18홀이면 충분한데요. 앞으로 가자마상사를 인수하게 되면 검토해줄 수 없습니까?"

나에바의 말로는 반대파의 원래 주장은 전면 중지였다고 했다. 대폭 물러선 것은 현실적인 타협점을 찾기 위해서라고 했다.

"아, 무슨 말씀이신지는 알겠습니다."

기미시마는 이야기를 다 듣고 말했다. "앞으로 우리 회사가 골프장 개발 담당이 되면 해당 부서에 요청 사항을 전달하겠습니다."

"늘 그렇게 얘기하지."

나에바는 회의적이었다. "아오노 씨도 얼굴을 맞대고 반론하진 않았소. 그저 본부가 꿈쩍도 하지 않는다는 소리만 했지. 당신도 마찬가지 아닌가?"

나에바의 지적에 기미시마는 저절로 쓴웃음을 짓고 말았다.

"본사에 보고해 그 지시에 따른다는 점에서는 같습니다. 샐러리맨이니까요. 제가 결정할 순 없습니다."

"조사해봤더니 도키와자동차는 골프장이 없던데."

"사풍에 맞지 않아서요."

정확하게는 사풍이라기보다 시마모토 사장이 싫어했기 때문이다.

"그렇다면 개발을 중지할 가능성도 있겠군."

"가능성으로 치면 없지 않습니다."

기미시마는 신중하게 말을 골랐다. "다만 이미 공사가 진행되었으니 그대로 다른 회사에 매각하는 선택지도 포함될 수 있습니다. 이건 어디까지나 제 개인적인 견해지만."

"그 전에 일단 잘 넘겨보자는 거군."

누구에게랄 것도 없이 던진 나에바의 한마디를 기미시마는 그냥 지나칠 수 없었다.

"잘 넘기다니요?"

"가자마상사의 제품을 사용한 탱크선이 좌초 사고를 일으킨 걸 아나?"

함께 이야기를 듣던 기시와다와 다에가 흠칫 고개를 들었다.

"가자마상사의 제품이 원인이라고 확실히 밝혀졌으면 골프장 개발이나 하고 있을 처지가 아니었을 텐데."

"어떻게 그런 얘기를 아시죠?"

놀라 질문을 던진 사람은 기시와다였다.

"아니, 그게 비밀로 해달라고는 했는데 말이야, 요코하마공과대학의 교수가 그 검증을 담당했어. 그래서 살짝 알려줬지."

모리시타 교수가 틀림없었다.

"그 말, 요코하마마린컨트리의 아오노 씨에게도 했나요?"

날카로운 기미시마의 말투에 나에바는 찜찜한 표정을 지었다.

"비밀로 하라고 했는데 이리저리 변명만 늘어놓는 녀석들을 좀 안달 나게 하려고, 나도 모르게……."

"모리시타 쇼이치 교수죠?"

다에의 지적에 나에바의 눈이 동그래졌다.

"어떻게 아나?"

아오노는 모리시타 교수가 자사의 벙커유 조사를 맡은 사실을 알았던 것이다.

"요코하마마린컨트리의 아오노 씨는 모리시타 교수가 조사 의뢰를 받은 사실을 몰랐다고 했거든요."

나에바는 어리둥절한 표정을 짓더니 말했다.

"그야 내가 여기서만 하는 얘기로 하자고 했기 때문 아닐까? 그 사람은 의외로 예의가 바르거든."

나에바가 거짓말하는 것 같진 않았다.

"요코하마마린컨트리의 아오노 씨를 다시 만나야겠어."

기미시마는 나에바를 보내고 말했다. "그는 아마 진상을 알 거야."

8

요코하마마린컨트리의 아오노를 다시 찾은 것은 그다음 날이었다.

"오늘은 혼자신가요?"

응접 공간에서 기미시마 혼자 기다리고 있는 걸 보고, 아오노는 다소 놀란 표정을 지었다. 사사는 일부러 데려오지 않았다. 이런 얘기를 듣게 하고 싶지 않았기 때문이다.

"실은 지난번 벙커유 건으로 나름 조사해봤습니다."

"아직 조사하실 게 있었나요?"

기미시마는 아오노가 놀란 목소리로 말하고 경계하듯 실눈을 뜨는 모습을 바라봤다.

"우리와는 관계없다는 결론이 나왔습니다. 게다가 얼마 전까지 도키와의 팀이 우리 기업을 정밀 조사를 벌여 '문제없음'이라는 결론을 내렸는데요."

"그건 알고 있습니다."

기미시마는 대답하고 계속했다. "아오노 씨는 요코하마공과대학의 모리시타 교수가 조사를 의뢰받은 사실을 알고 계셨죠?"

아오노의 표정이 굳어지고 눈동자가 흔들렸다.

"아니, 저는 아무것도 모르는……."

"나에바 씨에게 얘기를 들었습니다."

아오노가 입을 다물었다. 기미시마가 이야기를 이어나갔다. "나에바 씨는 모리시타 교수에게 가자마상사의 벙커유 건을 듣고 실수로 당신에게 말해버렸다고 하던데요. 나에바 씨가 거짓말한 건가요?"

"죄송합니다. 저로선 무슨 말인지……."

아오노가 궁색한 말을 토해냈다. "협상에서는 온갖 얘기들이 오가죠. 진실도 있고 거짓도 있기 마련입니다. 일일이 기억하지 못합니다."

"당신 말은 진실입니까?"

다시금 기미시마는 아오노와 대치했다. "모리시타 교수는 우리 연구소에 벙커유 분석을 의뢰했습니다. 분석 결과는 '문제있음'이었는데 모리시타 교수가 하쿠스이상선에 낸 보고서에는 판정이 뒤집혀 '문제없음'이 되었죠. 왜 그랬을까요? 그 후 모리시타 교수는 반대파 활동에서 빠졌습니다. 우연치고는 이상하지 않나요?"

"그런 말씀을 제게 하셔도……."

부정하는 말과는 달리 아오노의 눈동자는 허공을 헤매고 있었다. "무슨 말씀을 하고 싶으신 겁니까?"

기미시마가 늘어놓은 말들은 모두 정황 증거일 뿐이었다.

하지만 가리키는 것은 아마도 진실일 것이다.

"솔직히 저는 당신들 가자마상사가 모리시타 교수에게 어떤 식으로든 접촉했다고 의심하고 있습니다. 그리고 하쿠스이상선의 의뢰를 받은 검증에 관여했겠죠. 아닌가요?"

아오노는 대답하지 않았다.

"어떻게 관여했는지는 모르겠습니다. 다만 그 결과, 벙커유의 검증 결과가 왜곡되었고 진실이 은폐되었습니다. 당신들은 그에 따라 손해배상의 책임에서 벗어났고 동시에 우리 회사의 정밀 조사도 넘길 수 있었죠. 하지만 정말 그렇게 끝날까요?"

여기부터가 핵심이었다. "하쿠스이상선은 현재 가자마상사와 사고는 관계없다고 판단하고 있습니다. 하지만 거액의 손해배상 책임을 안게 된 하쿠스이상선은 앞으로도 계속 사고 원인을 찾겠죠. 머지않아 진실은 분명히 밝혀질 겁니다. 여차하면 제가 이런 정황 증거를 하쿠스이상선에 알려도 되겠죠. 그들은 어떻게 생각할까요?"

기미시마는 아오노의 얼굴에 표정이 사라지고 굳는 모습을 바라봤다.

"머지않아 가자마상사에 거액의 손해배상 청구가 이루어질 게 확실합니다."

기미지마는 일부러 단언했다. "우리 회사와의 M&A가 설립된 후 그 사실이 발각되면 어떨까요? 도키와자동차는 가자마상사의 모회사로 절대 관계없지 않습니다. 가자마상사를 인수하기 위해 투자한 거액의 자금이 무로 돌아갈 뿐만 아니라, 말도 안 되는 손실을 떠안을 가능성도 있죠."

아오노는 바닥의 한 점을 응시한 채 가만히 듣고만 있었다.

"당신은 진상을 밝혀야만 합니다."

기미시마가 말을 걸었다. "이 은폐 공작에는 상당한 돈이 움직였겠죠. 당신은 그 비밀을 지켜야 하는 처지라는 사실을 잘 압니다. 하지만 그건 부정입니다. 당신은 그걸 다 알고 있으면서 도키와자동차와 세상을 속일 생각입니까?"

증거가 있냐고 따지면, 기미시마에게는 아무것도 없었다.

아오노는 그 점을 꼬집어 꼬리를 감출 수도 있을 것이다. 하지만 그러지 않았다.

"아오노 씨는 계속 럭비를 해오셨죠?"

깜짝 놀라는 아오노의 눈에 미세한 빗금이 생기는 게 보였다.

"럭비 정신은 공정함 아닌가요?"

기미시마가 호소했다. "럭비의 교훈은 경기 중의 규칙만이 아니겠죠. 인생의 규칙이기도 할 겁니다. 당신은 도대체 럭비에서 뭘 배웠습니까?"

긴 침묵이 찾아왔으나 기미시마가 그 침묵을 깰 필요는 없었다.

지금 공을 쥔 사람은 아오노였다. 앞으로 어떻게 할지 판단할 사람은 아오노였다.

얼마나 그러고 있었을까.

"폐를 끼쳐 죄송합니다."

마침내 아오노가 그런 말을 흘렸다.

"말해도 될까요?"

얼굴을 일그러뜨린 아오노에게서 띄엄띄엄 말이 흘러나왔다.

9

의사 진행은 담담하게 진행되었다.

아니, 진행되었다기보다 후딱 해치웠다는 편이 나을지도 모른다.

깊게 논의되지 못한 이유는 이사 모두가 자잘한 안건에는 관심조차 없었고 마지막에 있는 중요 사안에 비하면 '어떻게 되든 상관없어'라고 생각했기 때문이다. 실제로 공장 시설의 수리 안건이나 해외사업소 이전 혹은 설비의 대여 계약 갱신 같은 이야기는 진지하게 논쟁할 여지도 없는 사안임이 분명했다.

그리고 지금.

정말 오랜만에 이사회의 도마 위에 대형 사안이 오르려 하고 있었다.

가자마상사 인수의 정식 계약에 관한 사안이었다.

"그럼, 마지막 안건……."

담담한 시마모토의 목소리가 마이크를 통해 울려 퍼졌다. "이건 다키가와 상무지."

"그럼 가자마상사의 인수에 관해 제가 설명하겠습니다."

안건의 취지를 설명하기 위해 다키가와가 일어났다. "가자마상사와의 인수 합의 이후 우리 회사의 실사팀이 정밀 조사를 끝내고 상대 대리인을 맡은 도쿄캐피털과 최종적인 매매 가격을 결정했습니다. 거기에 적힌 것처럼 790억 엔입니다."

회의장의 공기가 팽팽해졌다.

"이 인수로 우리 회사가 제조하는 승용차, 작업용 경차, 소형 선박 등의 오일, 연료 공급원을 보유하게 됩니다. 나아가 판매망에서 취급하는 정비에서도 비즈니스 기회를 얻을 수 있어 큰 상승효과를 기대할 수 있습니다. 또 우리 산하에 들어옴으로써 가자마상사의 신용이 보완될 것이며, 새로운 비즈니스 기회가 창출되어 이는 향후 에너지 분야에서의 사업 확대로 이어져 미래의 수익 부문으로 성장하리라 확신합니다. 이 인수 사안은 우리 회사에 새로운 미래를 개척하는 한 걸음이 되리라 자신을 가지고 단언합니다."

다키가와는 강력하게 주장하며 앉아 있는 이사들을 깔보듯 둘러봤다. "거액의 인수 건이지만 장기간에 걸친 수익성과 성장성을 고려해 여러분의 승인을 얻고 싶습니다. 이건 우리 영업부의 위신을 걸고 도전하는 사업입니다. 반드시 성공시키겠습니다."

마지막은 다키가와의 결의 표명 자리처럼 되고 말았다.

발언 곳곳에 흐르는 강한 자신감과 강렬한 의지는 머지않아 도래할 '다키가와 시대'를 드러내는 듯 보였다.

이 인수는 다키가와의 빛나는 공적 그 자체처럼 보였다. 유능하다는 평가를 움직일 수 없게 만들어, 가까운 장래에 최고 경영자의 자리에 오를 영광의 꽃길이 되리라.

다키가와의 발언에 이사들은 찬탄의 한숨을 흘렸다.

오랜만에 맞은 대형 안건이었다. 예전에 한 번의 보류로 사장되었던 인수 안건을 멋지게 부활시킨 다키가와의 집념, 그가 그린 큰 그림에 이사 대다수가 혀를 내둘렀다.

"다키가와 상무, 고맙네."

발언이 끝나자 뒤를 이은 시마모토는 모임의 일원들을 둘러봤다. "의견이 있으면 말해보게. 나는 이 골프 사업이 영 마음에 들지 않아."

그 한마디를 덧붙이긴 했으나 이미 예상했던 바라 다키가와는 그냥 넘겼다.

"제가 발언해도 될까요?"

발언을 요청하는 목소리에 모두의 시선이 한 남자에게 모였다. 손을 든 사람은 경영전략실의 와키사카였다.

"가자마상사에 대해 영업부가 실시한 정밀 조사 말입니다만, 달리 문제가 없다고 했는데 틀림없습니까?"

"무슨 뜻이지?"

안건을 올려 한껏 좋은 기분으로 팔짱을 끼고 있던 다키가와의 얼굴에서 미소가 사라졌다. 경영전략실과 영업부는 물과 기름 같은 존재였다. 이 마당에 또 인수 안건에 재를 뿌릴 셈인가. 거기에는 동기 입사였으나 지금은 상하 관계에 있는 복잡한 둘의 생각이 교차하는 듯 보였다.

"경영전략실은 기업 정밀 조사에 직접 관여하지 않았습니다만, 저희가 보기에 영업부의 조사에는 중대한 결함이 있는 듯합니다. 의도적으로 모른 척했는지는 모르겠습니다만."

"와키사카 실장, 좀 더 구체적으로 설명해주겠나?"

시마모토의 재촉에 와키사카는 가져온 자료를 회의 테이블에 앉은 이사들에게 돌렸다. 한 사람씩 정중하게, 마지막에는 다키가와의 바로 옆까지 가서 "여기 있습니다"라며 지나치게 정중한 태도로 눈앞의 테이블 위에 서류를 놓았다.

"저희 경영전략실에서 가자마상사에 관한 중요한 경영 정보를 입수해 보고하려고 합니다. 지금 배포한 자료를 봐주십시오."

와키사카는 천천히 자기 자리로 돌아와 이야기를 계속했다. "첫 페이지는 2년 전, 하쿠스이상선의 탱크선 즈이쇼마루가 영국해협에서 좌초한 자세한 내용을 담은 기사입니다. 이 상선은 영국해협에서 어떤 이유로 엔진이 정지했고 마침 불어온 강풍에 휩쓸려 좌초했습니다. 27만 킬로리터라는 대량의 원유 유출 사고를 일으켜 심각한 환경오염을 초래, 거액의 손해배상이 청구되며 큰 문제가 되었죠."

도대체 그 사고와 이 건이 무슨 관련이 있나. 의아해하는 침묵이 와키사카에게 계속 발언하라고 재촉했다. "이 배상액은 너무나 거액이라 보험으로 충당할 수 없는 액수는 하쿠스이상선이 책임지게 되었습니다. 금액이 너무 커 지금도 해결되지 못하고 있는데 예정된 손실을 계상한 결과 하쿠스이상선은 상반기에 회사 역사상 최대의 적자를 기록하게 되었습니다. 문제는 엔진 고장이 왜 일어났느냐는 겁니다."

와키사카는 말을 이어나갔다. "사고 후 하쿠스이상선은 다양한 각도로 엔진 고장의 원인을 조사했다고 합니다. 엔진 자체의 문제, 정비 불량 등 온갖 이유를 검증한 끝에 최종적으로 착안한 게 벙커유, 즉 선박용 연료유였습니다. 즈이쇼마루가 사용했던 벙커유는 가자마상사가 납품한 제품이었습니다."

설마…….

이사들이 술렁였다.

"잠깐만!"

다키가와가 끼어들었다. "자네 혹시, 가자마상사의 벙커유가 엔진 고장의 원인이라고 주장하려는 건가? 그거라면 기업 정밀 조사 단계에서 이 좌초와 벙커유는 관계가 없다는 하쿠스이상선의 의견서를 확인했다고. 자네, 그건 알고 있나?"

다키가와는 말에 분노를 담아 지적했다. 눈에 보이지 않는 시소가 다키가와와 와키사카 사이에서 흔들리는 듯 보였다.

"물론 압니다."

와키사카는 당연하다는 듯 말했다. "제가 문제로 삼으려는 점은 하쿠스이상선의 의견서가 어떤 근거로 제출되었느냐는 겁니다. 우리 조사에 따르면, 하쿠스이상선은 가자마상선이 납품한 벙커유 샘플을 한 대학 연구실로 가져가 엔진 고장과의 인과관계에 대해 검증해달라고 의뢰했습니다. 요코하마공과대학 모리시타 쇼이치 교수의 연구실입니다. 참고로 우리도 모리시타 교수의 연구실에서 여러 명을 직원으로 받았습니다."

"그래서 그 결과는 뭐였지?"

시마모토가 물었다.

"인과관계는 없다는 결과가 나왔습니다."

도통 어떻게 얘기가 흘러가는지 알 수 없어 이사들은 서로의 얼굴을 쳐다봤다. "하쿠스이상선은 그에 기초해 가자마상사에 대해 '혐의 없음'이라고 서면으로 제출했죠."

"무슨 말을 하고 싶은 건지 도통 모르겠군."

다키가와는 분노로 뺨을 부들부들 떨었다. "그럼 아무 문제 없는 거 아닌가?"

"아닙니다. 문제가 아주 큽니다. 가자마상사는 모리시타 교수가 하쿠스이상선의 의뢰를 받았다는 사실을 사전에 알았으니까요."

와키사카는 이사회에 새로운 수수께끼를 던졌다.

그래서 뭐? 그래서 어쩌라고?

"가자마상사는 모리시타 교수에게 접근해 검증 데이터를 위장하고 결론을 바꿔달라고 요구했습니다. 그를 위해 교수에게 건넨 돈은 3억 엔입니다."

회의실이 단숨에 요란해졌다. 이 소란 속에서 와키사카가 목소리를 높였다. "조악한 벙커유가 사고 원인이라면 엄청난 손해 배상 청구를 당합니다. 그걸 피할 수만 있다면 3억 엔은 그리 큰 돈이 아니죠."

"무슨 근거로 그런 말을 하지?"

다키가와는 얼굴이 시뻘개져 한판 붙자는 태도로 와키사카를 물고 늘어졌다. "그만한 돈이 움직였다면 기업 정밀 조사에서 문제가 되었겠지!"

"회삿돈이었다면 문제가 되겠죠."

와키사카가 말했다. "그런데 그 자금은 가자마 사장의 개인 계좌에서 인출되어 현금으로 건넸습니다. 이 인수가 실현되면 가자마 사장에게는 800억 엔에 달하는 돈이 들어갑니다. 은폐 자금으로는 지나치게 쌉니다."

"다 자네의 상상 아닌가?"

다키가와가 목소리를 높였다. "그런 건 말이야, 증명하지 못하면 얘기가 안 돼. 그렇게까지 말하는 걸 보면 증거는 있는 거겠지?"

"물론 물증도 없이 이런 말을 할 정도로 경영전략실이 한심하진 않습니다. 영업부와는 다르거든요."

와키사카는 똑바로 다키가와를 응시하며 내뱉었다. "가자마 사장의 지시로 모리시타 교수에게 현금을 가져다준 사람은 요코하마마린컨트리의 책임자 아오노 히로시입니다. 이건 본인이 증언한 것으로 나눠드린 자료에는 진술서가 첨부되어 있습니다. 아오노 씨는 며칠 전 회사를 사직하고 구직 중입니다. 또 하쿠스이상선에 확인한 결과 사고가 났을 때의 벙커유 샘플은 아직 보존되어 있습니다. 그러니까 다시 검증하면 진실은 밝혀질 겁니다. 그리고 이게 물증입니다."

와키사카는 파일에 든 자료를 들어서 보여줬다. "모리시타 교수가 작성한 3억 엔의 영수증 복사본입니다. 그리고 현금을 찾은 가자마 사장의 통장 사본. 세 개의 계좌에서 같은 날 각각 1억 엔씩 인출되었습니다."

회의장은 소란의 아수라장이 되었고 논의의 행방은 혼돈 그 자체로 향방을 읽을 수 없었다. 거기에 와키사카가 못을 박았다.

"가자마상사를 인수하면 우리는 거액의 소송 부담을 짊어지게 됩니다. 다키가와 상무님, 조금 전 당신은 이 인수가 영업부의 위신을 걸고 도전하는 사업이라고 말씀하셨습니다. 꼭 성공시키겠다고도 했고요. 하지만 제게는 그저 몽상에 불과합니다. 현실의 가자마상사는 폭탄인 걸 숨긴 채 상대가 내민 조커 카드입니다. 그걸 뽑으면 지는 걸 알면서도 우리가 그런 허세를 부려야 합니까? 당신은 그러고도 성공할 수 있습니까?"

던져진 질문에 회의실은 납덩이를 삼킨 듯 정적에 휩싸였다.

모두의 시선을 받은 다키가와는 반론하려 했으나 끝내 말을 내뱉지는 못했다.

"아무래도 우리가 잘못 판단한 듯하군. 왜 이런 일이 벌어졌는지 반드시 규명해야겠지. 여러분, 이 인수 안건은 보류하는 게 맞을 것 같은데 어떤가?"

시마모토의 질문에 이의를 제기하는 사람은 없었다.

그리하여 오랜만에 맞은 대형 인수 안건의 통과 여부를 물었던 이사회는 뜻밖의 역전극 속에서 막을 내렸다.

10

"결국은 부장님이 조사한 게 다 와키사카 실장님의 공이 된 겁니까?"

자초지종을 들은 다에는 답답한 표정으로 한숨을 쉬었다.

"듣기로는 와키사카 실장님이 요코하마공장에 조사를 지시한 걸로 되어 있던데요."

"사내 정치라는 게 그런 거야."

말은 그렇게 했지만, 솔직히 기미시마의 기분도 좋지는 않았다.

아오노에게 들은 내용을 보고서로 정리해 와키사카에게 제출한 게 이사회 일주일 전이었다.

와키사카는 이 보고서를 다키가와를 끌어내리는 도구로 사용했다.

결과적으로 이번 일로 다키가와 게이이치로의 위신은 깊은 상처를 받았고 사내에서의 존재감이 현저하게 훼손된 것만은 분명했다.

이 인수에 위신을 건다라고 큰소리치던 영업부의 체면이 완전히 뭉개졌다. 시마모토의 지시로 합의 형성 과정에서 문제는 없었는지, 사내 조사위원회가 설치되었다.

다키가와의 의도는 무너지고 대신에 사내 영향력을 키운 쪽은 엄청난 참사가 되었을 소송 부담을 바로 직전에 회피시킨 경영전략실장 와키사카 겐지였다.

"석연치는 않아도 우리로서는 좋은 거 아닙니까?"

기시와다가 그렇게 말했다. "럭비팀 폐지론자인 다키가와 상무가 사라지면 우리도 당분간은 안전하지 않을까요?"

"아니야. 그런 단순한 얘기가 아니야."

기미시마는 찜찜한 마음을 안은 채 말했다. "기업 스포츠에서 언제나 누구든 안전한 법은 없어. 게다가 다키가와 상무의 지적은 가혹하긴 해도 솔직히 다 맞는 말이었어."

그 증거로 주니어 아스트로스의 창설 등 지역 연계를 추진하기 위한 추가 예산에 다키가와는 반대하지 않았다.

"다키가와 상무는 논객이었어. 하지만 럭비팀 폐지 얘기를 꺼내진 않았지. 왜 관객이 늘어나지 않나, 왜 적자 폭을 그대로 둬도 좋은가. 다 맞는 말이야. 그런 의미에서 우리는 올바른 평가자를 잃은 걸지도 몰라. 그건 럭비팀에 있어서, 아니 일본 럭비계에 있어서 결코 좋은 일은 아니야."

기미시마는 이때가 되어서야 비로소 깨달았다.

다키가와 게이이치로는 천적이었지만 그 천적의 존재가 균형을 만들었던 것이라고.

다키가와의 실수는 그야말로 뼈아픈 일이었다. 하지만 그걸 사내 정치에 이용한 와키사카의 저의에서, 기미시마는 말할 수 없는 불안함을 느꼈다.

3부

세컨드 하프

1장

스토브리그

1

"초등학생 때부터 아버지 일 때문에 뉴질랜드에 살았고, 현지 대학을 나왔네요. 그대로 거기서 일할 생각은 안 했나요?"

질문은 지극히 타당했다.

오테마치에 있는 도키와자동차 본사의 드넓은 면접장.

보통 때는 어떻게 쓰이는지 모르겠다.

세미나실일까, 회의실일까.

그 방에서 한 젊은 남자가 면접관 셋을 상대하고 있었다.

면접관은 모두 30대에서 40대 중반일까.

이미 세 번째 면접이었다. 도키와자동차 입사는 좁은 문이었다.

"아버지 일로 건너갔으나 영주할 생각은 없었습니다. 아버지는 이미 반 은퇴 상태로 일본에 돌아와 국내 관련 기업으로 이직했습니다. 그곳에 오래 살긴 했지만, 취직은 일본 기업에 하고 싶었습니다."

"왜 우리를 선택했나요?"

"국제적인 자동차 기업이기 때문입니다. 해외에서의 생활이 길었고 학부에서는 법률을 배웠습니다. 국제적인 비즈니스에서 일하고 싶어 공부했고 도키와자동차는 뉴질랜드에서도 인기가 많습니다. 성능에 대한 신뢰 또한 매우 높습니다. 일본에서 취직한다고 하면 늘 도키와자동차가 떠올랐습니다."

"일본모터스는 생각하지 않았나요?"

짓궂은 질문이 날아왔다. "거기도 국제적인 기업이고 뉴질랜드에서 인기도 많을 텐데."

"실은 이 면접 전에 아버지 소개로 도키와자동차 직원 몇 분과 만났습니다. 밖에서 보는 것만으로는 알 수 없는 내부 사정이 있을 것 같아 솔직한 생각을 물었습니다. 다들 멋진 분들이어서 도키와자동차의 사풍이 얼마나 훌륭한지 매우 잘 알 수 있었습니다. 사실 일본모터스 직원 분과도 만났습니다. 다른 학생 중에는 일본모터스를 선택한 사람도 있겠죠. 하지만 저는 여기에 왔습니다. 잘 설명하긴 힘든데 저와 궁합이 맞는 느낌입니다."

"그렇군."

질문한 면접관은 짧게 대답하고 더는 묻지 않았다.

"그런데 자네에 대해 조금 마음 걸리는 게 있는데."

면접이 다 끝나갈 때쯤 세 면접관 중 리더처럼 보이는 연배의 남자가 말했다.

서류를 든 채 검은 테 안경을 살짝 올리며 감정을 읽을 수 없는 눈빛을 젊은 남자에게 던졌다.

"자네 계속 럭비를 했군. 취미란에도 그렇게 적혀 있고. 자네에 대해서는 아스트로스에서 꼭 취업시켜달라는 희망 사항이 첨부되어 있어. 사실 이건 일반적이지 않은 일이야. 보통 럭비팀은 따로 채용하니까. 하지만 자네는 이렇게 일반 채용으로, 게다가 2차 대졸 신입사원 채용으로 면접을 받으러 왔어. 자네는 럭비팀에 들어가고 싶은 건가? 아니면 그와 상관없이 일반사원으로 일하고 싶은 건가? 그걸 알려주게."

"솔직히, 결정하지 못했습니다."

남자는 대답했다. "실은 도키와자동차를 선택한 이유 중 하나는 사이몬 감독의 추천을 받았기 때문입니다."

"사이몬 감독과는 어떤 관계지?" 다른 한 명이 물었다.

"은인입니다."

의외의 한마디일 것이다. 면접관은 잠시 침묵했다가 이쪽을 응시했다.

"혹시 괜찮다면 좀 알려주지 않겠나? 은인이란 무슨 소리지?"

"저는 부상으로 대학 3학년에서 4학년 시즌을 그냥 날렸습니다. 사이몬 감독은 그렇게 되기 전의 제 플레이를 염두에 두셨다가 계속 편지를 주셨습니다. 그게 제게 얼마나 큰 힘이 됐는지 모릅니다. 제 플레이를 보고 이해해주고 잊지 않은 사람이 적어도 이 세상에 한 명은 있다, 그런 생각이 들었습니다. 그게 사이몬 감독입니다."

"그런데 왜 결정이 힘들죠?"

질문이 이어졌다.

"부상을 입은 후 스포츠로 먹고산다는 것의 위험부담을 깨달았기 때문입니다. 럭비만 보고 살다가 단 한 번의 태클로 미래의 길이 끊어진 사람도 있으니까요. 제 생각을 사이몬 감독에게도 전했습니다."

"사이몬 감독은 뭐라고 하셨습니까?"

"실컷 생각해보라고 하셨습니다. 그리고 받아들일 수 있는 답이 나올 때까지 기다리겠다고."

"그랬군요."

상대는 한동안 뭔가 생각하더니 면접을 끝냈다. "자네의 불안은 이해했네. 그런데 우리 회사에는 럭비를 하면서 일로도 성공하는 사람이 아주 많네. 우리는 자네가 생각하는 것보다 유연한 회사야. 혹시 인연이 되어 도키와자동차에 입사한다면 자네는 하고 싶은 일을 실컷 하길 바라네. 우리에게는 그걸 받아들일 만큼의 도량이 있으니까."

2

"그 신인, 2차 대졸 신입사원 채용으로 입사가 결정됐다는데 이야기는 했나?"

클럽하우스의 감독실을 찾아가니, 책상 앞에 있던 사이몬은 고개를 들고 살짝 복잡한 표정을 지었다.

올해 팀에 들어오는 선수는 모두 네 명. 그중 세 명까지는 문제없이 팀 합류가 결정되었는데 나머지 한 명이 아직 마음을 정하지 못하고 있었다.

사이몬이 추천한 나나오 게이타였다.

"일단 임시 합류하는 형태로 맡고 싶어. 그래도 될까?"

"임시 합류라……"

아스트로스에 채용 기한은 없었다. 임시 합류는 예외적인 방법이었으나 사이몬은 그동안 급여의 반액 부담은 불필요하다고 했다.

"아, 그럼 괜찮지."

기미시마는 받아들였다.

나나오는 이미 해외사업부에 배속되었다고 한다.

"그리고 말이야, 나 내일 본사에 가. 임원 이동이 있었는데 다키가와 상무가 출세 가도에서 떨어진 모양이야. 와키사카 경영전략실장의 상무이사 승진이 내정되었어. 와키사카 실장이 앞으로의 일을 얘기하고 싶어 해."

럭비팀 일은 총무부 소관인데 이제 상무가 된 와키사카가 홍보, 경리 그리고 총무라는 사업 부문을 총괄하는 책임자가 된다.

와키사카의 의견이 앞으로 럭비팀 존속에 영향을 줄 게 분명했다.

"너도 본사로 데려가려는 거 아니야? 전 상사였잖아."

사이몬의 감은 날카로웠다. "그럼 4월부터 본사 복귀야?"

"인사에 대해서는 몰라."

기미시마는 떨떠름한 얼굴로 대답했다. "다만 이번 임원 인사는 썩 개운치 않아."

"공을 빼앗겼지."

"그런 건 공이랄 것도 없어."

기미시마는 진지하게 부정했다. "가자마상사의 비밀을 폭로한 건 회사를 위해서였지 누군가를 궁지에 몰려고 했던 게 아니야. 그런데 와키사카 실장은 그걸 출세 도구로 이용했어. 이사회까지 숨겼다가 무대 위에서 다키가와 상무에게 들이밀었지. 방법이 저열해. 그래서는 다키가와 상무도 승복할 수 없지."

"네 천적 아니었어?"

사이몬이 놀렸으나 기미시마는 고개를 저었다.

"적어도 럭비팀에 관한 그 사람의 의견만큼은 옳았어. 나도 같은 생각이었으니 개혁에 착수하려 했지. 이게 이번 시즌 활동 계획의 초안인데 어때?"

기미시마가 이벤트나 자원봉사 리스트를 내밀자 사이몬은 진지한 표정으로 살폈다.

"작년보다 늘었네."

"무리일까?"

"다 할 수 있을지는 모르겠지만 해보자. 필요한 일이니까. 팀 활동 계획에 넣어보지."

"덕분에 작년 시즌의 관객 동원은 전년의 세 배나 늘었어. 경기당 합계 3,500명이었던 평균 관객 동원이 1만 명을 넘을 정도로 개선되었으니까."

홈구장인 도키와스타디움만 치면 만원인 1만 5천 명을 모았다.

"문제는 다른 팀이지."

사이몬의 말이 맞았다. 아스트로스만 노력해봤자 한계가 있었다.

"몇몇 팀은 우리 방식에 관심 있어 하면서 이야기를 들으러 왔어. 앞으로 더 많아지겠지."

기미시마는 희망적인 관측을 입에 담았다. "하지만 문제는 일본럭비협회야. 아무리 두드려도 반응이 없어."

"그러다가 바뀌겠지."

사이몬이 말했다. "그렇게 믿을 수밖에 없지. 네가 말했듯 일본 럭비는 이대로 가면 끝장이야. 하지만 아직은 할 수 있어. 우선 우리가 성공 사례가 되어야 해."

작년 시즌은 새로워진 부분도 있어선지 아스트로스의 인기가 연고지를 중심으로 급속히 높아졌다. 올해는 더욱 활성화해야만 했다. 그와 동시에 필요한 점은 더 강해져야 했다.

그를 위해 해야만 하는 일을 알고 있다.

2월. 이미 기미시마에게는 새로운 시즌이 그 막을 열었다.

3

후지시마 레나는 서류를 보며 눈살을 찌푸렸다.

요코하마영업부에서 보낸 해외 판매 데이터였다. 필수적으로 입력해야 할 항목 몇 개가 공란인 채였다. 이대로면 사무 처리가 늦어진다.

"아, 정말! 좀 제대로 해라."

한숨을 내뱉고 서류 작성자란을 본 레나는 거기에서 하마하타의 이름을 발견했다. 불쾌한 감정은 순식간에 사라지고 표정이 풀어졌다.

요코하마영업부의 하마하타라고 하면 그 하마하타 조가 분명했다.

레나에게 하마하타는 운동장에 군림하는 왕이자 절대군주였다. 레나는 아스트로스의 시합이라면 발 벗고 모두 관전하는 자타공인 열혈 팬이었다.

그 창의성 넘치는 플레이 앞에서 이런 문제투성이 서류 한둘쯤이야 문제도 아니었다.

작년 시즌의 하마하타는 특히 좋았다. 그보다 팀 전체가 훌륭했다.

지치부노미야럭비장에서 열린 사이클론스전은 정말 아까운 패배였고 최근 레나가 본 경기 중에서 가장 짜릿한 게임이었다.

그런 까닭에 평소라면 '문제 있음'이라고 서류를 돌려보냈을 레나가 이날은 신나서 요코하마영업부에 연락했다.

"해외사업부의 후지시마라고 합니다. 오늘 보내주신 수출 서류 건 때문인데, 하마하타 씨 좀 바꿔주시겠어요?"

오후 1시가 지나고 있었다. 영업이니 벌써 외근을 나갔을 수도 있겠다 싶었는데 다행히 하마하타는 아직 회사에 있었다.

"네, 하마하타입니다."

굵은 목소리가 레나를 마비시켰다. 지금 이 순간, 그 하마하타와 전화가 연결된 것이었다.

"해외사업부의 후지시마라고 합니다. 보내주신 서류 건으로 드릴 말씀이 있어서요."

"아! 무슨 문제라도 있었나요?"

그 말투는 왠지 조급한 듯, 혹은 그렇게는 생각하고 싶지 않았으나 성가신 듯 들렸다.

"네, 그렇습니다. 서류에 조금 빠진 부분이 있어서 전화했습니다. 그리고 10월 사이클론스전, 봤습니다. 멋진 경기였어요."

나, 지금 무슨 소릴 지껄이고 있지?

자기가 보기에도 한심한 짓이었으나 그렇게 말할 수밖에 없었다. 정말로 멋졌으니까.

"아아, 고맙습니다."

하마하타의 대답은 간단했다. 진 경기이니 그리 말하고 싶지 않을 수도 있겠다 싶어 굳이 말을 꺼낸 일을 후회했다.

"그런데 용건은?"

"아! 죄송합니다."

레나가 서류의 부족한 부분을 묻자 대답 대신 뜻밖의 응답이 돌아왔다.

"어라, 그거 아침에 전화로 전했는데요."

"네? 저희한테요?"

"네, 필요 사항이 빠진 걸 알게 됐죠. 서두르다가 그만. 먼저 안건의 개요만 보내고 필요 사항은 그쪽의 나나오에게 입력해 달라고 부탁했는데. 그 사람, 거기 없나요?"

"나나오요?"

또 그 녀석인가?

레나는 속으로 혀를 차면서 신입사원의 책상을 노려봤다.

책상은 비어 있었다. 그러고 보니 아까 점심 먹으러 간다고 나갔다는 걸 간신히 떠올렸다.

"죄송합니다. 나나오에게 물어보겠습니다."

모처럼 하마하타와 얘기할 기회를 얻었는데 한심한 꼴이 되어버린 것이 진심으로 실망스러웠다.

"아뇨, 괜찮습니다. 지금 다시 말할게요. 그게 빠르겠네요."

하마하타는 유능한 남자임이 분명했다. 운동장에서와 마찬가지로 순간 상황 판단 능력이 최고였다.

"올해도 최선을 다할 테니 응원해주세요."

하마하타와의 전화는 그 한마디로 끝났다. 빈틈이 없는 사람이었다.

은밀한 흥분과 함께 수화기를 놓았을 때 플로어 입구에서 문득 나타난 사람이 보였다.

"나나오 씨, 잠깐만요."

조금 전의 환한 표정과는 정반대로 무시무시한 얼굴이 되어 레나는 나나오 게이타를 불렀다.

"저, 요코하마영업부의 하마하타 씨에게 무슨 얘기 못 들었어요?"

"들었습니다."

김이 샐 정도로 솔직한 답변이었다.

"아까 그 서류, 필요한 부분이 빠져 있던데."

"죄송합니다. 입력해서 보여드리려고 했습니다."

이야기를 듣고 보니 나나오가 점검 중인 서류를 마음대로 완료하려던 게 바로 자신이라는 사실을 레나는 깨달았다.

"정말 죄송합니다."

"됐어요. 앞으로는 먼저 물어보고 입력해요. 그리고 결제 관련 서류는 좀 더 일찍 처리해요. 점심도 좋지만 원래는 그 전에 처리했어야죠. 문제가 될 수 있으니까."

"네. 앞으로 조심하겠습니다."

나나오는 기분 나빠하는 표정 하나 없이 씩씩하게 대답했다.

언제나 그랬다.

혼을 내도 설교를 들어도 태연하기만 해서 무슨 생각을 하는지 알 수 없었다. 그게 레나를 짜증스럽게 했다.

아버지 일로 간 해외에서 대학을 졸업한 나나오는 올해 2월, 2차 대졸 신입사원 채용으로 입사했다. 그게 지금으로부터 3개월 전이었다.

영어는 능통하고 일본어도 별문제 없이 구사할 수 있었다. 다만 오래 해외에서 생활한 사람들에게 종종 볼 수 있듯, 어려운 한자나 전문용어를 읽고 쓰는 것은 자신 없어 했다. 레나는 입사와 동시에 해외사업부에 배속된 나나오의 교육을 담당하게 된 처지였다. 교육 기간은 반년. 그동안 레나는 자기 업무를 나나오에게 나눠주고 온갖 방법으로 가르쳐야만 했다. 회사의 명령은 거절할 수 없었다.

"아, 피곤해……."

올해로 27세인 레나는 후배들이 무서워하는 존재였다. 본인은 인정하고 싶진 않아도 살짝 여장부 스타일이었다.

'아니 왜 하필 이런 태평한 녀석이 내게 왔을까.'

한숨을 쉬면서 그렇게 생각했다. 신입은 얼마든지 있는데.

다른 신입은 죄다 참하고 발랄했다.

그런데 문제의 나나오는 10년 전부터 이 회사에 있었던 듯한 얼굴을 하고 여유롭게 시간을 보내는 듯 보였다. 본인이 걱정한 것처럼 일본어로 말하는 것에 문제가 있는 것도 아니었다. 뉴질랜드 유학 시절, 일본에 귀국할 것을 대비해 꽤 많이 공부한 게 틀림없었다. 해외사업부에는 외국에서 오래 생활한 사람이 그 말고도 더 있었다. 그런 사람 대다수는 일본어를 말할 줄은 알아도 읽고 쓰는 게 초등학교 수준일 때가 적지 않았다.

그런 것보다는 이런 태평함이라고 해야 하나, 쾌활함이라고 해야 하나, 그의 이런 면이 더 일본인 같지 않다.

한참 전에 신입사원을 '신인류'라고 불렀던 때가 있었다는데, 레나가 보기에 나나오야말로 그에 가까웠다.

자신도 옛날에 이렇게 선배에게 일을 배웠다.

'하지만 나는 좀 더 뛰어났지.'

그렇게 생각했다.

이번에는 그야말로 운이 나빴다고 치고 포기하는 수밖에 없었다.

4

레나가 자신처럼 럭비를 좋아하는 친구 나카모토 리사와 요코하마의 도키와스타디움으로 향한 것은 그다음 토요일이었다.

시즌이 아직 시작되지 않은 5월에 이런 식으로 이벤트가 열린 것은 작년에 이어 올해가 두 번째였다.

오전에는 아스트로스 선수들이 직접 지도하는 가족 럭비 교실이 있고, 오후부터 작년 창설된 주니어 아스트로스의 아이들 경기, 곧 시작할 주요 이벤트인 아스트로스 '홍백전' 다음에는 악수회도 예정되어 있었다. 팬만이 아니라 가족이 온종일 놀 수 있는 좋은 기획이었다.

레나가 보기에 아스트로스는 작년부터 확 바뀌었다.

무엇보다 팬 서비스 이벤트가 늘었다. 레나도 요코하마에 살아 잘 알았다. 아스트로스 선수들은 현재 다양한 자원봉사에 적극적으로 참여해 시민과 깊이 교류하고자 했다.

그리고 강해졌다.

경기에는 관객도 많이 모였다.

강등권으로 부진했던 재작년까지와는 완전히 다른 팀이었다.

"사이몬 감독을 선택한 건, 확실히 정답이었어."

스탠드에서 초여름의 환한 햇살을 받으면서 리사가 말했다. "기미시마 씨가 제너럴 매니저가 되어 다행이야. 처음 들었을 때는 정말인가 싶어 깜짝 놀라긴 했지만."

경리부에서 일하는 리사는 경영전략실 시절의 기미시마와는 일 관계로 인연이 있었다. 소문에 기미시마는 상당히 유능해 주위의 인정을 많이 받던 존재였다고 했다. 다소 완고하고 성깔도 있다고. 영업본부장 다키가와 게이이치로와 기업 인수 안건을 놓고 알력이 생겼고, 그 결과 요코하마공장 총무부장이라는, 분야가 전혀 다른 '벽지'로 오게 되었다고 했다.

다키가와는 얼마 전 그 인수 안건을 둘러싼 큰 실수로 내부 신용을 잃고 출세 경쟁에서 떨어져 나갔다.

이번 조직 개편에서 다키가와는 관련 회사 사장으로 전출되었고 경영전략실장 와키사카 겐지가 상무이사로 승진했다. 와키사카가 차기 사장 레이스에서 도약한 순간이었다. 그리고 거기에는 또 하나, 비밀스러운 소문도 돌았다.

와키사카가 공을 세운 것으로 알려진 인수 건에서 안전의 문제를 지적한 사람이 사실은 기미시마였다는 얘기였다.

부하의 공은 자신의 공, 부하의 실수는 부하의 실수. 그런 말을 증명하는 실례였다. 그래서 와키사카의 평판은 그리 좋지 않았다.

"기미시마 씨, 럭비에는 문외한이었지?"

레나가 물었다.

"전혀 관심 없다고 했다더라."

리사는 주위를 둘러보며 대답했다. 아마도 기미시마는 스탠드 어딘가에서 이벤트 진행을 지켜보고 있을 터였다.

"좌천시키면서 정말 지독하게 못살게 구는 거 아니냐고들 했지. 하지만 기미시마 씨는 럭비에는 문외한이라도 역시 경영은 프로였어. 듣기로는 일본럭비협회와도 한판 했다더라. 기미시마 씨라서 아스트로스를 변화시킬 수 있었지."

레나는 기미시마와 직접 일해본 적은 없었다. 하지만 이렇게 아스트로스가 눈에 띄게 변하는 모습을 보고 있으면 용기를 받는 듯했다.

2년 전이라면 경기를 본 적도 없을 많은 관객이 이날 스탠드를 메운 모습은 기미시마가 추진한 지역 연계 노선의 결실을 고스란히 보여주고 있었다.

단 한 명이 조직을 이렇게도 바꿀 수 있다. 그걸 증명하는 듯했다.

주니어 아스트로스의 경기가 끝나고, 박수를 받으면서 아스트로스 선수들이 운동장에 나타났다.

중앙선을 끼고 운동장 좌우에서 홍백전을 앞둔 몸풀기가 시작되었다. 메인스탠드에 앉은 레나를 포함한 오른쪽이 붉은색의 퍼스트 유니폼, 왼쪽이 하얀색의 세컨드 유니폼을 입고 있었다.

"홍팀 라이트 프롭에 도모베가 있네. 주목해야겠어."

리사는 럭비 골수팬으로, 가장 좋아하는 선수는 재작년에 들어온 도모베 유키였다. 외모는 거친 편인데 선수연감에 따르면, '팀에서 가장 깨끗한 걸 좋아해 연습복 세탁에 유연제를 넣는다'고 했다. 그런 반전이 맘에 든 모양이었다.

"하마하타 씨도 홍팀이네."

레나는 홍팀 유니폼 10번을 바라봤다. 퍼스트 유니폼의 홍팀은 작년 시즌의 선발 출전 선수가 많았다. 한편 백팀, 세컨드 유니폼 쪽은 벤치에도 앉지 못했던 후보 선수가 많았다.

선발 대 후보, 고정 선수와 대기 선수의 싸움이라 해도 과언이 아닌 느낌이었다.

아스트로스의 선수는 50명 가까이 되는데 리그전에서 벤치에 앉을 수 있는 선수는 경기당 23명뿐이다. 항상 선발 출전하는 선수가 있는 한편 그 23명 안에, 그러니까 '고정'이 되기 위해 뼈를 깎는 선수도 있었다. 당연히 처절한 포지션 싸움이 있는 만큼 홍백전이라 해도 진검 승부였다.

레나는 하마하타의 움직임을 눈으로 좇았다. 꼼꼼한 몸풀기만 봐도 그 움직임은 다른 선수와 달리 보였다.

대학 때부터 강호 도자이대학의 스탠드오프로 활약했고 핵심 선수로 아스트로스에 들어온 하마하타는 명실상부한 부동의 선발이자 아스트로스 럭비를 이끄는 사령관과 같은 위엄이 있었다.

그 하마하타도 이제 36살. 더는 일본 대표에 불리지 않는 건 유감이나 원숙미 넘치는 화려한 플레이 스타일은 건재했다. 아스트로스에는 이 밖에도 젊은 스탠드오프가 둘 있지만 중요한 경기에서는 하마하타가 부동의 사령탑으로 뛰었다.

그때 운동장에 낯익은 얼굴이 나타나자 스탠드가 들끓었다.

사이몬 다쿠마, 그 사람이었다.

실물을 가까이에서 보는 건 처음이지만 작년 1월까지 조난대학 감독으로 3연패의 위업을 이룬 감독의 얼굴은 럭비팬이라면 모를 수 없었다.

불온한 분위기를 풍기는 듯하지만 이렇게 실물을 보면 생각보다 젊고 지적인 분위기가 있었다. 이번 시즌에도 아스트로스가 스모 교실에 특별 입문해 작년보다 격렬한 체력훈련을 했다는 소식은 인터넷 뉴스에서 다룰 정도였다.

올해는 사이몬이 조난대학 감독 시절에 점찍었던 선수도 입단해 선수층이 탄탄해졌다.

그야말로 우승을 노릴 만한 팀이다. 이날 홍백전은 지역 팬들 앞에서 팀의 '첫선'을 보이는 자리라는 의미도 있었다.

킥오프 시간이 다가왔다.

수많은 팬이 지켜보는 운동장에서 신생 아스트로스는 어떤 팀으로 완성될까.

사이몬 감독이 선수들을 어떻게 기용할지가 볼거리였다.

양 팀이 좌우로 나뉘어 동전 던지기로 홍팀, 그러니까 선발 출전팀의 공격으로 시작하게 되었다.

"뭐랄까, 연습이라고 여겨지지 않는 긴장감이네."

리사가 말했다.

"이렇게 사람이 많으면 아무래도 힘이 들어가지."

환성과 함께 하마하타가 찬 공이 느슨한 포물선을 그리며 상대 진영 안쪽에 떨어졌다.

그런데 그때…….

"저게 누구야?"

레나는 운동장에서 너무나 뜻밖의 존재를 발견하고 자신의 눈을 의심했다.

킥오프한 공을 향해 돌진하는 선수 중에 낯선 선수 아니, 운동장에서는 낯설지만 개인적으로는 너무나 낯익은 얼굴을 발견했기 때문이다.

"나나오!"

레나는 저도 모르게 이름을 부르고 말았다. "저 녀석, 뭐 하는 거지? 이런 데서?"

나나오는 대기조의 하얀 유니폼을 입고 달리고 있었다.

킥오프된 공을 잡은 대기조 선수가 중앙선 부근에서 태클을 당해 럭 상태가 되었다.

"턴오버야."

선수들이 뒤엉킨 혼돈 속에서 홍팀이 공을 잡아낸 듯했다.

백팀 진영 근처에서 공을 전개한 홍팀이 정면 돌파로 공격하려다가 태클에 저지당했다.

순식간에 홍팀 포워드가 돌진해 백팀 선수들을 들어 올리듯 날려버렸다. 공을 주운 홍팀 스크럼하프 사토무라가 전황을 순식간에 판단해 단숨에 이어지는 패스를 던졌다. 성공한다면 상당히 효과적인 패스였다. 그런데…….

뜻밖의 일이 벌어졌다.

공이 중간에 사라진 것이다.

가로채기였다.

공을 스틸한 사람은 어디선가 나타난 백팀 선수였다. 공을 낚아챈 그는 송곳처럼 예리한 움직임으로 홍팀 선수들이 밀집한 곳 사이를 통과해 달렸다.

나나오였다.

"말도 안 돼."

레나는 넋이 나가 중얼거렸다.

나나오는 경쾌한 스텝으로 태클을 피해 나갔고, 마지막으로 몸을 날린 풀백 미사키까지 너무나 쉽게 핸드오프로 땅에 꽂히자 이제 그를 막을 사람은 없었다.

나나오는 그대로 가볍게 골 포스트 중앙까지 공을 가지고 갔다.

트라이였다!

시작한 지 불과 3분.

스탠드가 술렁였다.

대기조 동료에게 축하를 받는 나나오를, 레나는 입도 벙긋하지 못하고 멀거니 바라만 봤다.

나나오가 입은 하얀 유니폼의 등 번호가 눈에 들어왔다.

10번.

대기조의 스탠드오프인 것이다.

"굉장하네. 저 사람, 누구야?"

눈을 동그랗게 뜬 리사가 돌아봤다. "레나, 알아?"

"응."

레나는 간신히 그렇게 대답했다. "우리 부서 신입사원."

5

아주 사소하지만 예상치 못한 일이 일어나려 하고 있었다.

이미 후반도 15분이나 지났다. 경기 시간은 전후반 각 20분의 하프 경기였다. 남은 시간은 5분.

점수는 20 대 15로, 백팀이 앞서고 있었다.

기대했던 것처럼 정식 경기 못지않은 뜨거운 경기였다. 격렬한 포지션 경쟁이 그대로 플레이에 드러났다.

그렇다고 해도…….

레나는 지금, 백팀 유니폼의 10번에서 눈을 뗄 수 없었다.

그 태평하고 이해할 수 없는 신입—물론 그건 레나의 개인적인 감상에 불과하지만—나나오 게이타가 여기서는 딴사람처럼 빛나고 있다.

아니, 그건 '군림'이라 해도 될 만한 활약이었다.

백스에 지시를 내리고 사인 플레이에 따라 더욱 다채로운 플레이를 조합했다.

밀집 수비를 뚫고, 빈 곳에 펀트•를 날리고, 눈속임 패스로 따돌리고, 블라인드 패스로 상대를 우롱했다.

그런 나나오에게 공을 공급하는 선수 역시 시즌에는 대기조로 경기에 나오지 못할 때가 많은 사사였다.

사사가 팀에 들어온 지 2년째. 나나오로 말하자면…….

도대체 언제 들어갔는지조차 모를 정도였다.

설마 하는 전개에 홍팀 선수들의 표정이 점점 심각해졌다.

스크럼이 무너지고 긴 휘슬이 울렸다.

"컬랩싱!"

심판의 목소리가 들렸다. 열세인 홍팀에게 하는 소리였다.

컬랩싱은 스크럼을 의도적으로 무너뜨리는 반칙이다.

"저기서 어떻게 할까?"

리사가 중얼거렸다.

지금 위치는 홍팀 진영 10미터 라인에서 조금 더 들어간 곳이다.

페널티킥을 선택해 골을 넣으면 3점을 얻는다.

그럼 점수 차는 8점이 되어 한 번의 트라이, 그러니까 한 골로는 쫓아갈 수 없는 곳까지 달아날 수 있었다.

아무래도 그렇게 하겠지 생각했던 레나는 나나오가 홍팀 진영 깊숙이 공을 차는 걸 보고 경악했다.

"페널티 골을 노리지 않았어."

• Punt, 공을 걷어차 올리는 동작.

리사도 놀란 듯 중얼거렸다.

굳이 그러지 않는다는 건 자신이 있기 때문이다.

홍팀을 상대로 한 번 더 트라이를 해내겠다는 자신이었다.

"도박 같아. 자신감 과잉 아니야?"

리사는 꽤 경기를 잘 읽는 사람이었다.

럭비라는 스포츠에서 이기기 위해서는 속속 이어지는 국면의 판단력이 아주 중요했다.

그런 면에서 럭비는 판단력의 스포츠였다.

공을 잡은 선수에게는 항상 순간의 판단력이 요구된다. 뛸 것인가, 패스할 것인가, 아니면 찰 것인가.

상황을 파악하고 페널티킥으로 골을 노려 3점을 노릴 것인가, 트라이를 노릴 것인가의 판단도 승패를 좌우하는 큰 갈림길이다. 과잉된 자신감은 판단을 흐린다.

홍팀 골 앞에서의 라인아웃으로 플레이가 재개되려 하고 있었다.

지금 레나의 시선 끝에는 하마하타가 있었다.

양 진영의 포워드가 서로를 노리는 대열의 뒤쪽에서 험악하게 불타는 하마하타의 눈에 진검승부의 기백이 담겨 있었다. 자신들이 얕잡아 보였다는 굴욕감과 승부에 대한 집념이 으르렁거리며 일렁이고 있는 듯했다.

공이 던져졌고 백팀이 마이볼의 라인아웃을 잘 지켜 스크럼하프인 사사에게 토스했다.

패스가 연결되자 선수들이 공간을 노리고 골라인 바로 앞에서 좌우로 달려갔다.

골 앞에 만든 럭 속에서 백팀이 공을 확보하는 게 보였다. 아마도 여기까지가 사인 플레이일 것이다.

홍팀 수비 라인이 골 바로 앞에서 가로로 쭉 늘어섰다.

허리를 구부려 돌진에 대비하는 것이다.

이 정도로 대열을 맞췄다면 돌파는 어렵겠구나.

레나가 그렇게 생각할 때 럭 가운데에서 나나오가 공을 던졌다.

"어!" 옆에 있던 리사가 조그맣게 놀라는 소리를 냈다.

나나오가 던진 것은, 허를 찌르는 왼쪽으로의 긴 패스였다.

환호성을 신고, 레나의 눈에도 공이 회오리처럼 회전하는 게 또렷이 보였다. 포물선이라기보다 직선처럼 날아가는 듯 보이는 예리한 패스였다. 그런데…….

긴 패스를 보고 달려간 선수가 공을 잡았구나 생각한 순간 기다렸다는 듯 예리한 태클이 들어왔고, 공은 뒤로 흘렀다.

데굴데굴 구르는 타원형 공이 시합을 좌우하는 일은 많다. 이때도 마찬가지였다.

공을 주운 사람은 홍팀 선수.

하마하타였다.

공수가 갑자기 바뀌어 대응할 수 없게 된 수비의 혼란을 비집고 하마하타가 내달렸다. 그 스텝은 왕년의 플레이를 떠올리게 할 정도로 멋졌다. 상상력이 넘치고 상대의 움직임을 예측하는 후각을 느끼게 하는 돌진이었다.

스탠드 상공에 환호성이 올랐다.

"좋았어!"

레나는 주먹을 불끈 쥐었다. "달려! 역전이야!"

그런데 그때…….

믿을 수 없는 일이 일어났다.

어디선가 갑자기 하얀 덩어리가 달려오나 싶더니 강렬한 태클로 하마하타의 몸을 땅에 내리꽂았다.

쿵! 육체끼리 부딪히는 소리가 레나에게도 들릴 정도였다.

태클한 선수의 등 번호가 보였다. 하얀 유니폼 10번이다.

"나나오?"

도대체 어떻게 돌아왔지? 하마하타의 손에서 빠진 공은 비웃기라도 하는 듯 튀어 올라 운동장 바깥까지 굴러가 멈췄다.

풀타임. 경기 종료를 알리는 휘슬이 울렸다.

홍백전이라 해도 뜨거웠던 경기 전개에 기뻐하며 건투를 칭찬하는 박수가 하염없이 이어졌다.

"굉장하네, 너희 신입."

리사가 감탄한 듯 말했다. "그런데 진짜 신입이야? 뭔가 착오 아니야?"

레나도 그렇게 생각했다. 운동장에서 눈을 뗄 수가 없었다.

지금 자신이 봤던 일을, 바로 전 자기 눈앞에서 일어난 일을 믿을 수 없었다.

무엇보다 나나오가 럭비를 한다는 사실 자체를 전혀 몰랐고 럭비팀에 들어간 것 또한 몰랐다.

그런데 나나오의 활약은 두말할 것 없이 진짜였다. 특히 하마하타를 일격에 쓰러뜨린 태클은 레나의 뇌리에 달라붙어 떨어지지 않았다.

"저기, 레나?"

옆에서 리사가 물었다. "나나오라는 사람, 누구야?"

"몰라."

레나는 멀거니 고개를 흔들었다. "내가 아는 거라고는 우리 부서 신입이라는 것뿐이야."

2장
타원형 공을 둘러싼 궤적

1

그날 밤, 다무라에서의 회식은 문상 자리처럼 착 가라앉아 있었다.

테이블을 둘러싼 사람들은 이날 홍백전에서 홍팀이었던 스탠드오프의 하마하타, 스크럼하프의 사토무라, 플롭의 도모베, 주장인 등 번호 8번의 기시와다까지 네 명이었다.

하마하타는 초지일관 침묵을 지키고 있고, 평소 말이 많던 사토무라도 말수가 적고 도모베는 마치 혼나기라도 한 듯 고개를 떨구고 있었다.

"그래도 뭐, 아주 훌륭한 홍백전이었어. 관객들이 아주 좋아했으니까."

기시와다는 무난한 발언으로 침묵을 메웠다.

"그게 유일하게 잘된 일이지. 하지만 나는 조금도 기쁘지 않아."

사토무라는 문득 무슨 말을 하려다가 그 말을 앞에 있는 맥주로 삼켜버렸다.

기시와다는 그가 무슨 말을 하고 싶은지 알았다. 아마 도모베도 알고 있겠지.

나나오 게이타였다.

같은 스탠드오프로 일본 대표 주장까지 했던 하마하타가 오늘 보기 좋게 당했다. 특히 종료 직전, 역전으로 이어질 트라이인 줄 알았던 장면에서의 태클은 굉장했다.

"연계 플레이를 연습한 것도 아닌데 말이야."

장본인인 하마하타가 그렇게 말했다.

나나오 게이타는 석 달 전에 새로 가입한 선수로 팀에 소개되었다. 어정쩡한 시기에 들어온 이유는 나나오가 일반 신입사원 채용으로 들어온 게 아니라 2차 대졸 신입사원 채용으로 도키와자동차에 입사했기 때문이다.

뉴질랜드 대학을 졸업할 때까지 럭비부에 있었다는 말은 들었다.

하지만 그 말에 놀란 사람은 아무도 없었다. 모두 나나오 게이타를 몰랐기 때문이다.

아무리 럭비 강국인 뉴질랜드에서 경험이 있다 해도 그것만으로 통할 수 있는 만만한 세계가 아니었다. 같은 포지션을 다툴 하마하타는 비웃었을 정도였다.

"모범을 보여줘야겠네."

이날 백팀 스탠드오프로 나나오가 지명되었을 때 하마하타는 사이몬의 기용에 놀라면서도 그렇게 얕잡아봤다.

상대는 이제 막 대학을 졸업한 새내기니까. 실력을 보여줄 생각이었다.

그런데 이렇게 예상치 못한 결과가 나올 줄이야.

"사실은 50 대 0쯤으로 이겨주려고 했는데."

사토무라가 분하다는 듯 말했다.

진심일 것이다.

새빨간 유니폼을 받은 홍팀 대부분은 작년 리그전 출전 선수, 이른바 핵심 전력이었다. 한편 백팀은 후보가 중심이었다. 당연히 이기는 경기였다. 애당초 다들 승부가 되지 않는다고 생각했을 것이다.

"데쓰, 감독은 무슨 생각이었을까?"

하마하타가 심각한 표정으로 물었다.

"무슨 생각이라뇨? 무슨 소리죠?"

"그러니까 왜 그렇게 팀을 짰냐는 거지."

하마하타는 그야말로 심각했다. "상식적으로 생각해보라고. 선발 출전 선수들이 압승하는 게 당연한데 감독은 굳이 선발 출전과 후보 선수로 나눴어. 이상하지 않아? 경기를 재미있게 하려면 섞어서 힘을 균등하게 해야지."

듣고 보니 지당한 지적이었다. 사토무라도 도모베도 잠자코 생각에 잠겼다. 얼마 후 조심스럽게 도모베가 말했다.

"혹시 이게 균형을 맞춘 결과라면?"

더욱 기분이 가라앉을 만한 한마디였다.

"그건 그러니까, 사사와 나나오의 능력을 그렇게 높이 평가했단 말이야?"

사토무라의 눈에 불온한 기색이 깃들자 도모베는 곤란한 표정으로 입을 다물었다.

사토무라는 작년 시즌, 조 1위를 다툰 사이클론스와의 대격돌에서 전반전만 뛰고 교체당한 일을 가슴에 담아두고 있었다. 드러내놓고 말하진 않았으나 사이몬에 대한 불신감은 상당할 것이었다.

사토무라는 작년 시즌 열린 일본 대표 테스트 매치에도 출전 선수로 나섰던 스크럼하프였다. 그런 그가 실력도 미지수이고 경험치도 적은 신인 스크럼하프로 교체되었으니까.

기시와다는 하마하타가 아무 언급도 하지 않은 것은 교체해 후반 출전한 사사의 플레이를 높게 평가하고 있기 때문일 거라고 생각했다. 그런 말을 했다가는 그 누구보다 지길 싫어하는 사토무라는 삐질 것이었다.

"하마 씨, 이거 우리를 버리는 걸지도."

사토무라는 자조적으로 웃었다. "자주 있잖아요. 감독이 바뀌면 전임 감독의 주력 선수를 제외해서 자신의 스타일을 어필하는."

하마하타는 수긍하지 않고 잠자코 맥주를 마셨다.

도모베가 고개를 떨구었다.

"사이몬 감독은 그런 사람이 아니야. 아주 공평하다고."

기시와다가 변명했다. "그 사람에게 그런 비뚤어진 자기 과시욕은 없어. 그건 알잖아. 패배는 패배야. 왜 졌는지를 생각하자.

앞으로 나아갈 힌트가 있을 거야."

"나 대신 사사를 쓰면 되잖아." 사토무라가 말했다.

"사토, 그렇게 빈정대지 마. 너, 정말 지는 거 싫어하는구나."

농담처럼 말한 기시와다는 갑자기 입을 다물었다. 사토무라의 눈 깊숙한 곳에서 번쩍이는 불길을 봤기 때문이다.

사이몬에 대한 불신이 그 눈에 훤히 드러나 있었다.

한 번의 교체와 기용이 감독과 선수의 관계를 무너뜨릴 때가 있었다.

시즌이 시작되기 전에 어떻게든 사토무라의 오해를 풀어야 하는데…… 이거, 골치 아프게 됐네.

한없이 분위기가 처지는 테이블에서 기시와다는 남몰래 깊은 한숨을 내쉬었다.

2

풀타임의 휘슬이 울린 순간, 사이클론스 감독 쓰다는 감탄의 표정을 지었다.

제일 먼저 떠오른 감상은 홍백전이라고 해도 내용이 풍부한 좋은 게임이라는 것이다. 그리고 마음에 드는 선수가 있었다.

백팀의 10번이었다.

"아스트로스가 팬 서비스로 홍백전을 한답니다."

딱 보름 전쯤에 가기하라가 그런 소식을 가져왔다. "어느 정도인지 보시지 않겠어요?"

그런 걸 볼 필요는 없어! 쓰다는 단박에 거절하려다 그 말을 삼켰다. 작년의 격렬했던 싸움은 강경한 쓰다에게도 쉽게 지울 수 없는 인상을 품게 했다.

오랫동안 부진했던 아스트로스는 두말할 것도 없이 진짜 부활을 이뤄냈다. 인정하고 싶지 않지만 사이몬이 지휘할 두 번째 해인 올해는 더욱 커다란 벽으로 자신들을 막아설 것이었다.

"가볼까? 미리 사이몬에게 한마디쯤 해두게."

쓰다는 배려도 잊지 않고 말했다.

팬 서비스인 홍백전을 라이벌 팀 감독이 시찰하는 셈인데 몰래 갈 수는 없는 노릇이었다.

그런데 가기하라가 바로 이렇게 말했다. "사이몬이 꼭 오시라고 했습니다."

"어떤 느낌이었나?"

쓰다는 마음에 걸려 물었다.

"좋아하던데요."

가기하라는 의외의 대답을 해왔다. "쓰다 감독님이 적 정찰에 나선다는 걸 알면 선수들도 기뻐할 겁니다. 그렇게 전해달라고 했습니다."

성격이 쿨한 건가, 아니면 그냥 바보인가. 아니면 그 정도로 자신이 있는 건지 모르겠다.

"그럼 걱정 없이 보러 가볼까. 아스트로스의 홍백전이라는 게 얼마나 진짜배기인지는 모르겠지만 말야."

하지만 쓰다의 예상은 완전히 뒤집혔다.

전원이 진심으로 싸운 경기였다. 그런 의미에서 아스트로스의 현재 수준을 알 수 있는 최고의 기회였을지도 모른다.

이 계절에 이 정도 수준의 경기를 보여주다니, 그야말로 사이몬의 수완이었다. 전력을 다하지 않는 연습은 소용없다. 그런 의미에서 이날 홍백전은 실로 내용이 꽉 찬 경기였다고 인정할 수밖에 없었다.

경기 종료 후, 사이몬에게 한마디 하려고 피치 사이드로 내려갔더니 오히려 사이몬이 다가왔다.

"봐주셔서 감사합니다."

인사와 함께 오른손을 내밀었다. "어떠셨나요?"

"좋은 경기를 봤네. 나야말로 고마웠어."

그렇게 대답한 다음 쓰다는 아무래도 그 선수에 관해 물을 수밖에 없었다.

"저기, 백팀의 10번을 단 선수는 누군가?"

"나나오 게이타라고 합니다."

"나나오?"

쓰다만이 아니라 가기하라마저 고개를 갸웃했다. 주요 선수라면, 고교생까지도 꿰고 있는 가기하라도 모르다니 의외였다.

"대학 때까지 뉴질랜드에 있었으니 감독님은 모르실 겁니다."

"그랬군. 그런 선수를 자네가 발굴했단 말인가. 큰 공을 세웠어."

쓰다는 빈정대듯 말하고 팬 서비스로 운동장을 돌고 있는 아스트로스 선수들을 바라봤다.

"그건 그렇고 괜찮겠나. 내게 속사정을 훤히 보여주다니. 진짜 무대에서는 적당히 하지 않을 테니 알아두게."

"뭐, 그런 거야."

사이몬의 눈에 투쟁심이 깃들어 있었다. "우리도 더 강해져 올해야말로 사이클론스를 격파하겠습니다."

"자네는 아직 젊어. 이제 겨우 강해지는 중이야. 그 전에 화이트 콘퍼런스에서 좋은 성적을 내야지. 그게 문제 아닌가?"

작년 시즌, 사이클론스는 플래티나리그 우승을 거머쥐었다. 한편 아스트로스는 플레이오프에 진출했으나 결승전에는 나가지 못해 성적은 종합 3위. 순위에 따라 콘퍼런스를 나누는 리그 규정에 따라 이번 시즌에 사이클론스와 아스트로스는 각각 다른 콘퍼런스에 들어가게 되었다. 사이클론스가 레드, 아스트로스가 화이트 콘퍼런스였다.

"반드시 조 1위가 되겠습니다."

사이몬이 말했다. 두 콘퍼런스의 상위 두 팀까지가 플레이오프에 진출하고 우승부터 4위까지를 결정하는 구조였다.

"그렇다면 우리는 플레이오프 결승에서 싸우겠군."

쓰다는 여유로운 표정으로 대답했다. "그때 이겨주지. 자네 눈앞에서 사이클론스의 2연패를 달성하겠네."

"기다리겠습니다."

불온한 미소를 짓는 사이몬에게 오른손을 내밀고, 쓰다는 초여름 햇살이 쏟아지는 피치 사이드에서 그대로 경기장 안의 전용 통로를 통해 밖으로 나왔다. 관계자만 다닐 수 있지만 쓰다를 말리는 사람은 아무도 없었다.

럭비계에서 범접할 수 없는 쓰다의 권위와 위엄은 절대적이었다.

"감독님, 수고하셨습니다."

가기하라가 인사를 건넸다. "연습 경기를 보길 잘했네요. 아무래도 플레이오프에 오르겠죠?"

쓰다도 같은 생각이었다.

"자기 손바닥을 보여주다니 멍청한 녀석! 우리는 그런 바보 같은 짓은 안 해. 방법을 총동원해야겠어."

놀란 듯 입술을 벌리던 가기하라의 표정에 의미심장한 웃음이 드러났다.

홍백전에서 며칠 지난 날 밤에 사토무라의 휴대폰이 울렸다.

아는 전화번호가 아니었다. 받을까 말까 잠시 고민하던 사토무라는 통화 버튼을 누르고 "네"라고만 대답했다.

"사토무라 씨 휴대전화 아닌가요?"

남자 목소리가 들렸다. 목소리 인상으로는 50대 전후가 아닐까.

"그런데요."

경계심을 풀지 않고 짧게 대답한 사토무라에게 상대는 의외의 이름을 댔다.

"저는 사이클론스의 제너럴 매니저 가기하라입니다."

직접 얘기를 나눈 적은 없으나 얼굴과 이름은 알고 있었다.

"놀라게 해서 죄송합니다. 이 번호는 난바라에게 들었습니다."

가기하라는 대학 때 함께 럭비부였던, 지금은 사이클론스에 있는 남자의 이름을 댔다.

아, 그러냐고 얘기하는 수밖에 없었다.

"실은 얘기를 좀 하고 싶은데 시간 내주실 수 없겠습니까?"

"얘기라니……."

"전화로는 좀."

가기하라는 말을 흐렸다. "다만 당신에게 나쁜 얘기는 아닙니다. 내일이나 모레, 연습이 끝난 후 어떨까요?"

"9시가 넘는데요."

"괜찮습니다."

가기하라는 싹싹하게 대답했다. "장소를 알려주면 가겠습니다. 30분이면 됩니다."

그렇다면, 이라는 생각에 사토무라는 집 근처 패밀리레스토랑을 지정했다. 시간은 9시 30분. 가게는 11시가 넘어서까지 하니까 괜찮다.

"알겠습니다. 그럼, 그때 뵙죠."

가기하라는 말하고는 끝에 한마디 덧붙였다. "이 일은 비밀로 해주십시오."

대충 무슨 얘기인지 짐작이 갔다.

"그럼 내일을 기다리죠."

가기하라와의 통화를 끊은 후 거실에서 사토무라는 한동안 생각했다.

아무래도 예기치 않은 곳에서 미래의 문이 나타난 듯했다. 문제는 그 문을 여느냐 마느냐였다.

3

"나나오 씨. 잠깐만······."

후지시마 레나가 말을 걸자 옆자리의 나나오가 하던 일을 멈추고 일어났다.

레나가 들고 있던 서류를 같이 들여다봤다. 조금 전 나나오가 작성해온 사업 안건 서류였다. 임원회에 쓸 중요 자료였다.

"사업의 장래 예측은 요코하마공장의 예상이니까 어쩔 수 없다고 해도 경비 견적에서도 빠진 부분이 몇 군데 있어. 그걸 포함하면 이런 숫자가 될 수 없어."

"아, 그렇군요. 어쩐지 너무 잘된다 했죠."

나나오는 변함없이 어딘가 태평한 대답을 던졌다.

"그럼 좀 더 의심하라고."

너무 느슨한 걸까, 아니면 솔직한 걸까.

평소의 레나라면 이런 태도를 접했을 때 더 날카롭게 대했을 텐데 이날은 그렇지 않았다.

나나오 게이타가 도대체 어떤 사람인지 흥미가 생겼기 때문이다.

지난 주말 홍백전에서 본 나나오의 플레이는 지금도 뇌리에 선명하게 박혀 떨어지지 않았다.

확실히 나나오의 키는 190센티미터에 가까웠고 딱 보기에도 단단해 운동깨나 한 사람으로 보였다. 레나도 잊고 있었는데 신입사원 환영회 때 누군가가 나나오에게 물었다. 무슨 스포츠를 했느냐고. 옛날에 럭비를 조금 했다고, 그렇게 대답했던 것으로 기억한다. 그게 나나오의 성격이었다. 그래서 조기축구회 정도로 럭비를 하고 놀았겠거니 했다. 그런 자신이 한심했다.

"그러고 보니 작년, 다카오카상사에 같은 사례가 있었는데. 잠깐 기다려봐."

레나는 과거의 사업기획서를 모아둔 캐비닛에서 파일을 찾기 시작했다.

"어떤 안건이었나요?"

파일 이름을 물은 나나오도 같이 캐비닛을 들여다봤다.

나, 홍백전, 스탠드에서 봤어.

같이 서류를 찾으면서 레나는 수없이 목구멍까지 올라오는 이 말을 의지의 힘으로 밀어 넣었다.

언제 럭비팀에 들어갔어? 지금까지 어디서 럭비를 했어? 아스트로스에 발탁되어 우리 회사에 온 거야? 어떻게 그런 플레이를 할 수 있어?

묻고 싶은 것들이 계속 솟아올랐다.

"저기요, 후지시마 씨."

나나오가 당황한 듯 레나를 보고 있었다.

"지금 들고 있는 그거, 그거 아닌가요? 다카오카상사라고 적혀 있는데."

"아아! 이거야, 이거!"

정신이 팔려 넋을 놓고 있었다. 레나는 더는 참을 수 없었다.

"저기, 묻고 싶은 게 있는데 말이야. 나나오 씨, 럭비팀에 들어간 거야?"

너무 당돌한 질문이었을지 모른다.

"네, 들어갔습니다. 임시 합류지만요."

서류를 펄럭펄럭 넘기면서 김이 샐 정도로 가벼운 대답이 돌아왔다.

"임시 합류?"

럭비팀에 정말 그런 제도가 있었나? 기억나질 않았다.

"그런데 말이야, 왜 내게 말하지 않았어? 안 물어보긴 했지만."

애당초 나나오의 교육 담당이 바로 나인데……. 아니, 열광적인 아스트로스 팬으로 책상에 작은 응원 깃발까지 세워놓은 내게 말하지 않았다니 이게 무슨 일인가.

"죄송합니다. 일과는 상관없는 것 같아서요."

어, 그러고 보니 이상하네. 분명 럭비팀 훈련은 매일 3시부터인데, 평일에 나나오가 회사를 빠진 일이 한 번도 없었다.

"뭐야?"

점점 영문을 알 수 없어져 레나가 물었다. "임시 합류라는 게 뭐야?"

"평일 팀 훈련은 면제이고 주말만 요코하마 운동장에서 같이

연습했습니다. 적어도 해외사업부에서의 일을 배울 때까지는 그
래야죠. 럭비를 좋아하지만 제게는 이 일이 더 중요하니까요."

그러고도 그런 연계 플레이를 잘도 해냈다고? 레나는 혼자
전율했다.

"작전 같은 사항은 감독님이 설명해주셨고 주말 훈련도 있으
니까요." 나나오가 아무렇지도 않게 말했다.

"럭비, 어디서 했어?"

레나가 물었다.

"뉴질랜드 대학에서요. 계속 럭비부였습니다."

나나오는 무슨 이유에선지 갑자기 표정을 지웠다.

"럭비로 입사할 생각은 없었어?"

"2학년 때 부상을 당했어요. 그래서 출전 기회가 없어져 결
국에는 어디서도 제안을 받지 못했습니다. 그래서 그냥 취직하
려고 했죠. 저쪽 학교는 12월에 끝났어요. 그런데 사이몬 감독
님이 말씀해주셔서 이리로 왔죠."

"그런데 왜 임시 합류야?"

그게 마음에 걸렸다.

"부상을 당하고 보니 럭비에만 매진한다는 것의 위험을 깨달
았습니다. 럭비는 어디까지나 취미이고 이 회사에는 비즈니스
를 하고 싶어 입사했습니다. 럭비로 먹고살겠다는 생각은 없어
요. 아니, 정확하게는 럭비로는 절대 통하지 않아요. 세계에는
대단한 선수가 정말 많으니까요. 상상을 초월하는 체격으로 곡
예 같은 오프로드 패스를 아무렇지도 않게 하죠. 일본인이라면

283

날아갈 만한 태클을 당하면서 말입니다. 제게는 그만한 소질이
없어요."

"그런 건 노력해서 얻어질 수 없는 거야?"

나나오는 잠시 생각에 잠겼다가 "네"라고 대답했다. 그 목소
리가 왠지 자신을 설득하는 듯 들린 것은 기분 탓일까. "그래서
일을 최우선에 놓기로 했습니다. 이렇게 늘 잘 알려주는 선배도
있고요. 정말 고맙습니다."

"그야 뭐."

겸연쩍으면서도 복잡한 마음이었다.

정말 그래도 되나 하는 생각이 들었다.

정말 오래 럭비를 봐온 레나에게도 홍백전에서 본 나나오의
플레이는 정말 멋졌다. 저렇게 재능이 많은 선수가 어떤 이유
에서든 럭비를 포기하고 평범한 회사원으로 살겠다는 건 너무
아깝지 않나.

나나오가 공을 잡을 때의 날카로움. 처음에는 반신반의하며,
혹은 눈을 의심하며 봤다. 그러나 중간부터 그 생각은 흥미와
기대로 변했다. 그 정도의 힘이 나나오에게는 있었다. 그 유명한
하마하타를 일격에 쓰러뜨린 태클의 강력함과 빠르기는 그가
일류 선수임을 증명하는 확실한 증거였다.

"실은 나, 얼마 전 열린 홍백전 봤어."

나나오의 얼굴에 놀라움이 번졌다.

"죄송합니다. 몰랐네요."

"알려줄래?"

레나가 다시 물었다. "도대체 나나오 씨는 지금까지 어떤 럭비 인생을 살아왔어? 그게 알고 싶어. 한 사람의 럭비 팬으로서."

나나오는 조금 당황하는 듯했으나 "대단할 것도 없는데요"라고 전제한 후 이야기를 꺼냈다.

그건 타원형 공을 둘러싼 한 남자의 궤적이었다.

4

나나오 게이타는 원래 축구 소년이었다.

초등학교 2학년 때 동네 축구팀에 들어갔다. 이유는 친한 친구가 들어갔기 때문이었다.

팀 색깔인 빨간 유니폼을 입고, 공을 쫓으며 운동장을 뛰어다녔다.

공이 있으면 골키퍼를 제외한 전원이 몰려드는 무질서한 축구에 이윽고 규율이 생기고, 연차가 오르면서 시스템이라 부를 만한 형태가 생겼다. 그런데 나나오는 그 시스템과는 거의 관계없는 지점에 있었다.

5학년 때 골키퍼로 임명되었기 때문이다. 팀 중에서 가장 체격이 좋다는 이유로 코치는 아무런 주저 없이 나나오의 포지션을 골키퍼로 결정했다.

그게 불만이었다. 사실은 미드필더를 하고 싶은데 몸이 크다는 이유만으로 골키퍼라니 받아들일 수 없었다. 팀에서 자신이

285

가장 발이 빠르고 패스도 잘한다는 자신감이 있는데 말이다.

나는 미드필더가 되고 싶어요. 나나오는 줄곧 그렇게 주장했으나 끝내 희망은 이루어지지 않았다.

코치가 포지션 변경을 허락하지 않은 게 아니라 양모를 취급하는 전문상사에 근무하던 아버지의 해외 전근이 정해졌기 때문이다.

그리하여 6학년이 되기 직전, 나나오는 부모님과 여동생까지 가족 넷이 뉴질랜드로 삶의 터전을 옮겼다. 나나오는 그 후 얼마 안 되어 럭비와 처음 만났다.

축구팀에 들어가고 싶어 뭐든 찾으려고 했죠.

해외에 사는 일본인 가족에게 현지 일본 교민 사회는 든든한 버팀목이 될 때가 많았다. 나나오 가족에게도 예외는 아니었다.

그런데 교민 사회의 친구 소개로 어머니가 찾아준 것은 축구팀이 아니라 현지 아이들이 다니는 럭비팀이었다.

"비슷한 것 같으니까 괜찮을 거야."

이 말은 지금도 기억하는 어머니의 대담한 발언이었다. 나나오의 태평함은 틀림없이 이 어머니의 유전자에서 비롯된 게 클 것이었다. 참고로 체격과 강한 근육은 아버지에게서 물려받았다. 아버지는 대학 시절에 하키 선수로 활약한 체육인으로 본인 말로는 일본 대표 직전까지 갔었다고 한다. 결국은 사회인이 되면서 하키를 은퇴하고 가끔 대학 동창회에 나가 술이나 마시는 정도였다.

축구가 좋지만 부근에 팀이 없으니 어쩔 수 없지. 쉽게 마음을 바꾸는 성격 역시 당시부터 이미 건재해 "뭐, 한번 해볼까?" 하고는 팀의 막내로 들어가 태어나 타원형의 럭비공을 처음 만져보았다.

놀랍게도 나나오는 곧바로 주전선수가 되었다.

아마도 재능이 있었을 것이다. 하지만 그것은 이후 나나오 앞을 막아서는 압도적인 재능과는 차원이 다른 것이었다.

뉴질랜드는 럭비 대국으로 알려져 있는데 나라 자체는 놀라울 정도로 작았다.

인구는 약 470만 명. 도쿄 인구의 반에도 미치지 못한다. 반면에 양의 수는 약 2700만 마리. 그런데 뉴질랜드 럭비 대표인 '올 블랙스'의 세계 랭킹은 1위로, 국가대항전에서도 압도적인 승률을 자랑하고 있었다.

나나오는 처음에 럭비라는 스포츠의 규칙조차 몰랐는데, 시작하고 깨달은 게 있었다.

이 스포츠가 자신에게 맞는다는 것이었다.

공을 잡으면 늘 창의력을 시험받는 것만 같았다.

다양한 플레이의 선택지를 순식간에 판단하고 정확하게 수행한다.

상황을 판단해 상대의 허를 찌르는 패스를 던진다. 혹은 달린다. 그런 걸 생각하는 게 나나오는 좋았다.

현지 아이들 사이에서도 몸이 컸던 나나오는 몸이 부딪혀도 뒤지지 않았고, 발도 머리 회전도 빨랐다.

그리하여 팀에 들어온 지 반년도 지나지 않아, 경기 전에 코치에게 불려가 주전이라는 소리를 들었다.

등 번호는 10번. 팀의 사령탑이었다. 축구 시절까지 통틀어 처음으로 운동장을 뛰는 역할을 손에 쥔 순간이었다.

나나오가 들어간 팀은 뉴질랜드의 교육 시스템에 맞춰 최고 13세까지로 구성되고, 14세가 되면 자동으로 18세까지 구성된 상부 팀으로 넘어갔다.

상부 팀은 수준이 높아 오클랜드 대표가 당시 세 명이나 있었다. 거기서 나나오가 배운 사실은 전략과 기술이라는, 머리로 이해할 수 있는 것만이 아니었다.

평생 갈 우정, 배려, 고결함, 승리에 대한 한없는 집념. 이거야 말로 나나오가 럭비라는 스포츠에서 받은 최고의 선물이었다.

운동장 안이 아니라 인생에서 통용되는 원리원칙이었다.

팀에서 나나오는 계속 빛났고 창의력 넘치는 10번으로 운동 장에 군림했다.

하지만 동시에 이 무렵이 되자 나나오는 자기 능력의 한계를 자연스럽게 깨달았다.

18세 정도까지는 같은 세대의 주 대표와 국가대표로 선발되는 선수와 어깨를 나란히 할 자신감이 있었다. 자신도 국적만 있다면 대표팀에 들어가 그들보다 더 활약할 수 있다고.

그런데 실제로 나나오는 대표팀에서 멀리 떨어져 있는 존재 였다.

초등학교 때부터 일본 밖에 있어서 일본 대표와도 무관한 존재였다. 일본 럭비 관계자에게 나나오는 완전한 무명, 존재하지 않는 거나 마찬가지인 선수였다. 그래도.

언젠가 최고의 프로팀에서 경기하고 싶다.

나나오는 그렇게 생각했다. 대표로 불리지는 않더라도 이대로 계속 활약하면 어디선가 누군가의 눈에 들 것이다.

그런데 오클랜드대학에 진학하고 럭비부에 들어가 보니 거기에는 뉴질랜드를 대표하는 수많은 재능이 모여 있었다. 거대한 남자들의 태클에도 전혀 흔들리지 않는 강인한 육체를 지닌 적수들이 가득했다.

그곳에서의 포지션 획득이란 너무나도 좁은 문이었다.

5

"대학 2학년 때 부상을 당한 거네."

해외사업부가 있는 층 구석의 작은 자판기 자리에서, 레나는 나나오의 말을 듣고 있었다.

작은 테이블과 의자가 있고, 창으로 오테마치의 빌딩가가 내려다보였다.

레나는 의자에 앉고 나나오는 벽에 기대 그 경치를 내려다보면서 말했다. 어중간한 시간대라 다른 사원은 없었다.

"어딜 다쳤어?"

"무릎요."

나나오는 선 채 오른쪽 무릎을 손으로 만졌다. "경기하다 뒤에서 태클을 당했어요. 무릎 앞십자인대가 끊어졌죠."

들은 적 있다. 럭비처럼 접촉이 많은 스포츠에 많은 부상으로, 중상이면 선수 생명과도 관련이 있다고. 복귀에는 상당히 오랜 시간이 필요했을 것이다.

"그 후로는 재활만 했습니다. 당연하지만 경기에도 못 나가고 선수 등록도 하지 못했죠. 그러니 누구의 눈에도 들지 못한 게 당연하죠."

나나오는 시선을 밖으로 던지며 쓸쓸한 미소를 지었다.

"하지만 나았잖아?"

유감스러운 마음으로 레나가 묻자 "아마도"라는 애매한 대답이 돌아왔다.

"나았다기보다는 지금은 나아가는 중이라고 해야겠죠. 자신이 없어요. 폭탄을 안고 있는 것 같아요. 하지만 좋은 점도 있죠."

나나오는 딱 잘라 말했다. "부상 덕분에 제 인생을 다시 생각할 수 있었습니다. 만약 럭비의 길을 선택한 다음에 부상을 얻었다면 그때는 이미 앞이 없었겠죠. 학창 시절이어서 럭비와 거리를 두겠다는 마음을 먹을 수 있었어요. 그건 틀리지 않은 생각이었어요."

나나오를 조금은 다시 보게 되었다.

한심한 후배라고 생각했는데 그는 그 나름대로 좌절을 경험하고 지금 여기에 있구나.

"자신이 어디까지 할 수 있는지 시험해보고 싶지 않았어?"

자연스럽게 나온 질문인데 나나오는 바로 대답하지 않았다.

표정이 굳어진 걸 보니 나나오에게는 그 질문이 어떤 종류의 결심을 필요로 하는 것임을 알 수 있었다.

"올해 1월에 사이몬 감독님이 직접 연락하셨습니다. 만나고 싶다고. 마침 제대로 취직이 안 되어 곤란해하던 차였습니다. 제 사정을 이해해주며 그렇다면 도키와자동차에 들어와 같이 하자고 권하셨죠."

"기뻤어?"

"네. 기뻤습니다. 이제는 본격적인 럭비는 못 할 거라 생각했거든요. 하지만 결단을 내리지 못했습니다."

나나오는 고개를 숙였다가 얼마 후 고개를 들고 창밖으로 시선을 던졌다. "고등학교 때도 대학 때도 저는 언제나 대표에 뽑히지 못했습니다. 그리고 대학 졸업반이 되었는데도 저를 불러주는 사회인팀은 하나도 없었습니다. 그런데 사이몬 감독님은 부상 전 경기를 보시고 저를 주목해줬죠. 우연일지도 모르겠지만 선수로서 이것보다 기쁠 수는 없죠. 럭비를 또 할 수 있다!"

럭비를 또 할 수 있다!

나나오는 망설이고 있을지 모른다. 하지만 그 말이, 얼마나 생생한 기쁨으로 가득하고 반짝이는지.

얼마 전의 홍백전.

그 반짝임은 그대로 나나오의 기쁨이었을지 모른다. 레나는 그렇게 생각했다.

다시 운동장에 설 수 있다는 감동. 자신을 필요로 하며 불러

준 데 대한 감사. 그리고 럭비를 다시 할 수 있다는 감격. 그 모든 게 멋진 플레이라는 결실로 돌아왔겠지.

부상이 없었다면 나나오는 그렇게까지 잘했을까? 레나는 생각했다.

럭비 선수로서의 나나오의 능력은 일본인을 능가한다.

그런 선수가 임시 합류라고는 해도 아스트로스의 유니폼을 입은 것이다.

"나나오 씨, 망설이고 있을 때가 아니야."

레나가 말했다. "자신을 필요로 하는 곳이 있다는 건 정말 행복한 일이니까. 당신은 아스트로스에 필요해. 승리하기 위해. 럭비를 해야 하는지는 나나오 씨가 결정해야겠지만 어정쩡한 행동은 용서할 수 없어. 모두 진지하게 하고 있다고. 당신은 이제 럭비에 거는 꿈이 없어?"

나나오는 대답하지 않았다. 창밖으로 시선을 던진 채 가만히 생각에 잠겨 있던 나나오가 입을 뗐다.

"한 번이라도 좋으니까 스타디움을 가득 채운 관중 앞에서 결승전을 하고 싶어요."

그런 대답이 나왔다. "만약 아스트로스에 들어간다면, 활약할 수 있다면, 우승하고 싶습니다."

럭비를 해본 적 없는 레나가 부상에 대한 공포를 알 수는 없었다. 그래도 나나오가 최고 수준의 선수란 건 분명히 알 수 있었다. 요구되는 육체적 조건 수준은 일반인에 비할 바 아닐 것이다.

보통 사람에게는 아주 사소한 불안이 프로 스포츠 세계에서는 극대화되듯, 나나오의 안에도 그냥 넘어갈 수 없는 뭔가가 있을지 모른다.

"그럼 도전해봐."

레나가 나나오의 등을 떠밀었다. "도망치기보다 부딪혀보는 편이 훨씬 쉬워. 필요한 건 용기뿐이지."

나나오의 표정이 확 변하더니 깊은 생각을 담은 눈빛이 똑바로 정면을 응시했다.

대답은 없었으나 레나의 그 한마디가 가슴속으로 천천히 가라앉고 있음을 알 수 있었다.

"지금 하지 않으면 후회할 거야."

레나도 나나오의 옆에 서서, 노을이 지기 시작하는 오테마치의 풍경을 내려다봤다. "사이몬 감독님은 나나오 씨를 버리지 않아. 부상을 당했어도, 럭비 이외의 길을 찾는 걸 알면서도 여기로 불러줬지. 나는 왜 그랬는지 알아."

레나는 나나오를 돌아봤다. "나나오 씨라면 아스트로스를 바꿀 수 있으니까. 나는 강해진 아스트로스를 보고 싶어. 그 모습을 힘껏 응원하고 싶어."

나나오는 여전히 앞을 본 채 레나의 마음이 담긴 말을 듣고 있었다.

아마 곧 나나오는 이 부서를 떠나 요코하마공장으로 옮기겠지.

지금 레나가 할 수 있는 일은 이렇게 격려하는 것뿐이었다.

"나나오, 힘내!"

레나는 그의 등을 툭툭 두드렸다. "인생은 한 번밖에 없어. 그런데 늘 소중한 걸 놓치지. 나나오 씨에게 소중한 게 있잖아? 그걸 생각해."

레나는 들고 있던 종이컵을 옆에 놓인 쓰레기통에 던져 넣고 나나오를 홀로 남겨둔 채 해외사업부 책상으로 돌아왔다.

나나오 게이타가 아스트로스의 정식 합류를 표명한 것은, 그로부터 얼마 지나지 않아서였다.

3장
6월의 릴리스레터•

1

"기미시마, 여기까지 오게 해서 정말 미안해."

경영전략실을 방문한 날, 와키사카는 아주 기분 좋게 맞아주었다. "실은 지금, 4월부터 내 관리 부문이 된 사업에 대해 나름대로 다시 살펴보고 있었네. 그러다가 럭비팀 전망에 대해 자네 의견을 듣고 싶어서 말이야."

"작년 시즌보다 더 나은 성적을 내기 위해 강화를 도모하고 싶습니다. 부디 잘 부탁드립니다."

"사이몬은 뛰어난 감독 같더군. 그를 데려온 건 자네 공적이야."

"고맙습니다."

기미시마는 일단 감사 인사를 건넸으나 이어서 나온 와키사카의 질문에 흠칫 방어적인 자세를 취했다.

• 이적 승낙서.

"자, 기미시마. 그래서? 자네 진심은 무언가?"

"진심이라뇨?"

와키사카의 얼굴에서 미소가 사라졌다.

"실제로 아스트로스를 존속하는 데 의미가 있나? 그걸 묻고 싶네."

단도직입적으로 물었다.

"그건 상무님께서 아스트로스에서 어떤 의미를 원하는지에 달렸겠죠."

와키사카도 자신과 마찬가지로 럭비에는 문외한이다. 그리고 오랫동안 숫자만 바라보며 익힌 경영 습관이 있었다.

채산을 내지 못하는 부문, 즉 적자를 마냥 싫어하는 습관이었다.

"지금 연간 16억 엔 이상의 자금을 투입하고 있어. 그런데 돌아오는 건 없는 것이나 마찬가지잖나. 자네 노력도 잘 알고 이전 시즌들보다 월등한 관객 동원을 달성했지. 정말 잘 해냈어. 하지만 일본럭비협회가 우리 같은 문제의식으로 대응하고 있나? 나는 그렇지 않다고 생각하네. 자네 의견은?"

와키사카는 질문을 직구로 날렸다.

"상무님의 의견은 너무나 지당하십니다. 그러나 우리에게 찬성하고 동조하는 팀도 생기고 있습니다. 이런 움직임이 커지면 수지 불균형은 개선될 겁니다. 하지만 그게 언젠지는 모르겠습니다."

"그래, 맞아. 언젠가는 개선될지 모르지."

와키사카는 '언젠가'와 '될지'라는 단어에 힘을 주어 말했다. "그런데 우리가 그때까지 함께할 필요는 없지 않을까?"

"그 말씀은 럭비팀을 없애겠다는 겁니까?"

기미시마의 질문에 와시카사는 아니라며 얼굴 앞까지 손을 들어 올려 흔들었다. "지금은 거기까지 말할 상황이 아니지. 일단은 팀을 구조조정해 예산을 줄이면 어떨까 싶은 거지. 그냥 버리기에 16억 엔은 너무 크니까."

와키사카의 말투는 가벼웠으나 진심이었다.

"무슨 말씀이신지 잘 알겠습니다. 하지만 이것도 최소한의 금액입니다. 상무님, 플래티나리그에 참여하는 이상 필요 불가결한 경비입니다. 이해해주실 수 없습니까?"

"그렇다면……."

와키사카는 팔걸이 의자에서 등을 떼고 가만히 기미시마의 눈을 응시했다. "그만둔다면?"

농담이 아니구나. 진심을 드러낸 한마디에 기미시마는 침묵했다.

"걱정하지 말게. 올해는 괜찮아. 이미 예산이 통과되었으니까. 하지만 내년 이후로는 더는 없다고 생각하게. 각 부문 모두 괜한 경비를 조금이라도 줄이려고 피나게 노력하고 있어. 그런데 이런 바보 같은 놀이에 어울릴 정도로 도키와자동차는 한가하지 않아. 적어도 나는 그렇네."

기미시마는 반론의 말을 찾았으나 와키사카는 들을 생각이 없는지 자리에서 일어나며 나가라는 의향을 알렸다.

이사회에 불려가 다키가와와 대결했을 때 거기에는 중재역의 시마모토 사장이 있었다. 그러나 그보다 다키가와에게는 결단코 럭비팀을 없애겠다는 의지가 없었다.

지적할 만한 점을 지적하고 개선을 촉구한다.

폐지를 언급하면서도 시마모토의 한마디에 뜻을 접었던 것은, 오히려 다키가와가 럭비를 이해하고 있다는 증거가 아니었을까.

하지만 와키사카는 달랐다.

이 남자는 진심으로 럭비팀을 없애려 하고 있다.

럭비에 대한 애정은커녕 사정을 봐줄 마음이 조금도 없다.

와키사카야말로 아스트로스의 진정한 적이었다.

2

아스트로스의 운영비가 이번 시즌을 마지막으로 깎일지 모른다.

그 후 열린 이사회에서 와키사카가 내뱉은 발언 탓에 그런 소문이 돌기 시작했다.

그 자리에서 와키사카는 다음 분기 이후의 과제로, 아스트로스 운영비의 대대적인 삭감을 제안한 것이었다.

이사회에 참석했던 신도 공장장의 말로는 와키사카의 발언은 일본럭비협회의 구태의연한 체질 비판과 협회에 대한 강렬한 불만, 인기 종목이 아닌 럭비라는 종목의 문제와 관객층의 고령화, 티켓 판매 부진에 대한 무대응, 참가팀 기업에 의존해 자립할 의사가 없는 '무사안일주의' 등 온갖 분야에 이르렀다고 했다.

"내게 답을 하라는데 럭비의 미래상을 물으니 정말 할 말이 없더군."

신도는 그때 일을 떠올리며 이마의 땀을 닦았다. "설마 그 자리에서 그런 말이 나올 줄은 생각하지도 못했어. 제대로 반론하지 못해 미안하네."

"아닙니다. 이제 새 시즌까지 두 달밖에 남지 않았습니다. 이렇게 중요한 시기에 상무님이 그런 말을 하다니, 이건 아니죠."

하지만 기미시마는 알고 있었다.

와키사카는 원래 그런 사람이다.

이제 막 시작하려는 타이밍에 맞춰 일부러 찬물을 끼얹는 짓을 하는 사람이다. 망가뜨리려고 작정하면 상대가 가장 싫어할 일을 한다. 와키사카는 그걸 전략이라 생각하겠지. 사실 전략인 것은 분명했다. 하지만 그것은 동시에 비열한 사고회로를 증명하는 것이기도 했다.

"럭비팀은 보통 예산 시즌에만 화제에 오르는 거였는데."

신도는 미간에 깊은 주름을 잡았다. "그런데 이런 시기에 불쑥 의제로 던진 걸 보면 상무가 진심을 드러낸 거 아닐까?"

"시마모토 사장님은 뭐라고 하셨나요?"

"잠자코 있더군. 지금 당장 결론을 내겠다는 건 아니고 묻고 싶었다면서 상무가 미리 말해둔 게 있었으니까. 갑작스럽게 결정할 일이 아니라서 일부러 지금 말을 꺼낸 거겠지."

아마도 이 이야기는 이미 선수들의 귀에도 들어갔을 것이다.

"선수들 사이에 불안이 퍼지지 않았으면 좋겠는데."

신도가 내뱉은 불안에 기미시마는 그저 고개만 끄덕일 수밖에 없었다.

3

"잠깐 할 얘기가 있는데요."

누가 불러 돌아보니 거기에는 사토무라가 서 있었다. 공장 품질관리과에서 일하는 사토무라는 도키와자동차의 작업복과 끝을 둥글게 말아 넣은 작업 모자를 쓰고 있었다.

스크럼하프에는 덩치가 작은 선수가 많았다. 사토무라도 예외는 아니라 모르고 보면 럭비 선수인지 모를 것이다.

"아! 그러지."

대답한 기미시마는 사토무라의 얼굴을 보고 '어라?'라고 생각했다. 뭔가 문제를 안고 있는 표정이었기 때문이다. 빈 미팅룸으로 들어갔다.

"무슨 문제라도 있나?"

기미시마가 물었다. 선수들이 안고 있는 문제는 운동장 안의 것뿐 아니라 매우 다양했다. 그런 고민에 답해주는 것이 총무부장이자 제너럴 매니저이기도 한 기미시마에게는 아주 중요한 일 중 하나였다.

"아뇨. 문제라고 할 것까진 아니고요. 그게……."

미팅룸에 마주 앉은 사토무라는 시선을 돌려 자기 손을 가만히 바라봤다. 그 시선이 곧 기미시마에게 돌아오는가 싶더니 갑자기 질문이 날아왔다.

"우리 팀 운영비가 깎인다는데 정말인가요?"

기미시마는 내심 놀랐다.

"만약 그렇게 되면 플래티나리그에 있을 수 없어요."

"와키사카 상무가 그렇게 말한 건 맞지만 그건 어디까지나 개인적인 생각에 불과해. 실제로 어떻게 될지는 다른 문제야. 실업팀이라면 어디든 그런 얘기가 있지. 그래서 우리에게 그런 의견을 막을 만한 실력이 필요한 거고."

"부장님, 작년에 저희 3위였어요. 그런데도 그런 말이 나왔다고요. 노력해봤자 소용없지 않을까요?"

"그렇지 않아. 지역 연계형 팀이 되길 중단하면 지역과의 연결고리가 끊어져. 단순히 경제적 합리성만으로 존폐를 결정할 순 없어. 기업의 사회성을 생각해도 아스트로스는 필요해. 자네도 그렇게 생각하겠지?"

기미시마가 설득을 시도하는 그때 사토무라가 결연하게 고개를 들었다.

"팀을 그만둬도 될까요?"

전혀 뜻밖의 말이었다.

"이봐! 사토무라. 잠깐만!"

기미시마는 놀라며 상대방을 진정시키려 했다. 그러나 사토무라는 지극히 냉정한 표정으로 단정하게 앉아 있었다. 그리고 말했다.

"일본모터스에 가게 해주십시오."

사토무라는 다시 경악할 수밖에 없는 말을 꺼냈다.

아연한 기미시마는 뚫어져라 사토무라를 쳐다봤다.

"사토무라, 진심인가? 아스트로스를 나가 사이클론스에 가겠다고?"

기미시마는 쥐어짜낸 듯한 목소리로 물었다.

"선수로서 더 나은 환경을 추구하는 건 당연합니다. 저는 언제 운영비가 깎일지 모르는, 아니 폐지될지도 모르는 팀에서 플레이하고 싶지 않습니다."

"그러니까 그 말은, 와키사카 상무가 마음대로 떠든 거라고 했잖나."

기미시마는 말에 힘을 주었다. "지금 자네가 빠지면 곤란해. 사이몬 감독은 자네를 핵심으로 두고 팀을 구상해왔다고. 다시 생각해주게."

기미시마는 갑작스러운 이적 표명에 격렬하게 동요했다. 그와 동시에 분노를 느꼈다. 아스트로스로서는 도저히 받아들이기 힘든 일이 일어나려 하고 있었다.

"우리와 함께 우승을 목표로 힘써보세. 부탁이네."

양 무릎에 손을 짚고 고개를 숙였을 때 "우승 같은 소리"라는 사토무라의 목소리가 들렸다. 기미시마는 고개를 들었다.

"뭐라고?"

사토무라의 입술에 비틀린 웃음이 달라붙어 있었다.

"우승 같은 걸 할 수 있을 리 없죠."

기미시마는 어이없는 표정으로 사토무라를 응시했다.

"아스트로스가 우승이라니, 무리죠."

"진심으로 하는 말인가?"

"당연하죠. 주요 선수는 이제 전성기를 지났어요. 그건 하마하타 씨를 봐도 알 수 있죠. 그렇다고 세대교체를 할 수 있을 정도로 젊은 선수를 키운 것도 아니잖아요. 결국에는 지금까지 신인을 키우지 않은 결과가 돌아온 거죠. 작년 시즌의 3위는 그저 결과가 좋았던 거죠."

팀을 비판적으로 평가하는 사토무라를 보고, 그제야 기미시마는 깨달았다.

팀 폐지나 운영비 삭감을 걱정한 건 형식적인 게 아닐까? 이 팀이 존속하든 없어지든 그에게는 관계없다. 이 남자의 마음은 처음부터 강호 사이클론스로의 이적으로 굳어져 있었다.

"사이클론스에서 제안을 받은 건가? 아니면 자네가 이적을 희망한 건가?"

기미시마는 분노해 경직된 목소리로 물었다.

"그런 거야, 어떻든 상관없지 않나요?"

사토무라는 피식 웃고는 내뱉듯 말했다. "사이클론스에는 일본 대표로 함께 싸운 사람들이 잔뜩 있어요. 젊은 선수들도 많고요. 저는 그런 팀에 가고 싶습니다."

"아스트로스를 버리겠다?"

사토무라는 실소했다.

"플래티나리그 우승 따위, 작은 꿈이죠. 제 꿈은 유럽 프로리그에서 활약하는 겁니다. 거기서 활약하려면 아스트로스로는 무리입니다. 부장님도 그 정도는 사실 아시잖아요?"

"아니, 모르네."

기미시마는 사토무라를 노려보면서 단숨에 부정했다. "나는 모두를 믿고, 앞으로도 마찬가지야."

"부장님은 어차피 문외한이니까요."

사토무라는 한심하다는 듯 말했다. "일단 저는 더 위를 목표로 하려고요. 이건 고심 끝에 내린 결론입니다. 이적하겠습니다. 검토의 여지는 없습니다."

"사토무라, 그게 사회인으로서의 태도인가?"

어이없어하는 기미시마에게 사토무라는 대답하지 않았다.

"자신이 어떻게 하든지 자기 마음이라고 생각하나? 자네는 전혀 은혜를 모르는 것 같은데 자네를 포함해 지금까지 회사가 얼마나 아스트로스에 투자했는지 아나? 그런 혜택을 받았다는 사실은 잊었어?"

"그건 어느 팀이나 마찬가지 아닌가요?"

사토무라가 말했다. "아스트로스만이 아닙니다. 어디나 그래요. 럭비란 그런 겁니다."

기미시마는 그 반론에 슬픔에 가까운 감정을 느꼈다.

"사토무라, 그건 아니지. 럭비만 특별하지 않아. 학생이라면 모를까 사회인으로 스포츠를 할 수 있는 신분이야. 회사나 팀에게 감사하는 마음이 없다면 어떻게 하나? 그런 사람은 우리가 사양하네. 그만둘 테면 그렇게 하게."

"그러니까 이미 그만두겠다고 했잖아요?"

사토무라는 태연하게 대답했다. "그리고 하나 더 부탁할 게 있는데 제 이적 승낙서, 부탁드립니다."

이적 승낙서를 발부하면 사토무라의 이적을 승낙하는 게 된다.

플래티나리그 규약에 따르면, 현재 재적한 팀이 이적 승낙서를 발행하지 않은 선수가 다른 팀으로 이적하면 1년 동안 공식 경기에 출장할 수 없다.

이적 승낙서를 발행하느냐 마느냐는 팀의 마음에 달렸지만 이제까지 아스트로스가 이적 승낙서를 발부하지 않은 적이 없다는 사실을 기미시마는 알고 있었다. 당연히 발부해줄 거라 사토무라가 생각하는 것도 무리는 아니었다.

"사토무라, 정말 뻔뻔하군."

기미시마가 차갑게 말했다. "내가 그런 걸 발부해줄 것 같나?"

"부장님, 저는 아마도 다음 일본 대표 테스트 시합에 불릴 겁니다."

사토무라는 자신만만했다. "그런 제게 이적 승낙서를 발부하지 않는다는 건 일본 럭비에 대한 도전일 텐데요?"

"웃기지 마!"

일갈한 기미시마는 분노한 채 사토무라를 바라봤다. "나는 아스트로스의 제너럴 매니저야. 일본 럭비의 미래를 생각해도, 이런 말도 안 되는 이적을 아, 그러세요, 하고 인정할 수는 없지. 사회인으로서 말이야."

사토무라는 짧은 한숨을 내쉬더니 "뭐, 곧 알게 되겠죠"라는 한마디를 던지고 자리에서 일어났다.

"이달부로 럭비팀과 회사를 그만두겠습니다. 신세 많이 졌습니다."

사토무라는 작업복 안주머니에서 사표를 꺼내어 분해 하는 기미시마 앞에 내려놓고 인사한 뒤 미팅룸에서 나갔다.

"사토무라 씨, 무슨 일 있어요?"

기미시마의 굳은 표정을 알아차렸는지, 총무부로 돌아오자 다에가 제일 먼저 물었다. 기시와다도 걱정스러운 얼굴로 귀를 기울이고 있다.

"그만두고 싶다더군."

기미시마가 대답했다.

"정말입니까?"

기시와다의 낯빛이 변했다. "말리셨죠?"

"그건 힘들 듯해."

그렇게 말하고 한마디 덧붙였다. "저 녀석은 아니야. 완전히 썩었어."

"하지만 왜 이런 시기에?"

다에의 말대로 문제는 타이밍이었다. "우리에게 본인이 얼마

나 중요한 존재인지 알 텐데요. 팀을 배신하는 거나 마찬가지잖
아요."

"사이클론스가 데려가는 거야."

기미시마가 내뱉었다. "이적 승낙서를 발부해달라고 하더군.
당연하다는 듯이."

"우리 간판선수인데."

다에는 미간에 깊은 주름을 잡았다.

"녀석은 조금도 신경 쓰지 않았어. 머릿속에 자기만 있더군."

"부장님. 어떻게 하죠?"

기시와다가 창백한 얼굴로 물었다.

"일단 사이몬에게 상담해볼게. 그건 그렇고⋯⋯."

기미시마는 한숨 섞인 목소리로 말했다. "정말 사람의 마음
이란 모르는 거군."

4

"저기, 사토무라 얘기 들었어?"

하마하타의 질문을 받은 도모베는 넓은 사원 식당 테이블에
있었다. 마침 점심을 다 먹고 자판기 커피를 앞에 놓고 혼자 있
던 참이었다. 그 앞에 정식 메뉴를 잔뜩 담은 쟁반을 든 하마하
타가 앉았다. 같은 럭비팀으로 영업부에서 일하는 안자이와 니
시오기도 같이 있었다.

"사토무라 씨가 왜요?"

"그만둔대."

하마하타의 말에 도모베는 한동안 할 말을 잃었다.

"어디로 가는데요?"

스타 선수인 사토무라가 럭비를 그만둘 리는 없으므로 그만
둔다면 이적을 의미했다.

"사이클론스라는데."

살짝 얼굴을 찡그린 것은 안자이였다. 안자이도 니시오기도 키
190센티미터, 몸무게는 100킬로그램이 넘는 거구로 눈에 띄었
다. 둘 다 포워드로 의자를 걸쳐서 6인용 자리를 넷이 쓰고 있
었다.

"이런 시기에?"

"너무하네."

니시오기가 얼굴을 찌푸렸다.

"도망치는 거지."

하마하타가 그렇게 말했다. "운영비가 깎일지도 모른다는 얘
기, 있었잖아. 그래서 선수를 친 거야. 어쩌면 뒤를 이을 녀석이
더 나올지도 몰라. 너, 괜찮은 거냐?"

의심의 눈빛을 받은 도모베는 "설마!"라며 고개를 저었다.

"그런데 예산, 정말 깎일까? 그러면 우리는 어떻게 되는 건가
요? 하마 씨." 안자이가 물었다.

"글쎄다. 어떻게 될까." 하마하타도 한숨 섞어 말하며 고개를
기울였다.

"아니, 삭감 정도라면 다행이죠. 어쩌면 폐지일지도 모른답니다."

안자이가 더 심각한 얘기를 했다. "그럼 우리에게는 두 가지 길밖에 없어요. 이적이냐, 그만두느냐."

몇 초 동안 무거운 침묵이 끼어들었다.

"그럼 나는 일반사원으로 돌아가겠어. 이런 나이의 선수를 받아줄 팀도 없을 테니까. 도키와자동차에 의리도 있고."

하마하타가 말했다. "너희는 어떻게 할래? 어딘가로 옮겨서 계속할 거야?"

그의 질문에 안자이, 도모베, 니시오기 모두 생각에 잠겼다.

"도모베, 어떻게 할래?"

"나는, 이 회사가 마음에 들어서……."

그건 진심이었다. "하지만 럭비는 계속하고 싶어요."

"그럼 너도 이적이구나."

하마하타는 깨끗하게 결정짓고 "너희도?"라고 다른 둘에게도 물었다. "이번 시즌은 이대로 가겠지. 하지만 다음 시즌은 알 수 없어. 그 점도 염두에 두는 게 좋아."

"어쩐지 불길한 소릴 들은 것 같아요."

니시오기는 그렇게 말하고 작게 신음했다. "내년에는 없어질지도 모르는 팀에서 어떻게 싸웁니까? 정신 사나워서 싸울 마음이 없어지죠."

"동감이야."

안자이가 말했다. "나도 이적이나 알아볼까. 사토무라 녀석,

잘도 빠져나갔네."

"녀석은 괜찮아. 이적할 곳이 있으니까. 어쨌든 일본 대표팀의 스크럼하프니까. 데려갈 데가 꽤 있겠지. 하지만 우리는 달라."

니시오기가 말했다. "애당초 받아줄 팀이 없을 수도 있고, 이적한다 해도 경기에 나갈 수 있다는 보장이 없어. 큰일 났다고."

"그런데 사토무라 씨, 정말 운영비 삭감이 이유였을까요?"

도모베가 갑자기 의문을 내뱉었다.

"도모베, 무슨 소리야? 다른 이유가 있겠어?" 하마하타가 물었다.

"아니, 그게……." 도모베는 마음속에 있는 생각을 말하는 대신 "팀을 이렇게 배신할 사람인가 싶어서요"라고 대답했다.

다른 가능성을 떠올렸는데 그걸 입에 담기는 조금 꺼려졌기 때문이다.

그러나 그 질문에는 셋 다 대답하지 않았다.

"그런데 부장님이 이적 승낙서를 내줄까?" 안자이가 물었다.

"글쎄다. 어떨까?" 하마하타도 턱 언저리를 문지르며 생각했다. "그 아저씨는 꽤 완고한 부분이 있어서 말이야. 게다가 상대는 사이클론스야. 올해는 우승하겠다고 기염을 토하던 차에 적에게 가장 알짜배기를 보내는 일을 할까?"

"안 하겠죠. 그런데 그 방침, 나는 찬성이에요."

니시오기가 말했다. "이런 중요한 시기에 팀의 핵심 선수가 이적한다는 건 있을 수 없는 일이니까요. 게다가 라이벌 팀으로 가겠다니. 애초에 우리를 곤란하게 만들기 위한 책략이 아닐지 의심하게 되죠."

"쓰다 감독의 책략이라." 하마하타가 말했다.

이기기 위해서는 수단과 방법을 가리지 않는 게 쓰다의 방식이었다. 명장으로 이름이 높은 한편 지금까지 더러운 책사의 일면을 여러 차례 보여왔다. 그래도 드러내놓고 비난할 수 없는 것은 오랫동안 럭비계가 침묵해온 결과였다.

"그런데 이래서 이번 시즌에 제대로 싸울 수 있을까요?"

도모베는 어쩔 수 없이 솟아오르는 숨은 불안을 내뱉었다.

"아, 정말 싸우기도 전에 진 기분이야."

하마하타는 그렇게 말하고 식어버린 식사에 손을 댔다. 불편한 분위기가 그 자리를 떠돌았다.

"잘 먹었습니다." 도모베가 덩치에 어울리지 않게 조그만 목소리로 인사하고 반쯤 남은 커피를 들고 자리를 떠났다.

5

오후가 되어 빗줄기가 강해졌다.

사흘 연속 내리는 비다. 어제까지는 예정된 팀 전체 훈련은 실내 훈련으로 바꾸었는데 아무래도 오늘 역시 그렇게 될 듯했다. 바짓단을 적시면서 아스트로스의 클럽하우스까지 온 기미시마는 오후 2시가 넘어 감독실로 사이몬을 방문했다.

"사이몬, 잠깐 시간 있어?"

열린 감독실 문으로 고개를 내밀고 기미시마가 묻자, 책상에서 생각에 빠져 있던 사이몬의 시선이 올라오더니 말없이 소파를 권했다.

"나쁜 소식이야. 사토무라가 그만두겠다고 해."

사이몬의 표정은 한동안 움직임을 잃고 시선은 기미시마에게 고정된 채 꿈쩍도 하지 않았다. 그 눈 깊은 곳에서 무수한 사고의 수레바퀴가 돌아가는 게 보이는 듯했다.

"어디야?"

마침내 질문이 날아왔다. 이적지를 묻는 것이었다.

"사이클론스야."

사이몬은 양손을 머리 위에서 깍지를 끼고 기미시마에게 시선을 고정한 채 의자에 몸을 던졌다.

"웃기고 있네."

그 한마디가 튀어나왔다. "6월이라고."

"6월이지."

기미시마는 대답하고 감독실 소파에 앉았다. "사이몬, 어쩌지? 나는 어쩔 수 없을 듯한데 너라면 잡을 수도 있을지 몰라. 사이클론스가 제안했는지, 아니면 자기 의향인지는 모르겠어. 어쨌든 이적 승낙서를 부탁하더군."

사이몬은 대답하지 않고 눈을 감고 가만히 생각에 잠기더니 이윽고 입을 열었다.

"직접 얘기하고 의향을 확인하고 싶어."

사이몬이 그 자리에서 사토무라에게 연락하고 수화기를 놓기를 기다렸다가 기미시마가 물었다.

"내가 동석해도 될까?"

"상관없어."

복잡한 표정으로 의자에 기댄 사이몬에게 "그럼 나중에 보자"라는 말을 남기고 기미시마는 다시 빗속을 재빨리 걸어 공장으로 돌아왔다.

힘들여 여기까지 왔는데…….

부진한 팀을 맡아 사이몬을 초빙하고 지역 주민과 깊이 교류하면서, 아스트로스는 느리지만 성장하며 기미시마가 머릿속으로 그린 럭비팀으로 거듭나려던 참이었다.

사이몬은 약속대로 작년 시즌 3위라는 성적을 올렸고 더 강해진 팀으로 올해는 우승을 노리고 있었다. 이번 이적은 그런 팀의 상승 욕구에 찬물에 끼얹는 것이나 마찬가지였다.

"사이몬 감독님은 뭐라고 하시던가요?"

다에가 책상에서 일어나 다가와 물었다.

"사토무라와 얘기하기로 했어. 나도 입회하고."

"부장님, 부탁이 있습니다. 선수들에게 직접 말씀해주시겠어요?"

"무슨 말을?"

"럭비팀은 앞으로 어떻게 되는지."

다에는 진지한 표정으로 호소했다. "이사회에서 누가 어떻게 발언했는지, 예산이 깎일지 모른다, 팀이 문을 닫을지 모른다, 정말 많은 소문이 돌아 선수들이 동요하고 있습니다. 하지만 그들이 듣는 말은 모두 누군가로부터 전해진 말들뿐입니다. 자신의 장래가 걸린 말인데 그러면 안 되는 거 아닙니까? 모두 알 권리가 있다고 생각합니다. 지금까지 팀을 위해 열심히 싸웠는데 벌어지는 상황도 모른 채 그저 불안만 키우는 건 좋지 않습니다."

"저도 부탁드릴게요."

기시와다도 기미시마의 책상까지 와서 고개를 숙였다. "지금 어떤 상황인지 정확히 알려주십시오. 그리고 부장님의 의견도 듣고 싶습니다. 우리가 어떻게 해야 할지, 그걸 알고 싶습니다. 이런 상황이라면 다들 연습에 최선을 다할 수 없습니다."

"알았어."

무거운 한숨을 섞어 기미시마가 대답했다. "내일, 사이몬에게 시간을 내어달라고 하지. 그럼 되겠나?"

"고맙습니다."

"잘 부탁드립니다."

다에와 기시와다는 자기 자리로 돌아갔다.

말은 그렇게 했지만 기미시마는 자신이 어떻게 하면 선수들을 안심시킬 수 있는지, 도무지 상상이 가지 않았다.

생각 끝에 내린 결론은 있는 그대의 사실을 말하는 수밖에 없다는 거였다.

그리고 그 전에 사토무라 건이 있었다.

사이몬이 도대체 어떤 말을 할지 모르겠다. 이적 승낙서를 내 줘야 하나, 거절해야 하나. 아니, 팀의 이익을 생각하면 분명 후자인데 과연 그래도 될까.

아스트로스는 혼돈의 소용돌이에 휘말리려 하고 있었다.

6

열린 감독실 문 너머로 사토무라가 나타난 것은 오후 3시를 조금 지났을 때였다.

거기에 기미시마까지 있는 걸 보고는 조금 거북한 듯했다.

"자, 앉게."

사이몬의 말에 고개를 살짝 숙이고는 소파에 앉았다.

"얼마 전에는 죄송했습니다."

웬일로 기특하게도 사과가 입에서 나왔다.

"얘기 들었어. 놀랐네."

그렇게 말한 사이몬은 오랫동안 아스트로스를 지탱해온 스크럼하프의 눈을 응시했다. "우리는 이번 시즌에 우승을 노리고 있고 그럴 가능성도 충분해. 그래도 이적할 텐가?"

사토무라는 시선을 두 무릎 위의 깍지 낀 손에 두고 딱딱한 표정을 지었다.

"만약 정말 그렇다면 이적하고 싶지 않습니다."

그렇게 말했다. "그래도 폐지될지 모르는 팀에서는 장래가 불안합니다. 조금이라도 럭비에 집중할 수 있는 환경에 있고 싶습니다."

"하필 왜 지금이지? 팀에 폐가 되리란 생각은 안 했나?"

사이몬의 말투에는 비난의 기미가 없었다. 어딘가 타이르는 듯한 포용력을 느낄 수 있었다.

"실은 그게…… 상당히 망설였습니다."

사토무라는 고개를 숙인 채 목소리를 쥐어짜내듯 대답했다. "결정하기 힘들었습니다. 다만 다음 시즌에는 팀이 어떻게 될지 모른다는 소리를 듣고 결단했습니다."

"내년이 어떻게 될지는 나도 몰라."

사이몬은 말했다. "아스트로스가 어떻게 될지. 이대로 계속할 수 있을지, 예산이 깎여 약소 팀으로 떨어질지. 아마도 그렇게 되면 이 팀 대부분이 흩어지겠지. 아무래도 나 역시 없을 거야."

"그러니까 그렇게 된 후 이적할지, 그 전에 이적하느냐의 문제였습니다."

"그런가……."

사이몬은 후, 하고 한숨을 길게 내쉬고 물었다. "사이클론스에 벌써 대답했나?"

사토무라는 한참 주저했다. 어떻게 대답해야 하는지 망설였을 것이다.

"네. 얼마 전에 전했습니다."

"이적 승낙서가 나오지 않을 가능성에 대해서도 말했나?"

사토무라가 고개를 들었다. 한동안 침묵이 찾아들었다.

"1년간 플레이할 수 없다면 올해 이적은 의미가 없어. 쓰다 감독도 바보가 아닌데 1년을 날리는 한이 있더라도 자네가 필요하다고 하던가?"

"그럴 겁니다. 하지만 감독님……."

사토무라의 눈에 당황한 빛이 떠올랐다. "이적 승낙서, 안 나오나요?"

"그건 내가 결정할 일이 아니니까. 프런트가 결정하겠지."

사토무라가 슬쩍 보았지만 기미시마는 침묵했다.

"럭비라는 경기에서 가장 중요한 점은 공정하냐 아니냐지. 럭비에서 반칙으로 보는 모든 행위는 그걸 인정하면 공평하지 않기 때문이야. 그건 자네도 알 거야. 지금 자네가 이적하면 아스트로스는 선수 기용에 큰 구멍이 생겨. 한편 사이클론스에는 강력한 전력이 가세하게 되지. 그게 공평한가?"

사토무라는 대답하지 않았다.

"이번 이적은 운동장 밖의 오프사이드 같은 거야. 자네는 지금 오프사이드 자리에 있네. 그런데 아직 철회할 수 있어. 어떻게 할 텐가. 올 한 해를 날릴 텐가, 올해는 우리 팀에서 플레이하고 내년에 사이클론스에서 플레이할 텐가. 어느 쪽이 현명하지?"

논리적인 설득에 사토무라는 침묵을 지켰다. 사토무라는 고개를 숙인 채 깊이 고민했다. 오랜 침묵 끝에 입을 열었다.

"저는……."

서서히 들어 올린 사토무라의 얼굴은 벌겋게 달아올랐고 눈은 촉촉했다. "그래도 사이클론스로 가겠습니다. 거기에는 일본 대표에서 함께 싸운 동료가 아주 많습니다. 플래티나리그 경기에는 못 나가더라도 테스트 매치에 나갈 수 있는 권리는 있습니다."

"시합에 나가지도 못하는 선수를 부를 만큼 일본 대표는 쉽지 않은데. 자네는 불리지 않아."

사이몬은 사토무라의 눈 저 깊은 곳까지 관통할 듯 강하게 응시했다. 날아든 말에 사토무라는 숨을 삼키고 입술을 악문 채 등을 구부렸다.

"사이클론스에는 자극이 있습니다. 같이 훈련하고픈 동료도 있습니다. 그래서 가려는 겁니다. 이적시켜주시면 안 됩니까? 폐가 된다는 걸 알지만 부탁드립니다."

사토무라는 그렇게 말하고 고개를 숙였다.

그 태도는 얼마 전, 기미시마에게 보인 것과는 전혀 딴판이었다.

기미시마는 그 모습을 차갑게 지켜보고 있었다.

이적 승낙서가 발행되지 않을지도 모른다는, 뜻밖의 옵션이 눈앞에 떨어지자 자신의 어리석음을 깨달은 것이리라.

기미시마는 팀이 직면한 이 사태에 참을 수 없는 분노를 느꼈다.

7

"전원 집합!"

사이몬의 호령 하나에 운동장에 흩어져 있던 선수들이 피치 사이드에 모였다.

선수뿐만 아니라 코치와 스태프까지 전원이 모여 사이몬과 기미시마를 둘러싼 원을 만들었다.

이날은 어제까지 내린 비가 그쳐 나흘 만에 운동장에서 연습했다. 곧 한여름이 시작됨을 예고하는 무더운 6월 말의 저녁, 오후 6시가 지나서였다.

"기미시마 매니저가 모두에게 할 말이 있다. 들어주길 바란다. 그럼, 부탁하네."

사이몬의 소개를 받은 기미시마는 고개를 한 번 끄덕이고 팀 전원에게 말하기 시작했다.

"연습 중인데 방해해서 미안합니다. 실은 모두에게 하고 싶은 말이 있습니다."

아스트로스의 미래에 관한 것이다.

사람들이 어떻게 듣느냐에 따라 이번 시즌의, 아니 아스트로스의 미래를 좌우할지 모른다는 생각에 긴장이 되었다. 그렇다고 해도 이 자리를 대충 넘기는 변명이나 듣기 좋은 해석으로 얼버무릴 수는 없었다.

이건 선수들의 인생이 걸린 문제이기 때문이다.

"얼마 전 이사회에서 아스트로스를 놓고 이야기가 있었다는 건 모두 알 겁니다. 발언한 사람은 와키사카 경영전략실장입니다. 그러니까 내가 전에 모셨던 상사죠. 이번 분기부터 상무로 승진해 발언권이 강해졌습니다. 바로 그런 와키사카 상무가 아스트로스가 쓰는 거액의 경비를 문제 삼았습니다. 아스트로스의 운명이 걸렸다고 해도 좋은 운영비를 삭감하겠다고 했고, 팀 폐지까지 언급했지요. 나는 그에 대해 모든 수단을 써서 저항할 생각입니다. 지역에 뿌리를 내린 팀으로 성장하는 중인 아스트로스를 온 힘을 다해 지킬 생각입니다. 이런다 해도 정말 팀을 지킬 수 있을지 솔직히 모르겠습니다. 그래서 미안합니다. 하지만 이것만은 약속할 수 있습니다. 나는 여러분과 아스트로스를 위해 모든 마음과 힘을 다해 싸울 겁니다."

기미시마는 혼신을 담은 말을 쏟아내고 잠시 모두의 얼굴을 둘러본 후 말을 이어갔다. "어떤 회사든 실적이 떨어지면 구조 조정이 화제에 오릅니다. 도키와자동차가 아직 실적 부진에 빠지진 않았지만 경비 삭감은 언제나 중점 과제였고요. 과거에 기업 스포츠 대다수가 실제로 경영 부진을 비롯해 다양한 이유로 활동을 중단했습니다. 우리도 그러지 않을까 불안하겠죠. 하지만 한 가지만 말하고 싶은 건, 영원히 안전한 기업은 어디에도 없다는 겁니다."

기미시마는 말을 계속했다. "오래 사업하다 보면 좋을 때도 있고 나쁠 때도 있죠. 그런 부침에 휘둘리는 게 기업 스포츠의 숙명이기도 합니다. 모기업의 후원을 받아 활동하는 이상, 기업이 안고 있는 다양한 사정으로 인해 활동이 중단될 위험은 반드시 존재하니까요. 편안히 럭비만 하면 되는 무사태평한 환경 같은 건 세상 어딜 찾아봐도 없습니다. 앞으로도 없을 겁니다. 우리는 사회인으로서 항상 책임을 짊어지고 있습니다. 우리에게는 변화하는 환경에 대응하고 항상 그 역경을 뛰어넘을 정신력이 필요합니다. 어떤 상황이든 지지 않겠다는 강한 마음이죠. 그런 강한 정신력을 지닌 팀만이 살아남고 강해진다고, 나는 그렇게 생각합니다."

자신의 마음이 이 사람들에게 제대로 전해질까. 기미시마는 알 수 없었다. 하지만 지금 자신을 바라보는 남자들의 눈에 무언가가 깃들기 시작한 느낌이 들었다. 진검승부로 싸우겠다는 의지가, 사람들이 만들어낸 원 안으로 뿜어져 나오더니 소용돌이치며 움직였다.

"지금, 우리의 진가가 시험받고 있습니다. 사회인으로서, 럭비인으로서 항상 전력으로 싸웁시다!"

기미시마의 말이 얼마나 선수들의 마음을 울렸을지는 모른다. 하지만 그 마음만은, 제너럴 매니저로서의 진심만큼은.

— 부디 닿아줘.

기미시마는 그렇게 속으로 기도했다.

8

사토무라가 아스트로스에서 마지막 날을 맞은 것은 6월 말.

경기 형식의 미니 게임에서, 사토무라는 이날을 마지막으로 팀을 떠나는 남자로 보이지 않을 만큼 적극적으로 플레이해 다시금 그 재능을 확인시켰다.

오후 8시가 지나 연습이 끝났다.

습기를 잔뜩 머금은 공기가 올라와 주위는 잔디 냄새가 가득했다. 불이 켜진 조명에 수많은 벌레가 모여들었고 한여름을 방불케 하는 무더위였다.

집합 명령이 떨어지자 중앙선 근처에 있던 선수들이 모였다.

사토무라의 이적은 팀 전원이 이미 아는 사실이라, 다들 침묵한 채 앞에 선 사토무라를 가만히 바라보고 있었다.

"다들 수고했어. 알고 있겠지만 사토무라는 오늘부로 팀을 떠난다."

사이몬답게 담백한 말투였다. "지금까지 우리를 위해 노력해준데 감사하고 싶네. 사토무라, 고맙네. 마지막으로 한마디 하지."

여기 있는 누구도 사토무라의 이탈을 이해할 수 없었다.

리그 개막까지 앞으로 두 달 정도 남은 시점이었다. 이적 기한 마지막 순간, 그야말로 아수라장 속의 탈주극이었고 이적 팀은 라이벌인 사이클론스였다.

제안을 받고 한 걸음 나선 사토무라는 자신을 바라보는 팀 동료들의 시선을 한 몸에 받으며 입을 뗐다.

"나는 나를 위해 여러분을 배신했어. 원 포 올, 올 포 원이라는 럭비 원칙을 짓밟은 거나 마찬가지지. 미안해."

사토무라는 허리를 굽혀 깊이 고개를 숙이고 팀 동료들에게 사죄했다.

사과의 뜻은 담았지만 겉도는 말은 누구의 마음에도 와닿지 않았다. 태도는 정중하지만 하는 짓은 그야말로 배신이었다.

"사이클론스로 이적을 결정한 이유는 두 가지야. 하나는 지금보다 더 럭비에 몰두할 수 있는 환경을 얻고 싶어서지. 또 다른 하나는 더 큰 무대에서 활약하기 위해 사이클론스가 내게 필요하기 때문이야. 거기에는 일본 대표로 함께 뛴 선수가 여러 명 있어. 그들과 일상적으로 커뮤니케이션하고 연습하면서 얻을 수 있는 게 적지 않아. 그건 다들 알 거야. 포지션 경쟁도 치열한 곳이지. 그런 경쟁이 지금까지의 내게 부족했다고 생각해."

기미시마는 사사의 표정을 슬쩍 살폈다.

사사는 같은 스크럼하프였다. 이 팀에는 경쟁이 부족하다는 사토무라의 발언은 말 그대로 사사의 능력 부족을 지적하는 것과 같았다.

"내 꿈은 세계 무대에 서는 거야. 일본 대표 그리고 해외 럭비팀에서 활약하고 그 경험을 일본으로 가지고 돌아오고 싶어. 그를 위해서는 어디에 있는 게 최단 거리인지 신중하게 생각할 수밖에 없었어. 그래서 사이클론스로 가기로 한 거야. 언젠가 리그전 경기에서 싸울 수 있는 날을 기대할게. 지금까지 큰 신세를 졌습니다."

사토무라의 인사는 그렇게 끝났다.

박수는 없었다.

불신과 의아함, 석연치 않은 마음이 뒤섞인 감정이 사토무라를 보내는 선수들 속에서 일렁이는 듯 보였다.

"그럼, 데쓰."

사이몬의 지명으로 주장인 기시와다가 앞으로 나왔다.

"너 우리를 정말 무시하는구나, 사토."

그것은 기시와다 스타일의 거친 인사였다. "반드시 후회하게 해줄 테니까 각오해. 우리는 사이클론스를 완벽하게 쓰러뜨리고 우승할 거야. 다들, 안 그래?"

그때 드디어 "오우!" 하고 짧은 함성이 나왔다. "우리는 앞으로 점점 강해질 거야. 네가 빠졌다고 변하는 건 하나도 없어. 우리를 깔봤으니 뼈아픈 경험을 하게 해주지."

기시와다는 도전적으로 말했다. "너는 네가 없으면 우리가 이기지 못하리라 생각할지 모르겠지만, 우리는 상관없어. 그러니 너도 어디든 가서 맘대로 살아. 하지만 한심한 플레이로 아스트로스의 이름에 먹칠하는 일만은 절대 용서하지 않는다. 마지막으로 네게 줄 우리의 이별 선물이 있어. 이건 우리의 결의 표명이자 너에 대한 도전장이기도 해. 기미시마 매니저님, 부탁합니다."

내 참, 이 녀석들은 가끔…….

기미시마는 한숨을 내뱉으면서 얼마 전의 일을 떠올렸다.

신도와 함께 사토무라의 이적에 대해 협의할 때였다.

사토무라의 이적 보고를 들은 신도는 앉아 있던 팔걸이의자에서 잠시 눈을 감았다.

"그래?"

신도는 통한의 한마디를 토해냈다. "사토무라가 빠지면 큰일이지만 그렇게 뜻이 강하다면 어쩔 수 없지."

공장장 집무실이었다. 신도의 반대편 소파에 기미시마는 사이몬과 나란히 앉아 있었다.

"제가 부족한 탓입니다. 죄송합니다." 사이몬이 고개를 숙였다.

"아니야. 이게 감독 탓은 아니지." 신도가 대답했다. "이건 우리 프런트의 책임이네. 사토무라가 신분의 불안정을 이적 이유로 꼽은 건 사실 충격이군. 그건 현장이 아니라 어디까지나 경영 관리 측 책임이니까. 우리야말로 미안하네, 사이몬 감독."

신도는 그렇게 사과했다.

"그리고 사토무라의 이적 승낙서 말인데……."

기미시마가 말을 꺼냈다. "내주지 않는 방향으로 생각하고 있습니다."

"어쩔 수 없지 않나?"

지금까지 아스트로스의 관례로 이적을 희망한 선수 전원에게는 이적 승낙서를 주었다. "이런 시기에 이적하겠다고 하면 우리에게는 대책이 없지. 사이클론스전에서도 불리할 테고. 감독의 생각은 어때요?"

"경영진의 판단에 맡기겠습니다." 신도의 질문에 사이몬은 자신의 의견을 말했다. 결정을 이쪽에 넘긴 셈이었다.

"사토무라의 이적은 어디까지나 본인의 욕심이야."

신도가 말을 이었다. "내년으로 넘겨도 됐을 테니까. 그럼 기미시마 부장의 얘기대로 이번 이적 승낙서는 발부하지 않는 쪽으로 하지."

기미시마의 의견에 동의한 신도는 사이몬에게 확인했다. "감독, 그래도 되겠습니까?"

그런데.

회의를 끝낸 기미시마가 자리로 돌아오자, 기다렸다는 듯 기시와다가 책상 앞에 섰다.

"부장님, 실은 선수 전원이 합의한 게 있습니다."

심각한 표정의 기시와다가 어려운 얘기를 꺼냈다. "사토무라에게 이적 승낙서를 발부해주면 안 될까요?"

기미시마는 아연해 한동안 기시와다의 얼굴을 멀거니 쳐다봤다.

"자네들, 그래도 되겠나? 이건 공정하지 않잖아."

"맞습니다. 공정하지 않죠. 하지만 이유야 어떻든 녀석은 나름대로 고민 끝에 이적을 결정했을 겁니다. 아무리 규칙이 그렇더라도 1년이나 경기에 나갈 수 없다는 건 같은 럭비인으로서 좋은 기분은 아닙니다. 녀석에게도, 럭비계에도 마이너스입니다."

"그게 자네들 모두의 의견인가?"

"그렇습니다."

기시와다가 수긍했다. "부장님, 부탁합니다. 발부해주시면 안 됩니까? 우리는 녀석이 있는 사이클론스를 깨고 우승하고 싶습니다. 부탁드립니다."

사람이 너무 좋은 거 아닌가.

하지만 기시와다의 진지한 눈빛을 보고는 그 말을 집어삼켰다.

"알았네."

기미시마가 말했다. "공장장님에게 말씀드려 발부하는 쪽으로 하지. 그 대신 사이클론스전은 반드시 이겨야 해."

그리고 지금…….

기시와다는 기미시마에게 받은 서류를 사토무라 앞에 내밀었다.

"이적 승낙서야."

사토무라는 이적 승낙서가 발행되지 않을 걸 각오했을 것이다.

경악한 표정으로 사토무라가 조심스레 그 서류로 손을 뻗었다.

"데쓰, 괜찮겠어?"

사토무라가 물었다.

"다 같이 얘기해서 이렇게 하기로 정했어. 자, 받아."

기시와다는 분한 듯 얼굴을 찌푸리면서 쥐어짜낸 듯한 목소리로 말했다. "사이클론스에서의 건투를 빌지."

사토무라는 천천히 모두에게 몸을 돌려 "모두 미안해"라고 말하며 깊이 고개를 숙였다.

9

클럽하우스의 미팅룸에서 사토무라의 송별회가 열리는 동안 기미시마는 내내 마음에 걸리는 게 있었다.

사사의 태도였다.

이야기하는 사람들에 끼지 않고 우롱차를 한 손에 들고 모임 내내 생각에 빠진 표정으로 미팅룸 구석에 가만히 서 있는 것이었다. 그 옆에는 아무 말 없이 나나오가 붙어 있었다.

특히 마음에 걸린 것은 사사의 눈이었다.

찌를 듯한 날카로운 눈이었다. 그건 이따금 사토무라에게로 향했다.

조금 전 사토무라의 발언은 같은 포지션인 사사 정도는 상대가 되지 못한다고 말한 거나 마찬가지였다.

그건 어떤 의미에서 실언이었다. 사사에게는 굴욕적으로 느껴질 말이었으니까.

내가 한심해서 그 팀에 간다는 거야? 그렇게 해석할 수도 있었다.

송별회는 한 시간 만에 끝나고 선수들은 자연스럽게 다무라로 갔다.

그 자리에는 참석하지 않고 일단 총무부로 돌아온 기미시마가 남은 일을 처리하고 퇴근한 게 한 시간쯤 뒤였을까.

공장 지붕 너머로 운동장의 조명이 켜져 있는 게 보였다.

처음에는 끄는 걸 잊었나 싶었다. 그런데…….

운동장으로 다가간 기미시마는 사람 목소리 같은 걸 들었다.

"아직 누가 남아 있나?"

공장 건물을 돌아 연습구장으로 향한 기미시마는 그 자리에 멈춰 서고 말았다. 사이몬의 모습을 발견했기 때문이다.

사이몬은 운동장을 둘러친 펜스 한쪽 구석에 서서 안의 모습을 가만히 지켜보고 있었다. 기미시마가 다가가자 조용히 오른손을 올리더니 다시 곧장 네트 너머의 광경으로 시선을 돌렸다.

그의 시선 끝에 사사가 있었다.

나나오도. 그리고 프롭의 도모베도 그 연습에 참여하고 있었다.

허리를 구부린 사사를 향해 도모베가 돌진했다.

사사는 그 태클을 피하면서 멀리 떨어진 곳에 있는 나나오에게 날카로운 패스를 던졌다.

패스의 길이, 각도, 속도. 패턴을 바꿔 수없이 같은 연습을 되풀이했다.

사사의 패스는 스탠드 조명을 받아 아름다운 광물처럼 반짝였다.

때때로 나나오도 사사에게 패스를 했고 여기에 도모베도 공수를 바꿔 참가했다.

한없이 보고 싶어질 듯한, 좋은 흐름의 연습이 이어졌다.

"사사, 굉장한데!"

기미시마가 말했다. "사토무라의 후보로 좀처럼 선발이 되지 못했는데 꽤 하는 것 같은데."

실제로 작년 사이클론스전의 후반 플레이는 훌륭했다.

"이게 사토무라가 사이클론스 이적을 원한 진짜 이유야."

사이몬은 마침내 기미시마도 놀랄 만한 진실을 입에 담았다. "녀석이 사이클론스로 이적하는 것은 운영비가 깎여서도 자극이 없어서도 아니야. 진짜는 자신이 후보가 되리란 걸 알아서지."

기미시마는 말을 잃고 사이몬을 바라봤다.

"작년 1년 동안 사사는 엄청나게 성장했어. 그래서 나는 작년 사이클론스전 후반에 과감하게 사사를 기용했지. 지금 사사의 실력은 확실히 사토무라보다 월등해."

사이몬은 단언했다. "사사는 현재 플래티나리그에서도 손에 꼽힐 만한 스크럼하프야. 일본 대표로 불려가는 것도 시간문제지. 게다가 저기 있는 나나오와 도모베도."

기미시마는 다시 운동장의 연습 장면을 응시했다.

"재능은 다 갖췄어. 전략도 있고."

사이몬이 말했다. "이제 싸우기만 하면 돼. 결과는 저절로 따라오겠지."

개막전까지의 두 달은 순식간에 지나갔다.

4장
세컨드 시즌

1

리그전 개막일.

요코하마시 교외에 있는 도키와스타디움 상공에는 한여름 밤을 연상시키는 눅눅한 대기가 진을 치고 있었다.

9월 첫째 주 토요일이었다. 킥오프는 오후 7시. 한 시간 전 개장과 동시에 객석이 차기 시작해 경기 시작 10분 전에는 자유석까지 거의 만원 상태로 불어났다.

"이렇게 관객이 많이 오다니!"

다에는 만감이 교차하는 표정으로 피치 사이드에서 스탠드를 올려다봤다.

"단순한 만원사례가 아니야."

기미시마가 말했다. "이 티켓의 평균 단가는 약 2천 엔이야."

일반적인 플래티나리그의 티켓 평균 단가는 1천 엔 정도로, 그 두 배 가까운 가격으로 판매한 셈이다.

여기 모인 1만 5천 명 관객 대부분은 아스트로스가 협회에서 표를 싸게 사들여 자체적인 방법으로 팔아 모은 것이었다.

새로 개설한 아스트로스 홈페이지를 통한 티켓 판매, 지금은 회원 2만 5천 명을 자랑하는 아스트로스 팬클럽, 이 두 개의 판매 채널은 모두 기미시마가 시작했다.

핵심은 어디 사는 누가 어떤 티켓을 샀는지 파악할 수 있다는 것이다. 성별과 나이, 직업까지 파악할 수 있어서 기미시마는 이날 관객의 남녀 비율이 6 대 4이고 구매자 평균 나이가 32세라는 것도 알고 있었다.

아스트로스는 티켓을 싸게 사들여 비싸게 팔아 이 경기에서만 1천만 엔의 판매 수입을 얻었다. 데이터를 통해 아스트로스의 팬층을 특정할 수 있었고, 홈페이지나 스타디움의 광고주를 찾아내 티켓 수입을 웃도는 액수의 광고 유치에도 성공했다.

이 모든 것은 일본럭비협회의 운영에 의존했다면 절대로 실현할 수 없는 것들이었다.

일본럭비협회는 팔리지 않는 티켓을 거의 공짜로 풀거나 아니면 후원 기업에 강제로 떠맡겼다. 관객을 모으는 데 완전히 무관심한 협회 덕분에 아무도 애써 스타디움까지 찾아준 관객 정보를 알 수 없었다.

기미시마의 경영 감각으로 봤을 때 플래티나리그의 평균 입장객 3천 몇백 명이라는 숫자는 완벽한 낙제점이었다. 그런 상황을 계속 허용하는 일본럭비협회라는 조직의 경영은 주먹구구식으로 일하는 초짜 그 자체였다. 협회의 운영을 맡은 인물들은 리그 참가 기업에서 데려온 전직 럭비선수들로, 경영의 프로가 아니었다. 그런 사람들이 기미시마를 럭비에 문외한이라는 이유로 한심하게 생각하니 어떻게 해볼 도리가 없었다.

진위야 어찌 되었든, 럭비라는 경기의 숭고한 이념에 공감해 돈을 내는 대기업이 사라지면 리그는 바로 붕괴, 협회 같은 건 흔적도 없이 사라질 게 분명했다.

기미시마가 메인스탠드의 관계자 자리에 앉자마자 선수들이 입장했다.

개막전 상대인 사쿠라제강 임펄스는 강호라 방심해선 안 되는 상대이다. 팬으로 가득 채워진 홈에서 맞아 싸운다는 점이 아스트로스에게는 큰 이점이었다.

전광판과 장내 방송이 출전 선수를 발표하자 분위기가 달아올랐다.

등 번호 3번의 프롭 도모베가 소개되자 스타디움에 더욱 큰 박수가 쏟아졌다. 도모베는 쉬는 날이면 반드시 시내 병원을 돌았다. 특히 소아과에 입원한 아이들을 계속 격려해왔다.

도모베 혼자 얼마나 많은 럭비공을 선물로 돌렸는지 모른다. 기미시마는 거기에 한마디도 하지 않고 모든 걸 지원했다. 이 공이야말로 새로운 세대에게 럭비를 이어줄 패스가 될 것이기 때문이다.

술렁임이 일어났다.

하프 콤비, 즉 스크럼을 짜는 포워드와 트라이게터인 백스를 연결하는 스크럼하프와 스탠드오프 선수 둘을 발표했기 때문이다.

등 번호 9번, 스크럼하프는 사사였다.

"사사라면 후보 아니었어?"

"사토무라를 사이클론스에 빼앗겼으니까."

기미시마의 귀에도 그런 대화가 들어왔다. 하지만 작년 사이
클론스전에서 후반에 투입되어 활약한 것을 기억하는 눈 밝은
팬이라면 틀림없이 이해했을 것이다.

진정한 술렁임은 스탠드오프로 나나오 게이타가 불렸을 때
였다.

하마하타가 아니라고?

모두가 그렇게 생각했을 것이다.

하마하타는 미스터 아스트로스라고 불러도 될 만한 간판선
수였다. 그런데 사이먼이 개막전의 스탠드오프로 선발한 선수
는 일본 대표 경험도 있고 큰 무대를 치러본 하마하타가 아니
라 신인 나나오였다.

"나나오가 누구야? 하마하타는 어디 안 좋은가?"

그런 대화가 기미시마의 귀에도 들어왔다.

여기 있는 관객 대부분이 나나오에 대해 거의 정보가 없었다.
더 놀라운 점은 그들이 너무 젊다는 것이었다.

하프 콤비는 이른바 공격을 관장하는 역할이었다. 그런데 사
사는 2년 차이고 나나오는 신입이었다.

대학생 티를 이제 막 벗은 둘을 선발로 기용한 것에 스탠드를
메운 아스트로스 팬 모두가 고개를 갸웃하는 게 느껴졌다.

중요한 개막전에 베테랑 하마하타를 처음부터 출전시키지 않는 건 왜지? 이런 하프 콤비로 정말 싸울 수 있나?

하지만 그 생각이 단순한 기우에 불과했다는 사실을 모두가 곧 깨달을 것이다.

의아함을 담은 불온한 수군거림이 환호성으로 바뀔 때가 곧 온다.

환한 빛을 받은 푸른 잔디가 밤의 바닥에서 떠오른 듯 아름다웠다. 기미시마에게서 조금 떨어져 같은 메인스탠드에 있던 사이몬은 운동장에 선 선수들을 보지도 않고 눈을 감은 채 뭔가 생각하고 있었다.

마침내 전광판에 나타난 시곗바늘이 7시를 가리키고, 킥오프를 알리는 휘슬이 울렸다.

2

"나나오, 굉장하네. 하마하타 씨를 제치고 나왔어."

놀란 리사의 발언에 레나는 제대로 대답할 수 없었다.

마치 자신이 피치에 선 것처럼 긴장했기 때문이다. 운동장에 선 나나오는 홍백전에서 처음 봤을 때보다 거칠어 보였다.

일단 단념했던 럭비를 다시 시작하는 것을 나나오가 얼마나 진지하게 생각하고 고민했는지 레나는 알았다.

럭비팀에 들어가기로 정한 후로도 나나오는 필사적으로 해외

사업부 일을 배우려 했다. 시간을 쪼개 레나의 설명을 듣고 노트에 필기했고 실무를 통해 지식과 경험을 얻었다. 한심하던 신입이 점차 빛을 발했다. 마치 다른 사람인 것처럼. 그건 가르치는 레나에게도 충실한 시간이었다.

너는 역시 여기에 있어야 해.

나나오에게 럭비가 얼마나 소중하고 사랑하는 대상인지 레나는 충분히 이해하고 있었다. 그렇기에 나나오는 자신의 모든 힘을 쏟아부어 지금 여기에 있었다.

힘내, 나나오!

운동장에 있는 30명의 선수가 일제히 움직이기 시작했다.

킥오프된 공을 잡은 임펄스 선수가 달려온 아스트로스 선수의 태클에 쓰러졌다. 임펄스 측에서 공이 나오긴 했으나 날카로운 스텝의 아스트로스에게 밀려 진지 회복을 노린 킥은 그리 효과적이지 않았다.

첫 번째 라인아웃. 스크럼하프인 사사가 재빨리 처리해 공을 나나오에게 건넸다.

빽빽하게 달려드는 상대로부터 아슬아슬하게 빠져나오려는 순간 태클을 당했는데, 어느새 공은 반대쪽에서 빠르게 달려드는 백스 선수에게 이어진 뒤였다.

완벽한 오프로드 패스, 태클을 당하면서 하는 패스였다. 허를 찔린 상대 수비수의 대응이 늦어 작은 구멍이 생겼다. 그걸 놓치지 않고 아스트로스의 백스가 골대 옆으로 달려들었다.

어이없을 정도로 쉽게 선제 트라이가 이루어진 것은 경기 시작 후 불과 5분 만이었다.

이 짧은 연계 플레이만으로도 사사와 나나오의 콤비네이션, 나아가 나나오의 순간 판단력과 강한 피지컬을 알 수 있었다.

강력한 패스와 주력, 속도는 다른 선수와 확연히 달랐다. 작년까지의 아스트로스에게는 없던 신선함이 넘쳤다.

"저 나나오란 선수 말이야, 신인치고는 정말 잘하네."

점수 차를 크게 벌리며 전반전을 끝냈을 때 뒤에서 그런 소리가 들렸다.

그 정도가 아니라고요.

레나는 그렇게 말하고 싶었다.

경기가 끝났을 때 모두의 가슴에 나나오 게이타라는 이름이 새겨질 거야. 지금 우리가 보고 있는 건 단순한 경기가 아니야. 전설의 시작이라고!

3

노사이드를 알리는 휘슬 소리가 나자, 기미시마는 안도의 한숨을 내쉬며 일어나 신도 공장장, 그리고 다에와 악수하고 환성과 아낌없는 박수가 쏟아지는 운동장으로 시선을 던졌다.

전광판에 표시된 점수는 36 대 10. 큰 격차였다.

기미시마는 지금 그 점수를 도무지 믿을 수 없는 심정으로 올려다보고 있었다.

전반전에 세 번, 후반전에 두 번의 트라이를 빼앗았고, 반대로 강호 임펄스의 트라이를 단 한 번으로 제압한 완승이었다.

나나오를 중심으로 한 화려한 공격들이 머릿속에 선명하게 박혀 있었다.

상대의 허를 찌르는 오프로드 패스, 도대체 어떻게 던졌는지조차 모를 짧은 패스, 한 명을 건너뛰는 대담한 패스, 사사와 백스들 간의 다채로운 사인 플레이. 게다가 더 인상적인 것은 이따금 나오는 정확한 킥 패스였다.

파고드는 트라이게터인 윙을 향해 날리는 킥 패스는 수비 라인을 지키던 상대를 혼란에 빠뜨리고 우롱했다.

아스트로스 선수들이 메인스탠드 앞에 정렬했다.

"나나오!"

누군가가 소리치자 성대한 박수가 일었다.

사토무라와 하마하타를 대신할 스타가 탄생한 순간이었다.

아스트로스를 이끌며 복잡하고 다채로우며 화려한 공격을 조합할 수 있는 지극히 공격적인 스크럼하프와 스탠드오프. 압도적인 재능이 무대에 등장한 것이다.

이게 사이몬이 만든 2년차 아스트로스인가.

자신도 아낌없이 박수를 보내면서 기미시마는 온몸이 마비될 듯 감동하고 있었다.

사이몬이 기립 박수가 이어지는 관객석을 천천히 내려오는 게 보였다. 이윽고 그의 모습이 피치 사이드에 나타나자 다시 박수가 일었다.

'사이몬, 부탁할게!'

기미시마는 선수와 함께 관객석에 양손을 올려 인사하는 사이몬을 보면서 생각했다.

'너는 운동장에서의 싸움을 이겨내. 나는 운동장 밖의 싸움에 도전할게. 반드시 이 아스트로스를 지켜낼게.'

선수들이 운동장에서 사라지자 관객들도 귀갓길에 오르기 시작해 스탠드 입구로 향하는 사람들이 이어졌다.

"기미시마."

기미시마도 자리를 뜨려는데 갑자기 누군가가 불렀다.

"다키가와 상무님."

거기에는 다키가와 게이이치로가 서 있었다. "와 계셨군요."

예전 상무이사로 권세를 누렸던 다키가와가 본사 임원 자리에서 물러나 실적이 악화 중인 금융 자회사 사장으로 부임한 게 3월의 일이었다.

일설에는 시마모토 사장이 재건을 부탁했다고도 하는데 진실인지는 알 수 없었다. 어쨌든 그런 다키가와가 아스트로스의 경기를 관전했다니 있을 수 없는 일처럼 느껴졌다.

"설마 이런 데서 뵙게 될 줄은 몰랐습니다."

"빈정대는 건가?" 다키가와가 웃었다.

"아닙니다. 다키가와 상무님에게는 아스트로스 운영에 관해 아주 의미 있는 지적을 받았습니다. 고마웠습니다."

"그 성과가 이 경기군."

다키가와가 귀갓길에 오르는 스탠드의 관객을 바라봤다.

"이렇게까지 정말 잘 해냈어."

이윽고 혼잣말처럼 그렇게 중얼거리고 기미시마를 봤다. "역시 자네다워."

"감사합니다. 하지만 이제 막 시즌이 시작했을 뿐입니다."

"그렇지. 그런데 이번 시즌밖에 없을지도 모르지."

다키가와는 뒤쪽 스탠드에 시선을 둔 채 말했다. "와키사카가 팀을 없애려고 한다고 들었네. 새로운 적이 출현한 게지."

"뭐, 와키사카 실장님이 무슨 말을 하는지는 알겠습니다. 하지만 솔직히 다키가와 상무님이 나왔죠. 럭비에 애정이 있었으니까요."

"정말, 자네라는 사람은……."

다키가와는 슬쩍 웃고는 고개를 숙이더니 다시 들었다. "럭비에 애정이라. 왜 그렇게 생각하지?"

"상무님께서 정말 없애려고 했으면 없앨 수 있었습니다. 안 그런가요?"

대답은 없었다. "게다가 상무님이 지적한 점들은 아스트로스뿐만 아니라 일본 럭비계가 현재 안고 있고, 해결해야 하는 문제들이었습니다. 팀을 진심으로 생각해주셨다고 생각합니다. 그리고 실제로 지역 연계형 팀을 만드는 예산안에 반대하지 않으셨고요."

"잠깐 앉지 않겠나?" 다키가와가 권해 둘은 나란히 자리에 앉았다.

"우리 아버지가 럭비를 하셨지. 어렸을 때 새해에는 늘 하나

조노로 고교 럭비를 보러 갔어. 솔직히 나도 한 번쯤은 럭비를 해보고 싶었어."

처음 듣는 얘기였다.

"럭비팀에는 안 들어가셨나요?"

다키가와는 조금 쓸쓸하게 고개를 저었다.

"고등학교 때는 공부하느라 바빴고 대학에 들어갈 무렵에는 아버지가 운영하시던 가업인 용품점이 기울기 시작했지. 학비는 학자금 대출로 해결했는데 생활비까지 벌어야 해서 아르바이트에 모든 시간을 썼어. 체육 동아리 같은 데 들어가는 녀석들은 애당초 배부른 놈들이지. 나는 가난한 학생이었으니까. 가자마가 나를 깔봤다는 것도 알아."

다키가와는 왠지 분한 표정처럼 보였다. "객관적으로 판단했다고 생각했는데, 아무래도 가자마에게 복수하고 싶던 마음이 어딘가에 있었나 봐."

사색적인 모습으로 진심을 토로하는 다키가와는 지금, 적도 아군도 아닌 기미시마가 아는 한 남자였다. 천적으로까지 생각했던 남자가 왠지 향수와도 비슷한 감정을 기미시마의 가슴에 불러오는 상황이 불가사의하게 느껴졌다.

"한 가지 말씀드릴 게 있습니다."

기미시마가 말했다. "가자마상사의 은폐 공작을 폭로한 보고서 말인데요, 그게……."

"자네가 조사했지?"

다키가와도 알고 있는 듯했다. 하지만 기미시마가 하고 싶었던 말은 그게 아니었다.

"그렇습니다. 다만 저는 그 보고서를 이사회 일주일 전에 와키사카 실장님에게 전달했습니다. 그건 이사회에서 그런 식으로 쓰라는 뜻이 아니었기 때문입니다. 더 이른 단계에서 영업부에 사실을 알릴 수 있었고 그래야 했다고 생각합니다."

"그런데 와키사카는 그걸 나를 궁지로 몰아 끌어내리는 카드로 사용했지."

담담하게 말하는 다키가와의 맑은 눈동자에는 그의 강직한 성격이 드러나 있었다.

"저에게 다키가와 상무님을 추궁할 의도는 없었습니다. 그것만은 알아주셨으면 합니다. 그 후 가자마와는 무슨 얘기가 있었습니까?"

"없었네."

다키가와가 대답했다. "그가 내게 접근한 이유는 자기 회사를 팔고 싶어서였어. 목적이 좌절되었으니 볼일도 없어졌겠지. 지금의 그는 살아남기 위해 필사적이야. 대리인인 도쿄캐피털을 통해 이 건을 어떻게든 감춰달라고 하더군. 하쿠스이상선에는 알리지 말아달라고."

다키가와는 어이없다는 듯 웃었다. "알리고 싶어도 우리에게는 하쿠스이상선에 접촉할 방법이 전혀 없어. 있었다면 벌써 진실에 도달했겠지."

아마도 지금 가자마상사는 그 자체가 좌초 직전의 선박 같은 상황일 것이었다.

"그런데 자네, 정말 조사를 잘했더군. 그 보고서에는 감탄했어."

다키가와는 무릎을 탁 치고 일어나면서 말했다. "내 눈이 얼마나 한심했는지, 정말 머리부터 찬물을 뒤집어쓴 기분이었네. 와키사카가 어떻게 알아냈는지 궁금했는데 나중에 실은 자네가 한 일이란 걸 알고는 납득했지. 자금이 인출된 은행 예금 계좌 명세서까지 첨부하다니. 내가 졌어."

사라지려던 다키가와는 문득 의아한 눈빛으로 기미시마를 봤다. "왜 그러지?"

"아닙니다."

기미시마는 살짝 고개를 젓고 다시 물었다. "방금 자금이 인출된 은행 계좌 명세서라고 하셨습니까?"

"그게 왜?"

"제 보고서에 그 항목은 없었습니다. 물론 현금을 건넸다는 아오노 씨의 증언과 모리시타 교수의 수령증 복사본은 있었지만요."

다키가와가 의문을 담은 눈으로 기미시마를 보고 있었다.

"그게 무슨 소리지?"

"모르겠습니다."

기미시마가 대답하자 다키가와는 몇 걸음 걸어 나갔다. 그리고 다시 멈춘 후 의외의 말을 했다.

"자네를 요코하마공장으로 날린 사람은 내가 아니야. 나도 그렇게 속 좁은 사람이 아니거든. 늘 논쟁 상대이긴 했어도 자네 같은 녀석이 경영전략실에는 필요하다고 생각했지. 지금도

343

그렇고."

아연실색한 기미시마에게 다키가와는 더는 말하지 않고 오른손을 들어 보이고는 훌쩍 사라졌다. 이윽고 그의 모습이 관객들의 흐름에 섞여 보이지 않을 때까지 바라보던 기미시마는 선수들이 기다리는 탈의실로 걸음을 재촉했다.

4

대화를 마치고 수화기를 내려놓았을 때 다에가 물었다.

"부장님, 무슨 일인가요? 문제라도 생겼나요?"

임펄스와의 경기가 있었던 주말을 보낸 후 맞은 월요일 아침이었다.

기미시마는 지금 불쾌한 표정으로 책상 위 전화를 노려보고 있었다. 그 옆에는 아침부터 내내 읽던 서류가 놓여 있었다.

"이거야."

그 서류를 다에에게 보여줬다.

"이사회 의사록인가요?"

"올해 2월, 가자마상사 인수가 무산된 이사회 의사록이야."

이날 아침, 경영전략실의 전 부하직원에게 연락해 내밀하게 받은 내부 자료였다.

"실은 토요일 경기에 다키가와 상무님이 왔었어."

"그 다키가와 상무님이요?"

다에가 놀라는 것도 무리는 아니었다. 임원용 초대석도 만원이었으니까 아마도 자비로 티켓을 사서 보러 왔을 것이다.

"마음에 걸리는 소리를 들었어."

기미시마는 다키가와와 나눈 이야기를 의자에 기대 말하기 시작했다. "와키사카 상무가 가자마상사의 부정을 폭로한 보고서에는 자금이 인출된 은행 계좌 명세서까지 첨부되어 있어. 그런데 내 조사는 요코하마마린컨트리의 아오노 씨 증언이 중심이야. 유일한 물증은 3억 엔의 수령증 복사본이었지. 그런데 와키사카 상무는 내 보고서에는 없던 증거를 입수했어. 이걸 어디서 어떻게 입수했는지 전혀 모르겠어."

"지금 전화, 혹시 와키사카 상무님이었어요?" 다에는 바로 알아차렸다.

"응. 본인에게 물어봤지." 기미시마가 대답했다.

"뭐라고 하시던가요?"

"임원도 아닌 나와는 관계없는 일이라는군."

기미시마는 짧은 웃음을 토해냈다.

"통장 복사본이 어떤 경위로 와키사카 상무의 손에 넘어갔을까. 가자마 사장 최측근에 정보원이 없는 한 이런 걸 입수할 수는 없어."

통장 명의는 가자마상사의 사장 가자마 유야 본인이었다.

몇 개의 정기예금을 해약해 모은 자금 3억 엔이 현금으로 인출되었다. 그 경위가 명백히 드러나 있었다.

"도대체 어떻게 된 걸까?"

기미시마는 인쇄된 의사록을 툭 결재함에 던져 넣었다. "아오노 씨에게라도 물어봐야 하나……."

"아오노 씨 연락처를 아세요? 퇴직했다고 들었는데요."

아오노는 이미 새 직장으로 옮겼다.

"연락처는 알아. 애당초 새 직장을 소개한 사람이 나거든."

기미시마는 바로 그 번호로 전화를 걸었다.

"가자마 사장의 통장 사본요?"

전화를 받은 아오노의 목소리에서 의아함이 묻어 나왔다.

아오노의 새 직장은 도내의 자동차 부품 제조사였다. 도키와자동차의 자회사로, 아오노는 그곳의 제조 관리직에 취업했다. 기미시마가 예전에 관여했던 회사로, 사정을 말하고 부탁하자 "데이도대학의 그 아오노라면"이라면서 채용해줬다. 도키와자동차에서 온 사장은 예전에 럭비부였다.

"처음에 가자마상사가 인수 얘기를 제안했을 때 가자마 사장이 와키사카 씨에게 인사 정도는 했죠. 그 이상은 모릅니다. 보통 도키와자동차와의 대화는 대리인을 통했으니까요."

아오노의 말대로 M&A를 할 때는 당사자끼리 직접 대화하지 않는다. 다양한 절차와 교섭은 사이에 있는 대리인이 담당하고, 대리인은 M&A를 다루는 금융기관이나 전문업자가 맡는다.

가자마상사의 인수에서 도키와자동차가 지정한 대리인은 중견 M&A 전문기업 도쿄캐피털이었다.

도쿄캐피털은 기미시마도 경영전략실 시절 여러 번 이용했던 곳이라 지금도 휴대폰에는 사장 이하 여러 명의 연락처가 등록되어 있었다.

아오노와의 전화를 끊고 이어서 도쿄캐피털의 미네기시 히로히코 사장에게 전화를 걸었다.

"기미시마 씨, 오랜만입니다. 요코하마공장으로 가셨다는 소식을 듣고는 놀랐습니다. 건강하시죠?"

미네기시는 뼛속까지 장사꾼이라 싹싹하지만, 속내를 알 수 없는 남자였다.

"아, 덕분에 잘 지냅니다. 잠시 여쭙고 싶은 게 있어서 연락했는데 시간 괜찮으세요?"

"아이고, 그럼요."

어디 플랫폼인지 전화기 너머로 전차가 출발하는 소리가 들렸다.

"가자마상사 건, 이번에도 귀사가 우리 대리인이었죠?"

"아! 될 거라고 예상했던 터라 정말 아까웠습니다. 설마 그렇게 바로 직전에 브레이크가 될 줄은! 정말 좀 봐주십시오."

브레이크란 협상이 깨졌다는 소리다.

"그 건으로 묻고 싶은 게 있어서요. 와키사카 상무와 가자마 사장이 직접 만난 적 있나요?"

"그 이사회 건이죠? 가자마 사장의 개인 정보까지 파악하고 있었던."

미네기시는 장사꾼 특유의 예리한 관찰력을 드러냈다. 미네기시의 입장에서는 성립되리라 여겼던 M&A 안건이 아수라장

끝에 뒤집혔으니 좋았을 리 없다. 성립되었다면 적어도 수억 엔
단위의 수수료가 들어왔을 테니까.

"들은 얘기라도 있나요?"

"나도 나중에 수상해서 말이죠. 가자마 사장에게 직접 물어
봤더니 조금 의외의 말을 하더군요."

"의외의 말?"

"전화로 하긴 그러니 직접 만나서 얘기할 수 있을까요?"

"제가 가죠. 오늘이나 내일 중 언제 괜찮으십니까?"

미네기시에게서 "오늘 저녁 7시"라는 대답이 돌아왔다.

"알겠습니다. 그럼 이따 뵙죠."

짧게 말하고 통화를 끝냈다.

5

도쿄캐피털 본사는 하마마쓰초에 있었다. 역에서 내려 신바
시 방향으로 5분쯤 떨어진 곳에 위치한 빌딩의 3층에서 5층까
지를 사무실로 쓰고 있었다.

같은 빌딩 안에 변호사 사무실 등이 들어와 있어 분위기는
차분했다. 도쿄캐피털 같은 M&A 기업은 사무실의 '분위기'도
신용 중 하나였다.

"오셨군요. 오랜만입니다."

둥근 테이블이 놓인 회의실로 안내되자 곧바로 미네기시가

나타났다. 미네기시의 정확한 나이는 모르지만 기미시마와 또
래로, 전에는 증권회사에서 근무했다고 들었다.

지극히 싹싹하고 겸손한 태도는 증권회사 시절에 익힌 듯했
다. 젊은 나이에 회사를 이만큼 성장시킨 만큼 실력은 좋았다.
소탈한 성격으로 금세 상대의 믿음을 얻는 타입이나 잇속에 밝
았다. 지금까지의 거래 경험으로 보건대 상황판단 능력이 뛰어
난 듯 보였다. 요컨대 도키와자동차가 고용하는 대리인의 자격
은 갖추고 있다는 소리다.

"그래서?"

테이블 반대편에 미네기시가 앉자마자 기미시마가 물었다.

"의외의 말이란 게 뭐였나요?"

"와키사카 상무의 학력을 아십니까?"

미네기시는 대답 대신 질문을 던졌다.

"가나가와국립대학 아닌가요?"

"아니, 대학 말고 고등학교요."

"아뇨, 거기까지는 모르죠."

기미시마가 대답했다.

"그게, 메이세이학원대학부속고등학교랍니다."

미네기시가 목소리를 낮춰 그 안에 의미를 담았다.

"메이세이?"

제일 먼저 기미시마의 뇌리를 스친 것은 다키가와였다. 분명
다키가와와 가자마 유야는 메이세이학원에서 한 반이었다. 하
지만 그건 대학교 때 일이다.

"다키가와 상무가 메이세이에 들어간 건 대학 때죠. 하지만 와키사카 상무는 가자마 사장과 고등학교를 같이 다닌 동급생이었습니다."

"고등학교 때요? 그런데 왜 메이세이대학이 아니었죠?"

"고등학교 3학년 때 와키사카 상무 집안이 운영하던 공장이 기울었다고 해요. 무조건 올라가는 방식이라도 돈이 많이 드는 메이세이로는 못 가고, 공부해서 가나가와국립대학에 진학했습니다. 지금부터가 중요한데, 고교 동창회에 참석한 가자마 사장에게 다키가와 상무의 정보를 흘린 사람이 다름 아닌 와키사카 상무라는 겁니다. 취한 와중에 회사를 팔아버리고 싶다고 했더니 그럼 다키가와에게 말해보라고 했다는 거죠."

기미시마는 그 사실에 적지 않게 놀랐다. 처음 가자마상사 인수 건에 기미시마는 당시 너무 비싸다는 이유로 반대 견해를 밝혔는데 그때 와키사카는 어정쩡한 태도를 보였다. 애당초 일의 발단을 만든 사람이 와키사카라면 그 애매했던 태도도 이해가 갔다.

"둘이 아는 사이라는 걸, 다키가와가 알았나요?"

"아뇨. 다키가와 상무에게는 숨겨달라고 했답니다."

미네기시는 의미심장하게 대답했다. "말하면 내부에서 곤란해진다면서요. 자기가 판단하는 입장이라 어쩔 수 없다고."

가자마와 친분이 있다면 미리 밝히는 게 맞다. 결국 와키사카에게 다른 뜻이 있었다는 소리다.

"처음부터 와키사카 상무가 뒤에서 여러 조언을 해줬답니다.

가자마 사장이 욕심을 부려 1천억 엔을 제시한 건 오산이었던 듯하고요. 와키사카 상무가 가격을 낮추라고 했다는데 욕심에 눈이 먼 가자마 사장은 듣지 않았다고 하더군요."

실제로 그게 장애가 되어 처음에는 이야기가 진행되지 못했다.

"가자마 사장 말로는 모리시타 교수 매수나 회사 매매가를 도키와자동차의 허용 범위까지 낮춘 것도 와키사카 상무의 조언이었답니다. 하지만 와키사카 상무는 처음부터 가자마 사장을 이용하려던 게 목적이 아니었을까요?"

미네기시가 그렇게 말하는 건 장사꾼의 후각일 것이다. "와키사카 상무가 그렇게까지 가자마 사장을 도울 이유가 없잖아요. 진짜 목적은 가자마 사장을 도우려던 게 아닌 거죠. 단순히 도구로 사용한 거 아닐까요? 다키가와 씨를 끌어내릴 덫으로 말입니다. 애초에 인수를 성공시킬 생각 같은 건 없었겠죠. 다만 처음부터 인수를 반대하는 사람이 있으면 시나리오에 방해가 되죠. 그래서 당신을 요코하마공장으로 날려 보낸 게 아닐까요."

기미시마의 이동 후 다시 가자마상사의 인수 안건이 올라와 정식 인수 방침이 결정되었다. 와키사카의 계획이 이루어질 수 있게 된 것이다. 그렇게 되면 이번에는 경영전략실의 능력 부족이 마음에 걸렸을 테고, 그래서 한 번 버렸던 기미시마에게 돌아오지 않겠느냐고 제안한 것이다. 앞뒤가 맞는 이야기였다.

무거운 침묵 끝에 미네기시가 말했다. "여기서만 하는 말인데 와키사카 상무는 정말 나쁜 사람이에요."

나쁜 사람, 이라.

"나쁜 사람이더라도 당신은 같이 일하고 있잖습니까?"

"아뇨, 안 합니다."

미네기시는 놀라며 고개를 저었다.

"왜요?"

"와키사카 상무가 도키와자동차의 출입을 금지했습니다. 이른바 입을 막은 거죠."

"그랬군요. 와키사카 상무가 마지막 일 처리를 잘못했네요."

기미시마가 말했다. "출입 금지를 할 게 아니라 당신을 계속 썼으면 이 비밀은 아마 영원히 묻혔을 테니까 말입니다. 당신은 회사에 돈만 들어오면 된다고 생각하죠. 그런 면에서 당신도 나쁜 사람입니다."

"맞습니다."

조금 미안한 기색을 보이며 미네기시가 인정했다. "하지만 장사라는 게 그래요. 좋은 일만 해서는 돈을 벌 수 없으니까요. 그런데 기미시마 씨, 이 얘기 어쩌실 겁니까?"

미네기시는 흥미를 감출 생각도 없이 물었다.

이 남자가 무슨 생각을 하는지는 잘 알았다.

"물론 제대로 승부를 봐야죠. 하지만 전해 들은 말만으로는 약해요. 증거가 필요합니다. 부탁 좀 드릴까요."

"대가는 도키와자동차와의 거래 복귀로 해주십시오."

예상했던 대로 미네기시는 제안을 받아들였다.

6

2주 뒤, 미네기시는 모든 '증거'를 기미시마 앞으로 보내왔다.

가자마상사를 둘러싼 일련의 문제가 기미시마에게 가르쳐준 것은 인간의 다면성일지 모른다.

천적이라고 생각했던 남자를 이해하게 되었고, 가까웠다고 생각했던 전 상사에게는 비밀이 있었다.

선과 악이 뒤바뀌었다기보다 인간의 감정은 원래 이원적인 데 그치지 않고 색으로 따지면 그라데이션에 가까울지 모르겠다. 그 미세한 기울어짐과 배분은 다양한 환경과 사건에 따라 색조를 바꾸며 그 사람만의 독자적인 색조로 변화하는 게 아닐까.

항상 선인인 사람도, 또 악인인 사람도 없다.

그렇다고 사람만 그런 것은 아니다. 조직도 바뀐다.

와키사카 겐지라는 남자를 그저 끌어내리기 위해 이 사실을 이용하는 공허함을 기미시마는 알고 있었고, 때에 따라서는 자신이 쥔 패를 와키사카에게 슬쩍 보이는 것만으로 충분할지도 모른다고 생각했다. 그렇게 본인 스스로 해야 할 도리를 지키라고 충고하는 방법도 있을 것이다.

하지만 운동장 밖의 일에 매달리는 사이에도 시간은 흘렀고, 아스트로스의 싸움은 계속되고 있었다.

제너럴 매니저로서 기미시마의 본업은 아스트로스의 승리에 전력으로 공헌하고 사회인 럭비팀의 존재 방식을 바꾸는 것이다.

그런 의미에서 기미시마가 도저히 참을 수 없는 상황에 직면한 것은 9월 셋째 주 토요일이었다.

관객 동원 수가 줄어든 것이었다.

그 주 토요일, 아스트로스는 고베에 있는 포트스타디움에서 경기를 펼쳤다.

상대는 고베를 거점으로 한 아사히전기 선 워리어스였다.

선 워리어스는 늘 하위권에 있는 팀인데 올해는 비교적 좋은 성적을 내서 이번 리그 3라운드까지 1승 1무의 성적을 기록하고 있었다.

아스트로스는 선 워리어스를 43 대 13으로 격파하며 무난하게 3연승을 올렸다.

그건 좋았지만.

기미시마가 참을 수 없는 건 그 경기가 동원한 관객 수였다.

수용인원 2만 5천 명인 경기장에 입장한 관객은 겨우 2,800명. 스탠드가 텅텅 비어 있었다.

실은 일주일 전 경기의 관객 동원도 4천 명을 조금 웃도는 정도로, 1만 5천 명을 모은 도키와스타디움 경기와 비교하면 마치 연습 경기나 마찬가지인 관객 입장이었다.

"도대체 관객을 어떤 방식으로 모은 겁니까?"

기미시마는 그다음 주에 열린 플래티나리그 연락 회의에서 문제를 제기했다. 플래티나리그의 각 팀 대표자, 협회 측에서는 전무이사인 기도, 그리고 플래티나리그 담당 부장인 가타기리가 출석한 자리였다.

"리그 규정에 따르면 홍보와 관객 모집은 협회 측 책임입니다. 왜 제대로 모객을 하지 않습니까?"

"경기 운영은 지역 협회에 위탁하고 있으므로 그쪽 사정 때문인 걸로 알고 있습니다."

"사정이 아니라 결과를 아셔야죠!"

마치 다른 사람 일처럼 말하는 가타기리의 변명에 기미시마는 화를 참을 수 없었다. "홈에서는 만원인 우리 팀 경기에 달랑 3천 명도 안 왔습니다. 다른 경기장은 더 적은 데도 있다고 들었습니다. 일본럭비협회에 관리 책임이 있지 않습니까? 위탁했으니까 모른다고만 하지 말고 좀 더 적극적으로 관여해야 하지 않습니까? 도무지 이해할 수 없습니다!"

기미시마의 호통에 가타기리의 얼굴이 창백해졌다. 그 옆에서 전무이사인 기도는 태클이라도 하려는 듯 분노에 찬 표정으로 이쪽을 노려보고 있었다.

"플래티나리그라고 해도 어디까지나 아마추어 스포츠입니다. 전에도 말씀드렸다시피 돈 버는 일을 최우선으로 운영하지 않고……."

"돈을 벌기는커녕 손해를 보고 있잖아요! 하면 할수록 손해 잖습니까?"

가타기리의 발언에 기미시마가 달려들었다. "회사에 따라 차이는 있겠으나 여기에 있는 모든 팀을 유지하는 데 거액의 경비가 들어가고 있습니다. 그 돈은 각 기업의 종업원이 땀 흘려 번 돈으로 충당한 겁니다. 그걸 알면 한 푼도 낭비할 수 없는 돈입니다. 플래티나리그니, 최고 수준의 럭비라느니 한껏 잘난 척하면서 매년 1500만 엔의 참가비까지 받잖습니까? 이건 아니죠!"

"그럼 어떻게 하고 싶으신 겁니까?"

기도가 싸우자는 듯 물어왔다. "여기는 원래 연락 회의의 자리이지 이런 얘기를 나눌 자리가 아닙니다. 간단하게 말씀해주시지 않겠습니까?"

"간단하게요? 이미 이전에 제안서를 내지 않았습니까? 작년에 미리 손을 썼으면 이런 말도 안 되는 상황은 피할 수 있었을 겁니다. 제안서, 다시 한번 신중하게 검토해주십시오."

"아아, 그거요."

기도가 실실 웃었다. "그건 이미 답변드렸잖아요. 도미나가 회장님께서 격노하셨습니다. 럭비 정신을 더럽히는 거라고."

기미시마는 분노로 머리가 새하얘졌다. 기도는 한술 더 떴다. "럭비라는 스포츠는 고결하고 신성한 겁니다. 세계를 대표하는 대기업 여러분의 헌신적인 뜻으로 뒷받침되는 귀족 스포츠이니까요."

"당신들, 귀족입니까?"

너무 한심해서 기미시마가 질문을 던졌다. "지금의 일본 럭비는 대기업의 시혜에 힘입어 간신히 살아가는 스포츠에 불과합니다. 가난뱅이가 부자처럼 행세하는 셈이죠. 더 말하자면 아마추어라면서 프로 흉내를 내며 실패하고 있는 겁니다. 게다가 더 운영을 잘할 방법이 있어도 전혀 노력을 하지 않죠. 위기감도 없고 태만하고 게다가 오만하기까지 합니다. 우리 대기업이 좋아서 예산을 내는 줄 아는데, 내부적으로는 늘 큰 논란이 벌어지고 있습니다. 아마 여기 있는 팀이 다 그럴 겁니다. 제대로 된 경영 감각이라면 당연하죠. 지금은 대기업도 살아남기 위해 모든 걸 걸고 싸워야 하는 시대입니다. 그런데 당신들은 그런 것도 모르고 돈만 내놓으라고 하고 있지요. 이렇게 세상 물정 모르는 운영을 계속하면 언젠가 일본 럭비는 끝납니다. 그래도 괜찮습니까? 럭비를 위해 인생을 거는 선수들만 불쌍하군요."

날카롭게 의견을 개진하는 기미시마에게 기도는 송곳 같은 눈빛을 보냈으나 제대로 답변할 마음은 없는 듯했다.

"뭐, 그 얘기는 나중에 하죠. 오늘은 후반기 경기 운영을 위한 연락 회의니까."

반성할 줄 모르는 남자에게 말해봤자 낭비였다.

그 사실을 깨달은 기미시마는 담담하게 흘러가는 회의 과정을 망연자실 바라볼 수밖에 없었다.

7

10월 셋째 주. 호쾌하게 진격 중인 아스트로스는 중요한 6라운드 경기를 맞았다.

아스트로스가 도키와스타디움에서 맞이한 상대는 늘 상위권에 있는 주오전력의 선더스였다.

전승 중인 팀끼리의 일전으로, 다음 7라운드 상대가 피차 강등권 팀이라는 점을 고려하면 이 경기의 승자가 실질적인 화이트 콘퍼런스 1위가 되는 게 거의 확실했다.

콘퍼런스 리그전이 끝난 뒤 벌어지는 플레이오프에서 각 조 1, 2위 팀을 모아 총 4개 팀이 우승을 놓고 격돌한다. 첫 경기는 화이트 콘퍼런스 1위와 레드 콘퍼런스 2위, 레드 콘퍼런스 1위와 화이트 콘퍼런스 2위가 대결하여 각 경기의 승자가 결승전에 진출하고 패자가 3위 결정전으로 가는 방식이다.

레드 콘퍼런스는 실력이 압도적인 사이클론스의 1위 통과가 거의 확실하므로 아스트로스나 선더스 모두 플레이오프 첫 경기에서 사이클론스를 만나고 싶지 않은 마음은 마찬가지였다.

그를 위해서는 이 경기에서 승리해 콘퍼런스를 1위로 통과하는 수밖에 없는데 아스트로스에게는 불안 요소가 생겼다.

6라운드를 앞두고 중심 선수의 피로 또는 부상으로 인해 최고의 선수진을 배치할 수 없게 된 것이다.

사이몬의 결단은 과감하게 지금까지 싸워온 중심 선수를 선발 명단에서 빼는 것이었다. 거의 고정이던 사사와 나나오, 나아가 프롭의 도모베까지 후보로 돌렸다.

대신 선발에 하마하타를 투입하는 등 젊은 선수 중심이던 그때까지의 팀 구성을 바꾸었다. 무더운 계절에 체력을 보존한 베테랑 선수들을 대거 기용한 포진이었다.

"이길 힘은 충분한데 그렇게 쉽진 않아."

선발 명단을 발표한 후 기미시마가 들은 사이몬의 말이었다.

그의 말대로 경기는 고전을 면치 못했다.

시작하자마자 몇 분 만에 핸들링 실수로 흘러나온 공을 빼 앗겨 트라이를 허용했다. 컨버전킥까지 포함해 7점을 헌납하자 홈팬으로 가득한 도키와스타디움의 상공에 암운이 드리우는 듯했다.

"베테랑 선수의 선발 출전은 오랜만이니까요. 경기 감각을 익 히기도 전에 당한 느낌이네요."

옆자리에서 비디오카메라를 든 다에가 말했다. 예리한 스텝 의 선더스 수비에 걸려 상대 진영에 차넣으려던 킥이 막혀 트라 이를 빼앗긴 것은 5분이 더 지났을 때였다.

불행 중 다행은 컨버전킥이 빗나간 것인데, 그래도 경기 시작 10분 만에 12점을 헌납한 것은 뼈아픈 일이었다.

보고 있는 기미시마의 속이 쓰릴 정도의 전개였다.

제너럴 매니저가 되기 전 기미시마는 럭비에 전혀 관심이 없 었다. 그런데 지금은 어떤가. 지고 있을 때는 마치 자식의 경기 를 지켜보는 부모 마음이 되고는 했다.

기미시마만이 아니었다. 이 스탠드의 모두가 아스트로스의 승리를 기원하고 역전을 기대했다.

대망의 반격은 전반 20분이 지나면서 시작되었다.

상대의 반칙으로 얻은 페널티킥을 하마하타가 어려운 각도에 서 신중히 차 넣은 것이다. 그리고 전반 25분, 바로 그 하마하타 를 기점으로 한 공격으로 완벽하게 트라이를 빼앗고 컨버전킥 도 넣어 10 대 12까지 따라붙었다. 전반전 종료 휘슬이 울렸다.

일제히 무거운 한숨을 토해낼 정도로 힘든 전반이었다.

사이몬이 재빨리 스탠드에서 내려와 탈의실로 사라졌다.

"보다가 심장에 무리가 생기겠어요."

다에는 늦가을인데도 땀이 난 이마를 훔쳤다.

"후반에는 어쩌면 사사나 나나오를 투입할지 모르지."

하지만 사이몬은 기미시마의 예상을 뒤집고 포워드 세 명, 그리고 이유는 모르겠으나 백스 한 명을 교체했을 뿐이었다.

후반도 선더스가 선제권을 잡았다. 후반 10분이 지나, 아스트로스의 수비에 구멍이 생겨 트라이를 허락해 10 대 19로 점수 차가 벌어지자 기미시마의 위는 점점 쓰렸고 가슴이 조여오는 듯 무거워졌다. 그런데…….

그때부터 아스트로스 공격의 아귀가 맞아떨어지기 시작했다. 기미시마의 눈에도 공 점유율이 늘어난 게 확연했다.

사이몬이 헤드셋을 통해 계속 지시를 내렸다.

"상대 3번과 백스 11번 선수가 조금 약해 보여요."

무슨 일이 일어나는지 모르는 기미시마에게 분석가인 다에가 지적했다. "그곳을 공략해 기회를 넓히려고 할 겁니다. 보세요! 스크럼을 밀어붙이듯 짰잖아요."

중앙선 부근에서 짠 스크럼.

상대의 볼 스크럼임에도 공이 투입되자마자 아스트로스의 스크럼이 성난 파도와 같이 밀어붙였다.

스크럼이 기역 자로 무너지며 심판의 긴 휘슬이 들린 건 그 직후였다.

하마하타가 신중히 페널티킥을 상대 진영에 차 넣어 마이 볼

360

의 라인아웃을 선택했다.

"이거, 되겠는데요."

다에가 말했다. 공격권을 유지한 아스트로스의 예리한 공격이 시작되었다.

오른쪽에서 왼쪽으로 이어지는 사인 플레이로 공격을 전개하고 빠른 파워 워크로 상대 수비를 무너뜨렸다. 몇 차례 이어진 공격 끝에 상대 골 오른쪽 구석으로 풀백인 미사키가 날아들었다.

"역시! 하마하타 씨!"

다에는 더 어려운 각도에서 컨버전킥까지 성공시킨 하마하타를 칭찬했다. "킥의 정확도는 전혀 줄지 않았어요. 거리도 나오고, 여전히 현역으로 뛸 수 있어요."

후반도 20분이 지나고 있었다. 17 대 19. 이 시간 이 점수 차까지 오면 겨우 2점은 없는 거나 마찬가지였다.

아스트로스는 공격의 돌파구가 어디인지 파악하고 있었다.

후반 31분.

상대의 럭에서 공이 나왔다.

패스를 받은 사람은 마크하고 있던 11번 선수였다.

기다렸다는 듯 아스트로스의 강렬한 태클이 들어갔고 순식간에 포워드가 돌진해 공을 빼앗았다. 멈추지 않고 공격으로 전환해 마지막 순간 공을 들고 인골●로 뛰어든 사람은 하마하

● In goal, 골라인과 데드볼 라인, 터치인 골라인으로 둘러싸인 지역으로, 공격팀이 이 지역에 골을 터치하면 트라이가 된다.

타였다.

골 중앙 부근으로의 역전 트라이에 두말할 필요도 없이 도키와스타디움이 들썩거릴 정도의 엄청난 환호가 터져 나왔다. 컨버전킥도 들어가 마침내 역전. 24 대 19로 아스트로스가 5점 앞서 나갔다.

어떻게든 다시 역전하려고 필사적인 맹공을 퍼붓는 선더스를 수비로 버텨내는 시간이 이어졌다.

최대 위기는 남은 시간 3분일 때 찾아온 우리 골 앞에서의 상대 볼 라인아웃이었다.

"지켜, 지키라고!"

기미시마는 꼭 쥔 양 주먹을 무릎에 놓고 어느샌가 그렇게 외치고 있었다.

다에가 숨을 삼키고 운동장을 응시했다.

긴박한 분위기가 스탠드를 가득 채운 가운데 던져진 상대의 공을 향해 아스트로스가 돌진했다.

긴 수비의 시작이었다. 고작 3분인데 느낌으로는 10분이나 20분은 되는 듯한 무게가 있었다. 그동안 기미시마가 얼마나 자주 전광판 시계를 봤는지 모른다. 1만 5천 명의 관객 전원이 손에 땀을 쥐는 경기 전개를 지켜보고 있었다.

사투에 마침표를 찍은 것은, 상대 팀의 넉온• 반칙이었다. 거기서 이어진 공격이 끝나고 경기 종료를 알리는 휘슬이 들렸다.

• Knock on, 공을 앞으로 떨어뜨리는 행위.

계속 긴장해 굳어졌던 몸이 단숨에 풀어졌다.

"이 멤버로 선더스를 이긴 건 의미가 있네요."

흥분해 떨리는 목소리로 다에가 말했다.

기미시마도 맞는 말이라고 생각했다. 아스트로스의 넓은 선수층을 증명함으로써 팀의 높은 수준을 알린 경기였다.

―우승을 다투는 팀과 정말 우승하는 팀은 차이가 커.

사이몬은 예전에 그렇게 말했다.

그랬다. 작년의 아스트로스는 그야말로 우승을 다툴 만한 팀에 불과했을지 모른다. 그러나 올해는 다르다.

메인스탠드 앞에 일렬로 선 선수들이 얼마나 자랑스러운지!

콘퍼런스 1위를 강력하게 어필하는 커다란 승리였다.

이제 일본 최고의 자리를 결정하는 플레이오프가 기다리고 있다.

한시도 방심할 수 없는 진검승부다. 그러나…….

그 2주 후, 도키와자동차 본사에서 열린 한 회의 석상에서 아스트로스와 기미시마에게 너무나 큰 '사건'이 일어났다.

8

총무, 경리와 홍보부가 모이는 연락 회의는 늘 매주 월요일에 열렸다.

일정 정보를 공유하는 게 목적으로, 총 열 명 정도가 출석하는 실무회의다.

평소와 다름없이 오전 9시에 열린 회의는 예상치도 못한 인물의 갑작스러운 등장으로 느닷없는 긴장감이 감돌았다.

3개 부서를 총괄하는 임원인 와키사카 겐지였다.

일어나려는 부하들을 손으로 제지한 와키사카가 말했다.

"갑작스럽게 찾아와 미안하네."

와키사카는 의자를 끌어 앉으면서 천천히 말했다. "실은 이사회에서 다음 시즌 럭비팀 운영에 관해 제안할 생각이야."

"구체적인 생각이 있으십니까?"

럭비팀을 담당하고 있는 총무부의 부부장 미하라가 그렇게 물었다.

"예산을 적어도 지금의 반으로 줄이고 싶네. 어떤가?"

한동안 침묵이 흘렀다.

"상무님, 만약 그렇게 되면 아스트로스는 플래티나리그에서 빠지게 되는데 괜찮습니까?"

자세한 사정을 아는 미하라가 물었다.

"그런 건 생각하지 않아도 되네."

와키사카가 말했다. "이사회에 제안할 초안을 미하라 부부장에게 부탁하고 싶은데, 해주겠나?"

"알겠습니다."

미하라는 대답하고 입술을 깨물었다.

미하라뿐만 아니라 모두 다 고개를 숙이고 팔짱을 긴 채 생각에 잠긴 것은 이 제안의 무게를 알기 때문이다.

"지난주 화이트 콘퍼런스 1위가 결정되었습니다. 올해 우승할지도 모르는데 괜찮을까요? 아스트로스의 쾌속 진격이 화제가 되고 있습니다."

홍보부 차장 히로세가 용기 내어 발언했다. 홍보부는 아스트로스에 관한 취재 창구를 겸하고 있었다. 아스트로스에 대한 세간의 관심이 어떤지 회사 안에서 가장 민감하게 파악하고 있는 사람이 다름 아닌 히로세였다.

"우승이 마지막 꽃길이면 그것도 좋지 않겠나."

와키사카는 곧바로 내뱉었다. "예산 축소의 승인 여부는 이사회 결과에 달렸어. 하지만 아마추어 스포츠에 불과한 럭비팀에 16억 엔이나 쓰는 건 아무래도 이상하잖나. 찬성하는 이사도 적지 않지. 제대로 대응해두지 않으면 안 돼. 서류 준비, 빠짐없이 해주게."

그렇게 말하고 와키사카는 연락 회의의 자리를 떠났다.

와키사카는 드디어 진심으로 럭비팀을 없앨 작정이었다.

이제 남은 일은 이 제안을 놓고 싸움을 벌이거나 무거운 한숨을 토해내는 것뿐이었다.

연락 회의가 끝나자마자 이 소식은 기미시마의 귀에 들어왔다.

"이 의제를 내지 않도록 와키사카 상무를 설득하는 게 좋을 거야. 만에 하나 이사회에서 승인되면 아스트로스는 끝이야."

소식을 알려준 미하라는 기미시마의 선배로, 본사 근무 때 같은 층에서 일한 적이 있어서 가끔 같이 한잔하는 사이였다.

평소에는 냉정한 실무가인 그가 대놓고 위기감을 드러내며 연락한 것만 봐도 상황이 얼마나 심각한지를 증명했다.

기미시마는 전화를 끊고 바로 와키사카에게 면담을 요청했다. 거절할지도 모른다 생각했는데 그러지 않았다.

"상무님께서 만나시겠답니다. 내일 오후 3시라면 30분 정도 비어 있습니다. 괜찮으신가요?"

"찾아뵙겠습니다. 그렇게 전해주십시오."

비서에게 그렇게 말한 기미시마는 조용히 수화기를 내려놓고 긴 한숨을 흘렸다.

9

"상무님, 시간 내주셔서 감사합니다."

"아니, 아닐세. 나도 자네와 이야기하고 싶던 참이었어."

와키사카는 여유로운 표정으로 책상을 돌아 나와 손짓으로 소파를 권했다.

"어떤가? 요코하마공장 일은 순조로운가?"

"네, 그럭저럭."

기미시마가 대답했다. "아스트로스도 7전 전승으로 콘퍼런스 1위를 달성했습니다. 팬들이 기뻐하고 있습니다."

"그거 잘됐군."

와키사카는 말로만 칭찬하고 용건을 물었다. "그런데 오늘 용건은? 세상 돌아가는 얘기나 하려고 온 건 아니지?"

"실은 상무님께서 다음 이사회에서 럭비팀 예산 삭감을 제안하실 거라 들었습니다. 그래서 다시금 아스트로스의 활동 내용을 설명드린 겁니다."

"정말 소식 빠르군."

와키사카는 흥미롭다는 듯 말했다. "실은 내가 하려던 말도 그 건이네. 자네도 들었다면 얘기하기 쉽겠군."

팔걸이의자 등받이에서 몸을 일으키고 다시 기미시마의 눈을 들여다봤다.

"담당 임원으로서 럭비팀에 자금을 계속 쏟아야 하는지 생각했지. 아무리 생각해도 16억 엔은 너무 많아. 걸맞은 액수로 줄이고 싶네."

"16억 엔이 많으냐 적으냐의 문제가 아닙니다."

기미시마는 조용히 반론했다. "문제는 경비가 아니라 리그 운영 방식에 있습니다. 그를 위해 일본럭비협회에 새로운 개혁안을 제안했습니다."

기미시마는 일본럭비협회에 제출한 개혁안을 내밀었으나 와키사카는 보려고도 하지 않았다.

"그래서 변했나?"

대신 결과를 물어왔다. "자네 혼자 요란을 떨어도 변하지 않으면 의미는 없어. 아닌가?"

"아스트로스 경기의 관객 동원은 지역 연계 대응이 자리를 잡아 비약적으로 늘고 있습니다. 특히 도키와스타디움에서 열리는 경기는 늘 다 찹니다. 거의 모든 자리를 팔아서 수천만 엔의 티켓 수익도 올리고 있습니다."

"그래서? 일본럭비협회가 그 무거운 엉덩이를 움직이던가?"

"유감스럽게도 거기까지는 이르지 못했습니다."

기미시마는 인정할 수밖에 없었다. "다만 아스트로스는 성공 사례로 인지되고 있습니다. 앞으로는 다른 팀도 우리 팀을 참고할 테고요. 이미 기업의 노력으로 1만 명 이상의 평균 관객 동원을 자랑하는 팀도 있습니다. 사회인럭비의 장래성을 이해해주십시오."

"장래성이 도대체 어디에 있다는 건가?"

와키사카는 차갑게 말했다. "무엇보다 일본럭비협회가 하는 짓은 세계적인 강호가 되겠다는 것치고는 정말 한심하지 않나? 해외의 상대는 프로인데 우리 협회는 끝까지 아마추어라는 입장을 버리려고 하지 않지. 아마추어가 프로를 이길 수 있나? 어쩌다 이기더라도 리그의 실력 차이는 명확해. 내가 보기에 일본럭비협회도 사실은 그걸 알고 있어. 자신들이 해외를 도저히 따라갈 수 없다는 사실을. 지금 수준과 인기로 프로가 되면 자신의 목을 조르는 셈이니까, 그래서 그들은 플래티나리그 같은 걸 만들어 물을 흐리는 거야. 거기에 우리가 어울려주는 거고. 한심하지 않나?"

"정말 열심히 럭비를 하는 사람들이 있습니다."

기미시마가 호소했다. "그걸 응원하는 지역 팬도 정말 많습니다. 아스트로스는 요코하마에서 점차 시민권을 얻고 있습니다.

운영비를 깎으면 실력 있는 선수 대부분이 다른 팀으로 이적하겠죠. 그건 아스트로스에게는 팀 폐지나 마찬가집니다. 팬의 기대를 저버리는 겁니다. 일개 기업의 관점에서 바로 결론을 내지 말고 장기적인 안목으로 럭비계 전체를 바꿀 수는 없을까요?"

"몇 년이나 걸릴까?"

와키사카는 짧은 웃음을 토해냈다. "10년인가, 20년인가? 무엇보다 일본럭비협회는 어떻게 생각하고 있지? 그들은 이대로 가는 게 좋다고 생각하지 않나? 그런 놈들과 어울리며 돈을 계속 내야 한다는 말이야. 그래도 괜찮나, 기미시마?"

와키사카는 분노의 표정을 드러내며 다시금 기미시마와 대치했다. "나도 럭비계가 바뀌려 했다면 이런 제안을 하지 않았네. 하지만 현실은 아니야. 우리가 돈을 계속 내는 한 럭비계는 그걸 당연하게 받아들이고 변하려고 하지 않을 걸세. 그건 틀림없어. 자네도 그렇게 생각하잖나?"

"저는 아스트로스의 제너럴 매니저입니다."

기미시마가 말했다. "일본럭비협회에 대해서는 해야 할 말을 앞으로도 할 것이고 바꿔가려고 노력할 겁니다. 상무님, 회사 실적이 나빠진 것도 아닌 지금 시점에서 운영비 삭감을 꼭 하셔야 합니까?"

와키사카에게 울림이 있는 것 같지 않았다.

"자네, 언제부터 그렇게 명분만 얘기하게 되었나? 속내를 말하지 그래?"

와키사카는 차갑게 기미시마를 응시했다. "럭비계에 미래는 없어. 내가 보기에 10년이 지나도 인기는 회복되지 않을 거고 일본의 수준도 오르지 않아. 비인기 종목은 쇠퇴할 수밖에 없어. 그런데도 지금의 럭비계는 대책이 전혀 없지. 게다가 협회 간부들은 자신의 지위를 고집하며 처한 상황을 돌아보려고 하지 않아. 이런 썩어빠진 스포츠에 돈을 낼 수는 없어. 낼 수 있을 리가 없지."

"럭비가 잘못된 게 아닙니다."

기미시마가 주장했다. "불행하게도 일본럭비협회라는 조직이 관리하고 있다는 게 문제죠. 축구나 농구 등 스포츠의 개혁 성공 사례는 많습니다. 그에 필요한 리더가 나타나면 일본 럭비계는 반드시 변할 것이고 틀림없이 강해질 겁니다. 눈앞의 경비가 아니라 럭비라는 스포츠의 본질을 봐주십시오. 아스트로스는 지금 진심으로 우승을 향해 노력하고 있습니다. 부탁이니 저희의 미래를 닫지 말아주십시오. 제발 부탁드립니다."

"자네도 무뎌졌군."

대답은 비웃음이었다. "'언젠가'는 개선되리라는 말이 통할 것 같은가? 그건 경영이 아니야. 럭비라는 스포츠가 훌륭하다면 아마추어답게 동네 럭비나 하라고. 어디 학교 운동장이라도 빌려 동호회 사람들끼리 스크럼을 짜고 놀면 되지 않나. 마음에 들지 않으면 다른 사회인팀으로 가면 돼. 지금 일본에는 태평하게 럭비에 거액을 투자하는 기업이 십여 개나 되니까 말이야. 상관없지 않나?"

와키사카는 경멸하는 투로 말했다. "그런 회사가 일본럭비협회의 한심한 행태에 언제까지 장단을 맞춰줄지가 볼거리겠지. 하지만 우리는 구닥다리에 어디까지 갈 수 있을지도 모를 그런 합승 버스에서 얼른 내려야 해."

"다시 생각해주실 여지는 없습니까?"

기미시마는 상대에게 몸을 내밀었다. "제발 부탁드립니다, 상무님. 적어도 제가 제너럴 매니저로 있는 동안만이라도 전처럼 존속시켜주십시오."

"기미시마, 언제부터 그렇게 안일한 사람이 되었나?"

와키사카는 들을 생각이 전혀 없었다. "이해할 수 없는 것과는 철저하게 싸운다. 그게 자네 방식이었을 텐데. 요코하마공장의 느슨한 분위기에 자신의 스타일까지 잃었나?"

스타일을 잃은 게 아니었다. 기미시마가 지금 싸우고 있는 상대는 럭비계의 한심한 체질이었다.

와키사카가 얘기하는 논리는 지당했다. 하지만 어떤 의미에서는 아전인수 격이었다. 럭비팀을 없앤다는 결론을 내려놓고 다양한 요소를 긁어모아 적당하게 조합한 것이었다.

거기에 경영 합리성은 있어도 럭비에 대한 애정은 전혀 없다.

기미시마는 수많은 팀원과 스태프를 품고 있는 현실 속에서 럭비계의 모든 장래를 모색해왔다.

확실히 일본럭비협회는 썩어빠진 조직이다. 그러나 그것과 럭비는 구분되어야 한다. 일본럭비협회를 받아들일 수 없다고 해서 럭비 그 자체를 버리는 일은 완벽한 잘못이다.

"럭비계가 발전하기 위해 다 같이 지혜를 짜내고 싶습니다.

그를 위해 싸우고 있습니다. 이해해주십시오."

"기미시마, 더는 할 말이 없군."

와키사카는 단숨에 말을 잘랐다. "정말 자네도 말은 잘하는군. 이제까지 럭비에 전혀 관심도 없었으면서."

와키사카는 너무 웃겨 목구멍이 간질간질하다는 듯 목울대를 꿈틀거렸다. 그러다 갑자기 웃음기를 지우더니 이번에는 냉혹한 표정을 지었다.

"최종적으로 럭비팀은 폐지한다."

가차 없는 말투였다. "내 마음에 들지 않는 것은 모두 버릴 거야. 그게 내 방식이지. 나는 내 스타일을 고수하는 타입이야."

"다시 생각해주실 수 없습니까?"

"없네."

완고한 말투의 와키사카를 기미시마는 조용히 응시했다. 얼마나 그러고 있었을까.

"알겠습니다."

기미시마는 조용히 일어났다. "그럼 저도 제 스타일대로 하겠습니다. 반드시 아스트로스를 지키겠습니다. 무슨 수를 써서라도."

5장
라스트 게임

1

　12월 초 토요일. 플레이오프 첫 경기장은 히가시오사카시에 있는 하나조노럭비구장이었다.

　쨍하게 맑은 겨울 하늘 아래 냉랭한 바람이 스탠드를 훑고 지나갔다.

　화이트 콘퍼런스 1위인 아스트로스 대 레드 콘퍼런스 2위인 도쿄전철 브레이브스의 싸움이었다. 브레이브스의 콘퍼런스 성적은 6승 1패. 유일한 패배가 사이클론스전으로 상당한 접전이었다.

　브레이브스에 호의적인 평이 나왔을 만큼 치열한 접전을 펼친 좋은 경기였다.

　아스트로스가 전반전에 리워드 측(바람 방향 반대편)을 선택한 것도 후반이 승부처가 되리라 예측했기 때문인 것 같았다.

　하지만 모두가 예측한 경기 전개는 전반전에서 완전히 뒤집했다.

만반의 준비를 하고 선발 출전한 사사와 나나오의 하프 콤비가 잇따라 선보인 플레이가 상대 수비를 압도한 것이다.

날카로운 패스, 크로스와 루프라는 잔기술을 섞은 공격이 흥미롭게도 속속 성공했다. 전반전에만 세 번의 트라이를 빼앗자 기미시마는 여전히 믿기지 않는 심정으로 운동장을 바라보고 있었다.

후반이 되어 하프 콤비가 빠지고 지난주까지 2주 연속 선발 출전한 하마하타 등이 나왔는데 공격 리듬에는 변함이 없었다.

"오늘 정말 굉장하네요. 모두 다 기량이 최고예요."

점수를 대거 앞선 채 후반 35분이 지나가고 있지만, 조금도 느슨해지지 않는 공격 양상에 다에 역시 감탄할 수밖에 없었다.

최종 점수는 45 대 7. 경기 시작 전 예상을 완전히 뒤엎고 실력 차이를 여지없이 알린 회심의 승리였다.

선수들이 운동장에서 물러나자 기미시마와 다에도 서둘러 탈의실로 이어지는 통로로 갔다.

호쾌한 승리에 흥분해 있는 선수들 속으로 들어가 사이몬에게 제일 먼저 악수를 청했다. 그런데 사이몬은 뜻밖의 질문을 던졌다.

"다음 주 이사회에 불려간다며?"

그 한마디에 기미시마는 절로 대답할 말을 잃었다.

"끝내 아스트로스의 존폐가 이야기되는 건가?"

서로 악수하며 오늘의 건투를 기뻐하던 선수들이 사이몬의 그 한마디를 기다렸다는 듯 기미시마를 둘러싸며 모여들었다.

기미시마는 아스트로스의 운영비 삭감을 논의하러 이사회에 불려가게 된 사실을 숨기고 있었다.

선수들의 집중력을 흐트러뜨려선 안 된다고 생각했기 때문이다. 그래서 다에와 기시와다 같은 가까운 부하직원에게도 말하지 않았다.

"자네들, 알고 있었나?"

기미시마는 놀라 눈을 부릅뜨고 그렇게 물었다.

뒤를 돌아보니 심각한 표정의 다에와 스태프들도 있었다.

"부장님, 죄송해요. 안 계실 때 본사 총무부에서 연락이 왔어요."

다에가 죄송하다는 듯 말했다. "말하지 않으려고 했는데."

"아니야. 괜찮아."

기미시마는 고개를 저었다. "다들 잘했어." 선수들의 활약을 축하하는 말에 힘을 주었다. "정말 좋은 게임이었어. 용기를 얻었어. 고마워."

선수도 스태프도, 아스트로스가 궁지에 몰려 있음을 아는 상태로 경기를 치른 것이었다. 비범한 정신력과 집중력이었다. 팀은 기미시마가 생각했던 것보다 훨씬 성장해 있었다.

"이번에는 부장님 차례입니다."

기시와다가 그렇게 대답했다. "우리는 사회인팀입니다. 회사 방침에 좌우되죠. 하지만 전에 부장님이 말씀하셨듯 안전한 환경 같은 건 없습니다. 그런 가운데 전력으로 싸우는 게 우리 럭비입니다. 다 같이 얘기했습니다. 이겨서 우리의 존재를 어필하자고. 이번 이사회, 우리를 위해 부장님도 전력으로 싸워주십시오."

"물론이지!"

기미시마는 자신을 바라보는 약 50명의 선수, 그리고 스태프 전원을 향해 말했다. "전에도 말했지. 내가 가진 힘을 다해 이 아스트로스를, 자네들을 지킬 거야. 그러니까 자네들은 사이클론스전 준비에 집중해주게. 절대로 지지 마. 그리고 이겨!"

기미시마는 온몸의 힘을 담아 발언했다. "럭비와 달리 내 싸움에는 규칙이 없어. 결과가 전부야. 자네들의 럭비 인생을 내가 맡았어. 그러니까 나는 목숨을 걸겠네. 자네들 하나하나를 위해, 응원해주는 팬들을 위해 나도 반드시 이길 거야!"

선수와 스태프 전원이 지르는 함성이 오른손 주먹을 굳게 움켜쥔 기미시마를 감쌌다.

2

기미시마가 이사회의 호출을 받고 본사로 간 것은 다음 주 목요일 아침.

운명의 날이다.

이날 예정된 의제는 전부 다섯 개. 회의는 담담하게 진행되어 세 번째 의제가 결의된 후 짧은 휴식에 들어갔다. 오전 10시 반을 넘어섰을 때였다. 15분 후, 그때까지 다른 방에서 대기하고 있던 기미시마가 미하라의 안내로 회의실로 들어왔다.

입구 옆 벽 쪽에 놓인 의자에 앉은 기미시마는 조용히 회의가 다시 시작되길 기다렸다.

"자, 다음은 오늘 최대 현안이지."

시마모토 사장이 한마디 하자 와키사카가 일어나 설명을 시작했다.

"아스트로스를 유지하기 위해 매년 여기 이사회 자리에서, 격렬한 토론 끝에 연간 예산이 승인되었다는 사실은 여러분도 잘 아실 겁니다. 그 금액은 연간 16억 엔이나 됩니다. 그중 일본럭비협회는 플래티나리그 참가비로 1500만 엔을 가져갑니다. 경기는 전부 일본럭비협회가 주최해 티켓 판매, 홍보나 광고 등 관객 모집에 관한 일은 협회가 전담하는 특수한 사업입니다. 오해가 없도록 먼저 말씀드립니다만 저는 아스트로스나 럭비라는 스포츠를 부정적으로 생각하지는 않습니다. 그러나 플래티나리그 발족 이후 리그의 존재 방식을 관찰하고 여러 사정을 고려하는 가운데 지나칠 수 없는 문제가 있음을 알게 되었습니다. 그래서 이번에 애끓는 심정으로……."

거기서 와키사카는 강조하는 걸 잊지 않았다. "이 의제를 제출해 여러분의 판단을 묻고자 합니다."

도키와자동차의 이사는 총 21명이다.

기미시마가 사전에 은밀히 사정을 파악한 바로는 이중 반이 입장을 보류한 상태였다. 이 의제가 다수결로 채택될 것 같지는 않으나 와키사카의 논리에 이끌려 운영비 삭감 쪽으로 분위기가 기울 가능성이 컸다. 경제 합리성을 전면에 내세우는 와키사카의 근거에는 수긍하지 않을 수 없는 설득력이 있기 때문이다.

"다들 놀라실 텐데 작년 시즌 플래티나리그의 평균 관객 동원은 3천 수백 명 정도에 불과합니다. 플래티나리그 규약에 따르면 관객 모집에 따라 배당금을 받게 되어 있는데 과거 16년간, 그러니까 창설 이래 단 한 번도 받지 못했습니다. 우리는 달랑 3천 수백 명 정도의 관객을 위해 연간 16억 엔이라는 귀중한 경비를 내고 있는 겁니다. 이런 일을 그냥 두고 볼 수 있겠습니까?"

와키사카의 어조에 힘이 실렸다. "문제는 일본럭비협회한테 이런 사태를 개선하려는 의지가 전혀 없다는 점입니다. 저기 있는 기미시마 부장이 아스트로스를 대표해 협회에 개혁안을 냈으나 말도 안 된다는 한마디로 일축당했다고 합니다. 나눠드린 자료는 기미시마가 제출한 개혁안 복사본입니다. 아주 합리적이고 설득력이 있습니다. 그런데 오랜 기득권에 길들여진 일부 이사들의 사적 단체로 전락한 일본럭비협회는 개혁을 단행할 힘도 뜻도 없습니다. 플래티나리그에는 현재 16개 팀이 존재하고 2부 리그에 8개 팀이 있습니다. 럭비 관객이 격감하고 인기가 사라져 럭비 인구마저 줄어드는 가운데 프로야구보다 많은 수의 팀이 유지되는 게 오히려 이상하지 않나요? 플래티나리그에 필요한 것은 팀 수를 줄이는 구조조정입니다."

와키사카는 자신의 의견이 받아들여지길 기다리는 듯 테이블의 이사들을 둘러봤다. "전통이니 관습이니 떠들어봤자 개혁은 이루어지지 않습니다. 정말 일본 럭비를 강하게 만들려면 우선 리그전의 수준을 높이고 팀 내 경쟁을 촉진해 관객을 불러들이는 토대를 만들 필요가 있습니다. 저는 지금 럭비팀 운영비 삭감을 여기서 제기하고자 합니다. 이렇게 되면 다른 팀에서도 쓰일 선수는 다른 팀으로 이적하겠죠. 바로 거기서 새로운 경쟁이 생길 겁니다. '한 알의 밀이 땅에 떨어져 죽지 아니하면 한 알 그대로 있고 죽으면 많은 열매를 맺는다'라는 말이 있습니다. 우리는 지금 한 알의 밀이 되려고 합니다. 아스트로스라는 팀은 남길 겁니다. 거기서 아마추어의 존재 방식을 찾게 될 겁니다. 이사의 부조리한 태도와 전횡이 만연한 협회에 미래는 없습니다. 우리가 어울릴 상대가 아님을 분명히 말씀드리는 겁니다. 아스트로스가 제 책임 아래에 있는 이상 더는 손 놓고 있을 수 없는 중요 안건입니다. 과거 16년, 총 250억 엔 이상을 투자했는데 돌아온 건 전혀 없었습니다. 이게 현실입니다. 이번 의제, 부디 여러분이 찬성해주시길 부탁드립니다."

와키사카가 발언을 끝내자 소리 없는 무거운 한숨이 그 자리에 쌓이는 모습이 손에 잡힐 듯 보였다.

저마다의 생각에 빠져 사색에 잠긴 시선이 향한 끝에는 시마모토 사장이 있었다.

그게 옳든 그르든 시마모토 사장이야말로 럭비 정신을 사랑해 오랫동안 아스트로스를 지지해온 보호자였기 때문이다. 만약 시마모토가 없었다면 아스트로스의 운명은 이미 오래전에 끝났을 것이었다.

복잡한 표정으로 생각에 잠긴 시마모토의 태도에 사태의 위급함을 알아차린 기미시마가 목소리를 높였다.

"사장님, 발언을 허가해주시겠습니까?"

정신을 차렸을 때는 그렇게 목소리를 내고 있었다.

"현장의 의견도 들어볼까?"

시마모토 사장의 허락을 받아 기미시마가 자리에서 일어났다.

"제너럴 매니저인 기미시마라고 합니다. 아스트로스는 조직상 총무부 담당이고 그 총괄 상사인 와키사카 상무님의 의제에 제가 반대하는 일은 당연히 앞뒤가 맞지 않음은 잘 압니다. 그런 사정을 다 안다는 걸 전제로 하고 한 말씀 올리겠습니다."

기미시마는 정중하게 양해를 구하고 천천히 말을 이어갔다.

"아스트로스는 지역 연계형 팀을 목표로 작년 2월부터 이미 200회가 넘는 자원봉사활동을 했고 또 이벤트를 개최했습니다. 앞서 들으신 대로 플래티나리그의 관객 동원은 침체해 위기 상황입니다. 그러나 아스트로스의 홈이라 할 수 있는 도키와스타디움만은 이번 시즌 두 경기 모두 스타디움으로 팬을 불러모아 만원사례를 이뤘습니다. 이번 시즌 아스트로스는 지금까지 8전 8승을 거뒀습니다. 나아가 다음 주에는 숙적인 사이클론스와 우승을 다툽니다. 상대는 강호입니다만, 반드시 승리해 일본 최고라는 결과를 여러분께 보고할 수 있도록 선수와 스태프가 하나 되어 싸우고 있습니다. 그런 가운데 이번 의제가 제출되었다는 사실은 너무나 통탄할 일입니다. 아스트로스에게는 사활을 건 문제이니까요."

기미시마는 솔직하게 속마음을 토로했다. "주니어 아스트로스라는 팀이 있습니다. 작년에 승인해주셨던 추가 예산으로 창설한 아스트로스의 주니어 팀으로, 초등학교 고학년부터 중학생까지를 대상으로 한 팀입니다. 지금 여기에는 150명이나 되는 참가자가 있고 매주 일요일, 경기 다음 날임에도 선수들이 직접 지도하며 럭비 보급에 힘쓰고 있습니다. 그들에게 아스트로스 선수들은 좋은 선생님이고 인생의 선배이자, 어쩌면 평생 친구가 될지 모릅니다. 럭비로 이어진 인연이란 그런 겁니다. 아이들, 그리고 그 보호자들 모두 아스트로스를 지지하는 든든한 팬이기도 합니다. 작년 같은 시기에 발족한 아스트로스 팬클럽은 점점 가입자 수가 늘어나 현재 2만 5천 명이 넘는 큰 규모로 성장했습니다. 아스트로스 SNS 계정은 선수들이 매일 메시지와 정보를 올려 10만 명이 넘는 팔로워를 보유하고 있습니다. 우리 분석에 따르면 구성은 20세 미만이 약 20퍼센트, 20세에서 35세가 45퍼센트로 반수 이상을 차지했고 여성 비율 역시 약 40퍼센트에 달했습니다. 이런 아스트로스 팬클럽과 같은 구성으로 지역 연계형을 목표로 한 우리의 메시지가 핵심인 젊은 층에 확실히 가닿고 있다고 생각합니다. 팬층 확대를 배경으로 아스트로스는 도키와스타디움의 모든 티켓을 협회에서 사들여 아스트로스의 홈페이지를 통해 판매해 단순한 만원사례가 아닌, 누가 어떤 자리를 샀는지와 같은 개별적인 데이터를 모았습니다. 그리고 그 데이터를 바탕으로 앞으로 협회에 좌석 가격

등에 대해 합리적인 금액을 제안할 계획입니다. 이와 동시에 팬클럽이나 럭비장을 찾은 관객들에게 다양한 의견을 받고 있습니다."

기미시마는 가져온 자료를 이사들에게 돌렸다. "여기에 실은 건 그중 일부입니다. 고맙다는 의견도 있고 비판 의견도 있습니다. 우리는 그 모든 의견에 귀를 기울여 철저히 개선점을 찾아내고 있습니다. 연락처를 아는 관객에게는 개별적으로 대응해 팬을 가장 우선시하는 우리의 태도를 이해시키고 있습니다. 모인 의견에는 도키와자동차를 좋아하게 됐다거나 다음에 자동차를 살 때는 도키와자동차를 사겠다는 의견도 적지 않습니다. 한편 도키와스타디움에서의 경기가 많았으면 좋겠다는 소리도 적지 않아 협회에는 홈 앤드 어웨이 등 현재의 운영 방식을 대폭 수정해달라고 요구할 생각입니다."

날아든 다양한 투고와 요구는 지난 1년 반 동안 수천 건에 달했다. 그것을 전부 모아 항목을 만들어 구체적인 대안을 검토해왔다. 거기에 빈틈은 없었다고 기미시마는 자신 있게 말할 수 있었다.

"아스트로스를 경비라는 한 가지 면에서 평가하고 협회의 여러 문제점을 지적하는 말, 맞는 말씀입니다. 하지만 아스트로스는 현재 수많은 팬의 지지를 받고 있고 지역의 사랑을 받는 팀이 되었습니다. 학교에서 이벤트를 열고 병으로 아파하는 아이들을 위로하고 노인요양시설을 방문하고 길거리 청소에 적극적으로 참여하고 있습니다. 아스트로스는 숫자의 집합이 아니라 사람의 모임입니다. 지금 아스트로스는 지역 팬에게 용기와 힘을 주는 팀으로 성장하고 있습니다."

기미시마가 설명하고 있는 것은 아스트로스의 존재 증명이기도 했다.

경비로는 헤아릴 수 없는, 값으로 매길 수 없는 가치였다. 물론 그게 기업에 얼마나 의미가 있는지는, 받아들이는 측의 생각에 따라 크게 좌우된다는 사실도 알고 있었다.

거기에서 가치를 찾아낼 만큼의 배포가 있는가.

지금 평가되는 것은 아스트로스가 아니라 도키와자동차라는 조직의 진가였다.

"조금 전 지적하신 일본럭비협회와는 격렬하게 토론하고 싸울 생각입니다. 아직 결과가 나오진 않았으나 진정한 의미에서 일본 럭비의 발전으로 이어질 수 있도록, 한시도 포기하지 않고 소리 높여 플래티나리그의 개혁을 외치겠습니다. 럭비팀에는 돈이 많이 든다는 말씀은 맞습니다. 하지만 하기에 따라 채산을 맞출 수도 있습니다. 적어도 그럴 가능성이 있습니다. 우리는 지금 그 목표를 향해 전력으로 매진하고 있습니다. 부디 앞으로 지켜봐주시지 않겠습니까? 여러분의 혜안으로 이해해주시길 바랍니다."

인사와 함께 기미시마가 발언을 끝내자 모두의 주목을 받으며 드디어 시마모토가 입을 열었다.

"우선 내가 감사 인사를 해야겠군. 기미시마 부장, 고맙네. 자네 덕분에 아스트로스는 많은 사랑과 지지를 받는 팀이 되었어. 그리고 도키와자동차라는 이름을 달고 지역에 연계한 팀이 되는 어려운 과제가 결실을 얻었지."

와키사카가 험악한 표정으로 천장을 노려보고 있었다. 시마모토는 다시 테이블을 둘러싼 이사들에게 물었다.

"와키사카 상무의 의견도 이해하지 못하는 것은 아니야. 하지만 나는 오히려 기미시마 부장의 도전을, 아니 아스트로스의 도전을 응원하고 싶네. 조직을 미워해야지 럭비를 미워해선 안되는 거 아닌가? 럭비는 한번 잃으면 다시는 손에 넣을 수 없네. 하지만 조직은 얼마든지 변할 수 있지. 변할 수 있도록 나도 플래티나리그에 참여하는 경영자들을 움직여보지."

시마모토의 말을 곱씹으면서 기미시마는 조용히 와키사카를 봤다.

정면으로 얼굴을 향하고 분연한 표정을 짓고 있던 전 상사는, 기미시마가 배포한 자료를 테이블에 툭 내던졌다.

"이건 이상합니다."

그는 그렇게 내뱉었다. "16억 엔입니다. 16억 엔! 그걸 버는 게 얼마나 힘든지 아시지 않습니까?"

"와키사카 상무, 아스트로스의 유지비가 많다는 건 누구나 아네."

시마모토가 말했다. "하지만 우리는 적어도 잘못된 방향으로 나아가고 있지는 않아. 우리는 경영이 목적인 조직임과 동시에 사회적인 존재이기도 하네. 세상 사람들과 연대하고 함께 기뻐할 수 있는 무언가가 필요해. 아스트로스가 그 밑바탕이 된다면 이 또한 기쁘지 않은가. 여러분은 어떤가?"

시마모토의 질문에 박수가 나왔다.

와키사카는 얼굴을 붉히며 입술을 깨물었다. 받아들일 수 없다는 표정으로 이사들에게 원군을 요청하는 눈빛을 던졌다. 그러나 와키사카의 안을 지지하는 목소리는 끝내 나오지 않았다.

와키사카가 제출한 의제는 그렇게 기각되었다.

"자, 그럼 오늘 마지막 의제로 넘어가지."

시마모토는 사뭇 엄격한 표정으로 선언했다.

의제를 적은 종이에는 '컴플라이언스• 문제에 관한 보고'라는 막연한 제목이 붙어 있었다.

와키사카가 갑자기 기미시마 쪽으로 고개를 돌린 것은 그때였다.

회의가 진행되어 의제가 바뀌었는데도 물러나지 않고 자리를 지키고 있었기 때문이다.

"기미시마, 이제 끝나지 않았나?"

와키사카가 불쾌한 듯 내뱉었다. "빨리 나가게."

"아니야. 기미시마 부장은 아직 여기에 용건이 있네."

생각지도 못한 한마디였을 것이다. 와키사카는 놀란 얼굴로 시마모토를 봤다.

"마지막 의제는 부장이 내게 제안한 거니까."

"기미시마가요?" 와키사카는 의아해했으나 시마모토가 그렇

• 법령과 기업 윤리를 준수해 위험 요소와 손실을 사전에 방지하는 활동.

게 말하니 물러서는 수밖에 없었다.

"자, 기미시마 부장. 계속해주게."

"알겠습니다."

다시 일어난 기미시마의 신호로 새로운 자료가 이사들에게 배포되었다.

회의장이 술렁였다.

그중에서 가장 놀란 사람은 다름 아닌 와키사카 본인이었을 것이다. 금이라도 간 듯한 표정으로 고개를 든 와키사카의 표정은 창백했다. 조금 전의 상기된 표정은 찾아볼 수 없었다.

기미시마는 계속했다. "올해 2월, 이곳 이사회에서 부결된 가자마상사 인수 사안에 대해 컴플라이언스 상 새로운 문제가 발생했기에 보고하려고 합니다."

기미시마는 도쿄캐피털 미네기시 사장의 정보 제공으로 밝혀진 사실을 설명했다.

와키사카와 가자마상사의 가자마 유야 사장의 관계. 수뇌부로 벙커유 품질 은폐 공작을 교사하고 가격 인하를 통한 재매각을 제안한 경위였다. 그것은 모두 가자마 본인의 편지라는 형태로, 배포된 서류에 첨부되어 있었다. 결과적으로 와키사카에게 이용만 당했다는 사실을 깨달은 가자마의, 이른바 대갚음이었다.

십여 분에 이르는 발언으로 모든 경위를 설명한 기미시마는 마침내 입을 다물고 이사회 테이블에 앉은 한 남자를 응시했다.

"와키사카 상무님, 이게 당신의 진실입니다. 틀린 점이 있나요?"

"농담 마! 이게 뭔가?"

자료를 테이블에 내던졌다. "이런 보고를 하기 전에 왜 내게 물어 확인하지 않았나? 너무 일방적이잖아!"

"자네가 그런 말을 할 건 아니지."

시마모토의 비아냥이 날아들었다. "의견이 있으면 지금 여기서 말하면 되지 않겠나? 지금 이야기가 사실인지 자네 의견을 말해보게. 실은 이후 가자마 사장과 면담을 잡아놓았네. 자네가 대답하지 않아도 가자마 사장이 말해주겠지. 시간은 아주 많아. 자, 말해보게."

벌떡 일어나 변명을 찾던 와키사카에게서 감정이 사라졌다.

풍향계라고 불리던 남자가 바람을 잘못 읽은 순간이었다.

3

도키와자동차의 이사회가 열리고 있을 무렵, 이이다바시에 있는 호텔 방에서도 회의가 열리고 있었다.

일본럭비협회 이사회였다.

두 달에 한 번 열리는 정례회의에는 회장인 도미나가 시게노부와 두 명의 부회장, 여기에 전무이사와 사무국장을 비롯해 30명 가까운 사람이 모여 있었다.

오전 10시에 시작된 회의는 이번 시즌의 플래터나리그 일정 보고로 시작해 각 지역 협회의 운영 보고까지 다양했는데, 보통은 대부분 오전 두 시간이면 모든 회의가 끝났다.

이날도 모두 예상했던 대로 회의가 담담하게 진행되어 오전 11시 40분을 넘어설 무렵에는 의제 하나만을 남기고 있었다.

"마지막은 기도 전무이사가 발표하겠습니다. 부탁드립니다."

의장의 지시로 기도가 일어나자 보좌 역할로 대기하고 있던 플래티나리그 담당부장 가타기리가 재빨리 자료를 돌리기 시작했다.

'플래티나 개혁안'이라고 간단하게 적힌 50페이지가 넘는 두꺼운 서류였다.

"이게 뭔가?"

도미나가는 자료를 대충 훑어보고는 불쾌한 목소리를 내며 비난의 눈빛을 기도에게 던졌다.

"현재 플래티나리그의 운영에 대해 참가팀 쪽에서 강력한 요구가 있었습니다. 그걸 바탕으로 근본적인 개혁안을 정리했습니다. 골자는 둘로 나뉜 콘퍼런스 편성을 통합해 팀을 줄인 다음 홈 앤드 어웨이 방식의 리그전으로 하는 것과 티켓 판매의 일원화 등에 따른 마케팅 강화, 지역 연계형 팀으로의 리빌딩입니다."

"플래티나리그 팀 수를 줄여? 지금 장난하나?"

거슬리는 이야기를 들은 도미나가는 날카롭게 반발했다. "밀려나는 팀은 어떻게 되나?"

"2부 리그로 강등됩니다."

"그런 짓을 해봤자 의미가 없잖아."

388

"회장님. 의미는 있습니다."

기도의 기획안은 도키와자동차의 기미시마가 제출한 개혁안을 바탕으로 한 것이었다.

지역 연계의 성공적인 예로 도키와자동차 아스트로스의 관객 동원 추이도 첨부해 그걸 바탕으로 주최 경기의 채산을 얼마나 개선할 수 있는지를 시뮬레이션했다.

기도는 플래티나리그 연락 회의에서는 기미시마와 대립했으나 여기서는 반대였다.

전무이사라는 입장이라 기미시마에게는 협회의 입장을 대변할 수밖에 없었다. 분한 마음이 들었으나 기도 또한 기미시마의 의견에 완전히 동감했다. 지금까지의 기도라면 이사회에서 이런 제안을 하지 않았을 것이다. 그저 묵묵히 도미나가를 비롯한 장로 정치에 따랐을 것이다. 하지만 오늘 이 한 걸음을 내디딘 것은 인정하고 싶진 않으나 기미시마의 영향이 컸다.

"이것은 럭비의 미래를 구하기 위한 개혁입니다."

기도는 이사들에게, 그보다는 불쾌한 표정으로 입을 다문 도미나가 회장에게 말했다. "이대로 가면 일본 럭비에 미래는 없습니다. 럭비라는 경기의 훌륭함을 젊은 사람들에게 이해시키기 위해서는 어떻게 할 것인가. 지금은 한시의 지체도 없이 생각하고 대책을 세워야 하는 시기라고 저는 생각합니다."

"이런 건 쓸데없는 짓이야."

도미나가가 단언했다. "자네는 도대체 뭘 하고 싶은가? 돈을 벌고 싶나? 일본 럭비는 해외 리그와 달리 아마추어야. 그래서

멋진 거지. 럭비 정신을 짓밟을 생각인가? 이건 럭비에 대한 모
독이야!"

"플래티나리그에 참가하고 있는 기업은 대략 15억에서 20억
엔이라는 거액의 경비를 내고 있습니다. 우리는 홈 경기와 상
품 판매로 수익을 내서 분배하기로 협회 규약에 따라 약속했습
니다. 즉 주최자로서 관객 동원을 늘릴 의무가 있는 겁니다. 거
기에 아마추어인지 아닌지는 관계없습니다. 아마추어라고 해
서 관객이 오지 않아도 된다는 소리는 아닙니다. 지금 사회인
럭비는 기업에 크게 의존하고 그에 좌우되고 있습니다. 리그의
기초를 더 강하고 굳게 세우기 위해서라도 이러한 의존 관계를
서서히 고쳐나가 프로야구나 축구, 농구처럼 자립할 필요가 있
습니다."

"그래서 대기업 참가를 허용한 거 아닌가?"

도미나가의 발상이 여실히 드러나는 발언이었다. 도미나가에
게 일본럭비협회는 럭비의 총본산이자 모든 럭비팀은 자기 뜻
대로 움직이는 장기판의 말에 불과했다.

"참가를 허용했다는 발상에는 문제가 있는 것 같습니다만."

기도의 한마디에 도미나가의 낯빛이 사라졌다.

"우리가 주최자이고 그들은 플레이어에 지나지 않아. 결정하
는 사람은 어디까지나 우리지. 그리고 우리가 지켜야 하는 것은
일본 럭비가 지켜온 역사와 전통이야. 그걸 이해하기에 기업들
이 우리 리그에 참가하고 있는 거고. 싫으면 나가면 그만이야."

스스로 대기업의 회장 자리를 역임해온 도미나가에게 있어서

부하직원의 의견을 듣는 일은 절대 허용할 수 없는 일이었다.

"당신이 지키려는 건 자신의 지위 아닌가요? 도미나가 회장님." 기도가 물었다.

"자네, 무례하군. 내가 언제 내 지위에 연연했나. 말해보게." 날카로운 눈빛의 도미나가가 낮게 내뱉었다.

"협회 규정에 따르면 회장직은 70세까지로 정해져 있습니다. 그걸 스스로 연장해 앉아 계시지 않습니까?"

기도로서는 그야말로 작심하고 한 지적이었다.

"나는 여기 있는 전원이 붙잡아 어쩔 수 없이 얼마 남지 않은 여생을 여기 일본럭비협회에 바친 거야. 자네는 그런 나를 모욕하는가?"

"모욕할 생각은 추호도 없습니다."

기도는 럭비계의 영수로 오랫동안 군림해온 남자를 응시했다.

지금까지 도미나가가 막아온 제안과 도전이 얼마나 많았나. 이 남자는 그 모든 걸 전통과 아마추어리즘이라는 명목으로 물리치고 권위를 자랑해왔다.

이 남자의 근간에는 선민사상이 있었다.

럭비는 귀족 스포츠이고 선택받은 자만이 가치를 안다. 아랫것들에게 문호를 개방하지 않아도 대기업 경영자들의 옹호를 받아 재정은 윤택하고 곤란함이 없다. 구태의연한 이 남자 탓에 럭비계가 치른 대가가 너무 컸다.

"여러분, 저는 여기서 새로운 동의를 제안하고 싶은데 어떠십니까?"

기도의 이 한마디는 도미나가가 아니라 그 자리에 참석한 이사들에게 던진 것이었다.

"전무이사 주제에 맘대로 까불지 마!"

도미나가는 일갈했으나 기도는 더 들을 마음이 없었다.

"저는 여기서 도미나가 시게노부 일본럭비협회장의 해임을 제안합니다. 찬성하시는 분은 기립해주십시오."

"이 자식이! 무슨 짓을 하는 거야! 주제도 모르고!"

벌떡 일어난 도미나가가 대머리까지 벌겋게 되어 뺨을 흔들어댔다. 그때였다.

"찬성!"

테이블에서 소리가 났나 싶더니 이사 하나가 일어났다. 그러자 순식간에 테이블을 둘러싼 출석자들이 속속 자리에서 일어났다.

"이런 일이 허용될 줄 아나! 무슨 생각이야? 이런 짓을 하고도 그냥 끝날 것 같아!"

도미나가는 한 사람씩 손가락질하며 협박했다. 하지만 누구 하나 그 협박에 넘어가는 사람은 없었다.

"지금까지 내가 얼마나 럭비협회에 공헌했는데……."

"다수 찬성으로 도미나가 시게노부 씨의 회장 해임이 승인되었습니다."

의장이 커다란 소리로 도미나가의 말을 막고 엄격한 눈빛으로 그를 바라봤다. "도미나가 씨, 퇴장해주십시오. 여기는 이제 당신이 있을 곳이 아닙니다."

"이런 무례한 일을 당한 건 처음이야, 기도! 반드시 후회하게 해주지. 내 뒤에 누가 있는지 알 텐데."

여당의 유력 정치가 노모토 고다이와 도미나가의 관계는 모두 알고 있었다.

"노모토 선생께선 이 결과에 만족하실 겁니다."

기도가 차갑게 말했다. "이 계획을 들으시곤 적극적으로 찬성하셨으니까요."

"뭐라고?"

분노에 날뛰던 노인의 눈에서 감정이 사라졌다. "설마!"

"도미나가 씨. 당신은 너무 오래 하셨어요."

기도가 냉정하게 말했다. "지금의 당신은 벌거벗은 임금님입니다. 더는 추한 모습을 보이지 말아주십시오. 일개 럭비인으로 돌아갈 때입니다."

4

12월 셋째 주 토요일. 그날 도쿄의 아침 기온은 10도까지 떨어졌다.

구름 한 점 없는 쾌청한 하늘이 지치부노미야럭비장 상공에 펼쳐져 있었다. 비스듬히 쏟아지는 겨울 햇살은 스탠드의 그늘과 또렷한 대비를 이루며 운동장 잔디를 양분하고 있었다.

메인스탠드에서 내려다보이는 운동장 왼쪽에서 오른쪽으로

바람이 불고 있었다. 응원기가 거의 똑바로 펼쳐져 펄럭일 정도로 강한 바람이었다.

조금 전에 3위 결정전이 끝나고 그때까지는 아직 남아 있던 빈자리가 완전히 메워지려 하고 있었다.

지정석은 일주일 전에 이미 매진. 자유석도 사흘 전에 매진되어 얼마 안 남은 당일 티켓을 사려는 긴 행렬이 생겼다.

이번 시즌 플래티나리그를 이끈 전승 팀끼리의 격돌에 마음이 뜨거워지지 않은 럭비팬은 없을 것이다. 오늘 아침은 오랜만에 플래티나리그의 일전을 보도하는 뉴스가 스포츠신문 1면을 장식했다.

스탠드를 가득 메운 관객의 존재가 뿜어내는 열기는 어디서 시작되었는지 알 수 없는 격렬한 물결이 되어 소용돌이쳤다. 피치 사이드에 서기만 해도 기가 눌려 빨려 들어갈 것만 같은 박력이었다.

사이클론스 대 아스트로스.

틀림없이 패권을 다투는 대결에 어울리는 완벽한 무대였다.

킥오프까지는 이제 15분 남았다. 관계자 전용 통로로 들어선 기미시마는 기자들이 모인 취재 구역을 지나 사이몬과 선수들이 있는 로커룸으로 발걸음을 서둘렀다.

기미시마가 도착했을 때 사이몬은 통로에 서 있었다. 열려 있는 로커룸 안에서는 선수들이 생각에 잠겨 경기 전까지 집중력을 높이고 있었다.

사이몬의 말에 따르면, 경기 전의 이 시간은 '선수들의 시간'

이었다.

그러나 이날은 서프라이즈가 준비되어 있었다.

파스 냄새가 가득한 로커룸에 들어선 기미시마는 선수들에게 말을 걸었다.

"다들, 잠깐만 모여줘."

보통 경기 전의 이 중요한 시간에 기미시마가 이런 식으로 말을 거는 일은 있을 수 없었다. "오늘 경기를 앞두고 팬들이 비디오 메시지를 보내왔어."

로커룸으로 가져온 대형 모니터의 스위치를 켰다. 모니터에 모인 선수들 앞에 등장한 것은 아스트로스의 응원기를 든 세 명의 젊은 여성들이었다.

―오늘 결승전. 꼭, 반드시 이겨주세요! 우리도 스탠드에서 힘껏 응원할게요!

다음 영상에서는 운동장에 모인 100명 정도의 초등학생이 커다란 현수막을 펼치고 있었다. 거기에는 '우승하자, 아스트로스!'라고 적혀 있었다.

"아! 오쿠라야마초등학교다!"

미사키가 소리쳤다. 예전에 아스트로스가 방문해 럭비를 가르친 아이들이다.

―아스트로스, 힘내라!

"좋았어! 힘내자!"

선수들 사이에서 목소리가 터져 나왔다. "우와! 현수막까지 만들다니!" 그런 감탄의 목소리와 박수가 일었다. 화면이 갑자기 바뀌어 병원 입원실이 나오자 그 소리가 뚝 멈췄다. 예전에 아스트로스가 방문한 병원의 소아병동이었다.

침대에 누운 아이는 다치바나 겐토였다. 심장병으로 입원해 있던 겐토에게 직접 공을 선물했던 도모베 유키는 병이 걱정돼 그 후에도 여러 번 방문해 병문안했다. 도모메는 그런 일을 알리지 않았으나 기미시마는 어머니가 보낸 감사 편지로 그 사실을 알게 되었다.

—유키 형, 늘 나를 응원해줘서 고마워요.

누운 채 공을 안고 있는 겐토의 목소리는 조금 약하게 들렸으나 열과 성을 다하고 있었다.

—나도 이번 수술 열심히 받을 테니까 유키 형도 오늘 결승전, 잘해요!

눈시울이 붉어진 도모베가 수없이 고개를 끄덕였다.

다음에는 상점가의 낯익은 사람들이 등장했다.

—아스트로스 모두, 늘 고마워요! 오늘 꼭 이겨요. 상점가에서 생중계로 볼게. 다들 신이 났어. 이기면 우승 세일이라고. 아스트로스 힘내!

옆에 있던 아주머니들이 "오!" 하며 오른손 주먹을 올리는 영상을 모두 화면에 빨려 들어갈 듯 바라봤다.

할머니가 등장했다. 하마하타와 기시와다 등이 여러 번 방문했던 노인요양시설의 노인이었다.

—하마 씨, 데쓰 씨! 그리고 아스트로스 여러분, 늘 고마웠어요. 오늘은 정말 힘내요!

이름이 불린 두 사람은 진지한 표정으로 굳게 입을 다물었다.

다음으로는 익숙한 사무실 풍경이 나타났다.

"어라! 저거 우리 회사 아니야?" 누군가가 말했다.

—나나오 씨.

해외사업부의 후지시마 레나가 말을 꺼냈다.

—힘내. 다시 럭비를 할 수 있어서 정말 다행이야. 다치지 말아. 꿈을 이뤄서 정말 다행이야. 정말…….

레나는 마지막에 목이 메었으나 끝까지 응원해주었다.

—나, 스탠드에 직접 가서 응원할 테니까. 힘내!

나나오는 눈을 깜빡이는 것도 잊고 감동한 표정으로 모니터 속의 레나를 응시했다. 놀리는 사람은 없었다. 모두가 그의 도전을 알고 있었으니까.

메시지의 끝은 주니어 아스트로스의 씩씩하고 밝은 아이들이었다.

—아스트로스, 꼭 우승하자!

하나, 둘, 하고 일제히 던진 공이 구름 한 점 없는 하늘로 한없이 올라가더니 서로 교차했다.

선수 모두가 눈물을 흘렸다. 선수만이 아니었다. 사이몬도, 스태프들도 그리고 기미시마도 마찬가지였다.

"이상이야."

만감이 가득한 가슴으로 기미시마는 마지막 말을 쥐어 짜냈다. "다들, 최선을 다해줘. 뜨거운 응원에 보답하자! 이기자!"

거센 포효가 겹치면서 로커룸은 이기겠다는 기운으로 가득 찼다.

시간이 되자 선수들이 속속 로커룸을 뛰쳐나왔다. 운동장에
선수들이 들어선 모양이다. 통로에 있는 기미시마의 귀에 스탠
드를 채운 2만 명의 환성이 들려왔다.

5

선수들의 움직임이, 표정이 전과 달리 단단했다.

킥오프는 오후 2시.

일본모터스 사이클론스가 짙은 파란색 유니폼인 데 반해 아
스트로스는 눈에도 선명한 새빨간 유니폼이었다.

메인스탠드 왼쪽에 있는 전광판에 선발 출전 명단이 발표되
기 시작했다.

최고의 포진이라고 할 수 있겠지. 포워드 첫째 줄에 도모베
유키, 등 번호 8번이자 주장인 기시와다 데쓰, 최고의 공격진으
로 불리는 하프 콤비는 스크럼하프에 사사 하지메와 스탠드오
프 나나오 게이타, 그 뒤를 지키는 건 운동량과 빠른 발로 무장
한 백스 진이다. 부상 없이 최고의 진영을 이 경기에 배치할 수
있다는 점이 중요했다.

한편 사이클론스는 15명 중 7명을 일본 대표 경험이 있는 선
수로 내세운 포진이었다. 주목할 것은 올해 아스트로스에서 이
적한 스크럼하프의 사토무라 료타. 그리고 사토무라와 호흡을

맞추는 스탠드오프 도미노 겐사쿠였다. 둘은 일본 대표에서도 함께 뛰는 하프 콤비였다. 포워드에 세 명, 백스에 두 명의 일본 대표, 혹은 전 일본 대표를 두루 갖춘 사이클론스의 포진은 이름만 놓고 보면 그야말로 사회인팀 최강의 선수들이라고 할 수 있다. 팀을 이끄는 사람은 물론 명장이라 불리며 조난대학 동창회를 주무르고 있는 쓰다 사부로였다.

전광판 시곗바늘이 경기 시작 시각을 가리켰다.

바람은 여전히 전광판 쪽에서 불고 있었다. 전반전, 바람을 맞으며 경기하는 팀은 아스트로스였다.

볼륨 스위치를 누른 듯 스탠드의 환호성이 커졌다. 환성과 열기가 하나의 덩어리가 되어 럭비장 곳곳을 메워 숨쉬기 힘들 정도였다.

"다른 경기 때와는 긴장감이 완전히 다르네요."

흥분과 긴장으로 떨리는 다에의 목소리가 성원의 목소리를 뚫고 기미시마의 귀에 도달했을 때 경기 시작 휘슬이 울리고 선수들이 일제히 움직이기 시작했다.

사이클론스의 킥오프였다. 키커는 10번을 단 도미노. 얕은 킥이 붕 하늘로 떠오르자 짙은 파란색 유니폼들이 일제히 아스트로스 진영 안으로 몰려들었다.

사투의, 시작이었다.

6

이토록 숨 막히는 공방을 지금까지 경험한 적 있었나.

지난 2년간, 기미시마는 제너럴 매니저로서 연습 경기까지 포함해 수많은 경기를 봐왔다. 위를 쥐어짜는 듯한 긴장감 넘치는 전개도, 아슬아슬하게 점수를 따내는 장면도, 뒤진 상태에서 단 하나의 실수조차 허용되지 않는 공격으로 승리를 거머쥔 싸움도 있었다.

하지만 이날 경기는 기미시마가 지금까지 지켜봤던 경기와는 사뭇 달랐다.

이 경기는, 특별해.

공격당하던 우리 진영에서 아스트로스의 풀백 미사키가 찬 공이 중앙선 부근에 떨어졌다가 한 번 튀어 밖으로 나간 순간, 스탠드 위로 펼쳐진 푸른 하늘을 올려다보며 기미시마는 후우, 하고 긴 한숨을 내뱉었다.

아직 5분도 지나지 않았는데 이 농밀함과 중후함은 뭐란 말인가. 차원이 달랐다.

심장은 종을 몰아치듯 울려대고 신경이 곤두설 대로 곤두섰다. 마치 자신이 저 잔디 구장에 서서 상대와 맞서고 있는 듯했다. 선수들의 숨소리를 바로 옆에서 듣는 듯한 현장감이 온몸을 뚫고 지나갔다.

"첫 라인아웃이네요."

보드를 무릎 위에 올려놓고 있는 다에가 말했다.

라인아웃과 스크럼이라는 세트 플레이는, 그야말로 날 시퍼런 칼이 서로 맞부딪치는 듯한 순간이다.

거기에서 다양한 것들이 나온다. 전략, 기술, 경험, 그리고 정신력 등. 복잡한 사인 플레이를 구사하는 사이클론스는 이번 시즌 득점의 80퍼센트를 라인아웃과 스크럼이라는, 의도적으로 공격을 조합한 플레이를 기점으로 했다.

높이 뛰어오른 사이클론스의 포워드가 던져진 공을 어렵지 않게 잡아내 스크럼하프인 사토무라에게 패스했다.

패스는 사토무라에서 10번 도미노로 이어졌다. 도미노의 뒤에서 눈속임으로 선수 하나를 달리게 해 상대방이 혼란스러워하는 사이 뒤로 돌아들어온 사토무라에게 다시 공이 넘어갔다.

정교한 사인 플레이를 엮어 이번에는 바깥쪽에서 안쪽으로 가로질러 달려드는 선수에게 공을 넘겨 예리한 돌파를 시도했다.

사이클론스의 장기이기도 한 다채로운 연속 공격이었다.

아무리 공을 주시해도 사람이 교차할 때마다 공이 어디로 갈지 알 수 없었다.

"페이즈(공격 횟수), 여덟 번이에요."

스크럼과 럭 등을 시작으로 8차에 걸친 공격이 이어졌다. 럭에서 사이클론스 측으로 공이 나왔을 때 다에가 알려줬다.

헌신적으로 수비하는 아스트로스는 어느새 조금씩 자기 진영으로 후퇴해 지금은 22미터 라인에서 힘겨운 공방을 벌이고 있었다.

거기서 다시 밀집전이 되더니 사이클론스 쪽 공으로 럭이 생겼다. 얕은 위치를 잡은 아스트로스의 수비 라인은 언제라도 태클할 수 있도록 대비했다.

앗 하고 기미시마는 자기도 모르게 소리를 질렀다. 허를 찌른 사토무라의 플레이였다. 작은 킥으로 수비의 머리 위를 넘긴 공에 양 진영의 선수가 돌진해 짙은 파란색과 빨간색 유니폼이 어지럽게 뒤섞였다.

럭비에서는 이렇게 팽팽하게 다투는 장면이 종종 등장한다.

그럴 때 큰 영향을 미치는 것은 언제나 운이다. 타원형 공이 자아내는 예측 불가능한 움직임 때문이다.

운은 아무래도 사이클론스의 편인 듯했다.

불규칙 바운드를 한 공이 짙은 파란색의 11번, 트라이게터인 윙의 팔 안으로 쑥 들어가더니 흐트러진 수비망을 뚫고 순식간에 빠져나온 것이었다.

선제 트라이였다.

귀를 뒤흔들 듯한 환성 속에서 기미시마는 짧고 강하게 혀를 찼다. 전반전 10분이 지났을 때였다. 중압감이 심한 중요한 경기인 만큼 웬만하면 선제점을 잡아 마음을 놓고 싶었다.

그때였다.

"부장님, 선수들을 보세요."

다에가 말을 걸어 골포스트 부근에 모인 아스트로스 선수들을 봤다. 기미시마는 거기서 완전히 다른 차원의 무언가를 본 것만 같았다. 냉정함을 그대로 유지하고 있는 선수들의 모습이었다.

긴장한 표정도 그렇다고 비장한 표정도 없다. 커다란 무대에서 선제점을 빼앗겼는데도, 평소와 다름없는 무덤덤한 표정을 짓는 그들이 거기 있었다.

골 정면에서 벌어지는 상대의 컨버전킥을 돌아보지도 않고, 선수들은 기시와다를 중심으로 원을 그린 채 이야기를 나누고 있었다.

피지컬, 사인 플레이, 게임 전략…….

럭비에는 경기 전 준비 못지않게 팀으로 기능하기 위한 규율도 필요했다. 그 대부분은 감독인 사이몬이 계획해 팀에 전수하지만, 일단 경기가 시작되면 감독은 관객석으로 물러나 운동장 안에서 벌어지는 일은 선수들에게 맡기는 수밖에 없다.

사이몬은 항상 관객석에서 바라본 경기 흐름, 상대의 약점을 헤드셋을 통해 지시했다. 하지만 그 정보를 어떻게 게임 안에서 소화할지, 혹은 사이몬도 모르는 접촉 속에서만 알 수 있는 정보를 어떻게 처리할지 생각해야 하는 사람은 어디까지나 선수들이었다.

모든 걸 계산할 수 있는 경기는 없다. 럭비에서 필요한 것은 운동장에서 일어나는 일을 정확하게 관찰하고, 스스로 생각해 그 답을 내는 능력이었다.

흥분하지도 공황에 빠지지도 않고 그저 냉정하기만 한 선수들을 보자 기미시마는 혼자 정신을 놓았던 자신이 부끄러워질 정도였다.

이게 팀의 성장이구나.

지금의 아스트로스는 자신들의 힘과 방향성에 확신과 자신감을 지니고 있다.

이야말로 사이몬이 만든 팀인 것이다.

기시와다가 짝짝 손뼉을 두 번 치자 다시 새빨간 유니폼들이 운동장으로 흩어졌다.

경기를 재개하는 킥을 나나오가 상대 진영 안으로 깊이 차넣었다. 그 공을 잡은 상대편 풀백이 다시 차려다가 실수가 나왔다. 의도한 것보다 너무 얕게 차는 바람에 공을 잡은 아스트로스의 반격이 시작되었다.

공을 든 포워드가 전진을 계속하며 상대 진영을 파고들었다.

사사에게서 나나오로 공이 넘어갔다. 나나오가 더 오른쪽으로. 센터인 12, 13번, 윙인 14번으로 이어서 패스가 전개되었다. 오른쪽 측면에서 생긴 럭에서 이번에는 반대로 패스가 돌았다. 중앙 부근에서 다시 럭을 만든 것은 아마 사인 플레이일 것이다.

이번에는 아스트로스가 연속 공격을 쌓아나갈 차례였다.

하지만 그렇게 많은 횟수는 필요하지 않았다. 사이클론스의 트라이는 복잡한 사인 플레이에서 나왔지만 아스트로스의 전략은 더 간단했다. 그리고 강력했다.

태클을 당하면서도 포워드인 도모베가 멋지게 패스하고 나나오가 빠져나갔다. 순식간에 상대 수비수들이 나나오에게 달려들었다. 예리한 스텝으로 처음 한 명을 뿌리치고 다른 하나를 핸드오프로 쓰러뜨린 후 뒤에서 최고의 속도로 달려온 풀백 미사키에게 절묘한 타이밍에 패스했다. 어디서 어떻게 넘겼는지 알 수 없을 정도로 빠르고 교묘한 패스였다.

골포스트 오른쪽으로 달려들어간 미사키의 트라이는 나나오에 대한 상대편의 집요한 집중 마크를 거꾸로 이용한 것이었다. 계산했던 전개라고도 할 수 있었다.

"나이스 트라이!"

기미시마는 오른손 주먹을 불끈 쥐었다.

7

전반전 20분이 지나고 있었다.

7 대 7. 잠시도 숨돌릴 틈 없는 팽팽한 게임이었다.

"공 점유율이 현재 50 대 50입니다."

다에의 분석이 이제까지의 경기 인상을 증명했다.

마이볼 상황에서 두 팀은 팀 색깔의 차이를 확연히 드러냈다.

아스트로스는 강력한 피지컬과 선수 개개인의 아이디어를 활용한 전투 방식에 뛰어났다. 상대와의 경합을 두려워하지 않는 공 돌리기와 펀트킥 같은 다채로운 공격에서 그러한 점이 드러났다.

한편 사이클론스는 누구에게 공이 넘겨질지 모를 불확실성을 극한까지 밀어붙여 최대한 의도대로 공을 지배해 착실히 전진했다.

바로 그때, 사이클론스 쪽 공으로 라인아웃이 되었다. 아스트로스 진영 22미터 라인 바깥쪽이었다.

어 하고 다에가 소리를 지른 것은, 아스트로스의 수비진 진영의 정렬이 다 끝나지 않은 애매한 상태에서 안으로 찬 공이 들어왔기 때문이다. 그렇게 둔 것은 심판의 미묘한 판단이었다.

사토무라에게 공이 넘어오고 눈이 돌아갈 정도의 빠른 속도로 뒤에서 질주해온 백스에게 연결되기까지는 한순간이었다. 아스트로스의 수비진이 재봉 가위로 잘린 듯 주욱 갈라졌다.

비명과 환호가 뒤섞여 하늘로 치솟는 가운데 사이클론스가 트라이를 성공시켰다. 컨버전킥도 성공해 7 대 14.

"조금 전의 라인아웃은 좀 아닌 것 같은데요."

다에가 투덜댔으나 판정을 뒤집을 수는 없는 일이다.

운동장에서 나나오가 하늘을 올려다보고 있었다.

돌아보니 사이몬은 부루퉁한 표정으로 운동장을 노려보고 있었다. 심판의 수준 향상도 플래티나리그가 당면한 문제 중하나인데 하필 그게 중요한 장면에서 나온 것이다.

기시와다가 손뼉을 치면서 선수들 사기를 끌어올렸다.

경기 흐름이 뜻밖의 계기로 사이클론스 쪽으로 갑자기 기운 순간이었다.

이후 사이클론스가 스타일대로 게임을 지배하기 시작했다.

한편 아스트로스는 나나오가 철저하게 마크당해 공격이 연결되지 않았다.

럭비의 패스는 타이밍이 생명이다. 똑같은 정밀도의 패스라도 0.1초 차이로 살 수도 죽을 수도 있다. 상대 수비수의 압박으로 공이 늦게 나와 타이밍이 미묘하게 어긋나면서 나나오의 평소 실력이 나오질 않았다. 사이클론스는 발 빠른 수비로 아스트로스의 공격을 막고 공을 빼앗아갔다.

뭔가 잘못 굴러가기 시작했다. 아스트로스의 수비가 서서히 무너지기 시작해 일단 공을 빼앗기면 좀처럼 그 공격을 끊지 못했다.

"사이클론스, 20페이즈째입니다."

다에가 말했다. 아스트로스는 오로지 견뎌내야 하는 럭비를 강요당하고 있었다.

그리고 드디어 예상된 결말을 맞은 것은 전반 35분이 지났을 때였다.

골 앞 5미터에서의 스크럼을 기점으로 사이클론즈의 등 번호 8번이 공을 안고 날아들어 절묘한 타이밍에 9번 사토무라에게 건넸고 사토무라가 그대로 골로 뛰어든 것이었다. 이른바 8-9 라인의 연계 플레이였다.

컨버전킥까지 성공해 7 대 21로 점수 차가 벌어졌다.

한숨과 환호, 그리고 비명. 다양한 감정이 혼연일체가 되어 운동장에 던져졌다.

"너희, 어쩔 셈이야?"

"이길 수 있겠어?"

"이대로 점점 점수 차가 벌어질까?"

"이 경기, 졌네."

지금 이 순간, 선수들은 고독한 존재로 시험대에 올라 있었다.

자신을 믿을 것인가. 동료를 믿을 것인가. 승리를 의심하지 않을 수 있나. 진심으로 역전의 순간이 올 것이라 믿나.

자신이 과연 누구인지를 발견하고 갈등을 이겨낸다. 그런 에너지를 지닌 사람만이 승부에서 이긴다. 인간끼리 싸우는 이상 어떤 피지컬도 정신력 위에 성립한다. 감성과 육체는 그저 물건의 앞면과 뒷면일 뿐이다.

열세에 있을 때야말로 비로소 진정한 힘을 시험받는 것이다.

서로의 어깨를 두드리며 축하의 말을 나누는 짙은 파란색 유니폼과는 대조적으로 아스트로스의 선수들은 어딘가 석연치 않은 표정을 짓고 있었다.

흐름이 나쁘다.

그 후 아스트로스의 득점은 전반 종료 직전에 적진에서 얻은 페널티킥 하나뿐이었다.

이런 전황을 사이몬이 어떻게 보고 있는지는 모르겠다. 감독은 경기 중에 뭔가 깨달을 때마다 헤드셋에 대고 말하며 스태프와 정보를 공유했고, 코치가 타이밍을 봐 선수들에게 지시를 내렸다.

하지만 그런 지휘관의 분석과 대응을 사이클론스의 작전이 능가하는 건지도 모른다.

하프 타임을 알리는 휘슬이 울렸다.

10 대 21. 점수 이상으로 아스트로스는 열세였다.

8

심판의 휘슬 소리를 들었을 때 레나는 스탠드 한쪽 구석에서 숨 쉬는 것조차 잊고 경기에 몰입했던 자신을 발견하고 깊은 한숨을 흘렸다.

"11점이라."

옆에서 리사가 점수판을 올려다보고 있었다. "사이클론스는 역시 강하네. 수비의 구멍을 절대 놓치지 않고 게다가 실수도 적어. 그야말로 일본 대표들을 거느린 팀다워."

첫 번째 트라이가 아스트로스의 수비진 뒤로 넘기는 펀트킥이었기 때문이다.

사이클론스는 50 대 50이라는, 대등하게 진행되어 어디로 흘러갈지 모르는 전개를 싫어하는 팀이었다. 그런데 아스트로스 수비진의 스텝이 날카로워 고민 끝에 올린 펀트킥으로 득점한 셈이다.

그 후의 사이클론스는 터치를 노리고 크게 차 넣는 킥은 있어도, 킥으로 백스를 달리게 하는 전개 없이 평소 같은 견실한 경기 운영을 이어갔다.

"그건 그렇고 우리 팀은 좋은 점이 없었어."

리사는 그렇게 말하고 유감스러운 표정을 지었다. "나나오도 마크당해 생각대로 해내질 못했어. 첫 트라이 때는 상대의 마크를 잘 피했지만."

"그 트라이 이후 셋이나 달라붙어 태클했잖아. 마크가 심해 움직일 여지가 없어. 그건 그렇고……."

레나는 고개를 갸웃했다. 전반전의 나나오는 평소와는 뭔가 다른 느낌이었기 때문이다. 공격보다 수비에 공헌하는 장면이 두드러졌고 자신이 미끼가 되어 적을 끌어들이는 플레이를 철저하게 수행하는 듯했다. 그렇게 해서 생긴 틈을 공략하지 못한 것은 유감스럽게도 백스의 능력이 부족했기 때문이다.

"하마하타도 선발 출전했어야 하는 거 아닐까?"

리사가 말했다. "하지만 그럼 이 경기에서 후반까지 싸우지 못할 수도 있어. 전반전 승부가 됐겠지."

"어쩌면 그럴 수도 있겠네."

레나는 문득 어떤 생각을 떠올렸다.

"그렇다니?"

"이 전개 자체가 어느 정도 사이몬 감독의 게임 전략일지도 몰라. 사이클론스의 첫 트라이가 요행수였다고 한다면, 그걸 빼면 전반전은 10 대 14로 4점 차이야. 바람을 맞선 상태에서 상대에게 밀리면서도 이 정도라면 그럭저럭 잘한 셈이지. 반대로 후반전에는 바람을 등지고 공격할 수 있으니까."

"그러고 보니 평소의 공격 패턴이 아닌 것도 같네."

리사도 전반전 경기 상황을 떠올리면서 말했다. "수비 뒤로 차는 펀트킥도 적고."

레나는 이 전반전에는 점수 차만으로는 알 수 없는 어떤 속사정이 있는 듯한 느낌이 들었다. 거기에 숨겨진 어떤 것이 후반전에 드러나지 않을까.

경기는 전후반 각 40분, 총 80분을 싸워 점수가 많은 쪽이 승리한다. 아스트로스가 전반전에 바람을 맞는 쪽을 택한 것도 분명 승부는 후반전에 있다는 사실을 예상했기 때문이다.

하프 타임을 끝낸 선수들이 운동장에 나타났다.

아스트로스는 포워드 세 명을 교체해 전력을 새롭게 했다.

교체 선수로 하마하타의 이름이 발표되자 스탠드가 끓어올랐다.

"어! 나나오와 교체된 게 아니야."

리사가 놀란 것도 무리는 아니었다. 나나오는 그대로 있고 하마하타는 12번 선수와 교체된 것이다.

스탠드의 술렁임이 이 교체에 대한 흥분을 그대로 드러냈다.

아스트로스가 승부를 걸었어!

이제부터가 진짜 승부야.

레나는 양손을 꼭 움켜쥐고 운동장을 열심히 바라봤다.

그 뜨거운 시선 끝에 나나오가 있었다.

두세 번 공을 바닥에 튕기며 후반전 시작 휘슬을 기다리고 있었다.

심판의 휘슬은 환호성과 함께 겨울 하늘에 울려 퍼지고, 높이 차올려진 공은 부드러운 곡선을 그리며 상대편 진영 안으로 떨어졌다.

아스트로스 선수들이 일제히 운동장을 달려나갔다.

반격의 시작이다.

"이제부터 승부네요."

다에가 크게 심호흡했다. 하마하타와 나나오, 둘 중 하나가 스탠드오프 위치에 들어가면 하나는 센터로 포지션을 바꿨다. 이렇게 해서 나나오에 대한 마크를 효과적으로 피해 공격 기회를 넓히려는 작전이었다.

적진에서 사이클론스 쪽 공으로 럭이 생겼다.

사토무라는 적당한 템포로 공을 돌려 스탠드오프인 도미노에게 건넨 후 등 뒤로 돌아가 다시 공을 받았다. 이날 여러 차례 둘이 선보인 '루프'였다. 일본 대표끼리의 사인 플레이에 스탠드는 열광했다. 또 사이클론스가 패스를 돌리기 시작했다.

아스트로스의 움직임도 날카로워 태클로 저지하긴 하지만 공격을 좀처럼 끊어내지 못했다.

"사이클론스, 역시 브레이크 다운이 훌륭하네요. 공도 빨리 내고."

다에는 전황을 보면서 분해했다. "이 리듬을 끊고 싶은데요."

그때 기시와다의 날카로운 태클이 먹혔다. 투지 넘치는 플레이에 결국은 사이클론스 선수의 손에서 공이 앞으로 흘러 녹온 반칙이 되었다. 아스트로스 팬들의 박수가 터졌다.

후반 시작 5분이 지나서야 얻은 아스트로스의 공격 기회다.

후반전의 첫 번째 스크럼이다.

"힘내!"

레나는 자기도 모르게 중얼거리며 주먹을 움켜쥐었다.

사이클론스의 수비가 전반전보다 깊이 지키는 것은, 수비 라인 안쪽으로 떨어지는 킥을 경계하기 때문일 것이었다.

"바인드!"

심판의 목소리가 들렸다. "……세트!"

워, 하는 짐승의 거친 숨소리와 함께 평균 몸무게 110킬로그램의 남자들이 격렬하게 어깨를 맞댔다. 뼈와 근육이 부딪히는 소리가 들리는 것만 같았다.

아스트로스의 공. 사사가 넣은 공을 스크럼 가장 마지막, 등번호 8번의 기시와다가 지켰다.

의도한 것인지 스크럼이 왼쪽으로 돌기 시작했다. 기시와다가 공을 주워 돌진했다.

사이클론스의 수비에 날카로운 쐐기를 박으며 성난 물결처럼 쇄도하는 아스트로스 선수들이 상대 선수를 걷어 올리듯 떼어냈다. 럭에서 사사가 던진 날카로운 패스는 나나오가 아니라 하마하타에게로 갔다.

하마하타에서 포워드로 패스가 돌고 다시 돌진. 다시 전과 같이 사사가 공을 배후에 공급했다.

이번에 그 공을 받은 선수는 나나오였다. 하마하타와 나나오가 정신없이 포지션을 바꿨다.

너무나도 나나오다운 펀트킥이 나온 것은 그 직후였다.

사인 플레이였다. 계산한 듯 백스가 쭉 올라와 상대 수비와 볼을 다투었다.

혼란스러운 전황이 만들어지고 공 쟁탈전이 시작되었다.

땅에 튕긴 공을 잡은 것은 사이클론스 선수였다. 그 순간 아스트로스의 포워드가 맹렬히 달려들어 공을 되찾았다.

이 공격에 커다란 환호성이 나오며 스탠드의 흥분은 더할 나위 없이 커졌다.

나나오가 크로스로 밖에서 달려들어온 하마하타에게 패스를 했다. 흐트러진 상대 수비를 간파한 절묘한 패스였다.

하마하타의 장기인 화려한 스텝으로 수비수 하나를 제치고 돕기 위해 뒤에서 달려온 미사키에게 패스했을 때 돌진을 막을 자는 더는 없었다.

골 왼쪽으로 날아든 트라이. 게다가 나나오의 컨버전킥도 성공해 17 대 21. 4점 차이였다. 이로써 단숨에 경기는 예측할 수 없게 되었다.

"이제 트라이 하나!"

옆에서 리사가 양손을 부여잡고 기도하고 있었다. 성공하면 역전이다.

공방이 더욱 격렬해졌다.

수없이 서로의 골까지 밀려들었으나 득점은 나오지 않았다.

맹렬하게 돌진하는 포워드, 뒤에서 호시탐탐 수비의 구멍을 노리며 예리하게 돌진하는 백스. 가슴을 졸이게 만드는 라인아웃에서의 진퇴. 복잡한 사인 플레이의 응수에 관중들은 숨 쉴 틈이 없었다.

밀집 상태에서 벌어진 실랑이로 선수들 사이에서 작은 충돌도 생겨 럭비장 전체가 미열에 들뜬, 마치 집단 히스테리에 가까운 흥분 상태에 빠졌다.

"냉정해야 해."

레나가 말했다. 피차 공격해봤자 소용없고, 바로 지금이다 싶을 때에도 공격에 성공하지 못하는 것은, 두 팀이 서로의 전술을 연구해 대응하고 있기 때문이었다.

사이클론스가 미처 생각하지 못한 것은 나나오와 하마하타라는 두 선수가 동시에 운동장에 서는 지금의 상황이었다.

공격의 기점이 분산되자 사이클론스로선 수비 대응이 어려워졌다.

점차 사이클론스의 움직임이 눈에 띄게 느려졌다. 전반전에 뛴 만큼 피로가 축적되었기 때문일 것이다. 그게 근소한 출발의 차이를 만들어 나나오와 하마하타에 대한 마크가 어긋나기 시작했다. 사이클론스는 결국 포워드 선수를 교체했으나 일단 아스트로스로 기울어진 흐름은 쉽게 바뀌지 않았다.

나나오는 자신을 미끼로 삼아 하마하타를 적절히 이용했고, 하마하타 역시 나나오를 잘 이용했다.

바람을 등진 것도 유리하게 작용해 나나오의 장기인 화려한 패스가 곳곳에서 나오기 시작했다. 숨을 죽이고 있던 아스트로스의 공격이 화려하게 꽃 피우려 하고 있었다.

지금 또 사사가 나나오에게 패스했다. 나나오에게서 하마하타로. 다시 뒤로 돌아온 나나오에게로. 멋진 루프에 상대 수비수들은 농락당했다.

사이클론스에게는 게임을 지배하지 못하고 있다는 초조함이 있었을지 모른다.

나나오가 백스에게 패스를 하기 직전, 그 일이 일어났다.

태클을 당하며 오프로드 패스를 던지려는 나나오의 머리 쪽으로 다른 한 명 사이클론스 포워드의 강력한 태클이 들어온 것이다.

긴 휘슬 소리가 나고 플레이가 중단되었다. 나나오는 쓰러진 채 움직이지 못했다. 상대 선수의 명백한 반칙으로 보였지만 옐로카드는 나오지 않았다.

"나나오!"

레나는 힘껏 소리 질렀다. 자신이 뭘 해야 좋을지 모른 채 벌떡 일어났다.

팀 닥터가 달려갔다.

그 직후 장내 방송이 HIA(Head Injury Assessment)를 알렸다.

뇌진탕 검사를 위한 일시적인 퇴장이었다. 교체 선수가 투입되는데 의사의 진단에 따라 이대로 경기에 나오지 못할 수도 있었다.

나나오가 퇴장하고 대체 선수가 들어왔다.

"사이클론스에 옐로카드를 줘야지!"

리사가 심판에 대한 불만을 토했다. 만약 그러면 지금 위험한 태클을 저지른 선수는 10분간 페널티박스행, 즉 출장 정지가 되어 아스트로스에 수적 우위가 생긴다.

하지만 그렇게 되지 않았다. 선수에게 주의만 주고 경기는 재개되어 페널티킥이 터치로 나와 아스트로스 쪽 공으로 라인아웃이 되었다.

적진 22미터 부근. 기회임이 분명했지만 레나는 이상하게 심란했다.

이 사투 속에서 아스트로스는 서서히 열세를 극복하고 경기 주도권을 쥐려 하고 있었다.

그런데 왜 그럴까. 지금 아스트로스 선수들은 어쩐지 듬직하게 보이지 않았다. 갑자기 나나오라는 사령탑을 잃고 그 상실감에 당황하는 듯 보이는 건 자신의 기분 탓일까.

하지만 예상대로 라인아웃의 마이볼을 사이클론스에게 빼앗기고 말았다.

아스트로스 진영 안으로 절묘하게 긴 킥이 들어가며 형세가 뒤바뀌었다.

다시 아스트로스 쪽 공으로 라인아웃이 되었으나 사인대로 아군에게 이어지지 못했고, 다시 빼앗겨 공수가 뒤바뀌었다.

그때부터 사이클론스 공격은 그야말로 완벽했다. 날카롭게 파고드는 포워드, 든든한 지원 공격. 속수무책으로 수비가 뚫렸다. 통한의 트라이를 빼앗긴 것은 그 직후였다.

컨버전킥 2점도 추가해 17 대 28.

사이클론스 선수들이 승리의 브이 사인을 그리는 모습을 레나는 멀거니 바라보는 수밖에 없었다.

10

패색이 짙은 이 장면에 나나오는 없었다.

"그 녀석이 있으면 어떻게든 해줄 텐데."

레나는 분한 마음에 입술을 씹으면서 점수판의 시계를 봤다. 후반도 30분을 지나고 있었다.

나나오가 퇴장하고 벌써 5분쯤 지났을까.

"나나오, 못 돌아오나?"

리사가 걱정스럽게 중얼거렸다.

레나는 대답 없이 가만히 운동장만 바라봤다.

하마하타의 킥으로 다시 경기가 시작되었다. 사이클론스와의 공방은 어딘지 색이 바랜 듯했다. 그때였다.

어디선가 환성이 일었다.

"레나, 저기 좀 봐!"

리사가 가리킨 방향을 본 레나는 왠지 모르게 솟아오르는 눈물을 주체할 수 없었다.

터치 라인 가까이에 선, 10번을 달고 있는 새빨간 유니폼을 발견했기 때문이다.

"나나오!"

레나가 목소리를 높였다. "힘내!"

아스트로스의 응원단에서 나나오를 부르는 소리가 높아졌다.

돌아왔구나.

팀을 위해. 우리를 위해.

플레이가 중단되고 주심이 손짓으로 나나오의 복귀를 지시했다.

피치로 들어가는 나나오는 뒤를 돌아 등 뒤에 있는 전광판에서 남은 시간을 확인했다.

"나나오, 이제 시간이 없어."

레나는 마음속으로 말을 걸었다. "어떻게 좀 해봐. 너라면 할 수 있어."

중앙선 부근에서의 마이볼 스크럼이었다. 사사가 볼을 넣자마자 나나오에게 건넸다.

나나오는 순식간에 타이밍을 맞추더니 달려드는 백스에게 이어지는 긴 패스를 뿌렸다. 살짝 상대의 수비를 제치는 멋진 패스였다.

밀집전에서 사사가 다시 나나오에게 공을 보내며 공격에 짜임새를 더했다.

하마하타와 나나오가 패스를 주고받고, 포워드가 재빠르게 모였다가 흩어졌다. 상대의 수비가 갖춰지기 전에 움직이려는 의도가 보였다.

시간이 없었다.

하지만 초조해하지 않았다.

나나오는 공격을 짜면서 호시탐탐 기회를 노리고 있다.

오른쪽으로, 오른쪽으로, 패스가 돌았다. 포워드가 돌진해 쐐기를 박았다가 재빨리 반대 방향으로 돌아가듯 패스를 돌리기 시작했다.

사사가 나나오에게, 나나오가 하마하타에게. 그리고 다시 나나오에게.

22미터 라인 부근이었다. 상대 수비가 정연하게 늘어서 구멍이 없는 듯한 곳이다.

'어쩔 셈이야?'

레나가 속으로 물음과 동시에 공을 든 나나오의 오른발이 순간 움직였다.

공이 붕 떠 부드럽게 수비수 뒤쪽으로 떨어졌다.

골라인 너머로 떨어진 절묘한 킥이었다.

서둘러 달리기 시작한 수비와 질주하는 아스트로스의 등 번호 8번, 기시와다가 경주를 시작했다.

인골 지역에 떨어진 공이 크게 오른쪽으로 튀었다.

맹렬하게 그 공을 향해 뛰어든 사람은 기시와다였다. 공을 확보한 순간 커다란 환성이 터졌고 스탠드가 소란해졌다. 관객이 모두 자리를 박차고 일어났다.

골 거의 정면에서의 컨버전킥을 나나오가 신중히 차 넣자, 도키와를 연호하는 소리가 시작되었다.

24 대 28. 다시 4점 차로 좁혀졌다.

"힘내, 나나오! 제발 힘내!"

레나는 목청껏 성원을 보냈다. 칼끝에 선 듯한 시간이 흐르고 있었다.

후반 38분. 킥오프된 공을 자기 진영에서 잡은 아스트로스가 공격을 지배했다. 이제는 실수를 용납할 수 없는 시간대에 접어들었다. 확실하게 포워드에게 공을 들고 달리게 해 중앙선 부근까지 진지를 회복했다.

럭이 생기고 사사에게서 나나오, 다시 하마하타에게 패스가 흘러갔다. 패스가 넘어갈 때마다 환호성이 더 커졌다.

그때 하마하타가 백스에게 건넨 패스를 상대가 가로챘다.

"으악!"

옆에서 리사의 몸이 휘청했다. 믿을 수 없는 일이 일어났다.

공을 잡은 사이클론스 선수에게 맹렬한 태클이 날아든 것이다.

'나나오!'

레나는 주먹을 움켜쥐었다. 공이 상대 선수의 팔에서 나와 뒤로 흘렀다.

"잡아!"

리사가 소리쳤다. 양 팀의 선수가 쇄도했다. 처음엔 사이클론스의 선수가 확보한 듯 보였는데 아스트로스 포워드가 맹렬히 대시했다. 그야말로 눈사태가 일어난 듯했다. 아스트로스의 백스가 대각선 방향으로 물러나며 공격 라인으로 바뀌었다.

"빼앗았어! 굉장해!"

흥분한 리사의 목소리가 떨렸다.

"나나오!"

레나도 소리쳤다. 머릿속의 모든 단어를 뒤져도 지금은 그 세 글자밖에 떠오르지 않았다.

스타디움 전체가 이상한 분위기로 가득 찼다. 대다수의 관객이 일어나 이 상황에 숨을 죽이고 있다.

손뼉을 치면서 도키와를 연호하는 소리가 점점 커졌다.

레나도 필사적으로 연호했다.

후반 40분을 알리는 호른 소리가 울렸다.

마지막 단 한 번의 플레이.

이 공격이 끝나면 경기도 끝난다.

그야말로 사투의 대미를 장식하는 최후의 공격이다.

사사가 나나오에게 공을 보냈다. 마치 슬쩍 건네는 듯한 정중한 패스였다.

나나오에게서 하마하타로, 하마하타가 그 공을 확실히 포워드에게 건네고 오른쪽으로 달리게 했다. 수세에 몰린 사이클론스도 필사적이었다. 철벽의 방어망을 쳐 쥐새끼 한 마리 빠져나가지 못하게 할 기세로 눈을 번뜩이며 가로 일자의 수비 라인을 만들었다.

럭에서 사사가 낸 공을 나나오가 오른쪽으로 패스했다.

"오른쪽?"

리나가 말했다. 크게 빈 왼쪽을 두고 나나오가 선택한 곳은 좁은 공간이었다. 거기에는 선수가 밀집되어 있어 빠져나갈 구멍이 없었다.

스탠드 전체가 최고조의 흥분에 휩싸였다. 양 팀 팬들이 새된 목소리로 응원을 이어갔다.

단 한 번의 실수도 허용되지 않는 상황 속에서 다시 럭이 생겼다. 가로로 일자로 선 사이클론스의 선수들이 럭에서 튀어나오는 선수를 뭉개려고 대기하고 있었다.

그때 레나는 재빨리 스탠드오프 위치로 하마하타가 들어가고 나나오가 포지션에서 빠지는 모습을 봤다. 패스를 받았을 때 중압감을 느끼지 않게 하려는 걸까. 아니야, 그게 아니야……

안쪽으로 차 넣을 생각이야!

순식간에 레나가 이해했을 때 사사에게서 하마하타로 패스가 나왔다. 하마하타는 속임수 패스로 상대 포워드를 속인 다음 뒤에 자리 잡고 있던 나나오에게 패스했다.

그때.

"말도 안 돼!"

레나는 자신이 흘린 말을 들었다.

나나오의 선택은 레나의 예상대로 킥이었다. 그런데 공을 찬 곳은 앞쪽이 아니라 말도 안 되는 방향으로, 공은 낮은 포물선을 그리며 날았다.

거의 바로 옆으로 차는 킥패스였다.

이른바 축구에서 하는 크로스패스에 가까웠다. 운동장 오른쪽에서 왼쪽으로 보내는 긴 패스였다.

럭비 운동장의 폭은 70미터. 그 대부분을 가로지르는 듯한 킥패스가 오른쪽에서 왼쪽을 향해 이어졌다. 실이 풀리는 듯한 무회전 킥이었다.

이 패스에 사이클론스의, 아니 2만 명 관객 모두의 간담이 서늘해졌다.

오른쪽 공격에 정신이 팔린 틈을 이용한 안쪽으로의 펀트킥을 경계하던 사이클론스의 허를 찌르는 아니, 상상을 초월하는 왼쪽으로의 킥패스였기 때문이다.

그 순간 시야 안으로 한 남자가 뛰어들었다.

윙 위치로 달려온 풀백의 미사키였다.

수십 미터 거리를 정확하게 날아간 킥패스가 미사키의 품으로 쏙 들어갔을 때 스탠드의 환호성은 그야말로 폭발할 것만 같았다.

"달려, 달려, 달려!"

이제는 레나도 절규하고 있었다. 리사도 마찬가지였다. 날아가버릴 듯한 의식 속에서 간신히 말도 안 되는 일이 벌어지고 있다는 것만은 느꼈다.

이제 스탠드의 사람들은 모두 일어난 상태로 스타디움 전체가 열광의 도가니에 빠져 녹아버릴 듯한 흥분 속에 내던져졌다.

사이클론스 선수들이 미사키에게 돌진했다. 당장이라도 태클 당할 듯한 미사키를 도우러 나선 사람은 킥과 동시에 맹렬하게 달려든 나나오였다. 바로 그 나나오에게 패스가 됐을 때 레나의 귀에 더는 아무 소리도 들리지 않았다. 색채가 날아가고 머릿속이 마비된 듯 눈에 비치는 광경은 느린 화면으로 변했다.

골라인 직전에서 사이클론스의 풀백이 혼신의 태클을 시도했다.

그 태클을 핸드오프로 순식간에 땅에 내리꽂은 순간 승부는 결정되었다.

역전 트라이.

환성과 함께 리사가 양손 주먹을 하늘로 치켜들었다.

그때 레나의 마음에 찾아든 것은 온전한 평온이었다.

스탠드를 메운 엄청난 환호, 비명, 미칠 듯한 기쁨과 낙담이 격렬하게 교차하는 와중에 도달한, 그야말로 만감이 교차하는 기분이었다.

착잡하고 격렬하게 우롱당하던 감정 기복에서 해방된 순간 그저 눈물만 나왔다.

'나나오, 고마워.'

지금 냉정하게 컨버전킥을 성공시키고 환희의 원 속으로 들어가는 10번을, 이 순간을 눈에 담으려고 레나는 눈을 깜빡이는 것조차 잊고 가만히 쳐다보고 있었다.

그때 기미시마는 불가사의한 것을 보았다.

풀타임을 끝낸 경기장에는 때로 잔혹한 명암이 존재한다.

서로 껴안고 어깨를 두드리며 환희의 절규를 올리는 승자의 뒤에는 땅에 쓰러져 탈진한 패자의 모습이 있다. 그래야만 했다.

그런데 이번에는 달랐다.

아스트로스의 환희의 순간이 물러나자 그들은 탈진해 운동장에 무릎을 꿇고 있는 사이클론스 선수들의 손을 잡아 일으켜 악수하고 서로의 어깨를 두드리며 이야기를 나눴다. 풀타임까지의 80분, 양 팀이 보낸 농밀한 시간이 사라지는 걸 안타까워하고 여기에 인생의 소중한 한순간을 보낸 사람끼리의 융화가 생기고 있었다.

이게 럭비인가?

기미시마는 그때 그런 생각을 했다. 이거야말로 노사이드 정신이라고.

끝나면 승자도 패자도 없다. 그 대신 끝날 때까지는 철저하게 승리에 집착해 기술과 체력, 모든 지략을 다한다. 그 상반되는 현실을 허용하는 정신이 바로 여기서 증명된 것이다.

잔물결처럼 스탠드에서 밀려오는 환호성과 박수는 결코 승자에게만 보내는 게 아니었다.

"기미시마 부장, 해냈군. 정말 멋진 경기였어."

눈시울이 붉어진 신도 공장장이 손을 내밀었다. "훌륭한 선수들이야. 이걸 보라고! 아스트로스가 자랑스러워."

지금 아스트로스와 사이클론스 선수가 모두 하나가 되어 둥근 원을 만들고 있었다.

시나리오 없는 드라마가 또 하나 탄생하려 하고 있었다.

그 원에 사이몬이 가세하고 사이클론스의 쓰다도 들어갔다. 스태프들도.

"우리도 가요."

다에가 재촉해 기미시마도 피치로 이어지는 계단을 뛰어 내려갔다.

스탠드에서는 아낌없는 박수가 한없이 쏟아지고 있었다. 지치부노미야운동장에 비스듬히 쏟아지기 시작한 저녁 햇살이 짙은 파란색과 새빨간 유니폼을 눈부시게 반짝이게 해, 마치 양 팀의 건투를 축복하는 듯했다.

노사이드

　기미시마가 2년 몇 개월에 걸친 요코하마공장 근무를 마치고 경영전략실장 자리로 옮긴 것은 아스트로스가 우승을 거머쥔 12월의 격전으로부터 4개월 뒤였다.

　이에 따라 도키와자동차 안에서는 작은 조직 개편이 이루어졌다.

　그때까지는 요코하마공장장이 아스트로스 팀장직을 겸임하는 게 관례였는데 그해 3월 말, 신도 공장장의 퇴직과 함께 그 중책을 기미시마가 이어받았다.

　그뿐만이 아니었다. 전년의 '쿠데타'로 근본적인 개혁에 나선 일본럭비협회 전무이사인 기도가 이사 취임 의사를 타진해온 것도 그 무렵이었다. 기미시마는 그 요청을 받아들였다.

　"경영의 프로를 꼭 모시고 싶습니다."

　그렇게 말하는 기도의 진심이 느껴졌기 때문이다.

위기감만 있다면 조직은 바뀔 수 있다.

기미시마 대신 제너럴 매니저가 된 사람은 작년 시즌을 끝으로 은퇴 의사를 밝힌 하마하타였다. 분석가로 팀을 도와온 사쿠라 다에는 지역 공헌과 이벤트 담당으로 오프 기간에도 바쁜 나날을 보내고 있었다. 그때까지 평사원이던 다에를 실력에 맞게 계장으로 승진시킨 것은 기미시마의 송별 선물이었다.

아스트로스에는 사이몬 다쿠마라는 명장을 동경해, 그리고 실력과 인기를 겸비한 팀 색깔에 매료되어 수많은 젊은 재능이 집결하고 있다. 하마하타를 비롯해 베테랑 선수들의 빈 구멍을 메울 인재도 거기서 나올 게 분명했다.

5월, 사이클론스의 쓰다가 "연습 경기를 해보지 않겠나?" 하고 제안해왔다. 그걸 도키와스타디움에서 여는 팬 감사데이 핵심 이벤트로 하면 어떻겠냐고 제안한 사람은 다에였다.

5월의 화창하게 맑은 날 오후, 1만 명 이상의 팬이 모인 스타디움 메인스탠드 쪽에서 기미시마는 눈부시게 내리쬐는 햇살에 반짝이는 잔디밭에서 몸을 푸는 선수들을 보고 있었다.

"좋아 보이는군."

뒤에서 들리는 소리에 돌아보니 다키가와 게이이치로가 서 있었다. 반소매 셔츠에 밝은 색깔의 바지를 입은 모습은 직장에서의 다키가와와는 다른 사람처럼 보였다.

"사장님, 또 혼자 티켓을 사셨습니까?"

다키가와는 현재, 금융 자회사의 사장으로 눈부시게 활약하고 있었다. 그 실적에 힘입어 곧 도키와자동차로 돌아올 것이다. 기미시마는 그때가 되면 시마모토의 후임으로 사장 자리에 앉지 않을까 생각하고 있다.

"기미시마, 티켓을 샀다고 혼날 줄은 몰랐네. 나는 자네 수익에 도움을 줬다고."

"자, 앉으세요. 여기 비었으니까요. 특등석이랍니다."

기미시마는 그렇게 말하고 자기 옆자리에 다키가와를 앉혔다.

자리에 앉은 다키가와는 초여름 같은 바람을 맞으며 흐뭇하게 운동장을 내려다봤다.

"얼마 전, 가자마와 만났어."

다키가와는 선수들의 움직임을 가늘게 뜬 눈으로 좇으면서 말했다. "회사는 법적 정리하는 방향으로 움직이는 모양이야. 곧 법원에 신청한다더군."

예상했던 터라 기미시마는 놀라지 않았다. 하쿠스이상선에 진실이 알려지면 가자마와 요코하마공과대학의 모리시타는 어떤 형태로든 형사 처분을 받게 될 것이다.

한편 도키와자동차도 와키사카 겐지를 직책에서 해임하고 일련의 움직임을 배후에서 이끈 일의 책임이 중하다고 판단, 특별 배임으로 고소해야 하는지 고문변호사와 조정 중이었다.

"실속 없는 녀석이 한때의 영화를 자랑했다고 해도 어차피 물거품 같은 꿈이지."

"와키사카 씨 말씀인가요?"

기미시마가 묻자 "다"라는 대답이 돌아왔다.

"자네도 나도, 이 팀도, 그리고 도키와자동차라는 회사도, 더 나아가면 일본이라는 나라도, 혹은 세상이 다 그래. 결국에는 도리에 어긋나지 않고 옳은 것들만 남지. 반대로 도리에서 벗어나면 언젠가 대가를 치르는 법이야. 자정작용이 사라졌을 때 이 시스템은 끝나."

그런 의미에서 일본럭비협회는 막바지에 간신히 숨을 돌린 셈일지도 모른다.

"그런데 더 큰 곳에서 점점 불합리가 통하는 세상이 되고 있어. 그러니까 럭비라는 스포츠가 필요하겠지. '노사이드'라는 정신은 일본 럭비의 동화 같은 소리일지 모르겠지만 말이야, 지금 이 세상이야말로 그게 필요하지 않을까? 만약 일본이 세계와 호각을 다투는 강호가 된다면 틀림없이 그 소중한 정신을 세상에 전할 수 있겠지. 그거야말로 자네에게 주어진 사명이야."

생각지도 못한 다키가와의 발언에 기미시마는 할 말을 잃었다.

하지만 맞는 말이라고 기미시마도 생각했다.

필요한 것은 현황을 타파하고 일본 럭비가 진정 강해지기 위한 구조를 만드는 일이다.

그를 위한 한 걸음은 이미 시작되었다.

박수를 받으며 출전 선수들이 운동장에 모습을 드러냈다.

킥오프를 알리는 휘슬이 울린 순간, 아스트로스 선수들이 일제히 달리기 시작했다. 스탠드의 커다란 환호성이 하늘 위로 올라갔다.

손에 땀을 쥐게 하는 스포츠·기업 활극!

'기업 미스터리'라는 장르를 들고 일본 소설계에 등장해 독보적인 위치에 오른 작가 이케이도 준. 비교적 최근작인 《노사이드 게임》에서는 '스포츠 팀 매니지먼트'라는 요소를 넣어 새로운 도전을 선보였다. '아스트로스'는 자동차 대기업인 도키와 자동차의 사회인 럭비팀이다. 일본 대표 선수를 수없이 배출한 바 있는 명문 실업팀이지만 최근에는 성적 부진에 빠져 있는데, 럭비를 하나도 모르는 초짜 제너럴 매니저(GM, 단장)인 기미시마 하야토가 부임하면서 부활 프로젝트에 시동을 건다. 이케이도 준의 작품답게 진행은 시원시원, 속도와 박진감은 여전한 것은 물론이고 호전적인 주인공과 만만치 않은 상대가 존재감을 뽐낸다. 이야기가 팀의 재건에만 집중되어 있지 않고, 팀 운영을 둘러싼 기업 내부의 음모와 다툼부터 개인사의 해결까지 다양한 이야기를 다룬다. 평범한 스포츠 소설의 범주로 한정할 수 없는 매력적인 작품이다.

본사 경영전략실에서 승승장구하던 엘리트 사원인 기미시마가 공장 총무부장으로 좌천된 것은 강직하고 깐깐한 성품 탓이었다. 회사가 무리해서 진행하는 대형 인수합병 건을 정면으로 반박해 무산시키고 만 그는 프로젝트를 앞장서서 지휘한 실세의 미움을 사게 되고, 억울하지만 이동을 받아들이게 된다. 그런데 새롭게 부임한 곳에는 독특한 전통이 있었다. 바로 총무부장이 럭비팀 아스트로스의 제너럴 매니저를 겸임해야 한다는 것. 얼떨결에 럭비팀을 떠안은 기미시마이지만 곧 자신의 업무 스타일에 맞게 팀의 과거와 현재를 공부하기 시작한다. 팀의 문제점과 함께 가능성 또한 확인한 그는 변두리에서 조용히 살라는 회사의 경고를 대놓고 무시하는 듯 파격적인 행보를 이어간다. 신임 제너럴 매니저의 반란은 모기업을 넘어 일본 럭비계까지 불편하게 만든다. 끝을 봐야 직성이 풀리는 기미시마의 고집이 이야기를 끝까지 이끌어간다.

작가 이케이도 준 역시 기미시마처럼 럭비와 인연이 없었다고 한다. 대학교 시절 경기를 몇 번 봤을 뿐인데, 이 책을 쓰기 5년쯤 전 우연히 럭비 관계자와 이야기를 나눌 기회가 있었고, 그 자리에서 들은 한 팀의 재건 이야기가 인상적이어서 언젠가 소설로 써야겠다 결심했다고 한다. 주인공을 자신과 같은 럭비 문외한으로 설정한 것은 럭비를 모르는 사람도 아마추어의 시선으로 이야기를 읽어나갈 수 있게 하기 위해서인 듯하다. 그의 노림수는 적중해서, 독자들은 어리둥절한 심정으로 첫 페이지를 넘겼다가 점점 럭비의 묘미를 알고 그 매력에 푹 빠지게 된다. 옮긴이인 나 역시 럭비를 잘 알지 못했지만, 우리말로 옮기는 과정에서 이런저런 공부를 하고 팀을 함께 완성해가는 뿌듯함을 간접 경험했다. 어느덧 경기 장면에 푹 빠져 마치 스탠드에 서서 응원하고 있는 듯 손에 땀을 쥐고 있는 자신을 발견하게 되었다. 힘과 힘이 부딪치면서도 순간순간의 판단에 모든 게 달린 럭비라는 경기에 호기심이 잔뜩 생겼다.

《노사이드 게임》이 럭비를 다룬 스포츠 소설을 표방하고 있지만 개인적으로는 역시 '이케이도 준 소설'의 범주에 있다는 생각이 든다. 회사라는 조직에 놓인 사람의 앞날은 경기장을 구르는 럭비공처럼 언제 어디로 튀게 될지 모르는 법이다. 출세가 보장된 자리에서 좌천되고, 원하지도 않은 일을 맡게 되는 주인공 기미시마의 신세가 그렇다. 그런데 그는 오히려 특기인 경영 감각을 럭비팀에 활용해 경쟁력 있는 조직으로 변화시키고자 한다. 기미시마의 말과 행동은 '한자와 나오키'를 연상시키면서도 그와는 다른 터프함을 갖추고 있다.

거기에 더해 이 작품에는 작가의 과거 작품에는 없는 뜨거움이 담겨 있다. 그것은 스포츠 정신의 뜨거움이기도 하고 분노의 뜨거움이기도 하다. 작가가 맨 처음 초고를 쓸 때는 럭비를 예찬하는 경향이 강했다는데, '원 포 올 올 포 원One for all, All for one'이나 책의 제목에도 쓰인 '노사이드(경기가 끝나면 양 팀이 서로 건투를 빌어준다는 뜻)' 같은 말이 사실은 일본에만 있다는 것을 나중에 알고는 충격을 받았다고 한다. 또 럭비 리그가 실제로는 거의 돈을 벌지 못한다는 사실을 알게 된 후엔 실망했다고. 그래서 작가는 겉으로 내세우는 그럴듯한 구호가 아닌 럭비계 내부의 문제를 그대로 드러내야겠다고 결심했고, 《노사이드 게임》은 처음과는 완전히 방향을 바꾼 이야기로 완성되었다.

음모와 방해에 직면했을 때, 더 나은 방향으로 생각해 끈질기게 도전하는 기미시마의 모습은 그야말로 럭비 그 자체이다. "열세에 놓였을 때, 비로소 진정한 능력이 시험받는다"라는 작중의 말처럼 기미시마 역시 아스트로스에서 진정한 힘을 발견하는 기회를 얻은 것일지도 모른다. 그 외에도 이 소설에는 다양한 선택을 하는 인물들이 등장한다. 그들의 어떤 패스는 득점으로 연결되지만 어떤 패스는 여지없이 벽에 막히고 만다. 우리는 어떤 사람일까? 포기하지 않는다면 이겨낼 수 있다고 진심으로 믿고 있는가? 동료와 자신에게 부끄럽지 않도록 땀과 눈물을 충분히 흘렸는가? 승리를 누릴 자격이 있는가? 책을 읽는 동안 수많은 질문과 답이 교차하는 농밀한 시간이 흐른다. 대기업 그리고 스포츠 팀이라는 조직에 속한 사람의 갈등과 고뇌가 휴머니즘이라는 형태로 소설 속에 녹아든다.

《노사이드 게임》은 이케이도 준 소설 중에서도 엔터테인먼트적인 면에서 최상에 속하는 작품이다. 아스트로스를 경영적인 면에서 손해라고 판단하고 기미시마와 대립하는 상사와의 스릴 넘치는 대화, 기업 내에서 권력을 거머쥐고 출세하기 위한 치열한 두뇌 싸움이 벌어지는 회의장, 그리고 결말부의 가슴 뜨거워지는 럭비 경기 장면에 이르기까지……. 독자는 페이지를 넘기는 손을 멈추지 못할 것이다. 어쩌면 주책없이 눈물을 줄줄 흘리는 자신을 발견하게 될지도 모른다.

2022년 여름, 민경욱

옮긴이 **민경욱**

고려대학교 역사교육과를 졸업하고, 1999년부터 일본문화포털 '일본으로 가는 길'을 운영한 것을 인연으로 전문번역가의 길을 걷고 있다. 옮긴 책으로 이케이도 준의 《샤일록의 아이들》, 히가시노 게이고의 《11문자 살인사건》 《몽환화》 《방황하는 칼날》, 요시다 슈이치의 《거짓말의 거짓말》 《여자는 두 번 떠난다》, 이사카 고타로의 《SOS 원숭이》, 야쿠마루 가쿠의 《데스 미션》, 고바야시 야스미의 《분리된 기억의 세계》, 신카이 마코토의 《날씨의 아이》, 호소다 마모루의 《용과 주근깨 공주》 등이 있다.

노사이드 게임

초판 1쇄 2022년 9월 28일

지은이 | 이케이도 준
옮긴이 | 민경욱

발행인 | 문태진
본부장 | 서금선
책임편집 | 이준환   편집 3팀 | 허문선 최지인

기획편집팀 | 한성수 임은선 임선아 이보람 송현경 이은지 백지윤   저작권팀 | 정선주
마케팅팀 | 김동준 이재성 문무현 김윤희 김혜민 김은지 이선호 조용환   디자인팀 | 김현철 손성규
경영지원팀 | 노강희 윤현성 정헌준 조샘 조희연 김기현 이하늘
강연팀 | 장진항 조은빛 강유정 신유리 김수연

펴낸곳 | ㈜인플루엔셜
출판신고 | 2012년 5월 18일 제300-2012-1043호
주소 | (06619) 서울특별시 서초구 서초대로 398 BnK디지털타워 11층
전화 | 02)720-1034(기획편집) 02)720-1024(마케팅) 02)720-1042(강연섭외)
팩스 | 02)720-1043   전자우편 | books@influential.co.kr
홈페이지 | www.influential.co.kr

한국어판 출판권 ⓒ ㈜인플루엔셜, 2022

ISBN 979-11-6834-048-0 (03830)